**LES CHIENS
DE L'HIVER**

DU MÊME AUTEUR
AUX ÉDITIONS DU ROCHER

L'Épée de Darwin, 2002
Vengeance, 2001

DAN SIMMONS

LES CHIENS
DE L'HIVER

*Traduit de l'anglais (États-Unis)
par Guy Abadia*

ÉDITIONS DU
ROCHER
Jean-Paul Bertrand

Titre original : *A Winter Haunting*.

La présente édition est publiée en accord avec l'auteur, représenté par Baror International Inc., Armonk, New York, USA.

Tous droits de traduction, de reproduction et d'adaptation réservés pour tous pays.

© Dan Simmons, 2002.

© Éditions du Rocher, 2003, pour la traduction française.

ISBN 2 268 04834 9

Avertissement

Les lieux et les personnages principaux de ce roman sont apparus dans un précédent ouvrage de Dan Simmons, *Summer of Night*, traduit en français par Évelyne Gauthier (Albin Michel, 1993) sous le titre *Nuit d'été*. L'action se passe une quarantaine d'années plus tard.

À Karen

« Il était pâle, incapable de dire un mot,
L'air égaré,
Et ressemblait à ce soldat
Dont on conte l'histoire,
Qui parla au spectre-chien
De l'île de Man. »

Sir WALTER SCOTT, *Le Lai du dernier ménestrel*
(chant VI, stance 26)

« Les chiens de l'hiver
Sont à mes trousses. »

STING, *The Hounds of Winter*

1

Quarante et un ans après ma mort, mon ami Dale retourna à la ferme où j'avais été assassiné. C'était un très rude hiver.

Je sais ce que vous vous dites. Vous pensez à la vieille histoire que racontent les journalistes sur William Randolph Hearst quand il eut besoin de couvrir les inondations de Johnstown et envoya là-bas un jeune reporter débutant. Pour ce gamin, c'était une occasion unique. Le lendemain, il câbla son article au journal avec pour titre ronflant : Assis au sommet d'une colline solitaire dominant Johnston, Dieu a jeté aujourd'hui un regard désolé sur les ravages opérés par les forces de destruction de la nature en folie. Les vétérans du journal jurent que Hearst n'hésita pas une seconde avant de câbler sa réponse au journaliste : Oubliez la catastrophe. Courez interviewer Dieu.

Je vous dis que je suis mort il y a quarante et un ans, et votre réaction est : *Oubliez l'histoire de Dale. On s'en fout. Racontez-nous ce qu'on ressent quand on est mort. Comment est l'après-vie ? Quel effet cela fait-il d'être un fantôme ? Dieu existe-t-il ?*

Telles seraient, en tout cas, les questions que je poserais à votre place. Mais il se trouve, malheureusement, que je ne suis pas un fantôme. Je ne connais rien à l'après-vie. De mon vivant, je n'ai jamais cru aux fantômes, ni à Dieu, ni au paradis, ni à la survie de l'esprit après la mort du corps, ni à la résurrection, ni à la réincarnation. Et je n'y crois toujours pas. Si j'avais à décrire ma condition présente, je me qualifierais de « kyste de la mémoire ». La *conscience* que

Dale a de moi est si intense, si séparée, cautérisée de manière traumatique par rapport au reste de sa personnalité que j'ai l'impression d'exister en dehors de son souvenir. Pas tout à fait vivant, presque littéralement un trou noir de réminiscences holistiques consécutif à un effondrement gravitationnel de douleur affective.

Je sais bien que cela n'explique pas tout, mais la vérité est que je ne comprends pas très bien la chose moi-même. Tout ce que je sais, c'est que je suis et qu'il y a eu, à un moment, un *ravissement* (c'est sans doute le mot qui convient) dû à la décision de Dale d'aller passer l'hiver dans la ferme où j'ai vécu jadis et où je suis mort.

Mais non, je n'ai gardé aucun souvenir de ma mort. Je n'en sais pas plus que Dale sur cet événement. De toute évidence, la mort, comme la naissance, est quelque chose de si important que cela transcende la mémoire.

De mon vivant, je n'étais qu'un jeune garçon, mais plutôt brillant et totalement décidé à devenir un jour écrivain. Je me préparais à cela depuis longtemps. J'étudiais le monde qui m'entourait, sachant qu'il me faudrait attendre encore des années avant de pouvoir rédiger ma première nouvelle, sans parler d'un roman, mais en m'entraînant néanmoins à étudier les pages d'introduction de différentes œuvres de fiction, longues ou courtes.

Si je devais choisir un passage pour faire débuter ce récit, je crois que j'emprunterais ceci à l'ennuyeux roman de Thackeray publié en 1861, *Le Veuf Lovel* :

> Qui sera le héros de mon récit ? Certainement pas moi qui l'écris et ne suis que le chœur de la pièce. Je me contenterai de faire des commentaires sur le comportement des personnages et de narrer leur histoire très simple.

Le « je » omniscient de Thackeray était fallacieux, bien évidemment. Tout créateur affirmant qu'il n'est qu'un simple chœur, un observateur impartial des actions de ses créations, est un menteur et un hypocrite. Naturellement, les rares fois où j'ai envisagé sérieusement qu'il pût exister, j'étais persuadé que cela s'appliquait à Dieu. Un jour, à l'occasion d'une discussion sur Dieu dans notre poulailler entre Dale, Mike et moi, j'ai paraphrasé pour eux, en guise d'unique contribution, une citation de Mark Twain : « Si l'on considère toute la souffrance et l'injustice qui règnent partout dans le monde autour de nous, la conclusion qui s'impose inéluctablement est que Dieu est un voyou. » Je ne suis pas sûr que telle ait été ou soit encore vraiment ma conviction, mais je sais que mon intervention les a réduits à un silence choqué. Surtout Mike. Il était enfant de chœur à l'époque, et très croyant.

Je m'aperçois que je digresse avant même d'avoir commencé mon récit. J'ai toujours détesté les auteurs qui agissent ainsi. Mais je n'ai toujours pas d'entrée en matière percutante. Je reprends donc là où j'en étais resté.

Quarante et un ans après ma mort, mon ami Dale retourna à la ferme où j'avais été assassiné. C'était un très rude hiver.

Dale Stewart roulait dans le Montana occidental en direction du centre de l'Illinois, ce qui représentait un parcours de plus de 2 700 kilomètres en vingt-neuf heures. Les montagnes s'éloignèrent puis disparurent dans son rétroviseur pour faire place aux prairies d'automne où se mêlaient les ocres et les roux dans un grand flou interminable. Il suivit la I-90 est jusqu'à la I-29 sud-est puis la I-80 est jusqu'à la I-74 sud avant de reprendre la direction de l'est, traversant deux fuseaux horaires presque de part en part avant de retrouver les quadrillages ordonnés du Midwest et de se replonger dans plus de quarante ans de souvenirs lointains comme un plongeur qui descend, luttant contre la douleur causée par la pression des grandes profondeurs. Il ne s'arrêtait que pour manger, refaire le plein et dormir quelques heures sur les aires de repos de l'autoroute. Cela faisait des mois qu'il n'avait pas connu une vraie nuit de sommeil, même avant sa tentative de suicide. Il avait des médicaments pour dormir dans ses bagages, mais ne voulait pas les utiliser sur la route. Il voulait arriver à destination le plus tôt possible. Sans comprendre vraiment pourquoi il avait décidé d'aller là.

Il avait prévu d'arriver à Elm Haven au milieu de la matinée, de faire le tour de la ville de son enfance puis de se rendre à la ferme de Duane avant la tombée de la nuit. Mais il était un peu plus de 23 heures lorsqu'il arriva à hauteur de la sortie pour Elm Haven.

Son intention première avait été de s'installer dans la vieille maison de Duane vers la mi-septembre ou même avant, afin de profiter pleinement des couleurs de l'automne et de l'été indien. Mais il arriva le dernier jour du mois d'octobre, en pleine nuit, pendant les dernières heures du premier Halloween du siècle, déjà sous l'emprise glacée de l'hiver.

J'ai raté mon coup, se dit-il en prenant le passage supérieur qui traversait la I-74 pour s'engager sur la route, déserte à cette heure-ci, à trois kilomètres au nord d'Elm Haven. *J'ai encore raté mon coup. Tout ce qui me restait, je l'ai perdu. Et j'ai tout perdu parce que j'ai tout fait foirer.*

Il secoua la tête devant ce stupide accès d'auto-apitoiement de bazar. Il se sentait l'esprit en coton, conséquence de trop de nuits blanches cumulées. Il pressa la commande de la vitre de son côté pour faire rentrer un peu d'air frais. Glacé, en fait. Le vent soufflait très fort du nord-ouest, mais le froid mordant l'aida à reprendre ses esprits tandis qu'il arrivait sur la route en dur à un kilomètre cinq cents au sud-est d'Elm Haven.

La route en dur. Il sourit involontairement. Il n'avait pas utilisé cette expression depuis des dizaines d'années, mais elle lui était immédiatement venue à l'esprit quand il avait pris la 150-A vers le nord-ouest pour s'avancer lentement au cœur de la ville endormie.

Il dépassa une route asphaltée sur sa droite, notant qu'ils avaient revêtu la route de comté n° 6 entre la route en dur et celle qui menait à Jubilee College, quelque part au cours des quelques dizaines d'années qui s'étaient écoulées. La dernière fois qu'il était venu ici, c'était un chemin de terre avec des ornières boueuses entre deux murs de champs de maïs. Aujourd'hui, il pouvait rouler sans ralentir jusqu'à la ferme de Duane, s'il le voulait. Mais il continua, par curiosité, à faire le tour d'Elm Haven.

En fait de curiosité, c'était plutôt quelque chose de morbide qu'il ressentait. La ville, plongée dans le noir, lui semblait infiniment triste et recroquevillée sur elle-même. L'atmosphère était irréelle, étriquée, morte, desséchée comme une momie.

Les deux pâtés d'immeubles commerciaux au centre, dans la grand-rue qui débouchait sur la route en dur, avaient perdu plusieurs bâtiments. Dale s'en trouva déconcerté, un peu comme devant un sourire familier avec quelques dents en moins. Il revoyait la façade de la quincaillerie Jensen, à l'emplacement occupé aujourd'hui par un terrain vague. Le magasin A & P où travaillait la mère de Mike avait disparu. Il se souvenait des lumières tamisées du Parkside Cafe, aujourd'hui transformé en résidence privée. Quant au Lucky's Grill, de l'autre côté de la rue, il ressemblait aujourd'hui à une espèce de bazar, avec des animaux empaillés dans la vitrine qui regardaient la route en dur de leurs yeux noirs vitreux. Le magasin de primeurs du coin de la rue existait toujours, mais sa porte était condamnée par des planches. Et le salon de coiffure à côté avait disparu. Le square du kiosque à musique avait non seulement disparu lui aussi, mais son espace limité était occupé par un minuscule monument aux morts entouré de diverses guérites en tôle. Le kiosque n'existait plus. Les arbres avaient été déracinés, et le monument était à moitié caché par les mauvaises herbes.

Dale fit demi-tour vers l'est et s'engagea dans Broad Avenue en direction du nord. Le ciel était couvert de nuages bas et le vent était glacé. Les feuilles mortes volaient au ras du sol devant son Land Cruiser Toyota. Elles raclaient la chaussée en bruissant comme un troupeau de rats affolé. Un instant, sous le coup de la fatigue, Dale avait même cru que c'étaient de vrais rats, détalant par centaines dans le faisceau de ses phares.

Broad Avenue n'était pas éclairée. Les grands ormes qui formaient une voûte au-dessus de la large voie étaient tombés, victimes de la maladie hollandaise, plusieurs années auparavant. Ceux qu'on avait replantés depuis semblaient ignoblement petits et difformes en comparaison. Quelques-unes des anciennes demeures de style qui bordaient l'avenue étaient restées intactes derrière leurs parcs, hautes et noires et silencieuses dans la nuit battue par le vent ; mais comme un ancien combattant à une cérémonie annuelle, Dale avait tendance à compter les absents plutôt que les survivants.

Il prit à droite dans Depot Street et parcourut les quelques centaines de mètres qui le séparaient de la maison où il avait grandi, juste en face de l'endroit où se dressait jadis Old Central School.

La maison où il avait vécu sept ans était encore reconnaissable, mais tout juste. Le grand orme devant la fenêtre de la chambre qu'il partageait avec son frère Lawrence avait disparu, comme de bien entendu, et les nouveaux propriétaires avaient depuis longtemps asphalté la courte allée du jardin, qui menait à un garage moderne dont le style n'allait pas avec celui, trapu et carré, de la maison. La véranda n'avait plus ni balustrade ni balancelle. Les vieux bardeaux blancs avaient été remplacés par des parements en vinyle. Des citrouilles évidées en forme de lanterne et un fagot de paille à forme humaine en salopette étaient disposés autour du seuil pour célébrer la fête, mais les bougies à l'intérieur s'étaient consumées depuis plusieurs heures, et les trous triangulaires de la citrouille étaient aussi noirs et vides que les orbites d'une tête de mort. Quant au bonhomme de paille, ses tripes avaient été dispersées par le vent aux quatre coins de la ville.

De Old Central, naturellement, il ne restait plus rien. Dale n'avait pas beaucoup de réminiscences très nettes de ce fameux été 1960, mais il gardait le souvenir vivace du grand bâtiment en train de flamber et voyait encore les escarboucles orange voler dans un ciel tourmenté. Aujourd'hui, l'espace était occupé par quelques maisons de style ranch, d'aspect sordide, sombre et incongru, coincées par les résidences plus hautes qui bordaient la place de part et d'autre. Tout vestige de l'ancien établissement scolaire et de ses annexes avait depuis longtemps disparu.

Les grands ormes qui montaient la garde autour des bâtiments n'étaient pas là non plus, naturellement, et rien n'avait été fait pour les remplacer. Les petites maisons sur la place, toutes postérieures à 1960, paraissaient étrangement isolées et vulnérables sous le ciel noir.

Il y avait d'autres vides dans les alignements de maisons qui entouraient l'ancien parc de l'école sur quatre côtés. La demeure des Somerset, voisine de celle de Dale, avait disparu sans laisser subsister le moindre vestige. Sur le trottoir d'en face, la jolie petite maison blanche de Mme Moon avait été rasée pour faire place à un parking revêtu de gravier. La maison de famille de son copain Kevin, un grand bungalow à un niveau qui paraissait si moderne et déplacé en 1960, était toujours là sur sa butte, mais Dale put voir, malgré l'absence de lumière, qu'elle était en piteux état et que sa façade aurait eu besoin d'un sérieux ravalement. Les deux grandes demeures victoriennes au nord de la maison de Kevin avaient disparu, remplacées par une courte allée en cul-de-sac où s'alignait une série de maisons à bon marché à l'endroit où commençait jadis la forêt.

Dale continua lentement vers l'est. Il dépassa Second Avenue pour s'arrêter à l'endroit où Depot Street débouchait sur la First. La maison de Mike O'Rourke était toujours debout. Avec son bardage gris, elle paraissait inchangée par rapport à 1960, à l'exception d'un ajout sur l'arrière, à l'endroit probablement occupé à l'époque par les lieux d'aisance extérieurs. Le vieux poulailler où se réunissait la « cyclopatrouille » n'était plus là, mais le grand potager demeurait. Sur le devant, contemplant avec mélancolie les champs qui s'étalaient au-delà de First Avenue, la Vierge Marie tendait toujours les mains, paumes vers le haut, dans sa baignoire-sanctuaire à moitié enterrée dans la cour principale.

Dale n'avait pas vu de groupes d'enfants célébrant Halloween de maison en maison. Partout, les lumières étaient éteintes à l'exception de celles qui éclairaient quelquefois les devants des maisons. Elm Haven n'avait pratiquement aucun éclairage municipal en 1960, et cela n'avait pas changé. Il avait bien aperçu deux petits feux de joie devant des maisons en passant par Broad Avenue, et il voyait maintenant dans la cour des O'Rourke les restes d'un autre bûcher sans personne autour, à l'état de tisons orange, lançant des étincelles dans le vent violent, mais il est vrai que les gens n'avaient pas trop l'habitude d'allumer ici des grands feux pour Halloween quand il était gamin.

Il prit à gauche après le nouveau lycée, laissa Elm Haven derrière lui. Puis il tourna dans Jubilee College Road en direction de l'ouest à hauteur du château d'eau pour gagner la route de comté n° 6. Il avait hâte d'arriver enfin à la ferme de Duane McBride, distante d'un peu moins de cinq kilomètres.

2

    Je n'ai jamais quitté l'Illinois durant mes onze années de vie, mais, d'après ce que j'ai vu du Montana à travers les yeux de Dale, c'est un endroit incroyable. Les montagnes et les rivières ne ressemblent à rien de ce que l'on peut trouver dans le Midwest. Avec mon oncle Art, je suis souvent allé pêcher dans la Spoon, aux environs d'Elm Haven, mais il me semble difficile de la qualifier de « rivière » en comparaison des impressionnantes et tumultueuses Bitterroot, Flathead, et surtout Missouri et Yellowstone. Quant à nos parties de pêche tranquillement assis sur la berge à regarder flotter le bouchon tout en bavardant de tout et de rien, elles n'étaient rien non plus à côté des séances musclées de pêche à la mouche du Montana. Je n'ai jamais pêché à la mouche, bien entendu, mais je suppose que je préfère nos méthodes tranquilles et bavardes, à l'ombre d'un grand arbre au bord de l'eau, pour attraper du poisson. Je me suis toujours défié des sports ou des activités de plein air qui ressemblent à des croyances religieuses à entendre prêcher leurs fidèles. Au demeurant, je doute qu'il y ait beaucoup de poissons-chats dans ces cours d'eau du Montana.

    Le bureau d'angle de Dale sur le campus de l'Université du Montana, sa maison familiale dans le vieux quartier de Missoula, son ranch du lac Flathead me sont totalement étrangers mais ne me fascinent pas moins. Missoula, malgré sa population réduite de 50 000 habitants, me semble en harmonie avec tout ce que j'aurais probablement adoré si j'avais vécu suffisamment longtemps pour devenir un adulte : librairies, salons de thé, excellents restaurants, nombreux concerts, université très correcte, théâtres et cinémas, un vrai centre animé.

Le psy de Dale, le Dr Hall, avait son cabinet juste au-dessus d'une vieille bouquinerie. Dale le consultait depuis dix mois quand il entreprit son voyage à Elm Haven. Il était allé le voir deux jours après avoir collé le double canon de sa carabine Savage contre sa tempe et pressé la détente.

Le cabinet du Dr Hall était exigu mais confortable. Livres, œuvres d'art aux murs, fenêtre donnant sur de grands arbres, bureau en coin, deux fauteuils en cuir râpé face à face de part et d'autre d'une petite table basse avec un dessus en verre sur laquelle étaient posés deux verres propres, un carafon d'eau glacée et une boîte de Kleenex. Dale n'avait eu besoin d'un Kleenex qu'à sa troisième visite, où il avait attrapé un rhume des foins.

Lors de leur dernière séance, à la mi-octobre, les feuilles étaient rousses contre la fenêtre et le psychiatre avait paru contrarié lorsque Dale lui avait annoncé sa décision de passer l'hiver dans l'Illinois. Il lui avait finalement donné un numéro à appeler en cas d'urgence et lui avait recommandé de contacter un autre médecin dès son arrivée pour se faire prescrire les somnifères et antidépresseurs dont il aurait besoin.

— Vous comprenez bien que je n'approuve absolument pas votre idée d'aller passer l'hiver tout seul dans l'Illinois, lui avait-il dit.

— J'en prends bonne note.

— Mon opinion vous importe-t-elle ?

— Elle me coûte cent vingt-cinq dollars de l'heure.

— Ces cent vingt-cinq dollars sont destinés à vous soigner. Et à parler. Ou plutôt, dans votre cas, pas tant à parler qu'à vous faire prescrire les remèdes dont vous ne pouvez pas vous passer. Mais vous allez quand même dans l'Illinois passer les dix prochains mois dans la solitude la plus totale.

— Oui. Mais neuf mois seulement, pas dix. C'est le délai habituel pour une bonne gestation.

— Vous vous rendez bien compte qu'il s'agit d'un schéma classique.

Dale attendit qu'il continue.

— L'un des conjoints meurt, et le survivant s'en va – presque toujours un homme, Dale – pour tenter de « refaire sa vie », sans se douter que ce dont il a le plus besoin, en un moment pareil, c'est la continuité, le contact avec ses amis, un système qui l'aide à…

— Anne n'est pas morte. Elle se porte à merveille. C'est moi qui l'ai trahie, et elle est partie. Avec nos filles.

— Les conséquences sont les mêmes.

— Pas tout à fait. Je ne vois pas où est la continuité. Je n'ai plus le droit de mettre les pieds dans ma maison de Missoula excepté pour quelques rares visites accompagnées et pour aller chercher mes gosses le dimanche comme tous les papas divorcés. J'ai horreur de ça. Et vous êtes le premier à dire que ce n'est pas une bonne idée de passer un nouvel hiver au ranch.

— Oui, bien sûr.

— C'est pourquoi je retourne dans le Midwest passer une grande partie de mon année sabbatique au Coin plaisant.

— Vous ne m'avez jamais expliqué pourquoi votre ami Duane appelait sa maison le Coin plaisant, Dale. Est-ce parce qu'il la considérait vraiment comme un endroit agréable ? Il y vivait seul avec son père alcoolique. Était-ce de l'ironie ? Un enfant de onze ans est-il capable d'une telle ironie ? Ou est-ce vous qui l'avez introduite après coup ?

Dale hésita à lui répondre, gêné que son psychiatre n'ait pas reconnu l'allusion au *Jolly Corner*. Si le Dr Hall ne connaissait pas Henry James, pouvait-il être un bon psy ? Et fallait-il lui dire que Duane n'avait pas mentionné ce nom pour la première fois devant lui à onze ans – l'âge auquel il était mort – mais en 1956, l'année où Dale était venu habiter Elm Haven, alors qu'ils avaient tous les deux huit ans ? Un petit campagnard de huit ans connaissait la nouvelle de Henry James, et un psy à 125 dollars de l'heure n'en avait jamais entendu parler !

— Je pense que Duane McBride est le seul génie que j'aie jamais connu, murmura finalement Dale.

Le Dr Hall se renversa en arrière dans son fauteuil. Dale se disait que, pour un psy, il aurait dû cacher un peu mieux ses pensées. Il lisait le scepticisme dans ses sourcils légèrement crispés et dans son expression de neutralité forcée.

– Je sais, poursuivit Dale. Le mot « génie » est un peu fort, mais je ne l'utilise pas souvent. En fait, jamais. J'ai fréquenté pas mal de gens brillants dans ma vie. Des écrivains, des érudits, des chercheurs. Et je persiste à dire que Duane est le seul être de génie que j'aie rencontré.

Le Dr Hall hocha la tête.

– Mais vous ne l'avez connu que quand il était enfant.

– Il n'a pas vécu assez longtemps pour devenir adulte. Mais c'était vraiment quelqu'un d'étrange.

– Qu'entendez-vous par là ?

Le Dr Hall posa sur ses genoux son bloc-notes aux feuillets jaunes et fit sortir avec un déclic la pointe de son stylo à bille, geste qu'il faisait souvent et qui perturbait vaguement Dale à chaque fois.

Il soupira. Comment lui expliquer ?

– Il fallait le connaître, je crois, pour comprendre. Extérieurement, c'était un bon gros fils de paysan, débonnaire et débraillé, toujours habillé de la même façon, été comme hiver, chemise en flanelle et pantalon en velours côtelé. N'oubliez pas que c'était en 1960. Les enfants s'habillaient bien pour aller à l'école à cette époque, même dans un trou perdu au milieu de l'Illinois comme Elm Haven. Rien de bien sophistiqué, mais il y avait toujours les habits d'école et ceux des loisirs, et on faisait la différence, croyez-moi. Pas comme les jeunes branleurs d'aujourd'hui.

L'expression de pseudo-impassibilité du Dr Hall avait dévié vers un léger froncement de sourcils qui indiquait que Dale s'éloignait un peu trop du sujet.

– Quoi qu'il en soit, reprit Dale, j'ai fait la connaissance de Duane peu de temps après notre arrivée à Elm Haven. J'étais en CM1 à l'époque, et j'ai tout de suite vu que Duane était différent des autres. Intelligent à faire peur.

– À faire peur ? demanda le Dr Hall en prenant une note. Comment ça ?

– Pas vraiment à faire peur. Je voulais juste dire qu'il dépassait notre compréhension à tous. (Il prit une longue inspiration.) Tenez, l'été de fin de CM2, par exemple, on était tout un groupe qu'on avait baptisé la cyclopatrouille. Une sorte de société secrète de justiciers.

Il était visible que le Dr Hall ne comprenait pas du tout ce dont il parlait. À croire que les psys n'avaient jamais été gamins. Ce qui expliquerait des tas de choses.

— Notre lieu de réunion était le poulailler désaffecté de Mike O'Rourke, continua Dale. Nous avions déniché à la décharge un vieux canapé, un fauteuil, une coque vide de poste de radio, ce genre de trucs. Un soir d'été, après le CM2, nous ne savions pas comment nous occuper, et Duane s'est mis à nous raconter l'histoire de Beowulf, mais mot pour mot. Jour après jour, il nous récitait *Le Lai de Beowulf*[1] de mémoire. Et des années plus tard, quand j'ai lu l'épopée à l'université, j'ai reconnu le texte qu'il nous avait récité durant ces soirées d'été, mot pour mot.

Le Dr Hall hocha la tête.

— Très inhabituel, pour un enfant de cet âge, d'avoir même entendu parler de Beowulf.

Dale ne put s'empêcher de sourire.

— Le plus étonnant, dit-il, c'est qu'il nous le récitait en vieil anglais.

Le psy cligna plusieurs fois des yeux.

— Comment faisiez-vous pour comprendre, alors ?

— Il nous débitait son vieil anglais pendant quelques minutes, puis il traduisait dans la foulée. Cet automne-là, nous avons eu droit à une bonne dose de Chaucer. Nous trouvions Duane bizarre, mais nous l'aimions bien.

Le Dr Hall nota quelque chose sur son feuillet jaune.

— Un jour, tout le groupe était là et il lisait un nouveau bouquin. Truman Capote, si je me souviens bien. Je n'avais jamais entendu parler de lui, naturellement, à l'époque. Et l'un d'entre nous, je crois que c'était Kevin, lui a demandé comment il le trouvait. Savez-vous ce qu'il a répondu ? Que ce n'était pas trop mal, mais que l'auteur n'avait pas encore dédouané ses personnages.

Le Dr Hall hésita un instant avant de noter quelque chose.

---

1. Poème anglo-saxon anonyme de l'époque préchrétienne, remanié entre le VIIIe et le Xe siècle. Écrite dans une langue archaïque, cette épopée teutonique narre les exploits du Goth Beowulf dans son combat contre les Francs au VIe siècle (N.d.T.).

Je ne sais pas si tu peux comprendre ça, pensa Dale. *Mais mon métier est d'écrire – je m'y efforce, en tout cas –, et jamais aucun fichu critique ne m'a fait une remarque aussi perspicace.*

— Vous avez d'autres exemples de manifestations de son... génie ? demanda Hall.

Dale se frotta les yeux.

— L'été où Duane est mort, en 1960, nous étions tous affalés dans des hamacs à la ferme de l'oncle Henry et de la tante Lena, sur la route du Coin plaisant. Il faisait nuit, et nous admirions les étoiles. Mike O'Rourke, qui était enfant de chœur, a émis l'opinion que le monde existait dans la pensée de Dieu, et il se demandait quel effet cela ferait de le rencontrer pour lui serrer la pince. Du tac au tac, Duane a répliqué que ça l'embêterait plutôt vu qu'il soupçonnait Dieu de passer une bonne partie de son temps à fourrer ses doigts métaphoriques dans son pif virtuel...

Le Dr Hall nota quelque chose, non sans avoir jeté à Dale un regard presque réprobateur.

— Dois-je en conclure que votre ami Duane était athée ?

Dale haussa les épaules.

— Plus ou moins. Mais pourtant, attendez... Je me souviens qu'un jour, au tout début de notre amitié, alors que nous étions au CM1 et que nous passions notre temps libre à construire une fusée à trois étages, il m'a expliqué qu'il avait décidé que toutes les églises, tous les temples dédiés aux « dieux actuellement en vigueur » – c'était son expression – étaient beaucoup trop fréquentés, et qu'il avait choisi comme sujet à adorer un dieu mineur égyptien dont il avait appris les rituels et les prières, tout le tremblement. Il disait qu'il avait envisagé un moment de rendre un culte à Terminus, le dieu romain des limites de propriété, mais qu'il s'était finalement décidé pour cette divinité égyptienne. Il estimait qu'elle avait été trop négligée depuis des siècles et qu'elle devait se sentir seule.

— Très original, reconnut le Dr Hall en prenant une note finale.

De nouveau, Dale ne put s'empêcher de sourire.

— Si mes souvenirs sont exacts, Duane a appris à déchiffrer les hiéroglyphes égyptiens dans le seul but d'adresser ses prières à ce petit dieu égyptien tombé en désuétude. Il va sans dire qu'il maîtrisait déjà huit ou neuf langues à l'âge de onze ans, quand il est mort, et qu'il était probablement capable d'en lire une douzaine d'autres.

Le Dr Hall posa son bloc-notes, ce qui signifiait sans l'ombre d'un doute que le sujet commençait à l'ennuyer gravement.

— Avez-vous fait de nouveaux rêves depuis la dernière fois ? demanda-t-il.

Dale fut d'accord pour changer de conversation.

— J'ai de nouveau rêvé de ces mains la nuit dernière, murmura-t-il.

— Racontez-moi ça.

— C'est toujours le même rêve, je vous en ai déjà parlé.

— Je sais, Dale. Cela correspond plus ou moins à ce que l'on appelle des « rêves récurrents ». Mais il est important de connaître les légères différences qui peuvent survenir d'un rêve à l'autre.

— Nous ne sommes pas tellement entrés dans les détails lors des séances précédentes.

— Je sais. Je suis psychiatre, je vous l'ai dit, et non psychanalyste. Mais racontez quand même.

— Comme d'habitude, je suis enfant...

— Quel âge ?

— Dix, onze ans. Je ne sais pas. Mais je suis dans la vieille maison d'Elm Haven. Je dors dans ma chambre avec mon petit frère Lawrence...

— Et ensuite ?

— Lawrence et moi nous discutons à voix basse. Il y a une petite lampe allumée, et Lawrence laisse tomber la bande dessinée qu'il tient à la main. Il tend le bras pour la ramasser, et... il y a une main qui sort de dessous le lit pour lui saisir le poignet et l'attirer vers le bas.

— Une main très pâle, c'est ce que vous avez dit la dernière fois.

— Oui. Enfin, non... Pâle, sans plus. Blanche comme un ver. D'une blancheur cadavérique.

— Que pouvez-vous dire de plus sur cette main ? Ou ces mains, peut-être ? Il y en avait deux ?

— Une seule, pour commencer. Elle attire Lawrence par le poignet, elle le fait glisser sous le lit avant que lui ou moi nous ayons pu réagir. Elle est bizarre. Avec de longs doigts, vraiment très longs.

Vingt ou vingt-cinq centimètres. Elle ressemble à une grosse araignée. J'essaie de retenir Lawrence par les chevilles...

— Il est déjà sous le lit ?

— Juste la tête et les épaules. Il est en train de hurler. C'est là que j'aperçois la deuxième main, comme une araignée, qui l'attire sous le lit.

— Vous voyez ses poignets ? Des manches de chemise ? Des bras nus ?

— Non. Juste deux mains très blanches qui se détachent dans le noir. Un noir plus dense que celui de la chambre, sous le lit. Un peu comme les manches d'une robe de chambre en velours noir, j'imagine.

— Et vos efforts pour sauver votre petit frère restent vains ?

— Oui. Les mains le tirent entièrement sous le lit, et il disparaît.

— Complètement ?

— Complètement. Comme si un gouffre s'était ouvert subitement dans le plancher, comme si les mains l'avaient tiré dedans.

— Mais votre frère, dans la vie réelle, est vivant et se porte bien.

— Oui, bien sûr. Il dirige une agence d'expertise pour les compagnies d'assurances en Californie.

— Vous avez discuté de ce cauchemar avec lui ?

— Non ; nous nous voyons très peu. Il nous arrive de nous téléphoner, c'est tout.

— Et vous n'avez jamais parlé de vos rêves ?

— Non. Lawrence est un... grand gaillard, assez bourru, parfois, mais très sensible, également. Il n'aime pas trop parler de ce qui s'est passé cet été-là. Ni de son enfance en général. Il n'a pas eu la vie facile, adolescent, à Chicago, et il a fait une sorte de dépression nerveuse quand il a abandonné l'université.

— Vous pensez qu'il a lui aussi des trous de mémoire concernant cet été... de quelle année, déjà ?

— 1960.

— Les mêmes trous de mémoire que vous ?

— Non. Je ne sais pas. Je ne crois pas. Il n'aime pas en parler, c'est tout.

— Très bien. Revenons à votre rêve. Que ressentez-vous quand vous perdez votre... bras de fer et que vous voyez disparaître votre jeune frère ?

— J'ai peur. Je suis furieux. Je ressens…
— Oui ?
— Une sorte de soulagement, je pense, à l'idée que les mains ont emporté mon frère et pas moi. Docteur Hall, que diable signifie ce cauchemar ?
— Nous en avons déjà parlé. Les rêves n'ont pas forcément une signification directe, Dale, mais ils ont toujours une raison. Dans le cas présent, il s'agit d'un rêve d'angoisse caractérisé. Vous sentez-vous angoissé par la perspective des prochains mois ?
— Un peu, bien sûr. Mais pourquoi ce rêve ?
— Pour quelle raison pensez-vous que l'angoisse a pris chez vous la forme de telles images ?
— Je n'en sais rien. Pensez-vous qu'il s'agit de souvenirs refoulés ?
— Vous croyez vraiment avoir le souvenir de ces mains blanches en train d'attirer votre jeune frère sous son lit ?
— Euh… quelque chose d'approchant, en tout cas.
— Je vous ai dit ce qu'il fallait penser des souvenirs refoulés. Malgré tous les films et tous les débats que vous avez pu voir à la télé sur ce sujet, ils sont très, très rares. La notion de souvenir refoulé s'applique à un événement réel, par exemple un traumatisme physique, un viol, et non un rêve ou un fantasme… Qu'y a-t-il ? Je vois à votre expression que vous êtes troublé.
— Ce n'est pas mon cauchemar récurrent qui m'a réveillé la nuit dernière.
— Quoi d'autre, alors ?
— Un bruit. Un grattement. Sous mon lit. La séance est terminée ?
— Oui. Mais j'ai une dernière question à vous poser.
— Envoyez.
— Pourquoi vous donner la peine de faire tout ce chemin pour retrouver la demeure de votre ami d'enfance dans l'Illinois afin d'écrire ce livre ? Pourquoi laisser derrière vous tout ce que vous connaissez, tout ce que la vie vous a donné, uniquement dans le but de trouver une maison vide dans un État où vous n'avez pas remis les pieds depuis quarante ans ?

Dale demeura silencieux durant une minute entière, puis il murmura :

— Il faut que j'y retourne. Il y a quelque chose qui m'attend là-bas.

– Quoi, Dale ?
– Je n'en ai pas la moindre idée.

Pour arriver à la ferme de Duane McBride quand il était gamin, Dale prenait à vélo la route de gravier de Jubilee College sur deux kilomètres et demi environ puis débouchait sur la route de comté n° 6 où un chemin de pierres encore plus étroit en direction du nord menait à la taverne de l'Arbre noir, sur la gauche, avant de descendre et de remonter les pentes escarpées de deux collines. Il laissait derrière lui le cimetière du Calvaire, où reposaient les membres de la communauté catholique d'Elm Haven, puis devait faire encore huit cents mètres sur du plat avant d'arriver à la ferme.

La route de Jubilee College avait été, depuis, revêtue et élargie. La taverne de l'Arbre noir avait disparu, pour autant que Dale puisse le dire dans l'obscurité. À l'endroit précédemment occupé par le bâtiment, il y avait un mobile home bas de gamme niché entre deux arbres où pendaient jadis des ampoules jaunes au bout de leur câble. La route n° 6 avait également été asphaltée et élargie. Ces deux collines, du temps où Dale vivait dans le coin, étaient des pièges mortels pour les automobilistes. On ne pouvait pas s'y croiser, on dérapait sur le gravier et il faisait toujours sombre, même par une belle journée ensoleillée, à cause de la voûte des arbres et des herbes hautes qui bordaient la route. Il n'y avait pas d'accotement pour s'échapper. Cela procurait des sensations fortes quand on pédalait à fond dans la descente pour remonter en roue libre en essayant de se maintenir dans l'ornière durcie. Même les adultes se livraient à une espèce de jeu de la mort. Ils accéléraient avec leur voiture ou leur camion dans un nuage de poussière et de gravier, sans aucune visibilité, et débouchaient au sommet de la côte en espérant que personne, de l'autre côté, ne s'était livré au même jeu. Souvent, les chauffeurs avaient trop bu, c'étaient des paysans qui rentraient chez eux après avoir fait une halte à l'Arbre mort. L'oncle Henry et la tante Lena, qui vivaient dans la jolie fermette de l'autre côté des deux collines, avaient toujours dit en plaisantant que le cimetière du Calvaire avait été mis là, en haut de la colline, pour épargner à tout le monde d'avoir à ramener en ville les victimes des accidents de voiture.

Aujourd'hui, la route asphaltée était assez large pour que deux voitures s'y croisent, et les herbes étaient régulièrement fauchées de chaque côté.

Dale s'arrêta au bord de la route devant le cimetière, éteignit le moteur du Land Cruiser et descendit dans la nuit en laissant les phares allumés.

Le vent avait encore forci et les nuages bas semblaient défiler au-dessus de sa tête à quelques mètres à peine. Il n'y avait pas d'étoiles. Le haut portail noir en fer forgé et la grille aux longues piques entourant le cimetière luisaient à la lumière des phares. Tout cela ressemblait exactement au souvenir qu'il en avait gardé, à l'exception des ailes de chauve-souris ou des robes de sorcières qui semblaient flotter aux barreaux comme du papier crépon noir. Et ce n'était pas une illusion. Il entendait battre les banderoles contre le fer forgé et les voyait se déployer vers l'est en travers des barreaux noirs sur toute la longueur de la grille et autour du portail en ogive.

Des enveloppes de maïs, se dit-il. Il avait déjà observé ce phénomène post-moisson quand il était gamin. Il y avait souvent repensé les jours de grand vent dans le Montana, lorsque les paquets de broussailles roulés par le vent s'accrochaient aux clôtures bordant l'autoroute. À l'est du cimetière, de l'autre côté de la 6, se trouvait la ferme du vieux Johnson du temps où Dale était gamin. Le propriétaire actuel devait encore cultiver le maïs. Des centaines de cosses sèches transportées par le vent étaient venues se plaquer, à l'époque de la moisson, contre les grilles noires du cimetière.

Récolte par moissonneuse-batteuse à chaîne sans fin identique à la machine qui a tué Duane. Ses vêtements et ses chairs en lambeaux ont-ils volé ainsi dans la nuit pour s'accrocher à des clôtures barbelées le long de la route ?

Il secoua la tête. Il était épuisé par son voyage.

Il n'avait aucun membre de sa famille dans ce cimetière. Ils n'étaient pas catholiques. Mais les O'Rourke et nombre de ses anciens copains d'Elm Haven avaient des parents enterrés là. *Certains de mes anciens amis doivent y être également.* Il se promit de revenir de jour pour vérifier. Il allait avoir beaucoup de temps libre dans les semaines à venir.

Il remonta dans le Land Cruiser, remit le moteur en marche et roula lentement dans la descente vers la colline voisine, laissant derrière lui les bannières spectrales, éthérées, bruyantes et frénétiques.

La ferme de Duane McBride se trouvait encore à un peu plus d'un kilomètre. Il laissa sur sa droite la maison de l'oncle Henry et de la grand-tante Lena. Elle était plongée dans l'obscurité. Il aurait été curieux de savoir qui l'habitait à présent. L'oncle Henry était décédé en 1970, mais quelqu'un avait dit à Dale que Lena était toujours en vie dans une maison de retraite de Peoria. Elle avait la maladie d'Alzheimer et ne communiquait plus depuis une vingtaine d'années, mais elle vivait toujours. Si c'était vrai, cette vieille dame avait connu trois siècles. Dale secoua la tête à cette pensée. Que devait-on éprouver quand on survivait à son conjoint durant plus de trente ans ? Il sentit soudain un grand vide au creux de l'estomac à cette pensée. Il n'avait plus de conjointe, et il n'était pas encore habitué à cette idée.

Il faillit rater l'embranchement de la ferme des McBride. L'endroit avait toujours été repérable grâce à deux choses : le refus de M. McBride – pour respecter la volonté de sa défunte épouse – de faire pousser des rangées de maïs qui auraient, l'été, dissimulé la ferme au monde extérieur et vice versa, et aussi une allée de 500 m bordée de pommiers à fleurs.

Aujourd'hui, les champs étaient jonchés de barbes et d'enveloppes de maïs d'après la récolte, avec quelques tiges encore debout, mais la plupart des pommiers à fleurs avaient disparu. Dale s'y connaissait juste assez en culture du maïs pour savoir que les gens qui s'occupaient de cette exploitation utilisaient la méthode du labour réduit.

Il remonta lentement l'allée. Lorsque ses phares illuminèrent les bâtiments de la ferme plongés dans l'obscurité, sa première pensée fut : *Bon Dieu ! C'était bien plus grand dans mon souvenir !*

Aucune lumière ne brillait, pas même le lampadaire traditionnel éclairant la zone comprise entre le corps de ferme et les annexes. Il y avait une grande porte d'entrée, mais Duane et son père ne l'utilisaient jamais. Il contourna donc le bâtiment à la recherche de la petite porte. Sandy Whitaker, l'agent immobilier, lui avait dit que personne n'avait pu retrouver de clé, et qu'il n'aurait qu'à pousser la porte pour entrer. Le courant devait être rétabli avant son arrivée.

Il laissa tourner le moteur, les phares allumés dirigés vers la porte, et descendit.

La moustiquaire et la porte en bois s'ouvrirent à la première poussée. Il entra dans la cuisine.

Il porta subitement les mains à son visage et fit un bond en arrière. L'odeur, à l'intérieur, était insupportable. Une puanteur de moisissure, de pourriture, pis encore. Une odeur de putréfaction, de mort.

Il appuya sur l'interrupteur. Rien ne se produisit. L'obscurité était aussi dense que dans une caverne profonde. Seule une infime lueur filtrait à travers une fenêtre.

Il retourna à son camion pour prendre sa torche halogène et retourna dans la cuisine.

L'endroit semblait avoir été abandonné au milieu d'un repas. Il y avait des assiettes sales sur le comptoir et d'autres empilées dans l'évier. La puanteur augmentait à chaque pas qu'il faisait. Il se couvrit le nez et la bouche d'une main en s'avançant dans la salle à manger.

Bordel ! C'est plein de cercueils d'enfants !

Il se figea sur place, braquant le faisceau de sa lampe dans toutes les directions. Au lieu d'une table de salle à manger, il y avait six ou sept planches posées sur des tréteaux. Et sur chaque planche était posée une longue boîte en métal mat, approximativement de la taille et de la forme d'un petit cercueil. Puis il remarqua les fentes destinées aux cartes perforées, les claviers rudimentaires et les petites fenêtres sur les boîtes en métal.

Les fameuses machines à apprendre. Il se souvint soudain que le père de Duane – son « vieux », comme il l'appelait affectueusement – était un inventeur. Et il avait devant lui les « machines à apprendre » pré-informatiques sur lesquelles le « vieux » de Duane travaillait depuis des années, sans jamais réussir à les mettre au point comme il voulait, sans jamais intéresser personne, ou presque, à ses recherches.

Incroyable, se disait Dale.

La sœur du vieux avait vécu ici de 1961 jusqu'au nouveau millénaire, et elle ne s'était jamais débarrassée de toute cette ferraille. Quarante ans avec ce bazar dans sa salle à manger !

L'odeur était encore plus forte ici. Il balaya la salle de sa torche, trouva l'interrupteur et l'actionna. Toujours rien.

Quelque chose était venu mourir dans cette pièce, il en avait la certitude. Sans doute un rat ou une souris. Peut-être un truc plus gros. Il n'avait pas l'intention de porter ses affaires ni de dormir ici tant qu'il n'aurait pas sorti cette charogne et aéré la maison de fond en comble.

En soupirant, il sortit, grimpa dans le Land Cruiser, referma la portière, inclina au maximum le siège passager, baissa un tout petit peu les vitres, prit une couverture sur le siège arrière et essaya de trouver le sommeil. Il était tellement épuisé que dès qu'il ferma les yeux il vit défiler les panneaux et les feux des voitures sur l'autoroute et au-dessus de lui sur les bretelles de croisement. Il allait s'assoupir lorsqu'un fragment de rêve ou une pensée subite le frappa. Il ouvrit les yeux et tendit la main pour appuyer sur le bouton de verrouillage des portières.

3

La neige était en train de tomber lorsque Dale ouvrit les yeux à la lueur plombée du petit matin.

Où diable est-ce que je suis ? se demanda-t-il, sincèrement perdu. Il se sentait ankylosé, courbaturé, encore sous le coup de l'épuisement du voyage, désorienté, frigorifié et moulu. Il avait mal à la tête, aux yeux, au dos, comme chaque fois qu'il se réveillait après sa première nuit de camping ou de randonnée équestre, après avoir passé une nuit plus ou moins blanche sous la tente.

Où suis-je donc ?

La neige tombait à gros flocons distincts qui s'écrasaient lourdement sur le capot du Land Cruiser pour rejaillir en eau. Ce n'était pas tout à fait de la neige, pas tout à fait du grésil non plus. Du *groppel*, c'était le mot utilisé au Montana. Le pare-brise était complètement givré. Les champs de maïs rasés étaient gelés. *Je suis chez Duane. Dans l'Illinois.* Ça n'avait aucun sens. *De la neige ? Le premier jour de novembre ?* Il était habitué à voir la neige au début de l'automne à Missoula, et encore plus au ranch du lac Flathead, à cause de l'altitude, mais dans l'Illinois ! Il avait vécu sept ans, enfant, à Elm Haven, et pas une fois, dans son souvenir, il n'avait vu tomber la neige à l'époque de Halloween.

Merde ! se dit-il en fouillant son sac le plus proche à la recherche d'un vêtement chaud. *C'est encore la faute d'El Niño ou de La Niña. Ça fait à peu près sept ans qu'on leur attribue toutes les catastrophes.*

Il descendit du Land Cruiser tout en finissant de fermer son blouson, transi, et leva les yeux vers la grande bâtisse devant lui.

Pour exercer son métier d'écrivain, il avait été obligé d'acquérir des notions élémentaires d'architecture. Un écrivain se doit d'être touche-à-tout, c'était du moins son opinion. Et il n'eut pas de mal à reconnaître dans la ferme des McBride la « maison pyramidale nationale d'habitation familiale ». L'appellation avait l'air complexe, mais ne désignait rien d'autre que l'un des millions de bâtiments carrés avec toiture à quatre pentes que l'on trouvait communément dans le Midwest et qui dataient de l'époque de la Première Guerre mondiale. La maison des McBride avait la forme d'une pyramide à un étage, relativement haute, sans pignons latéraux ni fenêtres compliquées ni détails d'un intérêt particulier. Le seul élément en saillie était un petit auvent au-dessus de la porte dont les McBride se servaient exclusivement à l'époque. La plupart des maisons pyramidales avaient de grandes vérandas sur le devant, mais la porte d'entrée principale, ici, n'était agrémentée que d'un perron très simple donnant directement sur un rectangle de pelouse. Quant à la petite porte, elle s'ouvrait sur la cour de ferme qui séparait le corps d'habitation des bâtiments annexes : deux cabanes à outils, deux remises de la taille d'un tracteur, un poulailler et une vaste grange où le père McBride rangeait tout son matériel agricole.

Dale espérait que la plomberie était encore en état de fonctionner. Il avait une envie de pisser monumentale.

Plomberie ? Qui a besoin d'une foutue plomberie ?

Il s'était rappelé tout à coup qu'il se trouvait devant une ferme abandonnée, à cinq kilomètres d'une petite ville à moitié morte du fin fond de l'Illinois. Il jeta un coup d'œil machinal à la sinistre allée qui menait à la route, puis alla uriner derrière le Land Cruiser. La neige était sur le point de se transformer en pluie, mais un petit cercle fumant se forma néanmoins sur la boue givrée de la cour des McBride.

Un avertisseur de voiture beugla derrière lui.

Il se reboutonna rapidement, confus, se frotta les mains contre son pantalon et fit le tour du Land Cruiser. C'était une grosse Buick noire qui avait surgi de l'obscurité et s'était arrêtée derrière son 4 × 4. La femme qui en descendit devait avoir à peu près son âge, mais avec vingt kilos de plus, l'air d'une matrone et des cheveux bouclés d'un blond totalement artificiel. Elle portait une longue parka beige matelassée en duvet d'oie du genre qui était passé de mode depuis quinze ans environ.

– Monsieur Stewart ? Dale ?

Un instant, il fut totalement pris au dépourvu. Puis les rouages se mirent en place, lentement.

– Madame Whittaker ?

La grosse femme s'avança avec précaution dans la neige boueuse.

– Appelez-moi Sandy, pour l'amour du ciel ! lui cria-t-elle en s'approchant.

Il avait vu sur Internet que la maison des McBride était à louer. Quand il avait contacté l'agence immobilière, dans la banlieue d'Oak Hill, il avait discuté avec cette femme pendant une dizaine de minutes sur les modalités de la location avant qu'ils se rendent compte, chacun de son côté, qu'ils se connaissaient. Elle lui avait dit au téléphone qu'elle s'appelait Sandra Blair, mais ce n'est que quand il lui avait appris qu'il avait passé une partie de son enfance à Elm Haven qu'elle lui avait révélé qu'elle était divorcée et qu'elle avait gardé le nom de Blair pour ses affaires, parce que son ex-mari était quelqu'un d'important à Oak Hill et à Peoria, mais que ses amis la connaissaient sous son nom de jeune fille, Sandy Whittaker.

Dale avait le vague souvenir d'une Sandy Whittaker mince, blonde et timide qui était toujours avec Donna Lou Perry, la meilleure lanceuse de leur équipe de base-ball improvisée pendant les vacances d'été. Tandis qu'il se tenait devant cette petite femme grassouillette, aux hanches et aux joues rebondies, en espérant vaguement qu'elle ne l'avait pas vu en train de pisser, il n'arrivait pas à faire la jonction avec la fillette de onze ans de son enfance. Mais peut-être se heurtait-elle au même problème. Il n'avait pas pris de poids comme elle, mais sa barbe poivre et sel et ses lunettes devaient trancher sur l'image qu'elle avait de lui enfant.

– Vous savez, Dale, on ne vous attendait pas avant ce soir ou demain. La maison a été nettoyée et l'électricité devait être rétablie aujourd'hui, mais à la suite de votre coup de téléphone du Montana nous avions compris que vous ne seriez pas là avant le 1er ou le 2.

— C'est bien ce que j'avais dit. Mais une fois sur la route, j'ai décidé de tout faire d'une seule traite. Si on se mettait à l'abri de la neige ?

— Oui, oui, bien sûr.

Elle avait des chaussures à talons hauts. Il n'avait pas vu de talons aiguilles comme ceux-là depuis une éternité, particulièrement sur une femme aussi corpulente. Il lui tendit la main pour l'aider à marcher dans les ornières gelées et les plaques de neige.

— Drôle de temps pour un début d'automne, lui dit Sandy Whittaker.

— C'est ce que je me disais aussi, murmura Dale tandis qu'ils prenaient pied sur l'étroit perron de la petite porte. Mais j'ai pensé que j'avais peut-être oublié comment était le mois de novembre dans l'Illinois.

— Non, non. Il fait habituellement très beau en cette saison. Ce doit être encore un effet d'El Niño. Vous êtes déjà entré ?

— Quelques instants seulement, hier soir. Mais il n'y avait pas de courant, et... il faut que je vous dise, il y a une charogne à l'intérieur. Un rat, peut-être. Ça sent vraiment mauvais.

Elle s'arrêta sur le seuil et haussa un sourcil peinturé. Elle était si lourdement fardée que Dale avait l'impression qu'elle portait un masque de kabuki, couleur chair.

— Une charogne ? demanda-t-elle. J'étais là hier avec une femme de ménage et le livreur de propane. Personne n'a rien remarqué. Vous pensez qu'il pourrait s'agir d'une fuite de gaz ?

— Non, fit Dale en chassant de la main la neige collée à ses cheveux. Vous allez vous rendre compte par vous-même.

Il poussa la porte pour la laisser entrer.

Sandy Whittaker actionna l'interrupteur de la cuisine, et l'ampoule nue s'alluma. Les assiettes, sur le comptoir et sur la table, étaient propres et bien empilées. Aucune mauvaise odeur ne flottait dans l'air.

— C'est étrange, dit-il en s'avançant dans la salle à manger où une lumière crue illuminait les boîtes grises des machines à apprendre.

Aucune mauvaise odeur là non plus.

— J'étais certain que quelque chose de gros avait crevé ici, ajouta-t-il.

Sandy Whittaker eut un petit rire nerveux.

– Certainement pas. Mme Brubaker – la sœur de M. McBride – est morte à l'hôpital de Oak Hill, où j'habite. Je veux parler de Oak Hill, bien entendu, et non de l'hôpital. Mais ça s'est passé il y a près d'un an, et M. McBride est décédé à Chicago... voyons voir...

– En 1961, murmura Dale.

– Oui, bien sûr. L'hiver qui a suivi... euh... le terrible accident survenu au petit Duane.

Dale ne put s'empêcher de sourire. Son ami pesait dans les quatre-vingt-dix kilos à l'âge de onze ans. Personne n'aurait jamais songé à l'appeler « le petit Duane ».

– Il est mort assez loin d'ici dans un accident causé par une machine agricole, n'est-ce pas ? demanda Sandy Whittaker.

Dale comprit qu'elle s'inquiétait à l'idée qu'il pût croire la maison hantée.

– Je voulais juste dire qu'hier soir il y avait une odeur de charogne, comme si une souris ou un rat mort avait été oublié dans un coin, dit-il. Mais l'odeur est partie.

– Oui, fit Sandy Whittaker, visiblement désireuse de passer aux choses sérieuses. Voulez-vous que je vous fasse visiter la maison ? Les photos que je vous ai envoyées par e-mail n'étaient pas très nettes, je le sais. Nous n'avons pas d'appareil photo numérique. J'ai juste scanné les vues de mon petit Instamatic.

– Non, non, elles étaient très bien. Mais j'aimerais jeter un coup d'œil aux autres pièces, naturellement. (Il regarda sa montre. Il n'était que 7 h 45.) Vous commencez tôt votre journée de travail, j'ai l'impression. Surtout si vous venez de Oak Hill.

Quand Dale habitait ici, Elm Haven n'avait même pas 1 000 habitants et Oak Hill, à douze kilomètres de là, en avait 6 000. Il avait vérifié sur le site des données régionales de Yahoo. La population de Oak Hill avait plus que doublé depuis 1960, alors que Elm Haven avait encore moins d'habitants qu'avant.

– Pas du tout, lui dit Sandy Whittaker. Il est presque dix heures.

Dale regarda de nouveau sa montre. Il avait oublié de la régler sur le fuseau horaire du Centre ; de plus, il avait oublié que l'heure d'hiver entrait en vigueur pendant son voyage. *Deux heures de plus.* Il avait perdu deux heures de son existence sans même s'en apercevoir.

Sandy lui fit faire le tour de la maison en commençant par l'immense cuisine.

— La cuisinière n'a qu'un seul feu en état de marche. Elle est à gaz, naturellement. La cuve à propane est dans la remise là-bas. Vous trouverez facilement quelqu'un à Oak Hill ou à Peoria qui viendra vous la réparer. Je parle de la cuisinière, bien sûr.

— Je n'aurai sans doute pas besoin de plus d'un feu, lui dit Dale. En fait, c'est plutôt d'un micro-ondes que j'aurais besoin. J'ai pris l'habitude de me nourrir de plats surgelés tout préparés. Je suppose que je vais être obligé de les lécher comme ils sont.

Sandy Whittaker s'arrêta net pour se tourner vers lui d'un air choqué. Il vit qu'il avait baissé d'un coup de plusieurs degrés dans son estime.

— Je pense qu'on trouve des micro-ondes pas trop chers dans les…

Il leva la main pour l'interrompre.

— Je plaisantais, dit-il. C'est une réplique d'un vieux film de Woody Allen, je crois.

Elle fronça les sourcils, puis hocha la tête.

— Le réfrigérateur est petit, mais il fonctionne, dit-elle. Il y a des assiettes, des verres et tout ce dont vous aurez besoin dans le buffet. Mme Brubaker était très ordonnée et soigneuse. Mais j'ai demandé à Alma – c'est la femme de ménage – de tout laver quand même. Dans la salle à manger aussi…

Les lames du parquet grinçaient sous le poids de Sandy Whittaker. Elle s'arrêta devant le bouton du thermostat pour le tourner, et Dale entendit le déclic de la chaudière qui se mettait en route quelque part. Dix secondes plus tard, l'odeur sèche, poussiéreuse mais pas désagréable du premier chauffage d'automne leur parvint.

— Euh… nous n'avons pas su quoi faire de ces choses-là, dit-elle en désignant les machines à apprendre. Elles étaient trop lourdes pour que Alma et moi puissions les transporter dans la grange ou le poulailler, et nous n'avons pas voulu embêter les ouvriers du propane avec ça, ils avaient déjà trop à faire. J'ignore à quoi ça servait, mais je sais que le père Duane travaillait dessus depuis des années. Vous remarquerez que Mme Brubaker a tout laissé comme du vivant de son frère – ce qui ne l'a pas empêchée d'entretenir la maison, naturellement.

– Pourquoi a-t-elle fait ça ?
– Fait quoi ?
– Tout laissé en place après la mort de son frère ?

Sandy Whittaker haussa les épaules.

– Vous vous souvenez sûrement que le petit Duane et son père vivaient de manière… excentrique. La sœur de M. McBride avait un peu le même caractère, je suppose. Elle vivait repliée sur elle-même. Je ne crois pas qu'elle ait reçu beaucoup de visites dans cette maison, à part le service de repas à domicile, la dernière année. Et Sarah, la fille qui livrait, disait toujours que rien ne changeait jamais dans la maison. Mme Brubaker l'entretenait comme un musée.

– De quoi est-elle morte ?
– Du cancer.

Le parquet craqua de nouveau tandis que Sandy Whittaker traversait la grande salle à manger pour passer par une arcade dépourvue de sa porte coulissante qui menait à un petit salon. La pièce était plongée dans l'obscurité.

– Le salon, dit-elle. Je ne crois pas qu'il ait beaucoup été utilisé. Ni par le vieux McBride ni par sa sœur.

Deux fauteuils anciens, une table basse sur laquelle était posée une lampe des années 40, un canapé à ressorts, un tapis dont les fleurs blanches énormes étaient devenues grises avec le temps. Ni téléphone, ni radio, ni télévision. Les deux fenêtres hautes avaient des tentures si épaisses que la pâle lumière du matin ne filtrait presque pas à l'intérieur.

Dale voulut écarter les tentures, mais elles étaient retenues par des pinces. Il les enleva et essaya de nouveau. Mais il y avait à l'intérieur de nouveaux plis que quelque chose retenait.

– Si vous aviez vu la poussière quand Anna et sa fille ont passé l'aspirateur ! déclara Sandy.

– Je vous crois sans peine.

Il s'aperçut que les plis intérieurs avaient été cousus hermétiquement.

– Cette Mme Brubaker devait être un vampire, dit-il.

Il sortit son canif de sa poche et ouvrit la grande lame. Puis il commença à défaire la couture. Le tissu ne voulut pas glisser sur la tringle, mais il finit par avoir raison de sa résistance. Il y avait encore un rideau blanc devenu jaunâtre qui filtrait la lumière grise du matin. Il l'arracha d'un seul coup.

— J'ai besoin de lumière. Je vais m'installer ici pour travailler, fit-il pour expliquer son geste.

Il laissa tomber le rideau moisi sur le vieux canapé et plissa les yeux en direction des hautes tentures.

— Ça m'étonnerait, murmura Sandy Whittaker.

Dale replia la lame de son canif et se tourna vers elle.

— Qu'elle soit un vampire, dit-elle. Ça m'étonnerait que Mme Brubaker soit un vampire.

La visite du reste du rez-de-chaussée ne prit que quelques minutes. Une « maison pyramidale nationale d'habitation familiale » ressemblait comme deux gouttes d'eau à la maison typique que Dale avait à Missoula avant les transformations qu'il y avait faites. Quatre pièces disposées en carré, reliées par un étroit couloir, avec une salle de bains. En sens inverse des aiguilles d'une montre, ils avaient vu la cuisine (carrelage au sol, une fenêtre, une porte), la vaste salle à manger (deux fenêtres à tentures et rideaux), le petit salon (deux fenêtres aux tentures épaisses), et le vestibule, qui rejoignait la cuisine (par une porte à vitraux, seul élément de décoration que Dale avait remarqué au rez-de-chaussée). Il y avait aussi le « bureau », face au séjour, qui s'ouvrait sur le vestibule. C'était une pièce minuscule, mais étonnamment agréable et confortable, avec son bureau à cylindre, ses étagères incorporées au mur nord et sa petite fenêtre donnant sur l'allée. Un long divan était accolé au mur, avec dosserets de tête et de pied incurvés.

— C'est ici que dormait Mme Brubaker. Et M. McBride avant elle, je pense.

— Ils n'avaient pas leur chambre là-haut ? s'étonna Dale.

Sandy Whittaker sourit. Il était assez près d'elle pour percevoir l'odeur de talc et de parfum qui émanait d'elle.

— Non. Je crois en avoir expliqué la raison dans mon premier e-mail.

Ils s'arrêtèrent devant la salle de bains du rez-de-chaussée : lavabo sur colonne, superbe baignoire à pieds, pas de douche. Le carrelage noir et blanc était ébréché. La chasse d'eau des W.C. était murale, ce qui le faisait penser à la scène du *Parrain* n° 1, où Michael Corleone entre dans les toilettes du restaurant italien récupérer un pistolet avec lequel il tue Tattaglia et le capitaine de la police joué par Sterling Hayden.

— Pas de douche ? demanda-t-il.

— Il y en a deux, une en bas et une en haut, je crois. Mais ils n'utilisaient jamais celle du haut.

— Pourquoi ?

— Vous allez voir.

Finalement, elle ne l'accompagna pas à l'étage. L'escalier était étroit, en colimaçon, coincé entre la salle de bains et la porte d'entrée. Il n'y avait pas de lumière, on n'y voyait pratiquement rien. Galant, vu la taille de l'escalier et le gabarit de Mme Whittaker, il lui proposa d'y aller tout seul. Il grimpa dans le noir. Arrivé en haut, il y voyait à peine un peu plus.

Une énorme toile d'araignée couvrait la porte du vestibule de l'étage. Quelque chose de gros et de monstrueux, une forme arachnoïde de la taille de Dale, se déplaça à travers les replis laiteux de la toile d'araignée et tendit des pattes velues et frémissantes dans sa direction.

Il demeura paralysé. Par la suite, il se félicita de n'avoir pas été capable de hurler. Cette histoire-là aurait vite fait le tour d'Elm Haven et même de Oak Hill : Dale Stewart, distingué professeur, intrépide homme de l'Ouest, auteur de *Jim Bridger, le roi de la montagne*, épouvanté par son ombre.

Il y avait plusieurs épaisseurs de feuilles de plastique de chantier clouées en travers de l'entrée. Le plastique avait jauni et s'était fendillé avec l'âge. Dale se souvenait maintenant que son ami Duane lui avait dit que son « vieux » avait condamné tout l'étage « pour économiser le chauffage » après la mort de sa mère, aux environs de 1952.

Il tendit la main avec précaution pour toucher la première feuille de plastique. Elle était épaisse mais cassante. Il devait bien y avoir quatre ou cinq épaisseurs de plastique clouées à cet endroit, chaque feuille avec son réseau de plis et de craquelures. Le peu de lumière qui filtrait à travers la fenêtre de l'étage parvenait à peine à franchir la barrière de ces feuilles décolorées. Pas étonnant qu'il ait pris cela pour une toile d'araignée géante. L'araignée elle-même, naturellement, n'était que son propre reflet déformé par le plastique décoloré. Il se pencha en avant, mais ne put rien voir du vestibule ni des pièces qui se trouvaient de l'autre côté.

Il sortit son canif, inséra la lame dans une fente, puis se ravisa. Il retourna dans l'escalier, qu'il commença à redescendre prudemment.

– C'est toujours condamné ? lui demanda Sandy Whittaker.

– Plutôt deux fois qu'une. J'aurais bien ôté le plastique, mais je préfère vous demander d'abord s'il n'y a pas eu une raison importante pour bloquer l'accès. Genre virus d'Ebola, par exemple.

– Je vous demande pardon ?

– Je plaisantais. Je voulais juste savoir pourquoi il y a tout ce plastique.

– Vous avez oublié mon message ? Mme Brubaker n'a jamais voulu chauffer l'étage. C'est pour cela qu'il est condamné.

– Je croyais qu'elle avait juste fermé les radiateurs et les trappes d'aération, dit-il avec un sourire.

Ils étaient retournés dans la cuisine, où il y avait plus de lumière.

– Je ne pensais pas que ça voulait dire tout fermer hermétiquement, ajouta-t-il.

– De toute façon, Alma refuse de monter là-haut.

– Pourquoi donc ? Il y a des fantômes ? Le vieux McBride avait enfermé là-haut sa deuxième femme aliénée ? Un truc comme ça ?

Sandy Whittaker le regardait avec de grands yeux, sa bouche fardée légèrement ouverte.

– Je plaisantais encore, s'empressa-t-il de murmurer, en prenant mentalement note de ne plus jamais la faire marcher.

Prenait-elle tout au pied de la lettre de cette manière quand ils étaient gamins ? Il est vrai qu'il ne fréquentait pas tellement les filles à l'époque.

– Ça me revient maintenant, dit-il. On en parlait déjà quand j'habitais dans le coin, dans ma jeunesse. Le vieux McBride trouvait que sa note de chauffage était trop élevée. C'est pour ça qu'il avait condamné tout l'étage.

Sandy Whittater réussit finalement à hocher la tête.

– Je peux vous assurer, Dale... monsieur Stewart...

– Je préfère Dale.

— Je peux vous assurer, Dale, que c'est absolument la seule raison, à ma connaissance, pour laquelle l'étage est condamné. La vieille chaudière à charbon a été adaptée au propane dans les années 50, mais elle n'a jamais eu un très bon rendement après ça. Mme Brubaker dormait dans le petit bureau. Et je crois que M. McBride y dormait aussi après la mort de sa femme. Disons que personne n'a eu besoin d'utiliser l'étage.

— J'ai juste voulu plaisanter parce que vous disiez qu'Alma – la femme de ménage, c'est bien ça ? – refusait de monter là-haut, fit Dale, penaud.

— Alma a soixante-quatorze ans. Elle souffre de la hanche. L'escalier lui fait peur. Mais vous avez loué la maison tout entière, mons... Dale. Si vous voulez qu'on ouvre l'étage, je demanderai à mon neveu de passer retirer le plastique, et Alma – ou sa fille – m'aidera à aérer l'étage. J'imagine qu'il doit sentir un peu le renfermé, après avoir été condamné pendant près d'un demi-siècle.

Dale écarta les mains. Il allait faire une plaisanterie sur l'ouverture du tombeau de Toutankhamon, mais se retint à temps.

— Je n'en ai pas besoin, dit-il. Éventuellement, je vous ferai savoir plus tard si je veux utiliser l'étage. Pour cent soixante-quinze dollars par mois, le rez-de-chaussée sera amplement suffisant. Et le petit bureau me convient parfaitement.

— Si vous trouvez que c'est trop cher...

Il soupira en secouant la tête.

— Même à Missoula, on ne trouve pas une simple chambre à ce prix-là, Sandy. Ne vous inquiétez pas, tout ira bien. Vous disiez qu'il y avait une douche au sous-sol ?

4

Il y avait bien plus qu'une douche. Dale avait oublié que Duane vivait pratiquement dans ce sous-sol.

Enfant, Dale avait une sacro-sainte terreur de sa propre cave à Elm Haven. Le sous-sol de sa maison était un véritable labyrinthe de petites pièces, avec la cave à charbon tout au bout. Il était mort de peur, chaque soir, quand il fallait qu'il aille remplir la chaudière.

La cave des McBride était conçue à peu près de la même manière. Essentiellement, elle consistait en une très grande pièce dont la partie sud était occupée par la chaudière. Mais elle était propre et bien rangée. Il y avait des établis contre un mur, une vieille machine à laver avec des roulettes en bois, des rouleaux de corde à linge et une énorme douche dont les tuyaux apparents étaient branchés sur l'arrivée d'eau de la salle de bains du rez-de-chaussée. Il y avait aussi une chambre noire à l'ancienne, mais complète, avec un évier branché lui aussi sur l'arrivée d'eau de la salle de bains, et enfin le coin personnel de Duane.

Dale n'était venu ici qu'une seule fois, juste après la mort de Duane. Il était entré clandestinement, en passant par l'une des six lucarnes qui donnaient sur l'extérieur, pour prendre les petits carnets où son ami tenait son journal intime. Et il les avait encore aujourd'hui, bien à l'abri dans son Land Cruiser. Il y en avait treize en tout. C'étaient d'épais carnets à reliure spirale, couverts des pattes de mouche en sténo, pratiquement illisibles, de Duane.

Son coin personnel était toujours là, inchangé, délimité par une couverture sur une corde à linge – elle venait probablement d'être lavée, à en juger par son odeur quand il s'en approcha – et par des piles de cartons pleins de magazines et de livres de poche. Dale écarta la couverture.

Duane avait assemblé ici un vieux lit en laiton dont l'épais matelas paraissait bien plus confortable que le divan du petit bureau. Il était entouré de caisses remplies de livres elles aussi. Posés sur la plupart des caisses, il y avait toute une collection de vieux postes de radio : modèles à transistors datant de 1960, récepteurs complexes visiblement assemblés à partir de kits, simples postes à galène, boîtiers en bakélite des années 50, et même un énorme Philco posé par terre contre le mur au pied du lit. Sur une petite table entre le lit et le Philco, il y avait un authentique émetteur-récepteur à ondes courtes, complet avec ses fils d'antenne qui couraient le long du mur jusqu'à l'une des lucarnes.

— J'avais oublié que Duane était radio-amateur, murmura-t-il d'une voix à peine audible.

— Je ne sais pas si ça fonctionne toujours, répondit Sandy Whittaker en chuchotant elle aussi, mais ce qui est certain c'est que Mme Brubaker a tout maintenu en parfait état même ici.

— Pour ça oui, fit Dale. Cette cave est mieux rangée que le séjour de mon ranch du Montana.

Sandy Whittaker resta en panne de réponse. Elle se contenta de plisser les lèvres en hochant la tête.

— Sérieusement, reprit Dale en faisant un large geste circulaire désignant toute la cave. Il y a plus de lumière ici que là-haut.

Outre les six lucarnes qui faisaient office de verrière, il y avait quatre ampoules nues au bout de leur fil pour éclairer tout l'espace, et deux petites lampes de chevet qui fonctionnaient encore de chaque côté du lit. C'était vraiment l'endroit le plus confortable de la maison.

Sandy Whittaker regarda sa montre.

— Je voulais juste m'assurer que tout était en ordre, dit-elle. Il faut que je file au bureau, maintenant.

Ils retournèrent dans la cuisine. La neige avait cessé de tomber, mais le ciel était toujours de plomb et il faisait froid.

– J'aurais aimé pouvoir vous offrir quelque chose, dit-il. Peut-être un verre d'eau ?

Elle se tourna vers le robinet en fronçant les sourcils.

– Nous pensons que l'eau est parfaitement potable, dit-elle. Il y a un puits, ce n'est pas l'eau de la ville. Mais vous devriez peut-être boire de l'eau minérale, par précaution.

Dale hocha la tête en souriant de nouveau. *L'eau de la ville.* Il n'avait pas entendu cette expression depuis plus de quarante ans. Elle fit remonter un flot de souvenirs dans sa mémoire. L'eau du robinet, à Elm Haven, était sulfureuse, chargée d'impuretés, jaunâtre, bref imbuvable. Tout le monde, même au cœur du village, avait son puits dans la cour.

Sandy lui donna plusieurs papiers : un reçu pour les chèques qu'il avait envoyés à l'agence comme caution et paiement des deux premiers mois d'avance – il comptait rester neuf mois –, une liste de numéros de téléphone des services d'urgence, pour la plupart situés à Oak Hill, le numéro de l'agence, celui d'une clinique à Oak Hill, celui d'un dentiste et plusieurs adresses de magasins, également à Oak Hill.

– J'ai besoin d'acheter quelques provisions avant ce soir, lui dit-il. J'ai vu que l'A & P et le Corner Pantry avaient disparu. Où vont les gens d'Elm Haven pour se ravitailler ?

Elle fit un geste vague, et il remarqua qu'elle avait les mains et les poignets très fins par rapport à ses bras potelés.

– La plupart vont au supermarché de Oak Hill, près du jardin public, ou à celui de Peoria, à la sortie ouest de l'autoroute. Mais quand ils sont pressés, il y a le KWIK'N'EZ[1].

Elle lui épela le nom.

– C'est une supérette accolée à la station Shell à la sortie de l'I-74, expliqua-t-elle. Ils vendent du pain, du lait, des trucs comme ça. Les prix sont ridiculement élevés, mais c'est pratique d'accès.

– KWIK'N'EZ, répéta Dale.

Il détestait les grandes surfaces et les chaînes de supermarchés. Il les détestait presque autant que les évangélistes de la télé et les criminels de guerre nazis.

---

1. Prononcer : *Quick and Easy*. En français : « vite et facile » (N.d.T.).

Il raccompagna Sandy Whittaker jusqu'à sa grosse Buick noire. Elle se tourna vers lui avant de monter dans la voiture.

– Vous avez quelquefois des nouvelles de vos anciens copains, Dale ?

– Vous voulez dire la bande de gamins d'Elm Haven ? Non. J'ai écrit lorsque nous avons déménagé à Chicago en 1961, mais je les ai perdus de vue ensuite. Il y en a encore qui habitent ici ?

Elle réfléchit quelques secondes.

– Si je me souviens bien, il y avait Mike O'Rourke et Kevin Grumbacher, c'est ça ?

– Jim Harlen également, dit-il avec un sourire.

– Oui. Vous savez sans doute qu'il a été sénateur de l'Illinois.

Il hocha la tête. Harlen était resté vingt ans sénateur, jusqu'à ce qu'un scandale sexuel empêche sa réélection en 2000.

– Les O'Rourke – les parents – vivent toujours au même endroit, dit-elle.

– Ça alors ! Ils sont centenaires, au moins !

– Dans les quatre-vingts ans, je pense. Ça fait des années que je ne les ai vus. On m'a dit que Michael avait été gravement blessé au Vietnam, et qu'il était devenu prêtre.

– C'est ce qu'on m'a dit également, mais je n'ai pas pu retrouver sa trace sur Internet.

– Et Kevin Grumbacher... continua Sandy sans l'écouter. Ses parents sont morts depuis quelque temps. La dernière fois que j'ai eu de ses nouvelles, il travaillait à la NASA ou quelque chose comme ça.

– Chez Morton Thiokol.

Voyant que le nom ne signifiait rien pour elle, il expliqua :

– C'est la compagnie qui fabrique les propulseurs d'appoint à poudre pour la navette spatiale. J'ai retrouvé quelques articles dans la presse. Il semble que Kevin ait travaillé pour eux au moment de la catastrophe de *Challenger* en 1986, et qu'il ait mangé le morceau en révélant devant la commission d'enquête que la compagnie était au courant des imperfections du joint torique.

Sandy WHittaker le regardait avec de grands yeux, sans comprendre. Il haussa les épaules.

– Bref, il a démissionné en 86 en signe de protestation, et je n'ai plus trouvé la moindre mention de son nom dans la presse ou sur le

Net. Je pense qu'il vit actuellement au Texas.

Il se sentait gêné de parler de ses vieux copains à cette femme, mais il était curieux de voir si elle en savait plus que lui. Pour changer de conversation, il demanda :

— Et vous, vos anciennes copines de classe ? Vous êtes toujours en contact avec Donna Lou Perry ?

— Elle est morte. Assassinée.

Il battit des paupières, hébété.

— Ça s'est passé il y a longtemps, reprit-elle. Elle avait épousé Paulie Fussner en... 1970, si je ne me trompe. Elle a fui le domicile conjugal et essayé d'obtenir le divorce en 1974, je crois. Mais il a retrouvé sa trace et l'a battue sauvagement. Elle est revenue ici à Elm Haven se réfugier chez ses parents. Un beau matin, il a surgi devant elle et l'a tuée à bout portant.

— C'est terrible ! fit Dale.

Donna Lou était la seule fille de son enfance qu'il avait espéré rencontrer à Elm Haven pour lui dire combien il regrettait ce qui s'était passé un jour, quarante-deux ans plus tôt, sur le terrain de base-ball. Il n'en aurait plus jamais l'occasion.

— Seigneur Dieu ! murmura-t-il.

Sandy hocha la tête.

— C'est bien vieux, tout ça. Avec le nouveau millénaire, je me fais l'effet d'être un fossile vivant, quand je parle de gens ou de choses qui ont disparu au milieu du siècle dernier. Et qui y avait-il d'autre dans votre bande ?

— Cordie Cooke, fit Dale, qui ne pouvait s'empêcher d'être hanté par le visage de Donna Lou.

— Je ne sais pas du tout ce qu'elle est devenue, lui dit Sandy.

Dale avait eu de ses nouvelles. Il avait découvert sur Internet que la petite sauvageonne à la figure toute ronde de son enfance était devenue multimillionnaire. Quelques années plus tôt, elle avait revendu sa compagnie, la plus grosse entreprise américaine de gestion des déchets, et s'occupait actuellement d'un luxueux centre de convalescence pour les victimes du cancer sur la grande île de Hawaii. Dale ne jugea pas nécessaire de mentionner tout cela devant Sandy Whittaker.

— Il y avait un autre garçon dans votre bande, dit-elle.

Il réfléchit quelques secondes.
— Lawrence, mon petit frère ?
— Non, quelqu'un d'autre.
— Duane McBride ?
Elle rougit soudain.
— Oui, c'était sans doute à lui que je pensais.

Elle monta dans sa voiture et fit tourner le moteur. Dale fit un pas en arrière. Il se préparait à lui dire au revoir d'un signe de main quand elle abaissa sa vitre.

— J'oubliais une chose, Dale. J'ai un petit-cousin qui s'appelle Derek. Quand il a appris que vous aviez loué cette maison, il nous a dit qu'il savait tout sur vous.

Seigneur ! pensa Dale. *J'ai un fan ici ! Un lecteur de* Jim Bridger, *le roi de la montagne.*

— Derek est un… ado à problème, si vous voyez ce que je veux dire. Il a dix-neuf ans. Mon cousin Ardith dit qu'il vous connaît par ses amis d'Internet. Ils envoient vos articles et votre photo à tous leurs copains.

— Mes articles ? Vous voulez dire mes romans ?
— Non, des articles parus dans je ne sais quel journal du Montana.
— Bon Dieu ! fit Dale, tout haut. Vous voulez dire ma série d'articles de fond sur la Milice du Montana ?

Au sommet – ou plutôt au plus bas – de sa dépression, l'an dernier, il avait écrit une suite d'articles sur les groupuscules locaux d'extrême-droite.

— Je pensais que ces documents ne circulaient que chez les skinheads et les néo-nazis.

Elle mordilla sa lèvre inférieure peinturée.

— Je ne sais pas si Derek est un machin-nazi, mais c'est vrai qu'il fréquente des skins. En fait, on peut dire que c'en est un. Je voulais juste vous avertir. Essayez de ne pas les prendre à rebrousse-poil.

— J'ai l'impression que c'est déjà fait, murmura-t-il en croisant les bras.

Elle commence bien, mon année sabbatique.

Il s'était remis à pleuvoir.

— N'hésitez pas à m'appeler si vous avez besoin de quoi que ce soit, lui dit Sandy Whittaker.

Elle remonta sa vitre, recula dans la boue pour faire sa manœuvre et s'éloigna sous la pluie dans la longue allée. Les quelques pommiers qui subsistaient de chaque côté avaient l'air encore plus tristes et squelettiques sous la lumière blafarde du matin.

Il secoua la tête, alla ouvrir le Land Cruiser et commença à sortir ses cartons d'affaires hétéroclites – à l'image de sa vie – pour les porter dans la ferme des McBride.

5

La dernière fois que Dale avait vu sa jeune maîtresse Clare, un an plus tôt environ, sous le ciel bleu douloureusement éclatant du Montana à la mi-septembre, ils étaient partis du ranch à cheval, elle, comme d'habitude, sur le fougueux rouan qu'il avait acheté pour sa fille aînée mais qu'elle n'avait monté que deux fois, et lui sur le vieux hongre beaucoup plus docile qu'ils avaient eu avec le ranch. Ils avaient chargé deux mules de matériel de camping et de provisions pour trois jours, et ils avaient eu un temps idéal pendant tout leur week-end prolongé. Les grands trembles qui couvraient par grappes uniformes les versants subalpins des collines avaient tous viré au roux en même temps, au début de la semaine, car l'été avait été chaud et humide cette année-là. Les feuilles étaient dorées à point, et elles miroitaient sur le fond indigo du ciel, diffusant sur les pentes et les vallées une lumière continuellement dansante. Clare lui avait rappelé que les feuilles de tremble scintillaient de cette manière parce qu'elles étaient attachées à la branche sous un angle légèrement oblique, afin que chaque côté de la feuille puisse participer à la photosynthèse durant la brève saison de la croissance de l'arbre. Il lui avait fait remarquer que c'était lui qui avait enseigné cela à ses étudiants l'année précédente.

Le premier soir, ils avaient campé un peu en dessous de la limite des arbres. Ils s'étaient payé le luxe d'un petit feu de camp devant lequel ils avaient bavardé pendant des heures en buvant du café sous un plafond d'étoiles qui scintillaient à peine tant elles brillaient.

Avant qu'il allume le feu, Clare lui avait donné un paquet de petite taille avec un emballage de papier doré.

Il l'avait regardée avec étonnement.

– Un petit cadeau pour vous.
– En quel honneur ?
– Ouvrez-le.

À l'intérieur, il y avait un superbe briquet Dunhill en métal doré.

– C'est très beau, mais vous savez très bien que je ne suis pas fumeur.
– Je sais aussi que vous n'êtes pas très doué pour allumer les feux de camp. Rappelez-vous Ghost Ridge. Vos allumettes sont toujours mouillées, ou vous les avez perdues, ou je ne sais quoi encore. Cet objet peut vous sauver la vie, un de ces jours.

Dale s'était mis à rire. Puis il avait allumé leur tas de brindilles en deux coups de briquet.

Il y avait eu plusieurs nuits consécutives où il avait gelé, aussi les moustiques les laissèrent-ils tranquilles. La brise venue des sommets était glacée, mais le feu dégageait une bonne chaleur et ils étaient confortablement emmitouflés dans leurs vestes en cuir, leurs gilets en peau de mouton et leurs grosses chemises en flanelle. Clare lui raconta le début de ses études de troisième cycle à Princeton. Il lui parla du livre qu'il venait de commencer à écrire : un roman « sérieux » sur le général Custer à Little Bighorn du point de vue des Américains autochtones. Clare tiqua, comme toujours, quand il employa les mots « autochtone » ou « amérindien » à plusieurs reprises, mais elle laissa passer, cette fois-ci. Pas plus que lui elle ne fit allusion à la raison pour laquelle elle avait fait ce long voyage en avion et pris ce long week-end à un moment de sa vie qui était véritablement un tournant : à savoir leur projet de vivre ensemble cette année. Dale espérait pouvoir passer les vacances de Thanksgiving avec elle, et ils avaient prévu d'aller à la Barbade à Noël. Dale avait enfin l'intention de s'installer près de Princeton l'été prochain, pour être plus souvent avec elle. Il voulait prendre son année sabbatique, et peut-être renoncer définitivement à son poste universitaire pour écrire à temps plein. Les projets ne manquaient pas. L'avenir leur appartenait.

Ils firent l'amour pendant des heures près du feu de camp à moitié éteint cette première nuit-là. Ils avaient ouvert le sac de couchage de Dale dans l'herbe moelleuse et utilisaient celui de Clare comme couverture pour se protéger de la brise mordante qui caressait leurs corps en sueur. Finalement, le feu mourut complètement et ils s'endormirent pour se réveiller et refaire l'amour une fois au milieu de la nuit et une autre fois juste après le lever du soleil. Dale remarqua que Clare était plus fougueuse que jamais dans ses bras, comme si elle essayait de se noyer dans leur intimité pour mettre, paradoxalement, plus de distance entre elle et lui. Il comprit alors que quand ils parleraient sérieusement cela risquerait de faire mal.

La deuxième nuit, ayant installé leur tente au-dessus de la ligne des arbres, ils n'utilisèrent pour leur repas que le réchaud à essence du sac à dos et allèrent se coucher de bonne heure à cause du vent glacé qui semblait venir de l'espace intersidéral. L'atmosphère raréfiée des sommets faisait encore moins scintiller les étoiles, mais elles paraissaient secouées par le vent tandis que Clare et Dale, enfouis dans leurs duvets, faisaient l'amour à répétition, atteignant l'orgasme séparément puis ensemble, connaissant et respectant le corps et les demandes de l'autre comme seuls peuvent le faire des amants qui se connaissent de longue date. Mais ce n'était pas suffisant. De nouveau, Dale sentait cette distance entre eux, et il demeura longtemps éveillé lorsque la respiration régulière de Clare indiqua qu'elle dormait. Son souffle était perdu dans le froissement du nylon secoué par le vent, mais il était chaud et vibrant contre son épaule nue. Il avait la certitude, à présent, que quelque chose n'allait pas. Leur conversation de la journée avait été animée mais abstraite, intime mais impersonnelle, portant parfois sur leurs expériences passées mais jamais sur leur avenir commun. La différence était profonde, et tandis qu'il demeurait sans trouver le sommeil, sentant le souffle de sa jeune bien-aimée sur son épaule, il pensa à Anne et à ses filles, perdues pour lui par sa faute, et à sa maison de Missoula, et aussi à sa carrière, à la longue année universitaire qui l'attendait, et qui serait d'un vide insupportable s'il ne prenait pas son congé sabbatique pour le passer avec Clare. Il se sentit alors pénétré par le froid de la nuit, pénétré par le vide du ciel noir, jusqu'à ce qu'il soit pris d'un tremblement incoercible malgré la chaleur du duvet et les cuisses et les seins de Clare plaqués contre lui. Frissonnant, il attendit l'aube.

Elle lui parla le lendemain tandis qu'ils menaient les mules sur le sentier étroit qui descendait vers les hauts pâturages dominant le ranch.

– Ça ne marchera pas, Dale.

Il n'eut pas à lui demander ce qui n'allait pas marcher. C'était le grand Sujet de Conversation implicite de leur long week-end, de toute leur vie commune, et il n'avait aucun désir de jouer avec ça uniquement pour conforter son ego en la voyant peiner.

– D'accord, dit-il. Et pour quelle raison ?

Elle parut hésiter. La journée était chaude, et elle portait sa vieille chemise de flanelle, la bleue, qu'elle avait sur elle lors de leur première sortie ensemble, quatre ans plus tôt, et qu'elle emportait chaque fois qu'ils allaient quelque part ensemble. Aujourd'hui, elle la portait à moitié ouverte, manches retroussées, son tee-shirt blanc soulignant la rondeur de ses seins, ces mêmes seins qu'il avait tellement embrassés au lever du soleil ce matin.

– C'est... ce que tu avais prédit toi-même, murmura-t-elle enfin.

– La différence d'âge. Je suis trop vieux.

Ils étaient arrivés en haut d'une descente abrupte, et il se pencha instinctivement en arrière sur sa selle en exerçant plus de pression sur les étriers pour aider le hongre à s'équilibrer. Clare faisait la même chose avec le rouan.

– C'est moi qui suis trop jeune, dit-elle.

Quatre années durant, elle avait insisté – quelquefois avec véhémence – pour dire que leur différence d'âge n'avait absolument aucune importance. Il avait toujours soutenu le contraire. À présent, il souhaitait qu'elle revienne à sa position première.

– Il n'y a pas de place pour moi dans ta vie à Princeton, murmura-t-il. Tu es avec des gens de ton âge, et c'est un soulagement pour toi.

– Non, fit-elle. (Puis, aussitôt après :) Oui.

– Tu es avec quelqu'un d'autre, dit-il en percevant dans sa propre voix le ton d'indifférence forcée et sans espoir qu'il avait cherché à ne pas mettre.

– Non, murmura-t-elle tandis que leurs montures s'avançaient dans un bosquet de trembles dont la brise d'automne faisait miroiter les feuilles en forme de cœur. Pas vraiment, ajouta-t-elle au bout d'un moment. Je ne suis pas amoureuse. Je ne crois pas que je pourrai l'être avant longtemps. Mais il y a quelqu'un pour qui j'éprouve une certaine attirance. Avec qui je suis sortie une ou deux fois.

— Pendant tes séminaires d'été ?

Il se détesta aussitôt pour avoir posé la question, mais aucune force au monde n'aurait pu l'empêcher de le faire, même si sa vie en dépendait. Peut-être en dépendait-elle, au demeurant. Sa propre voix lui faisait l'effet d'être une chose morte, appartenant à quelqu'un d'autre. Les feuilles de tremble bruissaient autour d'eux et le vent courbait les herbes hautes tandis qu'ils débouchaient sur les hauts herbages. Les bouts des seins de Clare moulaient son corsage en coton. Elle avait les joues en feu. Elle était belle à en mourir. Et en cet instant, il la détestait pour cela.

— C'est ça, dit-elle. Je l'ai connu à ce moment-là.

— Et tu as…

Il s'interrompit juste à temps et détourna les yeux en direction du canyon qui s'étendait vers l'ouest. Le ranch n'était pas encore en vue. Bientôt, il allait apparaître à travers les pins, mais il savait qu'il n'aurait plus jamais le même aspect pour lui.

— Couché avec lui ? murmura Clare. Oui, on a eu des relations sexuelles. Ça fait partie de ma nouvelle vie. Amusant.

— Amusant, répéta Dale.

Parmi les différences dues à l'âge, ces quatre dernières années où ils s'étaient connus, avaient éprouvé de l'attirance l'un pour l'autre et avaient tissé des liens, il y avait la manière dont elle disait « relations sexuelles » quand il parlait de « faire l'amour ». Elle avait fini par le suivre en adoptant l'amour de préférence au sexe. Dale y avait vu un grand pas en avant dans leur relation. Il ricana intérieurement en y pensant maintenant. Mais c'était un rire sans joie. Le hongre essaya de tourner la tête pour le regarder, comme s'il lui avait transmis une instruction incompréhensible avec ses jambes ou ses rênes. Il lui donna un coup de talon pour le faire avancer sur les traces du rouan, qu'il fallait retenir parce qu'il sentait déjà l'écurie.

— Très amusant, répéta Clare à son tour. Mais tu me connais. Tu sais que ça ne veut pas dire grand-chose pour moi.

Il se mit à rire, non sans sincérité.

— Te connaître, Clare ? La seule chose que je sais de toi avec certitude, c'est que je ne te connais pas.

— Ne rends pas les choses plus difficiles qu'elles ne le sont déjà, Dale.

— Dieu m'en préserve !

— Tu avais prédit mille fois ce qui est en train d'arriver. J'ai eu beau affirmer que ça ne se passerait jamais comme ça, tu m'as toujours soutenu le contraire. Chaque fois que je voulais clarifier la situation avec Anne et les enfants, tu invoquais cette raison pour attendre. Ce que je n'ai jamais compris, c'est pourquoi…

— D'accord, l'interrompit Dale avec plus de dureté dans la voix qu'il n'aurait voulu en mettre. Tu as raison. Je comprenais alors. Je comprends encore mieux maintenant. Tu soutenais avec tant de conviction que ça ne se passerait pas comme ça que j'ai fini par me laisser convaincre, stupidement.

— Je ne veux pas te faire souffrir plus que…

— Tu ne crois pas qu'on devrait cesser d'en parler jusqu'à ce qu'on prenne la voiture pour aller à l'aéroport ? Profitons des derniers moments de tranquillité. Il nous reste environ trente minutes.

Mais ce ne fut pas le cas, naturellement. Ils n'eurent aucune tranquillité jusqu'à ce qu'ils arrivent au ranch, et ils ne dirent pas un mot dans la voiture.

Après cela, il ne revit plus jamais Clare. Deux mois plus tard, il chargea sa carabine Savage, appuya le double canon contre sa tempe, ôta la sécurité et pressa la détente. Huit mois après, il décida de passer son année sabbatique à écrire un roman dans l'Illinois. Et cinq mois et trois jours plus tard, il était là, chez son ami Duane, pour consommer son exil dans ce trou perdu de l'Illinois. Mais qui s'intéressait au décompte des années, des mois et des jours ?

Il fallut quelque temps à Dale pour décharger le Land Cruiser et trouver une place où ranger ses affaires. Les cartons de livres et de vêtements d'hiver pouvaient attendre, bien entendu, mais il tenait à installer son ordinateur ThinkPad dans un coin confortable et à sortir les draps, les taies d'oreiller, les serviettes de toilette et le linge qu'il avait pris au ranch. Tous ses objets personnels, décida-t-il, iraient dans le salon-bureau où le vieux de Duane dormait en son temps et où sa sœur s'était installée par la suite sans rien changer pendant près de quarante ans.

Le ThinkPad trouva sa place sur le vieux bureau. La prise voisine n'avait pas de terre, mais Dale s'y attendait, et il avait apporté un adaptateur pour son protecteur de surtension. Sandy Whittaker l'avait prévenu qu'il n'y avait pas de téléphone dans la maison depuis 1960, mais il avait son portable, qui lui donnait accès, naturellement, à son courrier électronique. Cependant, Dale était un peu vieux jeu, et il préférait utiliser la liaison infrarouge du Thinkpad pour se connecter au numéro d'accès AOL de Peoria. Son portable, toutefois, lui indiqua qu'il n'y avait pas de réseau. Rien du tout. Il ne pouvait même pas passer un coup de téléphone.

– Merde ! s'exclama-t-il tout haut.

Il avait pourtant appelé Bell dans l'Illinois pour s'assurer que la région était desservie.

C'était sans doute un truc local. Un angle mort, quelque chose comme ça. À moins que ce ne soit son téléphone. Il aurait toujours la possibilité de faire quelques kilomètres en voiture pour être dans une zone de réception où il pourrait passer ses appels et consulter son e-mail. Cette pensée lui causa un frisson qui n'était pas totalement désagréable. Cela faisait des années qu'il ne s'était pas trouvé aussi isolé de tout. Même au ranch, il avait son antenne de bande C qui captait une vingtaine de satellites télé, certains en haute définition depuis peu, et deux lignes téléphoniques, dont l'une réservée aux fax, sans compter ses portables. Ici, il était… réduit au silence.

Bof ! se dit-il. *Tu voulais avoir du temps pour lire et faire des recherches… Te voilà servi.*

Il aurait bien voulu y croire.

Il continua de déballer ses affaires tout l'après-midi. Il aurait peut-être dû aller faire ses courses à Oak Hill – il n'avait aucune envie de connaître le KWIK'N'EZ local –, mais il avait dans son camion un frigo miniature qui contenait quelques sandwiches, trois bouteilles de bière, du jus d'orange, des pommes, des oranges et divers autres trucs. Rien ne semblait abîmé. Il transféra le tout dans le réfrigérateur de la maison, décida qu'il avait faim et déjeuna d'un sandwich au jambon et d'une canette de bière.

Des années durant, chaque fois qu'il s'était confectionné un repas à manger sur le pouce dans son bureau à l'université ou bien en déplacement, Anne avait fait quelque chose qui remontait à leurs premiers pique-niques pendant leur lune de miel, vingt-sept ans plus tôt. Chaque fois que Dale sortait un sandwich de son emballage, il y avait une bouchée qui manquait dans un coin. C'était sa manière de se rappeler à lui, le salut de Béatrice au jeune Dante.

Le sandwich, cette fois-ci, était intact. Il n'y aurait plus jamais de bouchée en moins dans ses sandwiches.

Il secoua la tête. Il ressentait toute la fatigue du voyage, et la bière n'avait pas arrangé les choses. Mais ce n'était pas le moment de s'apitoyer sur lui-même.

Il porta les deux derniers cartons dans la maison. La literie se trouvait dans le dernier, et il prit son temps pour tout déballer. Les draps étaient trop larges pour le lit à une place du petit bureau, mais il les mit en double en essayant de ne pas faire trop de plis. Les serviettes de bain moelleuses ne semblaient pas à leur place dans la salle d'eau austère.

Il commençait à se faire tard. Il alla revoir le salon puis erra dans la vaste salle à manger avant de retourner dans la cuisine. Aucune télé n'avait fait son apparition magique depuis la dernière fois. Il aurait bien aimé regarder les informations, puis les nouvelles locales de Peoria. Mieux encore, il aurait pu se brancher sur CNN ou sur un site Internet. Il retourna chercher les dernières piles de linge dans les cartons.

Sa carabine Savage calibre 22 était au fond d'un carton de linge, soigneusement emballée dans du plastique, en deux morceaux, mais bien huilée et prête à servir.

Quand il la vit, il recula littéralement, frappé de stupeur. Non seulement il ne se souvenait pas de l'avoir mise là, mais il savait exactement où il l'avait rangée avant de partir, dans son étui souple, au fond de la plus haute tablette de rangement, dans la cave de son ranch.

Ses mains étaient tremblantes tandis qu'il soulevait la vieille carabine dans ses mains pour la sortir de son plastique. Au moins, il n'y avait pas de munitions avec. Ni les cartouches de 22, ni celles de calibre 410. Il examina la culasse.

Il y avait une cartouche à l'intérieur. Il dut s'y reprendre à trois reprises pour l'extirper.

C'était la cartouche. Celle du 4 novembre à 4 heures du matin, près d'un an plus tôt. On voyait clairement la marque à l'endroit où le percuteur avait frappé le centre du culot.

Pile dans l'amorce. Une cartouche dont l'amorce avait été frappée par le chien était susceptible, en théorie, d'exploser à tout moment.

Encore plus clair dans son souvenir que le moment où il avait rangé la Savage dans la cave, il revoyait celui où il lançait la cartouche au loin à partir de la véranda, au milieu des pins Douglas et lodgepole.

Je suis dingue. Je reperds la raison.

Il sortit précipitamment son téléphone et eut le temps d'appuyer sur la touche mémoire du cabinet du Dr Hall avant que l'icône « pas de réseau » lui rappelle que ce genre de thérapie éclair lui était inaccessible ici.

— Bon Dieu ! gémit-il tout haut.

Il rangea le téléphone, soupesa la cartouche mortelle dans le creux de sa main, sortit par la petite porte, s'avança dans la boue sous la pluie givrante et jeta la cartouche le plus loin possible en direction du champ de maïs moissonné. Puis il retourna à l'intérieur de la maison de Duane et commença à vider les autres cartons, déversant des dizaines de bouquins au milieu du salon et de la salle à manger, lançant ses vêtements sur les sièges fatigués, un peu partout, jusqu'à ce qu'il ait acquis la certitude qu'il n'avait aucune autre munition dans ses bagages.

Pour finir, il descendit la carabine, toujours en deux morceaux dans son étui, dans le sous-sol de Duane, bien éclairé et chauffé par la chaudière. Il glissa une partie de l'arme derrière un établi, et l'autre au fond d'une niche pleine de bocaux à l'intérieur desquels semblaient flotter de minuscules organes humains sanguinolents. *Des tomates*, se dit-il.

Il remonta dans la salle à manger, lut pendant une heure ou deux, d'abord *L'Enfer* de Dante puis, très vite, une comédie policière de la série Dortmunder par Donald Westlake. Il éteignit à 20 heures, non sans avoir été prendre dans la salle de bains deux comprimés de Flurazepam et trois de Doxepin. Il allait bien dormir cette nuit.

Quelque part autour de 3 h 30 – il ne put lire convenablement le cadran de sa montre car il avait l'esprit trop embrumé par les médicaments –, il fut réveillé par un chien qui grondait dans la cuisine. Il prit conscience de n'être pas au ranch, de s'être encore endormi sur le canapé en cuir de son bureau dans sa maison de Missoula. Il se dit que les filles ou Anne auraient dû laisser sortir le chien, Hasso. L'animal grondait de plus en plus fort. Puis le bruit s'estompa. Dale commença à s'estomper lui aussi, mais les filles, à ce moment-là, se mirent à grimper bruyamment dans l'escalier… ou plutôt non… les pas étaient bien trop lourds pour que ce soient les filles. Sans doute des copains qui venaient leur rendre visite. *À cette heure-ci ?* se demanda-t-il confusément. Et Mab n'était-elle pas à l'université en ce moment ?

Tandis qu'il essayait de mettre ses idées en ordre et de s'expliquer pourquoi le canapé était si dur et si bosselé, le bruit de pas cessa, mais un autre chien se mit à hurler devant la maison. Sans doute le chien des Becker, encore. Il savait qu'il aurait dû se lever pour faire sortir Hasso, puis remonter se coucher. Anne allait encore l'engueuler, demain matin, parce qu'il s'était de nouveau endormi dans son bureau. Mais il était si fatigué…

Il replongea dans un lourd sommeil médicamenteux tandis que Hasso grattait de toutes ses griffes sur le carrelage de la cuisine au bout du couloir.

6

J'ai déjà dit que j'ignorais les détails de ma mort. C'est la vérité vraie. Mais en ce qui concerne la tentative de suicide de Dale, je peux vous donner tous les détails, mieux qu'il ne saurait le faire lui-même.

Il était seul au ranch depuis près de cinq mois lorsque Clare alla le voir pour la dernière fois. C'était l'année dernière en septembre. Il avait rompu avec Anne au printemps, avait quitté la maison de Missoula en avril, n'avait vu ses filles que de manière épisodique en été, et jamais au ranch, Mab refusant d'aller le voir là-bas et Katie s'alignant sur sa sœur. Il était donc totalement et irrémédiablement seul à la mi-septembre de cette année-là, après que Clare lui eut dit au revoir et repris l'avion pour Princeton.

Il avait des problèmes de sommeil depuis le début du printemps, et lorsque les peupliers et les trembles des collines et vallées entourant le ranch eurent perdu leurs feuilles il ne dormait plus du tout la nuit. C'était une cascade de pensées frénétiques, un tourbillon d'activité mentale stérile et inutile. Il errait à travers les grandes pièces vides du ranch et finissait en général dans son bureau où le vent secouait les fenêtres. Assis dans la pénombre bleue, il écrivait lettre sur lettre, généralement à Clare, mais quelquefois aussi à Anne, souvent à Mab ou Katie, quelquefois à des amis qu'il n'avait pas vus depuis des années. Lorsque l'aube pointait, il détruisait ces lettres et sombrait pendant une heure ou deux dans un sommeil entrecoupé de rêves agités. Son enseignement à la fac, depuis longtemps déjà sur pilote automatique, se dégrada. Le responsable de son département

– qui ne le portait pas particulièrement dans son cœur – le convoqua pour le mettre en garde. La doyenne, une vieille amie, se décida à son tour à le convoquer. Elle lui expliqua qu'elle comprenait sa situation à la suite de son divorce, qu'elle comprenait qu'il noie son chagrin dans l'alcool, et suggéra divers moyens, pour elle et ses collègues, de lui venir en aide. Il ne tint compte d'aucun conseil.

Il ne buvait pas. L'alcool ne l'intéressait pas plus que la nourriture. Il perdit une quinzaine de kilos entre la mi-septembre et le 4 novembre. Sa mémoire à court terme avait pratiquement cessé d'exister. Il en était au point où il n'avait pratiquement plus une seule seconde de sommeil paradoxal par nuit. L'un de ses collègues du département de littérature anglaise lui dit un jour que ses yeux ressemblaient à deux trous faits par une cigarette à travers un drap blanc. C'était la première fois qu'il entendait ce cliché. On le lui avait épargné jusque-là, confia-t-il à son aimable collègue. Mais maintenant qu'il l'avait entendu, il y repensait chaque fois qu'il se regardait dans une glace.

Chevauchant à travers les vallées et les vergers autour du ranch, il restait parfois plusieurs jours d'affilée sans rentrer, sans rien manger d'autre que quelques biscuits secs, faisant du café sur un feu de camp, dormant à la belle étoile enroulé dans une couverture épaisse. Il était sûr que le hongre le trouvait complètement fou. Et il ne lui pouvait pas lui donner tort.

La troisième semaine d'octobre, cette année-là, après avoir écrit et déchiré plus d'une vingtaine de lettres, après avoir pris cent fois son téléphone pour appeler Princeton et raccroché avant la première sonnerie, il avait fourré un soir à 22 h 30 quelques sous-vêtements, des jeans, sa vieille chemise en flanelle bleue et une bouteille d'eau dans son gros sac en toile, avait grimpé dans son Land Cruiser et foncé vers Princeton, traversant le Wyoming sur la I-90, puis le Dakota du Sud, le Minnesota, le Wisconsin, Chicago, le nord de l'Indiana, le nord de l'Ohio, la corne de la Pennsylvanie et l'ouest de l'État de New York, jusqu'à ce qu'il s'arrête finalement pour dormir sur l'autoroute de New York trente-six heures après son départ et se réveille conscient d'avoir fait une bêtise, puis rebrousse chemin, lentement, vers le Montana, en prenant la I-94 au nord de Minneapolis puis en traversant un Dakota du Nord déjà engagé dans l'hiver.

Les derniers jours d'octobre, il avait écrit un poème de 64 pages retraçant son voyage épique et s'adressant à Clare pour lui signifier son amour et sa compréhension. Personnellement, je tiens ce document pour un chef-d'œuvre de folie débridée, et peut-être pour ce que Dale Stewart a écrit de mieux dans sa vie.

Malheureusement, il n'eut pas l'idée d'imprimer sa pathétique production pour la glisser dans une enveloppe, y coller un timbre et l'envoyer par la poste. Il en fit un document joint à un e-mail. Ce qui avait un tel poids pour lui n'avait aucun poids physique. Il envoya le courrier électronique le 1er novembre à 3 h 26 du matin, à la nouvelle adresse e-mail de Clare à l'université, qu'il avait recherchée sur Bigfoot. Ce jour-là, il dormit six heures d'affilée, ce qui était son record sur plus d'un mois. Le message d'une ligne avec son document joint de 64 pages lui fut retourné un peu plus tard le jour même, sans commentaire, probablement sans avoir été lu. Il ne fut aucunement surpris. Il détruisit l'original et ses copies.

Les soixante-douze heures suivantes, essentiellement, sont à jamais perdues pour Dale. Son manque de sommeil avait atteint le stade de la mort cérébrale. Mais j'avais conscience de chaque heure, chaque minute de ses errances à travers le ranch, de ses grommellements au milieu de la nuit, de ses allers et retours à la grange comme pour seller le hongre – qui était déjà à l'écurie pour l'hiver dans la maison de Missoula – et de ses innombrables faux départs pour adresser des e-mails ou des coups de téléphone à Clare… ou bien à Anne… ou à n'importe qui d'autre.

Un peu avant 4 heures du matin le 4 novembre, il se leva après être resté éveillé dans son lit pendant six heures et écrivit un mot rapide sur un post-it où il disait : « N'entrez pas. Appelez le shérif du comté. » Suivait le numéro de téléphone du shérif, qu'il avait dû trouver dans l'annuaire local. Puis il colla le post-it, de l'intérieur, sur un carreau de la porte vitrée de derrière, sortit du placard sa carabine Savage à canons superposés, alla dans son bureau, ouvrit un tiroir fermé à clé, y trouva une cartouche de .410, chargea la carabine, hésita un instant sur le choix de la pièce la plus appropriée, alla dans la salle de bains principale, s'agenouilla sur le carrelage, mit le double canon de la carabine contre son front, sélectionna d'un déclic la bonne chambre et, sans hésiter ni s'accorder une dernière pensée, pressa la détente.

Le chien retomba, le percuteur cliqueta. Le coup ne partit pas.

Dale resta là à genoux durant plusieurs minutes. Il attendait. C'était comme si le temps s'était subitement dilaté à l'instant de sa mort, comme l'équation mathématique d'une personne happée par un trou noir où les secondes se transforment en éternités juste avant que le temps lui-même ne disparaisse à jamais dans la singularité. L'explosion ne survint jamais. Finalement, il abaissa le double canon de la carabine, ouvrit la culasse et regarda la cartouche, curieux de savoir si, dans son subconscient, par lâcheté, il n'avait pas sélectionné le canon calibre 22 au lieu de celui qui était chargé.

Non, le percuteur était bien retombé sur l'amorce. La marque était bien visible au centre du culot de laiton.

Son père lui avait offert la carabine à l'âge de huit ans. Il avait tiré avec des centaines de fois. Il l'avait toujours bien nettoyée, huilée et rangée dans son étui. Jamais il n'avait eu de problème avec. Jamais un seul raté.

Au bout de quelque temps, il eut mal aux genoux à force de rester dans cette position sur le carrelage de la salle de bains. Il se leva, retira la cartouche, appuya la carabine contre le mur de la chambre à coucher, posa la cartouche défectueuse sur une étagère, reprit le mot sur la porte et dormit trois heures d'affilée. À son réveil, il appela son médecin. Moins de quarante-huit heures plus tard, il obtint un rendez-vous avec un psychiatre de Missoula, le Dr Charles Hall. La thérapie verbale ne donna aucun résultat. Le Prozac commença à faire de l'effet environ deux mois plus tard.

Ce que je trouve remarquable dans tout cela n'est pas que Dale ait voulu mourir. Il était épuisé et déprimé, et cela suffit à expliquer la chose. Il n'était pas du genre à s'apitoyer sur lui-même. Je suis même en mesure d'expliquer, avec beaucoup plus d'assurance qu'il ne saurait en manifester, quelles étaient ses motivations pendant toute cette période pathétique et troublée. Non. Ce que je trouve étonnant, c'est qu'il ait choisi le suicide. Il avait toujours méprisé cette solution, et en voulait à ceux qui y avaient recours. Quant à ceux qui réussissaient dans leur entreprise, ils le mettaient véritablement hors de lui. Parmi eux, il y avait un de ses bons amis à l'université et, encore plus proche et bien plus âgée, une amie de Missoula, et aussi l'un de ses étudiants, dont il pensait le plus grand bien.

Avant de sombrer dans cette espèce de folie paralysante, il avait décidé que les gens qui se suicidaient n'étaient généralement pas responsables de leur décision. Son amie plus âgée, une femme de lettres française qui s'appelait Brigitte, avait passé des années à lutter contre la dépression, jusqu'au jour où elle s'était enfermée dans sa chambre à coucher et avait avalé deux flacons de somnifères qu'elle avait mis de côté pour cet usage. Dale avait toujours détesté le narcissisme inhérent à l'autodestruction, l'inéluctable égoïsme d'un tel acte. Brigitte laissait derrière elle quatre enfants d'âge scolaire. Quant à son étudiant, David, il laissait à une jeune épouse enceinte le traumatisme de découvrir son cadavre se balançant au bout d'une corde dans le garage. On était, aux yeux de Dale, tout à fait inexcusable de partir en laissant aux autres de tels gâchis. Son aversion pour le désordre était à la hauteur de son mépris pour l'auto-apitoiement.

Dale avait naguère dirigé un séminaire sur Ernest Hemingway. Il s'était lancé avec quelques-uns de ses étudiants les plus brillants dans un débat passionné portant sur la culpabilité de l'écrivain pour avoir mis de cette manière un terme à ses jours.

— Ce sale égoïste a pressé la détente de sa carabine Boss juste au pied de l'escalier ! avait-il presque hurlé. Ainsi, Mary était obligée de marcher dans les flaques de sang où flottaient des fragments d'os et de cervelle pour arriver jusqu'au téléphone.

— Sa chère Mary, c'est elle qui avait laissé les clés de l'armoire aux fusils à sa vue, sur le rebord de la fenêtre, avait répliqué sans se démonter la plus fine de ses étudiantes. Il voulait peut-être ratifier son choix et la punir un tout petit peu.

Dale l'avait littéralement fustigée du regard de l'autre côté de la grande table de séminaire.

— Vous ne trouvez pas que le prix était plutôt élevé pour quelqu'un qui ne faisait qu'appliquer son principe selon lequel un homme a le droit d'avoir accès aux biens qu'il possède ?

— Après avoir été soigné pour une grave dépression ? Après avoir voulu se jeter sur une hélice en mouvement quand on l'a conduit en avion à la clinique ? Après l'appel désespéré de Mary à un ami pour qu'il vienne lui arracher un fusil des mains dans leur maison de l'Idaho huit jours plus tôt ? Non, je ne crois pas que le prix à payer ait été trop élevé. Sans compter qu'elle a hérité – et exploité jusqu'à la corde – tous ses copyrights, y compris les œuvres posthumes médiocres qu'il n'aurait jamais souhaité publier. Non, je pense que Hemingway savait exactement ce qu'il faisait quand il s'est assis sur une marche pour se faire sauter la cervelle. Il savait parfaitement bien que Mary devrait l'enjamber pour descendre se servir du téléphone. Chacun des deux a eu exactement ce qu'il voulait.

Dale avait cillé devant la dureté des vues de Clare. Jamais il n'aurait cru ça d'elle.

– Dale Stewart !

Il avait failli lâcher le dernier gros sac d'épicerie qu'il était en train de charger à l'arrière du Land Cruiser. La dernière chose à laquelle il s'attendait, sur le parking du supermarché de Oak Hill, c'était que quelqu'un l'appelle par son nom.

Deux femmes s'avançaient rapidement vers lui sur la chaussée mouillée. Celle qui avait crié son nom avait un visage vaguement familier, mais qui lui était tout de même étranger. Âge moyen indéterminé, cheveux roux coupés court, peau laiteuse à l'origine mais tannée comme du cuir, signes de chirurgie esthétique sur le visage aux traits anguleux, le cou et les seins, ces derniers légèrement trop gros, trop ronds et trop fermes, même vus à travers son sweater. Ce n'était guère le genre de personne que l'on rencontre à Oak Hill ou Elm Haven. La femme qui l'accompagnait était petite, l'air sévère, musclée et hommasse, les cheveux coupés en brosse, genre prof de gym. Dale, qui se laissait généralement avoir à tous les coups dans ce domaine, comprit tout de suite que la rouquine plantureuse et la petite brune athlétique formaient un couple. Lui qui s'efforçait toujours d'être politiquement correct depuis plus de vingt ans qu'il enseignait à la fac s'autorisa à les cataloguer mentalement *gouines*.

– Vous ne vous souvenez pas de moi, j'ai l'impression, lui dit la rouquine.

– Désolé, fit Dale, mais je ne vois pas...

– Michelle Staffney. Plus connue aujourd'hui sous le nom de Mica Stouffer.

Dale ne put que continuer de la regarder bouche bée. Michelle Staffney était la petite bombe sexuelle de ses années de CM1, CM2 et sixième à Old Central. Tous les écoliers d'Elm Haven des années 1957 à 1960 avaient dû connaître leurs premiers rêves érotiques avec Michelle Staffney comme premier rôle (à moins qu'ils n'aient opté pour sa concurrente Annette Funicelle). Aujourd'hui, c'était cette bonne femme usée aux os saillants, aux seins siliconés et à la voix éraillée par le whisky et la cigarette.

— Mica Stouffer ? répéta-t-il stupidement.

— J'ai passé pas mal d'années à Los Angeles, lui dit-elle, comme si cela suffisait à tout expliquer. Mais qu'est-ce que vous faites donc dans l'Illinois ?

— Je suis... Mais comment avez-vous fait pour me reconnaître, Michelle... ou Mica ?

Elle sourit. Pour la première fois, cela lui remit en mémoire la fillette à la voix de velours qu'il avait connue jadis.

— L'un des producteurs avec qui j'ai vécu avait un exemplaire de votre bouquin qu'un scénariste à la noix voulait adapter. Une imitation de *Jeremiah Johnson*, quelque chose comme ça. Ils voulaient avoir Robert Redford comme premier rôle, mais il n'a même pas accepté de lire le scénar. Le livre traînait dans la salle de bains. J'ai lu un jour la notice sur la couverture, avec votre photo à côté, et j'ai compris que vous étiez le même Dale Stewart que celui que j'avais connu à Elm Haven deux cents ans plus tôt.

— Vous vous souvenez du titre du bouquin ?

— Quelle importance ? demanda-t-elle, son sourire de petite fille se transformant soudain en quelque chose de beaucoup plus dur et cynique. Non, je ne l'ai pas lu personnellement, comme ils disent là-bas. Mais le scénariste a dit à mon producteur que tous vos livres racontaient sensiblement la même histoire, autour d'un roi de la montagne à la con, et que, si on prenait une option sur un seul, on pouvait les adapter tous pour le même prix. Oh, excusez-moi ! Je vous présente Diane Villanova.

Dale serra la main de la petite brune et dut se masser les doigts juste après.

— Alors, peut-on savoir ce que vous êtes venu faire dans ce trou perdu, Dale Stewart ? demanda Michelle/Mica.

Durant un bref instant de panique, il envisagea de lui raconter toute la triste histoire des cinq dernières années de sa vie, jusqu'aux adieux hautains de son épouse Anne, jusqu'à sa séparation déchirante avec Clare. Mais il se contenta de répondre :

— Écrire un livre, en principe.

— Je croyais que vous exerciez en même temps le métier de prof.

— De littérature anglaise, oui, dit-il en se demandant si c'était encore vrai. Université du Montana, à Missoula. Congé sabbatique.

Il s'avisa qu'il parlait en style télégraphique et se demanda pourquoi.

— Et vous êtes venu pour ça jusqu'à Oak Hill ? demanda-t-elle d'une voix incrédule.

— Elm Haven, en réalité. J'ai loué la vieille ferme des McBride pour quelques mois.

Michelle Staffney battit des paupières.

— La ferme de Duane McBride ? Le gamin qui est mort dans cet horrible accident quand nous avions une dizaine d'années ?

— Onze ou douze. C'était l'été 1960. Oui.

Michelle regarda son amie, puis Dale.

— Bizarre comme idée. Mais pas plus que la nôtre, j'imagine.

Dale attendit qu'elle continue.

— Diane et moi nous avons l'intention de passer quelques mois dans la maison de mes parents à Elm Haven.

— Dans Broad Avenue. La grande maison avec l'énorme grange derrière.

— Exactement. Sauf que, quand j'étais gamine, c'était une très grande maison avec une vaste grange, mais aujourd'hui ce n'est plus qu'une ruine délabrée. Di et moi nous allons essayer de la rafistoler un peu pour pouvoir la vendre, en espérant trouver un jeune couple un peu snob de Peoria qui recherche une grande maison de style victorien et n'ira pas regarder de trop près l'état de la chaudière ou des circuits électriques.

— Vos parents sont... commença Dale.

Il éprouvait toujours une drôle de sensation quand il demandait à quelqu'un de son âge des nouvelles de ses parents. Les siens étaient morts jeunes, dans les années 60.

— Papa est mort... mon Dieu, en 1975. Mais maman lui a survécu plusieurs dizaines d'années. Complètement sénile, dans une maison de retraite de Oak Hill spécialisée dans la maladie d'Alzheimer. Elle s'est éteinte il y a quelques mois seulement.

— Je suis navré, fit Dale.

— Pas la peine. Ç'aurait été un soulagement pour tout le monde si elle avait claqué des années plus tôt. N'importe comment, la maison est restée vide pendant tout ce temps, et il y a pas mal de travaux à faire. Di et moi nous avons profité de l'occasion pour échapper quelque temps à Los Angeles et au Business.

Dale n'avait pas manqué de percevoir la majuscule à Business.
Comme tout le monde à Los Angeles, se dit-il.

— Vous travaillez dans le cinéma ? demanda-t-il poliment. La production ?

— Non, répondit Michelle en arborant de nouveau son sourire Mica, qui s'effaça aussitôt. Les producteurs, je les mettais surtout dans mon lit. J'en ai même épousé deux. J'étais actrice.

— Bien sûr, fit Dale en s'efforçant de ne pas baisser les yeux vers la poitrine visiblement libre de toute attache et encore plus visiblement traitée au silicone qui ballottait sous son sweat. Vous avez joué dans quelque chose que j'aurais pu voir ?

Il avait horreur de ce genre de question. *Pourquoi lui ai-je demandé ça ?* Quand quelqu'un lui demandait : « Vous avez écrit quelque chose que j'aurais pu lire ? » il avait toujours envie de répliquer : « Je ne sais pas. Vous arrive-t-il de lire des trucs valables, ou vous contentez-vous des merdes habituelles genre John Grisham ? »

— Vous avez vu *Titanic* ? lui demanda Michelle.

— Ouah ! Vous jouez dedans ?

— Non, mais je suis dans *Le Monstre est vivant IV*, qu'ils ont sorti directement en vidéo le même mois que *Titanic*. J'étais aussi l'une des danseuses extraterrestres dans la scène du vaisseau spatial du *Cinquième Élément*, avec Bruce Willis. Celle qui a les seins nus peints en bleu. C'était mon dernier rôle. Il y a un peu plus de quatre ans.

Dale hocha la tête en signe de sympathie. *Les seins nus peints en bleu*, pensa-t-il en se forçant à continuer de la regarder dans les yeux.

Diane posa la main sur le bras de Michelle, comme pour lui rappeler qu'il faisait froid et humide sur le parking.

— C'est loin tout ça, soupira Michelle Staffney. Il faudrait qu'on se voie un de ces soirs pour échanger quelques contrevérités sur le bon vieux temps. Di et moi nous resterons probablement dans le coin pour passer Noël et le Jour de l'an. Sans doute un peu plus longtemps, vu l'état dans lequel on a trouvé la maison. Vous n'avez pas une carte avec votre téléphone ?

Elle sortit un stylo et écrivit son numéro sur le ticket de caisse du supermarché pour le lui donner.

Dale prit dans sa poche une carte de visite professionnelle sur laquelle il inscrivit le numéro du ranch, celui de l'université et celui de son domicile. Il entoura d'un cercle son numéro de mobile.

— L'ennui, dit-il, c'est que les mobiles ne passent pas, semble-t-il, à Elm Haven.

Elle haussa un sourcil.

— Je ne me sers que de ça ici. Ça passe très bien en ville.

— Ce doit être uniquement le secteur de la ferme des McBride, alors.

Elle parut sur le point de dire quelque chose, mais se ravisa, lui donna une petite tape sur le bras et murmura :

— Sérieusement, passez un de ces soirs, on vous préparera un bon petit dîner, et il y aura de la tequila en veux-tu en voilà.

Les deux femmes regagnèrent leur Toyota et s'éloignèrent.

— Michelle Staffney, murmura Dale, toujours debout sous la pluie. Sacré nom de Dieu !

7

Dale n'avait parcouru que quelques kilomètres au sud de Oak Hill en direction d'Elm Haven, lorsque les deux pick-ups lui barrèrent la route.

Au début, il crut que c'était Michelle et son amie qui occupaient le véhicule blanc dans son rétro. Cependant, il ne tarda pas à s'apercevoir qu'il ne s'agissait pas d'un Toyota récent, mais d'un vieux Chevrolet cabossé, suivi d'un camion Ford vert en tout aussi piteux état qui faisait rugir son moteur.

Il ralentit pour laisser passer ces crétins, mais le Chevrolet, une fois à sa hauteur, ne voulut plus en bouger. S'il accélérait ou ralentissait, il accélérait ou freinait en même temps. Dale jeta un coup d'œil à ses occupants et vit les blousons noirs et les crânes rasés.

Merde ! se dit-il.

Le Chevrolet blanc le dépassa puis ralentit. Le Ford vert se colla à son pare-chocs arrière. Soudain, le pick-up blanc freina devant lui.

Dale enfonça la pédale de frein, déporté en avant contre la ceinture de sécurité, mais dut tout de même donner un coup de volant à droite pour ne pas emboutir le Chevrolet. Par chance, il y avait un terre-plein à cet endroit-là, genre espace de pique-nique, et le Land Cruiser s'arrêta en dérapant sur le gravier tandis que les deux pick-ups lui barraient l'accès à la route.

Trois jeunes descendirent rapidement du Chevrolet blanc. Deux autres sautèrent à bas du Ford vert. Ils avaient tous les cinq le crâne rasé ou les cheveux très courts. Tous les cinq portaient un blouson de cuir noir et des bottes militaires. Le plus grand avait une croix gammée tatouée sur le dos de la main droite. C'était aussi le plus âgé : vingt-cinq ans environ, tandis que le plus jeune devait avoir dans les seize ans. Trois d'entre eux au moins étaient plus grands et plus lourds que Dale.

Il avait environ dix secondes pour décider de ce qu'il fallait faire. Cela n'aurait pas été un problème pour son père, qui avait toujours une grosse clé anglaise sous le siège du break familial. Dale le savait depuis longtemps, mais il n'avait jamais osé demander pourquoi à son père. Aujourd'hui, il comprenait. Mais il avait beau vivre en pleine nature dans le Montana sauvage, il n'aurait jamais cru avoir un jour besoin de ça.

Comme il regrettait de n'avoir pas su être aussi prévoyant que son père !

Le cœur battant à coups précipités, il envisagea de verrouiller les portières du Land Cruiser et de les attendre à l'intérieur. Il aurait pu aussi passer en transmission 4 X 4, grimper sur le rebord du terre-plein et couper à travers la zone de pique-nique et, si nécessaire, le champ de maïs voisin, pour retrouver la route de comté un peu plus loin. Mais son amour-propre lui interdisait d'opter pour l'une ou l'autre de ces solutions.

Il descendit du Land Cruiser au moment où les cinq skinheads convergeaient sur lui en demi-cercle.

Bon, se dit-il. *Il y a encore une faible chance pour que ce soient des fans de la série* Jim Bridger, le roi de la montagne.

— C'est toi le putain d'enfoiré de youpin qui vient nous emmerder chez nous avec ton sionisme à la con ? lui demanda le plus grand des skinheads.

Autant pour la théorie des fans, songea Dale.

Il était étonné de constater que ses battements de cœur étaient redevenus pratiquement normaux. Il ne ressentait plus la moindre peur. Peut-être la situation était-elle trop absurde pour qu'il la prenne au sérieux. On aurait dit un mauvais remake du *Mur invisible* mâtiné de *Délivrance* [1].

---

1. Respectivement : *Gentleman's Agreement* (1947), film d'Elia Kazan sur le racisme et *Deliverance* (1972), de John Boorman (N.d.T.).

Il sortit son téléphone de la poche de sa veste et le brandit devant lui, le doigt sur la touche d'appel préprogrammée. Aucun des numéros en mémoire n'avait la moindre chance de l'aider en quoi que ce soit, même si le mobile condescendait à fonctionner en pleine cambrousse, mais peut-être les skins l'ignoraient-ils. Brandissant son téléphone devant lui, Dale avait l'impression d'être le commandant Kirk sur le point de se faire téléporter par Scotty [1].

J'aimerais bien, se disait-il.

— L'un de vous s'appelle Derek, dit-il d'une voix ferme et assurée en lançant aux skins, l'un après l'autre, un regard du genre « je suis un adulte et vous allez voir ».

Les skins eurent un mouvement de recul. Le deuxième plus jeune, un garçon obèse genre asthmatique qui semblait être le moins affilé des couteaux du tiroir, rougit derrière son acné et fit littéralement un pas en arrière. Dale le transperça du regard pendant une minute entière, puis se tourna vers le meneur du groupe.

— Tu n'as pas répondu à ma question, espèce d'enculé, lui dit ce dernier, le visage osseux, les yeux enfoncés d'un vrai facho. C'est toi le juif défenseur des nègres qui a écrit ces machins de magazine ?

— Des *articles*, précisa Dale. Articles de journal et de revue. C'était ta leçon de vocabulaire du jour. Gratuit pour toi.

Quatre skins le regardèrent avec de grands yeux. De toute évidence, ils n'avaient pas imaginé, dans leurs rêves fétides de grandeur, que le dialogue prendrait cette tournure-là, et le décalage les désarçonnait. Le chef fourra la main dans sa poche avec un regard mauvais.

Qu'est-ce que ça va être, couteau ou revolver ? se demanda Dale en brandissant de nouveau son arme à lui, le téléphone inutile. Il s'entendit murmurer tout haut :

— Je ne connais que Derek pour le moment. (Il regarda l'intéressé dans les yeux.) Quand j'aurai la police au bout au fil, il faudra que je leur donne tous vos noms. Mais ils savent sans doute avec qui Derek a l'habitude de traîner.

Les quatre skins regardèrent leur chef. Celui-ci ressortit lentement la main de sa poche.

---

1. Dans *Star Trek* (N.d.T.).

Bon, se dit une partie étrangement détachée de l'esprit de Dale. *C'est donc un couteau.*

Il détestait les armes blanches.

Les quatre autres sortirent à leur tour leur ferraille. Non pas des crans d'arrêt, mais des poignards de survie d'une longueur ridicule qu'ils tirèrent de leurs gaines dissimulées sous leurs vêtements.

Dale enfonça en même temps la touche préprogrammée de Clare. Dès qu'il entendit la première sonnerie, il appuya discrètement sur ANNUL tout en continuant de brandir le téléphone.

— Tire-toi d'ici et ne remets plus jamais les pieds chez nous, lui dit le chef des skins.

Il fit un signe de tête à ses copains.

Ils se mirent en devoir de lui lacérer les deux pneus du même côté. Dale ne fit rien pour les en empêcher.

Le meneur de la bande lui fit un doigt. Geste étonnamment puéril en de telles circonstances, se disait Dale. Puis ils remontèrent tous les cinq dans leurs pick-ups et démarrèrent en trombe, projetant du gravier sur Dale et sur son Land Cruiser.

Il attendit une bonne minute pour être sûr qu'ils ne revenaient pas, et inspecta les dégâts. Il avait une bombe anticrevaison dans son nécessaire d'urgence à l'arrière, mais les deux pneus étaient trop lacérés, et il n'avait qu'une seule roue de secours.

Il composa le 911. Il fut étonné d'entendre une voix lui répondre.

— Services d'urgence du comté de Creve Cœur. Veuillez préciser la nature de votre urgence.

Penaud, il expliqua la situation dans laquelle il se trouvait et demanda le numéro d'un service de remorquage à Oak Hill. La préposée ne le sermonna pas pour avoir utilisé le 911 à des fins frivoles. Elle lui donna le numéro d'un garage qui faisait des dépannages, proposa de le mettre en liaison avec et lui recommanda de rappeler si ses jeunes agresseurs (ce furent ses propres termes) se manifestaient de nouveau. Qu'il reste surtout où il était, quelqu'un allait venir dans une quinzaine de minutes au maximum.

— Je n'ai pas besoin de… commença-t-il, mais la préposée avait raccroché.

Dale n'avait pas demandé à voir le shérif, mais celui-ci arriva avant la dépanneuse. Dale jeta un seul coup d'œil au personnage bedonnant qui sortait de la voiture de police verte et sentit soudain son cœur battre à coups précipités sous l'effet de la panique.

CJ Congden avait pas mal changé depuis 1960. Le bravache grand, maigre et dégingandé avait pris de la brioche, mais la lueur mauvaise dans le regard, les dents jaunes et l'expression stupide étaient pratiquement les mêmes.

Impossible que ce soit lui, se disait Dale, mais le bedonnant shérif s'approcha en soufflant comme un phoque, et il put lire le nom inscrit au-dessus de sa plaque : CJ Congden. Il essaya de se rappeler quand il l'avait vu pour la dernière fois. L'image lui revint d'un garçon de seize ans au regard incroyablement mauvais en train de le tenir dans le vide du haut du pont sur la rivière Spoon tandis que le copain de Dale, Jim Harlen, âgé comme lui de onze ans, braquait un pistolet calibre 38 au canon court sur la voiture de Congden en menaçant de tirer s'il lâchait son ami dans le vide.

Que s'était-il passé, déjà ? se demandait Dale.

Le souvenir, si c'en était un, s'était estompé avec le temps. Plus de quarante ans !

Le shérif Congden fit un pas de plus en avant, se pencha pour examiner les deux pneus crevés du Land Cruiser, et grommela :

– Qu'est-ce qui vous est arrivé, bordel ?

C'était bien la même voix que dans le temps, rendue plus rocailleuse par des dizaines d'années de cigarette et d'exercice du pouvoir. Mais sans conteste la même.

Il dut se racler la gorge à plusieurs reprises avant de pouvoir parler. Il raconta à Congden l'histoire des skinheads, en priant pour que le shérif ne le reconnaisse pas.

Les bourreaux reconnaissent-ils leurs victimes après tout ce temps ? se demandait-il.

– Ouais, je sais qui sont ces gars, déclara le shérif en posant sur Dale un regard insistant à travers ses lunettes fumées. Mais vous, est-ce que je ne vous ai pas déjà vu ?

Dale secoua négativement la tête. Il n'osait pas prononcer un mot de plus, de peur que Congden n'identifie sa voix.

Le shérif fit lentement le tour du Land Cruiser et fronça les sourcils en lisant la plaque arrière.

– Montana, hein ? Vous êtes de passage, monsieur… ?

– Miller, murmura Dale.

Aussitôt, il regretta d'avoir dit cela. Si le représentant de la loi demandait à voir ses papiers, il allait être en mauvaise posture. À côté, ses problèmes avec les skins ne seraient rien.

– Tom Miller, s'enferra-t-il. Oui, je ne fais que passer. Je vais à Cincinnati.

Congden continuait de le dévisager, les sourcils froncés, les pouces calés derrière son ceinturon. Le cuir crissait. La chemise grise du shérif était crasseuse, et ses boutons tendus à éclater sur sa bedaine.

S'il me demande ma carte grise et mon permis, je dirai que je les ai oubliés, songea Dale, en proie à la panique.

Il savait que cela ne marcherait jamais. Il risquait de finir dans la prison du comté pendant qu'ils faisaient des recherches sur son identité. Il secoua la tête.

Pas de quoi paniquer. Je n'ai rien fait de mal. C'est moi la victime dans cette affaire.

C'était le seul point de vue raisonnable, mais il ne pouvait pas s'empêcher de revoir les deux yeux porcins de CJ Congden derrière le canon d'une carabine pointée sur sa tête de gamin. Il n'y avait pas de règlement ni de limitations sur les relations entre bourreau et victime.

Le corpulent shérif ouvrit la bouche pour dire quelque chose, mais la radio de sa voiture choisit ce moment pour se mettre à grésiller et à siffler. Congden se pencha à l'intérieur par la portière ouverte, écouta quelques instants, dit quelques mots dans le micro puis coupa la liaison.

Il se redressa, les pouces de nouveau calés dans le ceinturon.

– Vous voulez que je vous ramène à Oak Hill ? Il y a des formulaires à remplir, si vous voulez déposer plainte.

Plutôt me faire faire une coloscopie avec un furet de plombier.

Dale haussa les épaules, feignant l'indifférence.

– Je rentrerai avec la dépanneuse. J'ai besoin de prendre des affaires dans le Land Cruiser.

Congden le regarda de nouveau intensément en hochant la tête, comme s'il cherchait à se rappeler où il l'avait déjà vu. Finalement, il haussa les épaules.

— Comme vous voudrez. Mais n'oubliez pas de passer au bureau.

Dale acquiesça sans rien dire et regarda le shérif asthmatique s'éloigner lourdement en direction de sa voiture.

La dépanneuse arriva moins d'une minute après le départ de la voiture du shérif. Les deux mécaniciens, Billy et Tuck, eurent vite fait de hisser le 4 X 4 sur leur camion.

— On aurait pu vous monter un pneu de remplacement, lui dit Billy, le plus âgé des deux frères. Mais ça n'aurait pas servi à grand-chose. Personne à Oak Hill n'a vos pneus en stock. Il faudra probablement en faire venir de Peoria ou de Galesburg. Pas avant demain après-midi, en tout cas.

Dale hocha la tête.

— On peut louer une voiture à Oak Hill ?

Les deux frères secouèrent la tête en même temps. Puis Tuck murmura :

— Une seconde. M. Jurgen, aux Happy Lanes, loue parfois la voiture de sa femme, qui est morte.

— Ça fera l'affaire.

Dale ne quitta pas Oak Hill avant 19 heures. Ses pneus arriveraient le lendemain, et il aurait son Land Cruiser en fin d'après-midi. Il dîna au comptoir d'un établissement de restauration rapide sur la place du village. Ce n'était plus un Woolworth, la chaîne avait disparu depuis quelques années. M. Jurgen lui amena la Buick bleue de sa femme. Elle était plus vieille que la plupart des gens que connaissait Dale, et la location lui coûta plus cher qu'un modèle de luxe chez Hertz, sans compter qu'il dut verser en plus une caution de 300 dollars, mais il fut heureux de payer et de quitter Oak Hill avant que Congden ne s'avise de venir le chercher.

Il se remit à neiger sur la route de la ferme de Duane. Dale commençait à dodeliner de la tête lorsqu'il s'engagea dans la longue allée bordée d'arbres morts. Les flocons dansaient dans le faisceau de ses phares, mais il reprit rapidement ses esprits et freina brutalement à cent mètres de l'entrée de la ferme.

Il n'avait laissé aucune lumière allumée quand il était sorti faire des courses un peu plus tôt dans l'après-midi. Le rez-de-chaussée était plongé dans l'obscurité.

Mais il y avait de la lumière à l'étage.

8

Dale resta un bon moment, dans la Buick qui sentait le moisi, à regarder la lumière qui brillait à la fenêtre de gauche de l'étage. Les lourds flocons s'écrasaient sur le pare-brise, se transformant aussitôt en eau.

Merde de merde !

Il passa la marche arrière et recula dans l'étroite allée, se mit sur la route en direction du sud et fonça. Il avait vu suffisamment de films d'épouvante pour n'avoir pas envie de jouer le rôle de celui qui entre prudemment dans la maison plongée dans le noir, crie : « Il y a quelqu'un ? », grimpe lentement les marches, puis se fait avoir par la hache du tueur psychopathe aux aguets. C'était ou ça ou Sandy Whittaker qui était entrée avec la clé de l'agence pour enlever le plastique du premier étage. Peut-être l'attendait-elle en ce moment, nue, sur un lit d'une chambre de l'étage.

Arrête avec tes conneries.

Il roula jusqu'au sommet de la deuxième colline et s'arrêta au stop de Jubilee College Road. Il ne savait même pas où il voulait aller.

Le Montana, lui souffla une voix intérieure.

Il secoua la tête. Sans parler de sa réticence naturelle à abandonner un Land Cruiser de 50 000 dollars en échange de ce vieux tacot qui puait la cigarette, il n'avait nulle part où aller dans le Montana. Le ranch était loué. Missoula lui était interdit. Il n'avait rien à faire pendant un an à l'université.

Oak Hill ?

C'était le choix le plus logique, dans la mesure où son 4 X 4 était là-bas et où il faudrait le récupérer demain après-midi. Mais il ne se souvenait pas d'avoir vu un motel à Oak Hill, et s'il y en avait un il devait être pour le moins rustique.

Il traversa Jubilee College Road, prit la route étroite qui coupait à travers les champs recouverts de givre et déboucha sur la 150 A où il continua tout droit jusqu'à l'embranchement de l'Interstate 74. Elle était déserte. Il prit la direction de l'est et se retrouva, vingt-cinq minutes plus tard, à Peoria. Il sortit dans War Memorial Drive, trouva un Comfort Suites, paya avec sa carte American Express, demanda une brosse à dents à l'employé du comptoir et monta dans sa chambre. Elle sentait le produit de nettoyage pour moquette et divers désinfectants chimiques. Le lit à deux places était d'une immensité obscène. Une carte en plastique, sur la télé, lui offrait un choix de films récents, parmi lesquels plusieurs pornos soft.

En soupirant, il descendit ouvrir la Buick de location, prit un sac d'épicerie contenant des jus de fruits et quelques bricoles à manger. Il fouilla dans un autre sac, trouva un tube de dentifrice neuf et le mit dans le premier sac. Il ne restait plus guère sur la banquette arrière que 230 dollars d'épicerie dans une multitude de sacs en papier marron. Il y en avait même sur le siège avant. Il remonta dans sa chambre avec son sac, retira ses chaussures et son sweat, ouvrit un paquet de biscuits Newton fourrés à la figue et but un jus d'orange en regardant CNN. Au bout d'un moment, il éteignit la télé et alla se brosser les dents à la salle de bains.

Longtemps après, il finit par s'endormir.

Il se réveilla en sursaut, le cœur battant à coups précipités, en proie à cette panique absolue venue des profondeurs de l'âme, qui se manifeste plus volontiers entre 3 heures et 4 heures du matin. Il regarda la montre incorporée à la tête de lit. 3 h 26.

Assis au milieu du lit, il alluma et se passa les deux mains sur la figure. Elles tremblaient.

Ce n'était pas un cauchemar qui l'avait fait remonter des profondeurs glauques de son sommeil troublé. C'était plutôt le sentiment que le monde prenait fin. Ou plutôt, se dit-il, la *conviction* que le monde avait déjà cessé d'être.

Le passage au nouveau millénaire avait posé problème à Dale. Naturellement, cela avait coïncidé avec une période où sa vie était partie à vau-l'eau et où il avait essayé de se donner la mort. Mais le plus troublant avait été sa conviction profonde et secrète d'avoir laissé derrière lui, dans le vieux siècle, tout ce qui avait jamais compté pour lui. Et à l'instant même, cette conviction, totalement infinie, avait pour lui le poids écrasant du néant.

Bordel ! se dit-il. *Je n'ai pas pensé à prendre mon Prozac, ni mon Flurazepam, ni mon Doxepin. Ils sont restés chez Duane !*

Cette pensée le fit sourire. Un court-circuit allume une ampoule à l'étage d'une vieille maison, et un professeur d'université se fait sauter la cervelle faute d'avoir ses tranquillisants à portée de la main.

Je ne vois vraiment pas comment je ferais, se dit-il. *J'ai laissé la Savage là-bas, également.*

Il regarda le téléphone. Il pouvait toujours appeler le Dr Hall. Il n'était pas aussi tard qu'ici dans le Montana. Il était 2 h 30. Les psys devaient avoir l'habitude de ce genre de connerie.

Qu'est-ce que je lui dirais ?

Que le chien noir était de retour. C'était ainsi que Dale avait l'habitude de désigner la déprime, en s'inspirant de Winston Churchill, qui avait été harcelé par son propre chien noir des dizaines d'années durant. Finalement, ce qui l'avait sauvé, c'était la peinture à l'huile.

Pourquoi le chien noir est-il de retour ?

Il se leva pour aller dans la salle de bains, fit couler un peu d'eau dans l'un des petits verres en plastique enveloppés d'une pellicule de protection sanitaire, et retourna s'asseoir sur le petit canapé pour réfléchir à tout ça.

Je n'aime pas cette idée de prendre la fuite. De quitter ainsi la ferme de Duane.

Et pourquoi pas ? La vieille ferme, Elm Haven, Oak Hill, CJ Congden et même Michelle Staffney étaient suffisamment déprimants, chacun dans son genre. Ne serait-ce pas une bonne idée que de tout laisser tomber dès à présent ?

Non. Il n'avait plus accès à son ranch ni à Missoula. Il le savait. S'il retournait là-bas, le plus probable était qu'il finirait ce qu'il avait commencé le 4 novembre, un an plus tôt.

Mais pourquoi cette ferme croulante de Duane ? Pourquoi Elm Haven ?

Parce qu'il y avait ses repères. Parce que même si l'endroit avait changé – en pis –, lui aussi avait changé, et il avait peut-être besoin de renouer avec son enfance, de retrouver ce qu'il y avait eu de bon en lui, de retrouver l'environnement de Duane et la raison pour laquelle il était devenu prof et écrivain.

Sans oublier mon livre. C'est le seul endroit où je peux l'écrire.

Pour la première fois, il regarda consciemment en face l'idée qu'il allait passer son année sabbatique à écrire un roman sur Duane, sur Elm Haven, sur 1960, sur l'été qu'il avait tant de mal à se rappeler et, en fin de compte, sur lui-même.

Vanité des vanités !

Il n'allait pas se laisser prendre à ce piège. Il savait qu'il lui faudrait faire preuve d'une grande humilité pour écrire ce bouquin. Oui, d'une très grande humilité, et non du savoir-faire professionnel, historique, commercial et intellectuel qui lui avait permis d'écrire sa série de *Jim Bridger, le roi de la montagne*. Ce roman-là, il l'écrirait pour lui-même. Et il aurait besoin, pour ce faire, non seulement des carnets intimes de Duane, mais aussi d'un étroit lien avec la brève existence de son ami.

Le système de chauffage à air pulsé bourdonnait. Un poids lourd passa bruyamment sur War Momorial Drive, changeant ses interminables vitesses l'une après l'autre. Dale éteignit et finit par se rendormir malgré l'absence de Prozac, de Flurazepam et de Doxepin.

— Stewart ! Dale... Stewart !

Dale s'arrêta à l'entrée du garage où les mécaniciens finissaient de monter les deux pneus neufs sur ses jantes. Il regarda par-dessus son épaule, mais il avait déjà reconnu la voix.

Le shérif Congden s'avançait vers lui sur l'allée de ciment maculée de cambouis, une main sur la crosse de son revolver dans son étui. Il avait la respiration légèrement sifflante en marchant. Dale l'attendit de pied ferme.

— Miller, hein ? souffla Congden. Tom Miller ! C'est malin. Mais je savais bien que j'avais déjà vu quelque part votre sale bobine.

— Vous désirez quelque chose, shérif ?

Contrairement à la veille, les battements de cœur de Dale ne s'étaient pas accélérés. Il se sentait parfaitement calme.

— Pourquoi m'avez-vous raconté des bobards, Stewart ? aboya Congden. Normalement, je devrais vous coffrer pour ça.

— Pour ne pas vous avoir donné mon nom ? demanda Dale avec un sourire.

— Pour avoir caché votre identité à un représentant de l'ordre.

Les doigts boudinés de Congden jouaient nerveusement sur la crosse de son revolver. On entendait le cuir crisser.

Dale haussa les épaules sans rien dire. Congden plissa les yeux.

— Je me souviens très bien de vous, Stewart. Vous et votre putain de bande de copains miteux.

— Modérez votre langage, shérif. L'uniforme que vous portez ne vous autorise pas à intimider vos concitoyens comme vous le faisiez quand vous étiez la terreur des gamins du village. Continuez sur ce ton, et je vous promets que je porte plainte.

— Vous pouvez vous la mettre où je pense, votre plainte, grogna Congden.

Il regarda cependant à l'intérieur du garage pour voir s'il y avait des témoins, mais le fracas du pistolet pneumatique ajustant les écrous des roues du Land Cruiser couvrait amplement leur conversation.

— Et vous pouvez aller vous faire foutre, Stewart, ajouta le shérif, furibond.

— Bonne journée également, Congden.

Dale lui tourna le dos pour regarder son camion en train de redescendre.

Le shérif s'avança jusqu'à l'entrée du garage.

— Je sais où vous habitez, dit-il.

Dale n'en doutait pas. Le comté n'était pas bien grand.

Congden commença à s'éloigner. Dale lui cria :

— Hé, shérif ! Vous n'avez pas encore trouvé ces skins qui me coûtent plus de trois cents dollars ?

CJ Congden ne tourna même pas la tête.

Cette belle matinée avait fait honte à Dale. La neige s'était transformée en boue pendant la nuit, et il avait plu ensuite. Mais la matinée était ensoleillée, et il flottait dans l'air de doux parfums floraux. Il alla prendre son petit déjeuner à la crêperie voisine du Comfort Suites. La nourriture était excellente, le café aussi, et la serveuse aimable. Il parcourut les titres du *Peoria Journal Star*, et se sentit mieux qu'il ne l'avait été depuis des semaines.

Le War Memorial Drive se transformait en Highway 150 à la sortie de Peoria. Dale ramena la Buick à Elm Haven, en roulant vitres ouvertes pour chasser l'odeur de cigarette qui imprégnait la voiture. Il fut surpris de noter que la moitié des arbres avaient encore leurs feuilles et que ces feuilles étaient encore aux couleurs de l'automne. La journée était décidément splendide.

Juste à la limite occidentale de Peoria, à une quinzaine de kilomètres du centre qu'il avait connu quand il était enfant à Elm Haven, il y avait une petite place avec un magasin de sport et une quincaillerie. Il se rendit dans les deux boutiques et en ressortit avec un pied-de-biche de 90 cm et une batte de base-ball. Il jeta les deux instruments dans le coffre de la Buick et prit la direction de la ferme de Duane.

Les champs, de part et d'autre de l'allée, étaient luisants et riches de senteurs d'automne. Il arrêta la Buick devant la maison, mais il n'avait aucun moyen de savoir, avec toute cette clarté, si la lumière à l'étage était encore allumée. Il gara la Buick sur le côté, prit la batte de base-ball dans le coffre et s'avança jusqu'à la petite porte de la maison.

Elle était fermée à clé, comme il l'avait laissée. Il entra et demeura un instant dans la cuisine.

— Ohé !

Il entendit l'écho de sa propre voix à l'étage et sourit malgré lui. Il n'avait pas l'intention de hurler : « Il y a quelqu'un ? » juste avant que le tueur surnaturel au visage dissimulé derrière un masque de hockey ne lui saute dessus pour le taillader.

Il alla voir partout au rez-de-chaussée. Tout semblait être exactement comme il l'avait laissé. Il descendit à la cave. Pas de tueur au masque de hockey non plus. Il se souvint alors qu'il avait rangé ici sa carabine Savage en deux morceaux ; mais après avoir vérifié qu'elle n'avait pas bougé, il décida de ne pas l'ajouter à son arsenal. Et d'ailleurs, il avait jeté son unique cartouche.

Il grimpa à l'étage.

Les feuilles de plastique jauni étaient intactes. Il vérifia les clous et les agrafes sur le cadre en bois. Personne ne les avait enlevés non plus. Le plastique était tendu sur un cadre en bois qui avait été cloué aux montants de la porte des dizaines d'années auparavant. Dale exerça du poing une pression sur le plastique, mais il ne plia que très légèrement, en se fendillant. Si quelqu'un était monté là-haut, ce n'était pas par là qu'il était passé.

Pas si c'était quelqu'un d'humain.

Dale avait délibérément formulé cette pensée par dérision, mais dans l'obscurité de la cage d'escalier elle ne lui semblait plus tout à fait aussi amusante. Il se pencha en avant pour essayer de voir quelque chose à travers le plastique épais. Il distingua les vagues contours d'un couloir et d'une table. Le soleil filtrait à travers d'épaisses tentures. Rien ne bougeait.

Il sortit son canif universel et ouvrit la plus longue lame pour l'appuyer contre le plastique. Il hésita une seconde, puis replia la lame et remit le canif dans sa poche. Il posa la batte de base-ball debout contre le plastique et la tapota distraitement en se disant : *mieux vaut ne pas éveiller le chien qui dort.*

Comme en écho à cette pensée, il entendit un grattement de griffes sur le lino du bas.

Il fit volte-face, batte levée, juste à temps pour apercevoir un très petit chien noir qui courait du salon à la cuisine.

— Bon Dieu ! s'écria-t-il, le cœur battant à coups redoublés.

Il redescendit l'escalier à toute vitesse et fonça dans la cuisine juste à temps pour voir se refermer la porte grillagée extérieure. Il avait laissé la porte intérieure ouverte, et le petit chien avait réussi à pousser l'autre.

Dale sortit comme un fou, sa batte à la main, prêt à tout. Il s'attendait à ce que le chien soit déjà hors de vue, mais il courait comme un dératé vers la remise qui se trouvait derrière la ferme, en frétillant du derrière.

Cela fit rire Dale. Il croyait affronter un mort-vivant forcené au masque de hockey, et il trouvait un toutou inoffensif à la place. C'était un minuscule terrier à poil ras, tout noir à l'exception d'une tache blanche ou rose sur le museau. Et il avait les oreilles courtes.

— Viens ici, mon toutou ! cria-t-il.

Il le siffla, mais le petit chien noir ne ralentit en rien sa fuite éperdue. Il disparut sous la première cabane, celle que Duane, dans le temps, appelait le poulailler.

Si ce petit chien était dans la maison, pourquoi est-ce que je ne l'ai pas vu quand j'ai regardé partout ?

Il secoua la tête, mais continua d'avancer vers le poulailler.

La cabane était dans un état lamentable. Pour entrer, il dut défaire un bon mètre de fil de fer rouillé que l'on avait utilisé pour bloquer la porte. L'une des parois avait pourri, entre le bois et les fondations en ciment, de sorte qu'il y avait un trou assez large pour laisser passer une bête.

Surtout un minuscule cabot comme ça.

Il poussa la porte d'un coup de pied et passa la tête à l'intérieur.

— Nom de Dieu ! fit-il à voix basse.

Il sortit de sa poche son briquet Dunhill et fit jaillir la flamme en le tenant le plus haut possible, mais il ne donnait pas assez de lumière pour qu'on distingue tous les détails. Dale décida de retourner à la ferme prendre une torche électrique.

Quelques instants plus tard, il put constater que l'intérieur du poulailler était tapissé d'une véritable couche de fientes de poulet fossilisées, cimentées avec du duvet blanc. Les perchoirs étaient vides, naturellement, et la paille était vieille. Les planches, les parois et le sol étaient couverts de sang séché marron foncé que le temps avait patiné. Il n'y avait aucune trace du petit chien.

— Qu'est-ce qui s'est donc passé ici ? demanda tout haut Dale.

Mais il connaissait déjà la réponse. *Un renard. Un renard dans le poulailler.* Ou bien un chien. (Il ne put s'empêcher de sourire une nouvelle fois.) Pas celui-ci. Il était bien trop petit. Un vulgaire poulet l'aurait mis en fuite à coups de bec.

Il regarda dans tous les compartiments, mais ne trouva pas le petit chien noir. Sur la paroi ouest, cependant, il remarqua que plusieurs planches étaient de travers. Il y avait probablement un passage par lequel le chien s'était échappé.

Il ressortit à la lumière du jour, dans l'air embaumé de l'automne, et fit le tour du poulailler pour chercher des traces dans la boue au pied du mur ouest. Il vit effectivement de minuscules empreintes de pattes qui se dirigeaient vers les autres bâtiments annexes de la ferme.

La question est réglée. S'il laisse des traces, ce n'est pas un chien fantôme.

Il siffla de nouveau le petit chien, mais n'eut pas plus de résultats que la dernière fois. Tout en se disant qu'il y avait les courses à ranger, il ne put s'empêcher d'aller inspecter les autres annexes.

Les empreintes du chien se perdaient dans l'herbe. Mais la cabane la plus proche avait sa porte ouverte. Avec sa torche, Dale balaya une rangée de harnais suspendus à des poutres, des outils à lame, des couteaux de boucherie, le tout rouillé au dernier degré.

La remise suivante était cadenassée, mais les gonds avaient cédé depuis longtemps et il n'eut qu'à pousser la porte de côté pour pouvoir se faufiler à l'intérieur. Il y avait là un groupe électrogène datant des années 40, un fouillis de câbles noirs et une demi-douzaine de jerricans. Un seul d'entre eux contenait de l'essence. Il voulut vérifier l'état du groupe, mais un simple balayage avec sa torche lui montra que tout le câblage avait été rongé par les rats et que les connexions étaient totalement rouillées. Naturellement, le réservoir était vide. Derrière la cabane, il y avait une grosse cuve ovale posée à un mètre du sol sur des poutrelles. De toute évidence, c'était là qu'on faisait le plein des machines agricoles. Contrairement à tous les autres équipements de la ferme, la cuve paraissait être en bon état et toujours en service. Les tuyaux et embouts avaient été entretenus ou remplacés récemment, ce qui était logique si le voisin, M. Johnson, rangeait son tracteur et sa moissonneuse dans le hangar tout proche, et s'il labourait toujours les champs du domaine. Dale donna quelques coups sur la cuve de mille litres. Elle sonnait plein. Il en prit mentalement note, pour le cas où son Land Cruiser viendrait à manquer d'essence.

Il y avait trois autres cabanes annexes, mais elles s'étaient toutes pratiquement écroulées. Si le chien noir se cachait dans l'une d'elles, il n'avait pas l'intention d'aller l'y chercher.

Restait la grange.

Il avait prévu de l'explorer en temps voulu. Autant le faire tout de suite. Sa torche dans une main et la batte de base-ball dans l'autre, il se dirigea d'un pas décidé vers le grand bâtiment.

Il avait le vague souvenir d'être entré dans la grange de Duane quand il était enfant. De toutes les gloires de l'Illinois, ces granges géantes étaient probablement les plus aptes à fasciner un gamin. Certaines exploitations agricoles se flattaient de posséder une grange assez vaste pour y jouer au base-ball. Les greniers se trouvaient à dix mètres de haut et sentaient bon le foin frais. L'endroit idéal pour jouer quand on était un gamin.

La grange avait une entrée sur la façade est, mais elle était bloquée par une chaîne avec un cadenas. Impossible de faire bouger l'énorme double porte de la façade sud. Elle était fermée de l'intérieur ou prisonnière de ses rails rongés par la rouille. Dale hésita. Il ne savait pas si son contrat de location l'autorisait à entrer dans la grange et dans les autres bâtiments annexes. Sans doute étaient-ils utilisés par M. Johnson.

Il retourna à la Buick, ignora les sacs d'épicerie, et déposa sa batte dans le coffre pour prendre le pied-de-biche en échange. Il parcourut ensuite les soixante mètres qui le séparaient de l'énorme grange. Glissant la torche dans la poche de son jean, il inséra l'extrémité fourchue du levier dans la rainure de la double porte et força en proférant une série de jurons jusqu'à ce que quelque chose craque... dans la porte, par bonheur, et non dans son dos – et que la porte coulisse de quelques centimètres sur ses rails rouillés.

Il s'avança dans le noir, puis recula aussitôt dans la lumière.

La gigantesque moissonneuse-batteuse occupait presque tout l'espace central intérieur. Les longues pointes preneuses piquetées par la rouille étaient dardées sur lui sur toute la largeur du bec cueilleur de dix mètres. La cabine vitrée, qui semblait incroyablement haute, était plongée dans l'obscurité. Dale demeurait bouche bée, le cœur battant à coups précipités, sidéré de se souvenir encore des détails techniques de la moissonneuse à maïs : bec cueilleur, rouleaux preneurs, chaîne à ergots, capuchons…

Impossible que ce soit la même machine.

Son ami Duane avait été broyé et englouti ici même par une moissonneuse dans des circonstances que personne n'avait élucidées complètement ni à l'époque ni plus tard. Duane était tout seul à la ferme. Son vieux, comme il l'appelait toujours, avait le plus solide des alibis : plein comme une barrique à Peoria en compagnie d'une demi-douzaine de consorts. De toute façon, personne n'avait songé à le soupçonner.

Totalement impossible.

Cette machine était assez vieille pour avoir été en service à l'époque, mais elle était de couleur verte, alors que celle qui avait tué Duane, et qui était déjà passablement âgée à l'époque, était rouge.

Comment est-ce que je peux me souvenir de ça ? se demanda-t-il, étonné.

Le fait est qu'il s'en souvenait.

Et les tôles de protection en métal n'étaient pas sur les becs cueilleurs ni sur les rouleaux preneurs quand ils avaient retrouvé la machine dans un champ avec les restes de Duane dans son ventre. M. McBride les avait retirées quelques semaines ou quelques mois plus tôt, dans l'intention de réparer les rouleaux. Et cette moissonneuse verte non plus n'en avait pas.

Il secoua la tête tout en faisant le tour de la moissonneuse. Il balaya la cabine du faisceau de sa torche et examina le labyrinthe d'échelles métalliques et de passerelles qui couvrait la machine géante. Malgré sa taille impressionnante, celle-ci n'occupait qu'un tiers de l'espace au sol de la gigantesque grange. Des portes et des barrières conduisaient à des compartiments séparés de l'espace central. Des échelles en bois donnaient accès à pas moins d'une demi-douzaine de greniers. Dale orienta le faisceau de sa torche vers le faîtage, quinze mètres plus haut, mais ne vit que du noir. Il entendit cependant un bruissement d'ailes affolé.

Des chauves-souris, se dit-il. Mais une autre partie de son esprit, pendant ce temps, lui soufflait : *Non, de simples moineaux.* Car il se souvenait maintenant. C'était la seule occasion où il était venu dans cette grange. Une nuit d'été où, avec son frère Lawrence et leur copain Mike O'Rourke, ils avaient suivi la route de gravier qui partait de chez l'oncle Henry et la tante Lena. Ils avaient tiré sur les moineaux dans cette grange. Ils les figeaient d'abord dans le rayon de leur lampe de poche, et ils les tiraient ensuite avec leurs pistolets à plomb. Tous les moineaux n'étaient pas morts. Les pistolets n'étaient pas si puissants. Duane leur avait ouvert la porte de la grange, mais il n'avait pas participé au massacre. Dale le voyait encore dans l'entrée avec son vieux colley, Wittgenstein. Le chien était tout excité par le carnage et par les moineaux affolés qui volaient dans tous les sens, mais il n'avait pas quitté son jeune maître.

— Au diable tout ça ! s'exclama Dale tout haut.

Il ressortit de la grange, referma la double porte grinçante aussi complètement qu'il put, lui tourna résolument le dos et alla décharger la voiture.

Au passage, il en profita pour vérifier s'il y avait un autre accès à l'étage. Mais il n'y avait pas d'escalier extérieur et les six fenêtres du haut, situées à plus de cinq mètres du sol, étaient fermées et drapées, à l'intérieur, de voilages ou de tentures, ou encore des deux. Avec une grande échelle, quelqu'un aurait pu y arriver, mais tout le tour de la ferme était couvert de boue après les pluies de la nuit dernière, et il n'y avait absolument aucune trace d'échelle ni de pas.

Celui ou celle qui a allumé là-haut doit y vivre en permanence, se dit-il.

Mais il n'était pas facile de réussir à se faire peur par une si belle matinée, avec un ciel si bleu.

Il déposa le pied-de-biche et la batte de base-ball à l'angle de la porte de la cuisine et sortit chercher les derniers précieux sacs d'épicerie en évitant de trop marcher dans la boue.

9

En allant chercher son 4 X 4 cet après-midi-là, Dale prit le raccourci de Catton Road pour rejoindre la route de Oak Hill. À quelques kilomètres de la ferme de Duane, sorti de ce qu'il appelait maintenant la zone morte, son téléphone l'avertit qu'il était de nouveau connecté au réseau. La route asphaltée était déserte. La journée était encore chaude. Tout en conduisant d'une main, Dale composa le numéro de l'agence de Sandy Whittaker.

– Immobilière Heartland.

C'était la voix de Sandy. Il s'identifia. Suivit la salve inévitable de civilités. Ils tombèrent d'accord pour dire que la journée était superbe et que cela ne faisait pas de mal après cette vague de froid et toute cette neige.

– Tout va bien là-bas, monsieur... Dale ? demanda Sandy.

Il hésita. Il était tenté de lui parler de la lumière à l'étage, mais qu'aurait-il pu lui dire ? *À propos, Sandy, personne n'a jamais signalé de lumière fantôme à la ferme des McBride ?*

Il se contenta de murmurer :

– Tout va bien, mais je suis curieux de savoir si vous avez entendu parler d'un petit chien qui rôde autour de la ferme.

– Un petit chien ? À quoi ressemble-t-il ?

– Minuscule. Tout noir.

Il y eut un silence à l'autre bout de la ligne. La voiture dépassa une grande ferme blanche avec une grange énorme. Il n'y avait pas la moindre circulation.

— C'est sans importance, dit-il. La question était stupide.
— Mais non, mais non. Vous avez vu un chien sur la propriété ?
— À l'intérieur de la maison.
— À l'intérieur ?
— J'ai laissé la porte intérieure ouverte cet après-midi, pour aérer. Je suppose que la porte grillagée a pu s'ouvrir juste assez pour laisser passer un petit animal. Il s'est sauvé à mon retour, et je me demandais simplement à qui il pouvait appartenir. La tante de Duane n'avait pas de chien, je suppose ?
— Mme Brubaker ? Non, je pense que je l'aurais su si elle en avait eu un. Elle ne recevait jamais personne chez elle, mais tout le monde savait qu'elle était très maniaque. Elle n'aurait pas supporté d'avoir un animal chez elle.
— C'est peut-être le chien d'un voisin, venu en reconnaissance.

Il regrettait déjà de l'avoir appelée.

— Je ne vois pas qui pourrait avoir un petit chien noir. M. Johnson, au sud, a deux chiens de chasse, mais ils sont grands et ils ont le poil brun. Les Bachmann, la jeune famille qui a racheté la propriété de votre oncle Henry près du cimetière, avaient un setter irlandais, mais il s'est fait écraser l'été dernier par le camion du laitier.

Seigneur ! songea Dale. *La vie dans une petite ville !*

— Quel genre de chien était-ce ? demanda de nouveau Sandy.

Il soupira. Il y avait des vaches dans un pré boueux qui levèrent la tête pour le regarder passer. Il se demanda si son expression était aussi vide que la leur.

— Je ne m'y connais pas beaucoup en chiens, dit-il.
— Moi oui, fit Sandy Whittaker. J'en ai cinq et je suis abonnée à la revue de l'American Kennel Club. Chaque année, je suis à la télé l'exposition canine de Westminster. Décrivez-moi bien ce chien, et je vous dirai de quelle race il est.

Dale se gratta la tête. Il commençait à avoir la migraine.

— Un tout petit bout de chien, dit-il. Trente centimètres de haut au maximum. À peine un peu plus long que ça. Tout noir. Un terrier, c'est ce que je me suis dit au début.
— À poil long ?
— Non, pratiquement sans poil.
— Sans poil ?

Elle avait murmuré cela d'une voix choquée, comme s'il avait dit quelque chose d'obscène.

— Je veux dire un poil très, très ras. Et très noir.

— Les Staffordshire Terriers américains, les Toy Terriers, les pitbulls et les terriers de Boston, tous les chiens de cette famille ont le poil ras mais aucun n'est entièrement noir. Et personne n'en possède dans tout le comté. Vous avez bien vu sa tête ?

— Plus ou moins.

— Son museau était long ? Ou aplati ?

— Plutôt aplati, je crois.

Il ne put s'empêcher de sourire. Il avait l'impression d'être le témoin d'un crime cuisiné sans répit par un policier.

— Un peu comme un bouledogue, ajouta-t-il.

— Hum, fit Sandy Whittaker d'une voix sentencieuse. Le bouledogue américain et le bouledogue anglais sont tous les deux plus gros que ce que vous dites. À moins que vous n'ayez vu un chiot.

— Je ne pense pas que c'était un chiot, murmura Dale, qui n'était plus du tout sûr de rien.

— Alors, c'était peut-être un carlin, ou un bouledogue français. Était-il mince et gracile, ou avait-il le poitrail rond ?

Dale fut tenté de fermer les yeux pour se concentrer. Mais un pick-up arrivait en sens inverse, et il garda les paupières ouvertes.

— Plutôt le poitrail rond. Puissant, court sur pattes, mais râblé. Pas comme ces chihuahuas qui ressemblent à des rats.

Il y eut un silence de plusieurs secondes. Puis :

— Deux de mes cinq chiens sont des chihuahuas, Dale.

Il roula des yeux ébahis.

— Bon, ben... merci pour votre aide, Sandy.

— Et comment était sa queue ? demanda-t-elle gravement.

— Sa queue ? (Il revit le petit derrière de l'animal en train de battre en retraite en direction du poulailler.) Je n'ai pas vu de queue. Je ne pense pas qu'il avait une queue.

— Les carlins ont une queue tire-bouchonnée qui leur colle au dos. Et ses oreilles ? Elles étaient dressées ou à plat ?

— Dressées, répondit Dale, qui ne s'intéressait plus tellement à la question. Triangulaires et verticales.

– Alors, ce n'est pas un carlin. Le carlin a les oreilles qui tombent. Vous ne vous souvenez d'aucun autre détail ?

– Il avait une espèce de tache rose sur la figure. Le museau, je ne sais pas comment vous dites.

Il était presque arrivé dans les faubourgs de Oak Hill. Il aurait pu aussi bien faire un saut à l'agence immobilière. Mais il n'en avait pas du tout l'intention.

– Oui, oui. Ça ressemble tout à fait à un bouledogue français, ce que vous me dites là. Adultes, ils atteignent une trentaine de centimètres et pèsent environ douze kilos. Ils ont la face écrasée, le poitrail rond et les oreilles en pointe. Ils ont aussi le nez large, court, retroussé, avec des narines écartées et une coloration rosée.

– Eh bien, je vous remercie, Sandy. Vous m'avez été d'un grand secours et...

– Le seul problème, l'interrompit Sandy Whittaker, c'est que le bouledogue français a une robe couleur fauve, bigarrée – c'est-à-dire blanc et noir –, tachetée de rouge et de noir. Jamais entièrement noire. Vous êtes sûr que le chien que vous avez vu n'était pas tacheté ?

Il était absolument noir, noir comme du charbon, pensa Dale, absolument sûr de lui.

– Peut-être un peu tacheté, oui, dit-il à Sandy. Bon, merci beaucoup, vous avez été...

– L'autre problème, avec le bouledogue français, c'est qu'il n'y en a aucun dans le coin. Ni à Elm Haven ni à Oak Hill. Personne n'en a. Si quelqu'un en avait un dans les fermes voisines de la vôtre, je le saurais forcément.

Après avoir fait face à CJ Congden au garage et payé ses deux pneus neufs, Dale reprit la route de la ferme. Il avait toujours eu horreur des confrontations, particulièrement quand il s'agissait de quelqu'un qui détenait une autorité quelconque, mais au lieu d'être perturbé par cette rencontre il s'en trouvait légèrement amusé. Et l'impression qu'il avait eue la veille d'être plus ou moins décalé par rapport au centre des choses s'était estompée elle aussi. Il avait récupéré son 4 X 4, il y avait de quoi manger et boire à profusion à la ferme, et il était libre, s'il le voulait, de prendre la route de l'ouest – ou de l'est – à n'importe quel moment. Tout était pour le mieux.

À part les conditions atmosphériques, peut-être. De gros nuages noirs s'amassaient à l'ouest. La chaude journée d'automne se transformait lentement mais inexorablement en soirée d'hiver glaciale.

Il était presque arrivé à Elm Haven quand il remarqua qu'il n'avait plus d'essence dans le réservoir. Rien à faire, il ne pouvait plus échapper au KWIK'N'EZ.

Il pleuvait quand il arriva à la station d'essence du supermarché. Les camions se succédaient bruyamment sur l'Interstate 74 en contrebas. Dale se servit et nettoya son pare-brise. Pour payer, il fallait entrer dans le magasin.

Derek le skin leva les yeux de derrière le comptoir. Il portait l'uniforme orange et la casquette avec le logo de KWIK'N'EZ. Ses traits se figèrent quand il vit Dale.

Ce dernier se mit à rire de bon cœur.

– Qu'est-ce qu'il y a de marrant ? lui demanda Derek.

Il secoua la tête et paya en espèces au lieu de lui donner sa carte de crédit.

– Tiens, mais c'est Derek ! fit-il. Décidément, c'est le jour !

Le temps ne fit qu'empirer. Les nuages étaient de plus en plus bas, et la brise s'était transformée en bourrasque. La température avait baissé de vingt degrés à la tombée de la nuit. Dale s'était réfugié dans la chaleur relative du sous-sol, pour lire dans le vieux lit de Duane et écouter la station à l'ancienne qu'il captait sur l'antique meuble-radio. Au-dehors, la tempête faisait rage.

À l'intérieur, le vent s'engouffrait en sifflant. Dale abaissa son livre et tendit l'oreille. Le sifflement se transforma soudain en mugissement sourd. Il se leva et alla inspecter les fenêtres l'une après l'autre à la recherche de fissures ou de carreaux cassés. Mais le bruit ne venait pas d'une fenêtre. Il sortait de la réserve à charbon derrière la chaudière.

Il prit le briquet Dunhill que lui avait offert Clare, fit jaillir la flamme et se pencha pour regarder dans le compartiment obscur. Il y avait de la lumière ici à une époque, mais la douille au bout du fil était sans ampoule. Le bruit qui montait était très fort. Il entra dans le casier à charbon et promena la flamme de son briquet un peu partout, près du sol et contre les parois.

Le ciment gardait encore des traces de poussière de charbon après toutes ces années. Le trou de la trémie avait été muré, de même que la glissière à charbon, quand M. McBride avait transformé sa chaudière pour l'alimenter au gaz. Il n'y avait aucune ouverture dans cet espace réduit, mais un grand panneau en bois, formant un carré de un mètre vingt de côté environ, était chevillé au mur côté ouest. Et le mugissement provenait de là.

Il se baissa pour s'avancer jusqu'à la paroi ouest et posa la main sur le panneau d'épais contreplaqué. Il pulsait comme si quelque chose, de l'autre côté, forçait dessus. Un courant d'air glacé filtrait par le haut à travers le bois fendillé. Le mugissement se fit plus aigu et se retransforma en sifflement.

Il ne fallut pas une minute à Dale pour dévisser avec ses doigts les vis rouillées qui ne tenaient plus très bien dans le mortier entre les briques. Les chevilles s'arrachèrent et le bois céda en partie quand il écarta le panneau du mur.

Le courant d'air froid lui apporta une odeur de terre moisie, une odeur de tombe. Il avança la flamme tremblotante de son briquet dans l'ouverture de ce qui lui semblait être une galerie. Le trou faisait près d'un mètre de large sur un mètre vingt de haut. Il vit que la galerie s'étendait sur six ou sept mètres au moins, tapissée de pierres et de terre rouge ondulée, jusqu'à un endroit où elle prenait fin ou bien faisait un coude sur la droite.

Il n'y aurait pas cet appel d'air si elle était bouchée.

Il envisagea, l'espace de deux millisecondes, de partir en exploration, mais il n'était pas question qu'il rampe dans ce trou humide aux parois à moitié croulantes. Il alla chercher sur l'établi un tournevis, un marteau et des clous. Il remit le panneau en place, replaça de son mieux les chevilles dans le mortier pourri et renforça le tout en enfonçant les deux pointes les plus longues qu'il avait sous la main. Le vent continuait à gémir et à faire vibrer le panneau, sifflant à travers les fissures du bois.

Il remit les outils en place et se lava les mains dans l'évier du sous-sol tout en se demandant où cette galerie pouvait bien mener.

Une heure plus tard, il était dans son lit. Le vent était tombé et avait fait place à une lourde pluie qui ressemblait à de la neige fondue. Il était sur le point de s'assoupir lorsque soudain il se souvint de la grotte des contrebandiers.

Tous les étés, durant les quatre années qu'il avait passées à Elm Haven, il allait rejoindre, avec son frère Lawrence, leurs copains Mike, Kevin, Harlen, Bob McKown et quelques autres pour explorer la propriété de l'oncle Henry et de la tante Lena, au nord du cimetière, à la recherche de la légendaire caverne des Bootleggers, supposée être un dépôt et un débit de boissons clandestin, du temps de la Prohibition, sur la route de comté n° 6. Aucun des gamins n'aurait su dire exactement ce qu'était un bootlegger, mais cela ne les empêchait pas de creuser des trous à travers toute la propriété à la recherche de cette fameuse caverne. Plusieurs vieux du voisinage affirmaient que c'était leur cave qui avait servi de laboratoire aux bouilleurs de cru locaux dans leur perpétuelle partie de cache-cache avec les agents du fisc. Aucun gamin n'avait idée de ce que pouvait être un agent du fisc, et encore moins un bouilleur de cru, mais ils prenaient plaisir à se faire peur avec ça. Lorsque les membres de la cyclopatrouille avaient commencé à rechercher la caverne, l'été 1959, la légende des Bootleggers affirmait qu'il y avait un tripot clandestin enfoui quelque part dans les collines du voisinage, au complet avec son parking plein de voitures d'époque, des tonnes de caisses de whisky et peut-être deux ou trois squelettes de vrais gangsters. Dale et ses copains avaient dû retourner des centaines de mètres cubes de terre dans leurs recherches futiles.

Mais Duane ne se joignait pratiquement jamais à eux dans leurs expéditions. Dale avait toujours pensé que c'était parce que le jeune garçon grassouillet ne voulait pas se fatiguer à creuser, mais Duane travaillait plus à la ferme que n'importe quel enfant des villes, aussi lui avait-il demandé, un jour d'été, pourquoi il n'allait pas avec eux à la recherche de la caverne des Bootleggers.

— Vous ne cherchez pas au bon endroit, lui avait répliqué Duane.

Dale était allé tout seul à vélo jusqu'à la ferme des McBride. Lawrence avait la grippe et devait garder la chambre. Le vieux de Duane avait envoyé Dale dans l'un des greniers situés tout en haut de la grange, où le petit surdoué était occupé à écrire ce qui ressemblait à des hiéroglyphes sur le mur de la grange. Il devait apprendre plus tard qu'il s'agissait de *vrais* hiéroglyphes. Duane avait décidé de se tourner vers la religion et de porter un culte à une quelconque divinité égyptienne, Dale ne se souvenait pas laquelle, car la question ne l'avait que modérément intéressé, même si Duane avait accumulé un trésor de crânes d'oiseaux et de petits mammifères dans le sanctuaire qu'il avait bricolé dans son grenier. La seule chose qui intéressait Dale, c'était la caverne des Bootleggers.

— Ça veut dire quoi, on ne cherche pas au bon endroit ?
— Vous ne savez ni quoi chercher ni où, avait continué Duane en barbouillant de peinture blanche sa rangée de hiéroglyphes représentant des oiseaux, des yeux et des lignes ondulées.
— Explique.
— Les bootleggers n'avaient pas une caverne, mais une ferme avec tunnel qu'ils avaient creusé pour pouvoir s'échapper s'ils étaient découverts. Et le tunnel n'était même pas très long.
— Comment sais-tu ça ?
— Parce que c'est chez nous.
— Tu as vu ce tunnel ?
— Je suis allé dedans.
— Où faut-il creuser pour le trouver ?
— Pas besoin de creuser. Il part du sous-sol du Coin plaisant.
— Il y a vraiment des vieilles bagnoles à l'intérieur ? Et des squelettes ?

Duane s'était mis à rire et lui avait barbouillé le nez avec son pinceau.

— Ça m'étonnerait. Il y a plutôt des rats et des eaux usées. Je doute que les gangsters se soient donné beaucoup de mal pour creuser ce tunnel. Il doit aboutir à l'ancienne fosse d'aisances.

Dale avait froncé le nez.

— Ce n'est pas la caverne des Bootleggers. La vraie est un endroit énorme, avec des voitures et toutes sortes de trucs. Des caisses de whisky. Il y a toutes les chances pour qu'elle se trouve au bord du ruisseau qui traverse la propriété de l'oncle Henry et de la tante Lena.

Duane avait haussé les épaules sans insister. Dale ne lui avait plus jamais reparlé de ça.

Et aujourd'hui, plus de quarante ans après, il sourit à ces souvenirs avant de sombrer dans le sommeil. Il n'entendit pas le grattement qui avait remplacé le mugissement du vent. C'était un grattement qui montait des ténèbres situées derrière la chaudière, à l'endroit où se trouvait l'ouverture de la réserve à charbon.

10

Durant les trois semaines de novembre qui suivirent, Dale commença à apprécier vraiment son séjour dans ma ferme. Mais ce n'était qu'un bref répit avant le cauchemar.

Il se trouva que tous les inconvénients de l'endroit et de sa situation tournaient, d'une manière ou d'une autre, à son avantage. Le mauvais temps – le bel automne ne dura pas plus de deux ou trois jours avant le retour en force du ciel gris et de la neige – le força à rester à l'intérieur et à rentrer dans sa coquille d'une manière indéfinissable et encore plus intense, celle qui, justement, profite aux écrivains. Écrire était le but et le prétexte de sa fameuse année sabbatique. Dale puisait dans mes carnets l'inspiration d'un jeune garçon de onze ans à Elm Haven durant l'été 1960. Il ne s'était jamais clairement fixé comme objectif d'écrire sur cet été-là, ni même de rassembler ses souvenirs sur cette période, mais c'est bel et bien ce dans quoi il se lança dans les trois semaines qui suivirent son arrivée au Coin plaisant.

Au début, le manque de communications – pas de téléphone, ni d'Internet, ni même de télévision – lui communiqua une espèce de sentiment de vertige. Malgré ses antécédents d'écrivain indépendant et d'universitaire, il était habitué à être connecté en permanence. Et tandis que les jours se succédaient et se transformaient en semaines, le silence, particulièrement le silence mental qui vient du fait de ne plus être harcelé par le téléphone et le courrier électronique, devint tout d'abord un agréable avantage, et ensuite un besoin. Il avait décidé de passer ses coups de téléphone – à son agent et à ses filles – chaque fois qu'il se rendait à Oak Hill ou à Elm Haven, mais rien de tout cela n'était indispensable, et il trouva bientôt des raisons de ne plus y penser.

Il trouva un kiosque à journaux à Elm Haven où il acheta occasionnellement le *Peoria Journal Star*, officiellement pour se tenir au courant de l'actualité nationale. Mais ce furent les nouvelles locales, celles de Peoria et du monde rural, qui attirèrent surtout son attention. De plus en plus souvent, parfois après avoir écrit plusieurs heures d'affilée, il descendait au sous-sol où j'avais mon lit et écoutait l'une des radios encore en état de fonctionner. Il se détendait sur mon lit au son de la seule bonne station de jazz de St. Louis, la NPR, un peu comme moi l'été quand j'écoutais les matchs des Cubs et des Cardinals, bercé par les voix parasitées des commentateurs traversant l'ionosphère, les aléas de la réception rendant implicites les notions d'espace et de distance.

La plupart du temps, cependant, Dale Stewart savourait sa solitude. Le caractère insolite de la maison, la lumière fantôme de l'étage condamné, et ses rencontres avec les skinheads et avec un ancien bourreau des plus petits que lui devenu aujourd'hui shérif le fascinaient plus qu'ils ne le perturbaient. Cela créait un climat d'étrangeté sans la tension d'une véritable menace. Et cela aidait à sa nécessaire introspection et à son indispensable progression.

Il se mit à aimer les promenades autour de la ferme. Après avoir vécu des dizaines d'années dans l'Ouest, où la nature est ce qu'il y a de plus important, où les paysages et les dimensions sont grandioses, il trouvait une grande satisfaction dans la contemplation d'un modeste panorama entrevu du haut d'un monticule situé à quatre cents mètres de la grange, dans la plaine où j'ai enterré mon chien Wittgenstein il y a plus de quarante ans, bien que Dale ne fût pas au courant de ce détail. Il lui arrivait de suivre le ruisseau gelé en direction du sud, sur environ cinq cents mètres encore, jusqu'au petit bois des Johnson. Là, le ciel de plomb et le terrain plat réduisaient les limites de la perspective qu'ils semblaient rendre de ce fait plus accessible et plus observable. Dale prit l'habitude de consacrer chaque jour une heure ou deux à la promenade, qu'il vente ou qu'il neige. Quelquefois, en longeant le ruisseau gelé sur le chemin du retour à la ferme ou en coupant à travers les champs rendus craquants par le givre, il ne voyait même plus la ferme tant qu'il n'avait pas le nez dessus. La grange surgissait la première, enveloppée d'un halo cotonneux, puis c'était l'ovale rouillé du réservoir d'essence sur ses poutrelles, puis le corps de ferme en dernier, aux contours pâles et délavés, qui prenait forme tout d'un coup dans la lumière ectoplasmique.

Il se faisait à manger à midi, la plupart du temps une assiette de soupe, un morceau de pain et du fromage, avant de retourner dans la petite pièce de travail du « vieux » avec son bureau à cylindre, ses étagères, son lit-traîneau et son éclairage adéquat. Là, il écrivait encore quelques heures sur son ThinkPad, et imprimait généralement la production du jour sur son imprimante HP Laserjet qu'il avait apportée pour pouvoir relire et corriger son travail le soir ou le lendemain matin. Ensuite, il dînait, un peu plus substantiellement qu'à midi, et passait encore une heure ou deux à écrire avant de consacrer sa soirée à la lecture ou à écouter du jazz dans la cave sur la radio pleine de parasites mais à la sonorité étonnamment bonne.

Il avait de la facilité à écrire, mais n'était pas très doué. Sa formation universitaire aussi bien que son expérience d'écrivain le prédisposaient à écrire de l'extérieur vers l'intérieur, c'est-à-dire à structurer son récit, à travailler ses personnages et leur environnement, puis à écrire vers l'intérieur exactement à la manière d'un sculpteur qui taille une figurine dans un bloc de bois. Je n'étais guère plus qu'un enfant quand je suis mort, mais j'avais eu le temps de découvrir une vérité fondamentale sur l'écriture. Pour bien faire les choses, il faut aller *du centre à la périphérie*. Autrement dit, il faut avoir un noyau subtil mais inébranlable au centre de l'histoire ou de ses personnages, et partir en spirale à partir de là. Dale, au contraire, taillait des copeaux en essayant de ne pas aller contre le grain du bois et en espérant y trouver, le moment venu, des formes intéressantes.

La notion de lieu, dans son roman en gestation, était particulièrement puissante. Quoi de plus réel pour nous, après tout, que la géographie de notre enfance ? De temps à autre, il prenait son Land Cruiser et roulait lentement dans les rues d'Elm Haven pour se rafraîchir la mémoire sur quelque détail topographique. Mais la vérité était qu'il n'écrivait pas sur le triste et décrépi Elm Haven du nouveau millénaire mais revivait l'été 1960. Quand il roulait dans les rues du village, il était à l'affût de bâtiments et de gens qui n'existaient plus, qui ne seraient plus jamais là.

Il ne ressentait aucune culpabilité du fait de ses emprunts à mes carnets, à leurs notes et à leurs portraits concernant la bande de gamins de l'été 1960 dont il faisait lui-même partie. Après ma mort, il s'était juré de devenir l'écrivain que son ami avait rêvé d'être un jour, et il lui semblait naturel de s'appuyer, pour l'écriture de ce roman-là, sur les notes et les observations consignées dans ces carnets.

L'ennui, c'est qu'il s'agissait de notes et d'observations très personnelles et qu'il n'avait toujours pas découvert la clé qui donnait accès à ce fameux été largement oublié de tous. Quand il se mit à décrire, dans l'un des tout premiers chapitres, les membres de notre bande de gamins de onze ans – Mike O'Rourke, Kevin Grumbacher, Jim Harlen, Donna Lou Perry, Cordie Cooke et les autres –, c'étaient mes impressions et mes préjugés qu'il reflétait. Même sa vision de lui-même et de son petit frère Lawrence venaient en partie de moi, comme s'il avait peur de retourner tout seul dans son passé.

Le chien noir reparut dix-neuf jours après son arrivée à Elm Haven.

C'était la fin de l'après-midi, et Dale suivait son itinéraire de promenade préféré, qui le conduisait d'abord en direction de l'ouest en suivant le plateau, puis vers le sud, en longeant le ruisseau vers le bois voisin de la ferme de M. Johnson. Il coupait ensuite généralement par un ravin orienté au nord-ouest pour ressortir à proximité du cimetière du Calvaire, sur la route de comté n° 6. Là, il n'était plus qu'à mille cinq cents mètres environ de l'allée de gravier qui le ramenait à la ferme.

Cet après-midi-là, il venait d'arriver à l'orée du bois et s'apprêtait à traverser le ruisseau avant de continuer en direction de l'est lorsqu'il aperçut le chien à une vingtaine de mètres derrière lui, sur la même rive ; lorsqu'il s'arrêta, le chien s'arrêta aussi.

Un instant, il crut avoir résolu le petit mystère. Si le chien était ici, cela voulait dire qu'il appartenait à M. Johnson. Mais il comprit bientôt que l'animal avait dû le suivre depuis son départ de la ferme.

Il fit un pas vers lui. Le petit chien recula, puis s'arrêta en même temps que lui. Il semblait attendre quelque chose. Dale regrettait de n'avoir pas pris ses jumelles.

Le chien noir semblait légèrement plus grand que la dernière fois qu'il l'avait vu. Mis à part ce détail, la description qu'il avait faite à Sandy Whittaker était cependant toujours valable. L'animal était relativement petit, et entièrement noir à l'exception d'une tache rose sur son museau aplati. Ses oreilles étaient pendantes, il n'avait apparemment pas de queue et son poitrail était arrondi. Dale essaya de se rappeler la conclusion de Sandy quant à sa race. Un bouledogue français ?

Le chien attendit qu'il se remette à marcher avant de le suivre de loin. Dale descendit au bord du ruisseau à moitié gelé et l'enjamba pour passer de l'autre côté. Le chien trouva un passage une vingtaine de mètres en amont et grimpa sur le talus abrupt.

Dale suivit son itinéraire habituel, qui le ramenait à la route de comté n° 6 par un sentier de vache longeant une crête entre deux ravins. Le ruisseau qui coulait dans le ravin du sud avait été baptisé le torrent de la Mort par toute la bande, quarante-cinq ans plus tôt. Il y avait un trou d'eau d'un mètre de profondeur à l'est de l'allée de gravier, à un endroit où le cours d'eau franchissait une buse de la hauteur d'un homme. C'était une cachette idéale pour des gamins, et il arrivait que des animaux écrasés par des voitures sur la route de comté n° 6 finissent dans le trou d'eau. D'où le nom de torrent de la Mort.

Le chien noir se tenait à une distance prudente de vingt mètres, se frayant un passage au milieu des gerbes givrées de cette démarche légère et aérienne qu'ont parfois les chiens à l'extérieur. À un moment, Dale s'arrêta pour lui lancer un caillou, sans essayer de le toucher, mais pour le faire partir. Le chien noir se contenta de s'asseoir sur son train arrière en le fixant intensément du regard.

Puis le petit animal se lécha le museau et découvrit ses dents, non pas pour le menacer, se disait Dale, mais par une espèce de dérision canine.

Dale se sentit parcouru par un frisson d'angoisse. Il savait que c'était probablement un effet de la distance et de la mauvaise visibilité due au ciel couvert, mais l'espace d'un bref instant il lui sembla que les crocs du chien avaient quelque chose d'anormal.

Ils ne ressemblaient pas à des crocs, mais à des dents humaines.

Dale secoua la tête, furieux d'avoir des idées pareilles. Quand il regarda de nouveau le chien, il ne montrait plus les dents ni les crocs. Dale franchit la clôture de M. Johnson à un endroit où il y avait un piquet robuste et continua son chemin sur l'asphalte de la route de comté n° 6 qui passait devant le cimetière. Il faisait un froid vif et le vent soufflait par rafales. Habituellement, le cimetière était désert à cette heure-ci les jours de semaine. Mais il s'aperçut avec un sursaut que quelqu'un se tenait à une quarantaine de mètres de là au milieu des tombes. C'était une silhouette masculine, bizarrement vêtue : bottes de cuir, uniforme militaire kaki à l'ancienne et chapeau à large bord genre boy scout. *Un ancien combattant ?* Impossible de dire son âge à cette distance, mais la posture aisée et la minceur de la silhouette suggéraient qu'il s'agissait de quelqu'un d'assez jeune.

Aucune voiture n'était visible sur l'aire de stationnement gazonnée devant la grille noire du cimetière.

L'homme leva les yeux de la pierre tombale qu'il était en train de contempler pour regarder dans la direction de Dale. Celui-ci lui fit un signe de main. Il se demandait si c'était quelqu'un du coin, peut-être celui qui avait racheté la ferme de l'oncle Henry et de la tante Lena, ou un autre voisin qui n'avait pas besoin de voiture pour arriver jusqu'ici. Il ne détestait pas l'idée de faire la connaissance de quelqu'un de normal à Elm Haven.

L'homme le regardait fixement, mais ne répondit pas à son salut.

Dale haussa mentalement les épaules et reprit sa promenade vers le nord en dévalant le talus, non sans s'être assuré, comme d'habitude, qu'aucune voiture n'arrivait en trombe sur l'étroite chaussée asphaltée. Quand il y repensa soudain, il ne vit aucun signe du petit chien noir.

Une heure plus tard, ayant fini sa soupe à la tomate et retrouvé son ordinateur dans le petit bureau, il s'aperçut que quelqu'un était venu dans la maison pendant son absence.

Le ThinkPad était resté allumé. La dernière phrase que Dale avait tapée s'affichait toujours sur l'écran :

L'été s'étale comme un riche banquet et les jours sont remplis d'un temps fastueux où chaque plat doit être savouré lentement.

Il avait réfléchi à cette phrase pendant sa promenade et décidé que le style était trop fleuri, mais ce n'était pas cela qui occupait ses pensées en ce moment. Sous la phrase en question, quelqu'un avait tapé :

**gabbleretchetsyethwishthounds
hehaefdehundeshaefod & hisloccaswaeronofer
gemetside & hiseaganscinonswaleohteswamorgensteorra
&histethwaeronswascearpeswaeoforestexas**

Il n'essaya pas, pour le moment, de déchiffrer ces élucubrations. Ce qui l'intéressait, c'était de savoir qui les avait écrites. Il glissa la main sous le lit et en sortit la batte de base-ball qu'il avait achetée. Le pied-de-biche aurait été plus adéquat, mais il l'avait laissé dans la cuisine.

Tenant la batte à deux mains, il s'avança sans faire de bruit. Il traversa le couloir jusqu'à la cuisine et sortit sur le seuil. La pluie tombait de nouveau, mais elle était suffisamment légère pour qu'il puisse voir toute la cour pleine de boue. Elle l'était déjà avant son départ. Les seules traces de pneus venaient de son Land Cruiser. Et les seules empreintes de pas visibles étaient les siennes.

Pas convaincu, il retourna à l'intérieur, troqua la batte contre le pied-de-biche, ferma la porte à clé et alla inspecter toutes les pièces en les allumant au fur et à mesure. Il regarda sous les meubles et derrière les tentures, derrière la chaudière et sous le vieux lit en cuivre de Duane. Il jeta également un coup d'œil au compartiment à charbon.

Quand il remonta du sous-sol, il vérifia une deuxième fois les pièces du rez-de-chaussée, puis il gravit l'escalier qui menait à l'étage.

Les lourdes feuilles de plastique de chantier étaient en place. Le couloir était plongé dans la pénombre.

Il regarda partout. Il ne vit rien ni personne. La maison était si vide et silencieuse que le bruit de la chaudière qui se mettait en route le fit sursauter en brandissant son pied-de-biche.

Il reprit la batte de base-ball au passage et retourna dans le petit bureau en espérant confusément que l'écran serait redevenu comme avant. Mais les quatre lignes étaient toujours là.

Il soupira, s'assit dans le vieux fauteuil tournant et imprima la page.

Il ne voyait que deux possibilités. Ou bien quelqu'un s'était introduit dans la maison pendant qu'il faisait sa promenade, ou bien il avait tapé ces lignes inconsciemment. Les deux hypothèses le mettaient légèrement mal à l'aise.

Il examina la première ligne : gabbleretchetsyethwishthounds. Le mot *hounds* (« chiens ») se détacha des autres. Celui qui avait tapé cela n'avait pas pris le temps d'utiliser la barre d'espace.

Il prit son crayon bleu et traça des séparations en diagonale sur la feuille de papier à l'endroit où il jugeait qu'il en fallait. Le message devint :

gabble retchets yeth wisht hounds
he haefde hundes haefod & his loccas waeron ofer
gemet side & his eagan scinon swa leohte swa morgens-
teorra & his teth waeron swa scearpe swa eofores texas

Le problème était que presque tous ces mots avaient un sens pour l'universitaire qu'il était.

Sa spécialité était la littérature du XXe siècle, mais il avait aussi enseigné Chaucer et participé à des séminaires sur *Beowulf*. Ce genre de vieil anglais était plus proche de *Beowulf*. « Gabble retchets » éveillait en lui un vague son de cloche, mais il ne savait pas le traduire de mémoire. En fait, ce n'était probablement pas du vieil anglais. Peut-être du gallois. Yeth correspondait à *heath*, la lande ou la bruyère, en anglais moderne, de sorte que la fin de la première ligne signifiait quelque chose comme « chiens de la lande ou du wisht ». Pour *wisht*, il faudrait qu'il vérifie dans un dictionnaire.

Le reste du message était assez clair pour quelqu'un qui connaissait le vieil anglais. *He haefde hundes haefod* voulait dire « il avait une tête de chien ».

Il se frotta la joue, faisant crisser sa barbe de deux jours. Sa main tremblait.

& his loccas waeron ofer gemet side pouvait se traduire par « et ses boucles étaient extrêmement longues ».

Il sourit. La première fois qu'il avait lu ces lignes sur son écran, il avait eu peur que Derek et les autres skins, ou même le shérif Congden, se soient introduits chez lui pour le terroriser. Mais il pouvait écarter cette hypothèse sans risque de se tromper. Il doutait que les gens du coin qu'il avait rencontrés jusqu'ici connaissent un seul mot de vieil anglais.

Méfie-toi, mon vieux, se sermonna-t-il. *Trop d'orgueil risquerait de te faire tomber de haut.*

& his eagan scinon swa leohte swa morgensteorra voulait dire : « et ses yeux étaient aussi brillants que l'étoile du matin ».

Quelqu'un avec une tête de chien, des cheveux longs et des yeux comme des escarboucles. Tout à fait charmant.

& his teth waeron swa scearpe swa eofores texas.

Dale aurait préféré que le dernier mot désigne l'État du Texas. Mais la traduction était : « Et ses dents étaient aussi pointues que les défenses d'un sanglier. »

Il effaça les quatre lignes de vieil anglais sur son écran et s'efforça de se concentrer sur son roman, mais il fut incapable de se transporter dans l'été 1960 où il s'était passé tant de choses. Au bout d'un moment, il renonça complètement. Il alla se chercher une bière dans le frigo, prit au passage son exemplaire corné de l'*Anthologie de la littérature* de Norton, l'ouvrit au chapitre *Beowulf* et descendit au sous-sol, où il y avait plus de lumière et de chaleur.

Il alluma la radio et écouta une station de jazz de St. Louis à la sonorité nasillarde. Tandis qu'il feuilletait les pages consacrées à *Beowulf*, les dernières lueurs du jour vinrent mourir contre les fenêtres hautes du mur en ciment. La chaudière démarra avec son toussotement et son ronflement habituels, mais Dale était trop absorbé par sa lecture pour y prêter attention.

Le monstre Grendel et sa mère – sans parler des loups qui tournaient autour du castel assiégé – étaient désignés à plusieurs reprises dans le texte par le mot *wearg* ou par sa variante *wearh*. Une note en marge, de la main de Dale, précisait : « forme allemande, *warg* = loup. Mais désigne aussi un *outlaw*, quelqu'un qui a commis un crime impardonnable ou inexpiable. » Puis, à côté de sa note, de l'écriture penchée de Clare : « Celui qui est banni de sa communauté et condamné à errer et à mourir tout seul. *Warg* = harceleur de cadavre, de l'indo-européen *wergh*, étrangler = "celui qui mérite la strangulation". Le *warg* humain banni pouvait être tué à vue en toute impunité. »

Les mains de Dale tremblaient encore lorsqu'il posa la lourde anthologie par terre. Il avait oublié qu'il avait prêté ce volume à Clare quand elle s'était inscrite comme auditrice libre à son cours sur *Beowulf* quatre ans plus tôt.

Confusément, progressivement, Dale prit conscience du blues diffusé par le vieux poste de radio, comme si quelqu'un avait brusquement monté le volume. Il changea de position sur le lit, en se penchant vers le cadran illuminé.

C'était un blues classique et puissant. Selon la légende, son auteur et interprète, Robert Johnson, avait vendu son âme au diable en échange de la capacité de composer et de jouer une si belle musique. Johnson n'avait jamais démenti cette rumeur.

Dale ferma les yeux pour mieux écouter Robert Johnson en train de chanter le lancinant *Hellhounds on My Trail* [1].

---

1. « Les chiens de l'enfer à mes trousses » (N.d.T.).

11

Quinze jours après que Clare Hart se fut inscrite au cours de Dale sur les auteurs américains du XXe siècle et huit jours avant qu'elle devienne sa maîtresse, Dale Stewart lui avait demandé de rester quelques minutes après la fin du cours. C'était une belle journée d'automne, on se serait cru encore en été, et les fenêtres de la vieille salle de cours, qui donnaient sur les allées d'arbres verts et un ciel bleu, étaient restées ouvertes.

– Vous vous appelez Clare Two Hearts, lui dit-il. Vous êtes la fille de Mona Two Hearts.

Elle leva les yeux vers lui en fronçant les sourcils.

– Comment l'avez-vous su ?

– Un complément à votre dossier est arrivé de l'université de Florence, et il portait votre vrai nom, contrairement à celui que nous avons ici. L'un des documents mentionnait également le nom de votre mère.

Elle ne répondit pas. Il devait apprendre plus tard qu'elle était d'un naturel discret et réservé. Au bout d'un moment, il se racla la gorge et poursuivit.

– Pardonnez-moi... je ne voulais pas être indiscret. J'étais simplement curieux de savoir pourquoi...

– Pourquoi je me suis inscrite sous un faux nom ?

Il hocha affirmativement la tête. Elle lui adressa un sourire dépourvu de chaleur.

– Monsieur Stewart, croyez-moi, il n'est pas facile d'être la fille d'une célèbre cantatrice. Même en Italie. Et ce renseignement sur mon identité n'a aucun rapport avec mes études ici.

Dale hocha la tête.

– Je savais que votre mère avait passé toute son enfance à la réserve des Pieds-Noirs, dans le Nord…

– En réalité, c'est tout à fait faux, lui dit-elle d'une voix catégorique qu'il avait déjà appris à aimer en classe. Tous les dossiers de presse sur maman indiquent qu'elle a été élevée dans la pauvreté sur la réserve indienne de St. Mary, mais la vérité est qu'elle y est seulement née. Elle a grandi à Cut Bank, Great Falls, Billings et une demi-douzaine d'autres villages avant d'aller à Juilliard et, de là, en Europe. (Elle le regarda dans les yeux.) Sa mère avait épousé un Blanc qui avait honte de la réserve. Je suis une métisse.

Dale secoua la tête d'un air navré.

– Écoutez, mademoiselle Hart. Je ne voulais vraiment pas vous embarrasser. J'ai juste remarqué par hasard la différence de nom, et reconnu celui de votre mère. J'ai pensé qu'il valait mieux vous parler de ce complément de dossier.

– Quelqu'un d'autre est au courant ?

– Je ne pense pas. Je suis tombé par hasard sur le dossier le jour où il est arrivé simplement parce que nous voulions attribuer des crédits aux étudiants libres.

Il sortit le dossier de son tiroir, en retira les feuillets compromettants et les lui tendit.

– Je le reconstituerai, dit-il. Ces suppléments d'information n'étaient pas nécessaires.

Elle glissa les papiers dans son sac à dos sans y jeter un seul coup d'œil et se tourna pour partir. Mais elle s'arrêta sur le seuil pour le regarder. Il s'attendait à un « merci », mais elle murmura :

– Je suis à Missoula depuis bientôt un mois et je n'ai pas encore eu le courage d'aller voir cette réserve.

Dale s'était surpris lui-même en répondant :

– Je vais au parc des Glaciers et à la réserve tous les automnes. Je peux vous faire visiter le coin, si vous voulez.

Clare lui avait lancé un de ces regards à la fois neutres et intenses dont elle avait le secret. Puis elle s'était tournée pour partir sans prononcer un autre mot. Plus tard, quand il avait appris à la connaître mieux – mieux que personne, peut-être –, il s'était dit que c'était probablement à ce moment-là qu'elle avait décidé d'avoir une liaison avec lui.

Dale est réveillé en sursaut par un grand bruit.

Il regarde autour de lui. Il est dans le petit bureau. Il s'est endormi dans son fauteuil. À l'exception de la petite lampe sur la table, restée allumée, la ferme est plongée dans l'obscurité. Il ne se souvient pas de s'être endormi ni de ce qu'il faisait avant. Le ThinkPad est éteint.

Le bruit vient de l'étage.

Nom de Dieu !

Il est soudain furieux. Il cherche la batte du regard, mais il a dû la laisser dans une autre pièce, ou bien elle a roulé sous le lit.

Les cognements s'intensifient.

Il sort du bureau éclairé et s'avance dans la pénombre du couloir. Il commence à gravir les marches étroites. Une lueur pâle filtre sous le plastique jauni.

Il sort son canif, déploie la lame la plus longue et fait plusieurs incisions dans le plastique, en X. Il déchire la feuille de protection cassante avec ses mains jusqu'à ce qu'il ait une ouverture suffisante.

Une bouffée d'air lui parvient, chargée d'odeurs de lilas et de décomposition. *Le tombeau de Toutankhamon.* Il enjambe le bord déchiqueté de l'ouverture, en ayant l'impression que le plastique essaie de l'empêcher de passer de l'autre côté. Il se trouve maintenant sur le tapis de couloir râpé. Un courant d'air rance s'engouffre toujours dans l'ouverture vers le rez-de-chaussée, comme s'il avait ouvert un sas.

Il y a une porte ouverte sur sa droite et deux sur sa gauche. La lumière provient de la pièce la plus éloignée sur la gauche.

Le bruit a cessé.

Le canif toujours à la main, il s'avance dans le couloir, s'arrête un instant pour jeter un coup d'œil à la première pièce sur sa gauche et à celle qui est sur sa droite. La première est une petite chambre, et la seconde une salle de bains minuscule. Elles sont toutes les deux plongées dans la pénombre. La lueur qui provient de la pièce du fond vacille comme celle d'une bougie.

Il s'arrête sur le seuil et passe la tête pour regarder.

Un grand lit, une commode massive, une coiffeuse avec un miroir opaque, une lampe à pétrole à la flamme vacillante posée sur la coiffeuse. Une penderie accolée au mur, couleur jaune passé. Tout cela semble étrangement familier à Dale. Les fenêtres ont des rideaux et des tentures si opaques que nul rayon de lune ou de soleil ne saurait les franchir. Brandissant devant lui son canif dérisoire, Dale s'avance vers le lit.

Il y a une forme sombre sur le couvre-lit délabré par le temps. Au début, Dale croit qu'il s'agit d'une personne, puis il s'aperçoit que ce n'est qu'une marque en creux sur le couvre-lit. Mais lorsqu'il se rapproche du lit haut sur pieds, il voit un peu plus qu'un creux.

Le milieu du lit s'est affaissé pour former une empreinte profonde qui a la forme d'un homme. Ou d'un cadavre que l'on a étendu là. Même l'oreiller porte l'empreinte ovale profonde d'une tête. Dale entend un grattement qui vient du lit et il se penche en avant, en s'efforçant d'ignorer la puanteur. C'est cette même odeur de mort qui flottait dans toute la maison quand il est arrivé ici pour la première fois. Il regrette de n'avoir pas pensé à se munir d'une torche électrique.

Le fond du creux à forme humaine imprimé dans le matelas grouille d'une vie suintante. *Des vers. Des asticots.*

Il fait plusieurs pas en arrière, portant sa main libre devant sa bouche, jetant un coup d'œil derrière lui dans le couloir enténébré.

La flamme de la vieille lampe à pétrole vacille comme si elle était soumise à un courant d'air très fort. Elle semble sur le point de s'éteindre, mais se stabilise à son minimum.

Les cognements reprennent. Plus forts, plus frénétiques, plus insistants. Ils viennent de la penderie dressée dans l'angle de la pièce.

Il la regarde de plus près et constate qu'il s'agit d'un grand cercueil sommairement peint en jaune et posé debout contre le mur. Le battant va éclater. Il s'ouvre lentement sous ses yeux.

Dale fut réveillé en sursaut par un grand bruit.

Il se redressa. Il n'était pas dans le petit bureau, mais au sous-sol. La grosse anthologie de Norton se trouvait à côté de lui sur le vieux lit de Duane. La radio diffusait encore de la musique en sourdine et des parasites. Quelque chose n'allait pas. La lumière du matin pénétrait à flots par les fenêtres hautes.

Les cognements reprirent.

Il chercha du regard la batte de base-ball ou le pied-de-biche, mais se souvint qu'il les avait laissés en haut la veille. Secouant la tête, il passa les doigts dans ses cheveux en désordre et monta dans la cuisine, d'où venait le bruit.

C'était Michelle Staffney qui frappait à la petite porte.

Il se frotta les yeux et lui ouvrit.

— Dale, j'espère que je ne vous dérange pas, dit-elle en le regardant d'un drôle d'air.

Il fit signe que non et s'effaça pour la laisser entrer dans la cuisine.

— Pas du tout, grommela-t-il. Désolé de vous recevoir dans cet état, mais j'ai dû m'endormir sans m'en rendre compte hier soir. J'étais au sous-sol sur... peu importe, je ne me suis pas couché, je me suis endormi en lisant et en écoutant de la musique. Quelle heure est-il, euh... Mica ?

— Michelle, je préfère, lui dit la rouquine avec un léger sourire. Il est neuf heures et demie. Vous deviez être très fatigué.

— C'est ça.

Il alla ouvrir le réfrigérateur.

— Un jus d'orange, ça vous dirait ?

— D'accord.

— Débarrassez-vous de votre veste. Vous n'avez qu'à la poser sur cette chaise. Vous voulez un petit déjeuner ?

— Non, merci. J'ai déjà pris le mien. Je voulais juste vous inviter. J'aurais bien téléphoné, mais...

Il lui tendit un verre à pied à moitié plein de jus d'orange.

— Oui, murmura-t-il. Ce n'est pas facile de me contacter par téléphone.

La première gorgée de jus d'orange contribua à réduire le bourdonnement dans sa tête. Il avait l'impression d'avoir la gueule de bois, mais ne se rappelait pas avoir bu plus qu'une misérable bière la veille au soir.

— M'inviter ? demanda-t-il.

— Oui, pour Thanksgiving.

Il lui indiqua d'un geste la table de la cuisine, et ils s'assirent face à face. La lumière qui passait à travers les carreaux était pâle. Encore de la grisaille en perspective.

— Thanksgiving ? répéta-t-il.

— Oui, jeudi prochain. Je n'avais pas l'intention de rester ici aussi longtemps, mais c'est comme ça. Je ne connais personne dans le coin, aussi j'ai pensé... je ne sais pas, moi. On pourrait manger de la dinde, boire un bon vin... enfin, quoi...

— Vous avez donc décidé de donner une petite fête avec votre amie... euh... j'oublie son nom.

— Diane Villanova. Mais elle est repartie hier pour la Californie. Il n'y aura que vous et moi. C'était pour ne pas passer Thanksgiving toute seule... mais vous avez sans doute d'autres projets. Désolée. Ce n'était pas une très bonne idée, je suppose.

— Mais non, mais non, se hâta-t-il de dire. Je ne savais même pas que c'était bientôt Thanksgiving. Je n'ai pas regardé le calendrier depuis quelque temps. Vous êtes sûre que c'est jeudi [1] ?

— Tout à fait sûre.

— C'est une très bonne idée, au contraire. Nous mangerons de la dinde ensemble.

Je ne sais pas, se disait-il. Cela allait lui rappeler Anne et les enfants, leurs vacances, les jours passés, les jours perdus.

Michelle Staffney dut lire quelque chose dans son expression, car elle murmura :

— Je n'aurais pas dû vous le proposer. En fait, ma cuisine est dans un état déplorable, et je ne suis pas sûre de pouvoir remettre tout en ordre d'ici jeudi. Diane et moi nous avions prévu... Faisons comme si je n'avais rien dit.

Il se demandait ce qui avait pu se passer entre les deux femmes pour qu'elles se séparent aussi brutalement, et pourquoi Michelle avait choisi de rester dans l'Illinois. Mais une chose était certaine, il s'était conduit comme un rustre. Il se leva, affichant une énergie et un enthousiasme qu'il était loin de ressentir, et alla tapoter le vieux poêle surdimensionné.

---

1. Thanksgiving (le jour d'Action de grâce) est célébré le quatrième jeudi du mois de novembre (N.d.T.).

— On peut la faire cuire ici, dit-il. Autrement, je n'utiliserai jamais rien d'autre que ces fichues plaques de cuisson. J'en ai assez de manger de la soupe en paquet. Ça me ferait vraiment plaisir d'avoir de la dinde sur la table jeudi prochain en votre compagnie.

Elle hocha la tête, mais d'un air plutôt absent.

— Vous êtes sûr que ça va, Dale ?

— Ça va très bien. Pourquoi ? C'est ma tête ?

— Euh… je ne sais pas. Je ne vous connais pas bien, naturellement, mais vous m'avez l'air… fatigué.

Il haussa les épaules.

— J'ai des problèmes de sommeil. Et puis, hier soir… le cirage complet.

— J'ai un bon somnifère, si vous voulez. Sur ordonnance.

Il écarta les mains.

— Moi aussi, j'ai ce qu'il faut. Ça marche au bout d'un moment, mais ça me donne des cauchemars horribles.

L'armoire-cercueil jaune… Il se souvenait, maintenant, de l'endroit où il l'avait déjà vue. C'était dans leur vieille maison d'Elm Haven. Il y avait une armoire semblable dans la chambre où son frère Lawrence et lui dormaient.

— Dale ?

Michelle se leva pour faire un pas vers lui.

— Excusez-moi. Je viens de me rappeler le cauchemar que j'étais en train de faire juste avant de me réveiller.

Il se mit à tout lui raconter d'une traite, à voix basse.

— Mon Dieu ! fit Michelle Staffney sans rire. L'étage est vraiment barricadé comme ça ?

— Venez, dit-il. Je vais vous montrer.

Avant d'arriver à l'escalier, il eut soudain la certitude absolue qu'il allait trouver le plastique troué à l'endroit où il l'avait fendu avec son canif, qu'il allait apercevoir une lueur vacillante au fond du couloir, qu'une odeur de tombeau allait parvenir à ses narines à travers le plastique déchiré et qu'il y aurait une silhouette sinistre qui l'attendrait dans l'ombre en haut des marches.

La feuille de plastique était entière et solidement tendue dans son cadre. Seule la pâle lumière du soleil filtrait à travers la membrane jaunie.

— C'est vraiment lugubre, lui dit Michelle.

Elle fit un pas en arrière sur le palier, la main sur la rampe, comme si elle ne voulait pas tourner le dos au passage condamné.

De retour dans la cuisine, elle demanda :

— Qu'y a-t-il là-haut, à votre avis ?

Il haussa les épaules.

— Si ça vous dit, on prend notre courage à deux mains, jeudi prochain, après dîner – et après quelques bons petits verres de vin, peut-être –, et on finit la soirée en allant là-haut déchirer ce mur de plastique pour voir ce qu'il y a derrière.

Elle sourit. Dale se souvint soudain de l'époque où il en pinçait pour elle, depuis le CM1 jusqu'à la quatrième.

— Il me faudra un peu plus que quelques verres de vin pour me donner ce courage, murmura-t-elle.

— On verra ça, dit-il en souriant à son tour.

Mais en même temps, il pensait : *Qu'est-ce qui me prend ? La dernière chose dont j'avais envie, c'était de flirter avec qui que ce soit.*

Michelle Staffney s'avança vers la porte en prenant sa veste au passage.

— Je vous recontacterai avant d'acheter la dinde, lui dit-elle. Oh ! j'oubliais qu'on ne peut pas vous joindre par téléphone !

— C'est moi qui appellerai. Mon téléphone marche dès que je m'éloigne d'ici. Mais redonnez-moi votre numéro.

Il lui tendit un crayon et un bloc-notes qui traînaient sur le comptoir.

Elle écrivit son numéro, hocha la tête et regagna son véhicule. Elle mit le moteur en marche, mais baissa sa vitre avant de partir. Il s'approcha pour mieux l'entendre. Il s'était remis à pleuvoir.

— J'oubliais, lui dit-elle. J'ai failli écraser votre chien noir en arrivant. Il était dans l'allée, tourné vers la maison, et il n'a même pas bougé quand j'ai klaxonné. Il a fallu que je morde sur le talus pour l'éviter.

Il secoua la tête.

— Ce n'est pas mon chien noir. Il rôde par ici, c'est tout. Un clébard tout noir à l'exception d'une tache rose sur le museau ? Il est minuscule. Pas plus de trente centimètres de haut.

— Tout noir avec une tache rose sur le mufle, c'est ça. Mais il n'est pas si petit que ça. Soixante centimètres de haut au minimum. Avec un poitrail massif.

— Trop gros pour que ce soit le même. Probablement son grand frère.

Elle hocha la tête.

— À jeudi, alors.

Elle paraissait hésitante, maintenant qu'ils avaient tout réglé.

— On se téléphonera avant, dit-il avec un sourire.

Elle lui fit au revoir de la main et s'éloigna dans l'allée. Le chien noir n'était nulle part en vue. Il rentra pour monter un peu le chauffage et se faire un bon petit déjeuner. Il venait de décider de se payer un extra et de faire frire un peu de bacon. Il était en train de vider la graisse de la poêle après avoir mis le bacon à égoutter sur une serviette en papier lorsqu'une voix sonore issue du bureau lui cria :

— Vous avez du courrier !

12

> **Bienvenue au bercail, Dale.**

Il se tenait dans le petit bureau face à l'écran de son ThinkPad. Il n'y avait rien d'extraordinaire à recevoir du courrier électronique, à quelques détails près : primo, le modem n'était relié à aucune ligne téléphonique, et pour cause. Secundo, le message n'était pas passé par son compte AOL. Et tertio, l'ordinateur n'était même pas sous Windows. Il était passé tout seul sous DOS, et le message avait été tapé directement après le prompt.

Dans ce cas, d'où venait la voix qui disait « Vous avez du courrier » ? C'était celle d'AOL, il ne pouvait pas la confondre avec une autre.

Il se rapprocha du bureau pour examiner le portable de plus près. L'avait-il allumé – ou éteint – la veille avant de descendre au sous-sol et de s'endormir avec la radio ? Il ne se rappelait pas.

Le message ressortait en lettres blanches lumineuses sur le fond noir de l'écran. Sans toucher au clavier, Dale vérifia les ports série, les logements PMCIA et les autres connexions. Il savait qu'il y avait de plus en plus d'ordinateurs et d'assistants personnels, aujourd'hui, qui fonctionnaient sans câbles. Mais à sa connaissance son vieux ThinkPad n'en faisait pas partie. Et même si cela avait été le cas, il lui aurait fallu Windows et AOL pour qu'il reçoive ou expédie du courrier. Il n'était abonné à aucun autre fournisseur de services et avait depuis longtemps jeté les applications Internet qui encombraient l'ordinateur à l'achat.

Ça signifie que quelqu'un a tapé ça directement sur l'écran.

Assis devant l'ordinateur, toujours en évitant de toucher au clavier, il jeta un coup d'œil par-dessus son épaule. Michelle était-elle venue dans cette pièce tout à l'heure ? Ils étaient montés ensemble à l'étage pour regarder le plastique, mais il ne se souvenait pas de l'avoir perdue de vue un seul instant.

Quelqu'un est peut-être entré dans la maison pendant la nuit. La porte n'était pas fermée à clé ce matin. C'était l'hypothèse la plus probable, mais pourquoi ce stupide message d'accueil ? Pourquoi n'avoir pas simplement volé le ThinkPad ? Et d'où pouvait venir cette voix d'AOL ? Il n'était pas particulièrement expert en informatique, mais il avait suffisamment l'habitude des ordinateurs et d'Internet pour savoir qu'AOL stockait les sons sous la forme d'un fichier d'ondes sonores qui se trouvait sur le disque dur de l'ordinateur, de telle sorte que si quelqu'un voulait l'activer il lui suffisait de...

Mais pour quelle raison ? Qu'est-ce que c'est que cette foutue plaisanterie ?

Il demeura là encore plusieurs minutes, attendant de voir apparaître une nouvelle ligne d'écriture. Mais rien ne se produisit.

En soupirant, il appuya sur la touche d'entrée et tapa sur la ligne suivante :

> **Merci.**

Puis il retourna à la cuisine réchauffer le bacon et faire griller de nouveaux toasts. Il venait de porter l'assiette de toasts et le bacon sur la table et buvait sa première gorgée de café lorsqu'il entendit :
— Vous avez du courrier !

Cette fois-ci, il alla regarder dans toutes les pièces du rez-de-chaussée, pied-de-biche à la main, avant d'entrer dans le petit bureau. Même à deux mètres de distance, il lut sur l'écran :

> **Pas de quoi, Dale.**

Il s'aperçut qu'il respirait avec difficulté et que son cœur faisait des bonds dans sa poitrine. Il prit quelques longues inspirations pour se calmer avant de s'asseoir pour taper :

> Qui êtes-vous ?

Il resta là sans bouger dix minutes de plus, les yeux fixés sur l'écran. Mais aucun mot nouveau n'apparut.

Eau surveillée ne bout jamais, se dit-il en reprenant le pied-de-biche pour retourner dans la cuisine.

Au passage, il ferma la porte d'entrée à clé. Le bacon était encore froid de même que le café et les toasts, mais il déjeuna quand même, l'oreille tendue.

Au bout de cinq minutes environ, il alla passer la tête à l'entrée du bureau. Rien de nouveau sur l'écran.

Il venait de poser son assiette dans l'évier et commençait à la laver quand il entendit :

– Vous avez du courrier !

Il courut vers le bureau, oubliant son pied-de-biche.

> barguest

Il se mit à rire. Quel fantôme qui se respecte songerait à s'identifier sous le nom de « pilier de bistrot » ? C'était le genre de pseudo débile que se donnaient les cyberdingues et autres hackers. Il tapa :

> D'où m'envoyez-vous ce mail, Barguest ?

Cette fois-ci, il attendit, obstiné, quinze bonnes minutes, de voir apparaître une nouvelle ligne sur l'écran, mais rien. Il finit par récupérer sa batte sous le lit et par redescendre au sous-sol pour voir si quelqu'un s'y cachait. Il finissait juste d'explorer les recoins sombres lorsqu'il entendit la voix familière d'AOL lui annonçant là-haut qu'il avait du courrier.

La familiarité engendre peut-être le mépris, mais elle a surtout le don de diminuer la peur de l'inconnu. Dale était plus curieux qu'angoissé quand il entra de nouveau dans le petit bureau pour voir ce que le hacker présumé avait à lui dire.

> thaere theode thaer men habbath hunda haefod & of
> thaere eorthan on thaere aeton men hi selfe

Dale sentit sa chair se glacer le long de son épine dorsale. Barguest ressemblait peut-être au pseudo d'un jeune hacker, mais combien d'ados passionnés d'informatique connaissaient le vieil anglais ? Il était comme hypnotisé par ces mots, et dut faire un effort sur lui-même pour coiffer mentalement sa casquette de professeur d'anglais :

Du pays où les hommes ont une tête de chien et de la contrée où les hommes s'entre-dévorent.

Bravo. Il ignorait l'origine de la citation – car cela ressemblait fort à une citation –, mais il savait, en tout cas, que ce n'était pas dans *Beowulf* ni dans aucune autre épopée qu'il avait enseignée. La contrée où les hommes s'entre-dévorent...

À propos de *Beowulf,* il regarda de nouveau le mot « barguest ». Ce n'était pas du vieil anglais, à sa connaissance. Cela ressemblait plutôt à du germanique. *Geist* signifiait esprit ou fantôme, et *bar* pouvait désigner une bière, au sens funéraire du terme. Il effleura les touches du clavier et prit plusieurs longues inspirations avant de taper :

> **D'accord, vous êtes fort, Barguest, mais vos manières laissent à désirer. Ce n'est pas très courtois d'entrer chez moi par effraction. Je veux bien bavarder avec vous quand vous m'aurez dit comment vous avez fait pour pirater mon ordinateur et aussi qui vous êtes. Préférez-vous le vieil anglais ou l'anglais moderne ?**

Cette fois-ci, il n'attendit pas la réponse. Il venait tout juste d'arriver dans la cuisine lorsque la voix familière lui annonça l'arrivée d'un courrier.

> **Bienvenue encore une fois, Dale. Mais sois prudent. Il convient de retrouver ce que nous avons perdu.** *Cerberus der arge/und alle sine warge/die an hem heingem.*

Dale laissa lentement sortir l'air qu'il retenait dans ses poumons. Sauf erreur de sa part, la dernière partie du message était en moyen-haut allemand. Il ne parlait ni ne lisait guère couramment l'allemand moderne, et encore moins le moyen-haut allemand, mais il lui avait fallu étudier en partie cette langue pour son doctorat, et un de ses collègues au moins insistait depuis des années pour qu'il étudie et inscrive à son programme certaines épopées en moyen-haut allemand comme introduction à l'étude de *Beowulf*. Il essaya d'imprimer la page, mais son imprimante refusait de fonctionner s'il n'était pas sous Windows 98, et il craignait de perdre la page DOS s'il ouvrait Windows. Il prit donc une feuille de papier et un stylo et copia à la main ce qui était sur l'écran. Puis il traduisit les vers comme il put :

>   Cerbère le *arg* (ou *arag* ? Du vieux norrois « argr » ?)
>   et tous les *wargs* (loups ? outlaws ? harceleurs de cadavres ?)
>   qui le suivent.

Étrange, qu'il ait déjà rencontré ce mot de vieil anglais, *warg*, d'origine germanique, pas plus tard que la veille au soir, écrit à la main par Clare et par lui-même dans la marge du *Beowulf* de l'anthologie de Norton. Ses doigts tremblaient légèrement lorsqu'il tapa sur le clavier :

> **> Ça suffit comme ça. Qui diable êtes-vous donc ? Comment savez-vous qui je suis ? Et qu'avons-nous perdu au juste ?**

Il retourna dans la cuisine pour attendre, mais la voix d'AOL ne se fit plus entendre. Il retourna plusieurs fois dans le petit bureau. Les dernières lignes étaient toujours sur l'écran, mais rien de plus. Il alla faire les cent pas dans la salle à manger, avec ses machines à apprendre en forme de cercueil, et se planta devant une fenêtre du séjour pour regarder la pluie tomber. Il descendit même quelque temps au sous-sol. Mais aucune voix ne l'appela. Il n'avait pas de nouveau message.

Finalement, il retourna dans le petit bureau et chargea Windows 98. Il cliqua sur l'icône d'AOL et tapa son code d'accès. Le modem et le ThinkPad firent entendre leurs bruits habituels, mais le message s'inscrivit à l'écran : « Pas de tonalité. » Furieux, il sortit de la maison, alla chercher son téléphone mobile dans le Land Cruiser, connecta le modem au téléphone et essaya de nouveau. Cette fois-ci, le modem obtint la tonalité, mais le message qui s'afficha indiquait : « Connexion à AOL impossible. » Sur le téléphone, l'écran signalait toujours : « PAS DE RÉSEAU. » Il quitta Windows pour retourner dans DOS. L'écran demeura désespérément vide après le prompt. Il chargea de nouveau Windows et AOL, mais la connexion échoua encore.

Au bout de vingt minutes de tentatives infructueuses, il débrancha le téléphone, referma AOL et éteignit son satané ordinateur. Puis il regarda de nouveau ses notes sur la feuille de papier. *Cerbère le arg et tous les wargs qui le suivent.*

Cerbère, il savait ce que c'était, naturellement. Le chien à trois têtes gardien du monde inférieur, des régions infernales, du territoire des morts. Mais il n'avait pas idée de ce que la citation pouvait bien vouloir dire.

Qui que soit cet enfoiré, il était très fort et avait des lettres. Mais c'était tout de même un enfoiré.

Trop énervé pour essayer d'écrire une ligne, il saisit sa parka, retourna chercher sa batte de base-ball dans le petit bureau et sortit faire un tour. La pluie avait cessé et l'air s'était véritablement réchauffé, mais une nappe de brouillard s'était formée. Il estimait qu'on n'y voyait pas à plus d'une quinzaine de mètres. La silhouette noire et noueuse du premier pommier mort de l'allée était visible, mais la grange et les bâtiments annexes avaient disparu. Son Land Cruiser blanc, suintant d'humidité, avait l'air à moitié liquide sous la lumière blafarde et la brume rampante. L'avant-toit dégoulinait.

Quelque part, dans la direction du poulailler invisible, un chien hurla, puis hurla de nouveau au bout d'un moment.

Dale eut un sourire en forme de rictus. Il soupesa sa batte, donna deux ou trois coups dans le creux de sa main, rabattit le capuchon de sa parka sur sa tête et s'en alla traquer le chien.

Le brouillard avait transformé la petite ferme tranquille de l'Illinois en terre étrangère. Le chien avait cessé de hurler dès l'instant où

Dale avait quitté la véranda, et il n'était plus sûr de la direction qu'il fallait prendre. Les nappes mouvantes de brouillard étouffaient et déformaient les bruits. Il s'avança en direction du poulailler. La ferme et son 4 X 4 avaient disparu dans la grisaille derrière lui.

Il convient de retrouver ce que nous avons perdu.

Tout haut, en prenant la voix grave d'un chef indien, il s'adressa au brouillard en disant :

– Moi curieux de savoir qui est « nous », homme blanc.

Sa voix sonnait étrangement, comme perdue dans la grisaille cotonneuse.

Il convient de retrouver ce que nous avons perdu.

– Par ici, mon toutou ! appela-t-il en balançant sa batte d'une main.

Il n'avait pas l'intention de le frapper – il n'avait jamais fait de mal à un animal, ni à un humain, au demeurant –, mais il en avait assez qu'il joue au fantôme avec lui. Anne avait fait pas mal de recherches sur les chiens avant d'acheter Hasso, leur petit terrier, et elle lui avait expliqué qu'ils avaient un instinct de meute et obéissaient à un sens de la hiérarchie qui les faisait manifester soit la soumission soit la domination. Par exemple, ils n'avaient jamais pu guérir Hasso de sa manie de leur lécher les mains, ce qui est un comportement de soumission classique et non un signe d'affection, comme le croient la plupart des gens. Un chien soumis, à l'état sauvage, lèche le chef de meute et tous ceux qui sont plus haut que lui dans la hiérarchie afin de recevoir en retour une récompense sous forme de nourriture. Ce petit chien noir n'avait probablement pas encore résolu son problème de soumission/domination vis-à-vis de Dale, et ce dernier avait décidé de l'aider à choisir.

Il convient de retrouver ce que nous avons perdu.

Mettant provisoirement de côté le « nous » de majesté, il se concentra sur la phrase. Il était venu ici dans la ferme de Duane parce qu'il avait le sentiment d'avoir tout perdu : Anne et ses filles, Clare, son emploi, le respect de ses pairs et le sien propre, sans compter sa capacité d'écrire. Mais au fond de lui-même, Dale savait que ce genre d'attitude n'était rien d'autre qu'un puéril auto-apitoiement. Il avait encore de l'argent à la banque, le ranch pouvait lui revenir dans dix mois, à l'expiration du bail du présent locataire, et même s'il n'était pas vraiment en congé sabbatique il y avait de fortes chances pour qu'il puisse retrouver son poste à l'université du Montana l'an prochain si tel était son désir. Il possédait un véhicule, actuellement garé dans la cour boueuse de la ferme, qui valait 50 000 dollars, entièrement payés. Il avait écrit soixante pages d'un nouveau roman, et son éditeur n'avait pas encore perdu toute confiance en lui. Non, il ne pouvait pas vraiment dire qu'il avait tout perdu. Loin de là.

Il convient de retrouver ce que nous avons perdu.

L'important, c'était peut-être *ce que nous avons perdu*. Pas seulement lui, mais tout le monde, avec le tournant du millénaire. Sa génération, tout au moins. Le fait d'écrire sur ces gamins de onze ans de l'été 1960 lui causait une douleur aiguë à la poitrine chaque fois qu'il s'asseyait devant son ordinateur. Et ce n'était pas juste la nostalgie d'un été d'antan à moitié perdu, mais un sentiment de perte indéfinissable qui lui donnait envie de chialer.

– Youhou, petit chien ! appela-t-il en poussant la porte du poulailler.

Il regrettait de n'avoir pas pensé à se munir d'une torche électrique. Il s'avança dans l'obscurité de la cabane, et se figea aussitôt, assailli par une odeur puissante.

Ce n'est pas une odeur de décomposition, se dit-il. *Plus fort. Comme du cuivre. Un truc frais.*

Clignant des yeux dans la pénombre, il leva sa batte comme un gourdin.

Une odeur de sang.

Il faillit tout laisser tomber et s'en aller, mais la curiosité fut plus forte. Il fallait qu'il voie. Au bout de deux minutes, sa vision s'était suffisamment adaptée pour qu'il distingue la rangée de casiers et de perchoirs bas avec, partout, de la paille agglomérée et des taches sur les murs. La première fois qu'il était venu ici, le sol et les murs étaient maculés de sang ancien, séché. Il y en avait encore, mais même sans lumière il voyait qu'il s'agissait de sang frais, humide, dégoulinant, ruisselant même sous ses yeux le long des planches.

Si je fichais le camp d'ici ? se dit-il. Il sortit du poulailler à reculons, la batte de base-ball à moitié levée. Le brouillard s'était encore épaissi. La lumière avait diminué. Son cœur battait à coups redoublés, et il tendait l'oreille à l'affût du moindre bruit. Un chuintement de boue sous une botte, un piétinement léger de quadrupède... L'eau coulait du toit du poulailler. De quelque part au nord parvint un bruit étrangement familier, un frottement de bois contre du métal.

La grande porte de la grange qui coulisse ?

Il était vraiment temps de foutre le camp d'ici. Pas seulement pour retourner à la ferme, mais pour quitter l'Illinois et ses petits mystères grand-guignolesques. Pour rentrer dans le Montana ou peut-être monter dans l'Est, dans le New Hampshire ou le Maine. Ailleurs, en tout cas.

Non. Il n'y a qu'ici que nous pouvons retrouver ce que nous avons perdu.

Cette pensée le fit stopper net, pas seulement parce qu'elle lui était venue sans prévenir et hors de contexte, mais parce qu'elle semblait formulée par une voix intérieure qui n'était pas la sienne.

Marchant à grands pas, essayant de ne pas laisser la boue happer ses bottes, il tendait l'oreille à l'affût d'un bruit suspect derrière ou devant lui.

Il était presque arrivé à la ferme quand il vit deux énormes yeux rouges qui l'épiaient à travers le brouillard.

Une seconde plus tard, un moteur de voiture se mit en route.

Pas des yeux. Des feux arrière.

Il se mit à courir, la batte en avant, certain que quelqu'un était en train de lui voler son 4 X 4. Les feux arrière brillèrent un instant dans le grenat, puis moururent tandis que le véhicule s'éloignait rapidement dans le brouillard.

Il s'immobilisa en dérapant dans la boue de la cour de ferme. Son Land Cruiser était toujours là, à l'endroit où il l'avait garé. Il sortit la télécommande du système d'alarme et appuya sur le bouton. L'alarme était mise, mais le véhicule semblait s'être enfoncé dans la boue.

— Merde ! grogna-t-il en s'approchant.

Les quatre pneus étaient à plat. Il se dit qu'on les avait encore lacérés à coups de couteau.

Il s'avança jusqu'au seuil de la maison, la batte à l'épaule, prêt à frapper. Il entendit un camion qui s'éloignait sur la route de comté n° 6, beaucoup trop vite avec tout ce brouillard.

Il y avait des traces de roues dans la boue. Un pick-up, à en juger par la dimension des pneus.

— Ça ne m'amuse plus du tout, Derek ! hurla-t-il dans le brouillard. Plus du tout ! Cette fois-ci, bande de connards, vous allez tous finir en prison !

Pataugeant dans la boue, il entra dans la maison et regarda autour de lui.

Je suis ici depuis… voyons… trois semaines, et combien de fois ai-je déjà fouillé cette satanée baraque ?

Il regarda de nouveau partout. Aucune empreinte de boue à part les siennes. Aucun signe de passage ou de présence.

Sauf en ce qui concernait son foutu ordinateur. Il était de nouveau allumé. L'écran était noir, à l'exception de six lignes de caractères blancs qui brillaient après le prompt. Cette fois-ci, il était absolument certain de l'avoir éteint avant de sortir.

Écœuré, il s'avança dans l'intention de l'éteindre sans lire un nouveau message hermétique et agaçant. Mais la présentation en strophe fit qu'il ne put résister, et son contenu retint immanquablement son attention. Ce n'était plus, cette fois-ci, du moyen-haut allemand ni du vieil anglais. Le Dr Dale Stewart, professeur de littérature anglaise, n'eut aucun mal à reconnaître la source. C'était tiré du *Lai du dernier ménestrel* de Sir Walter Scott, chant VI, si sa mémoire était bonne. Clare aurait pu lui dire le numéro de la stance. Elle avait assisté au séminaire de littérature du XVIIIe siècle la dernière fois qu'il avait expliqué le poème, et elle avait une mémoire d'éléphant. Mais elle n'était pas là pour lui rafraîchir la mémoire, et elle ne serait probablement plus jamais là pour lui.

> **Il était pâle, incapable de dire un mot,**
> **L'air égaré,**
> **Et ressemblait à ce soldat**
> **Dont on conte l'histoire,**
> **Qui parla au spectre-chien**
> **De l'île de Man.**

Toujours écœuré, sachant qu'il allait devoir faire trois kilomètres à pied dans ce brouillard épais pour arriver à un endroit où son téléphone passerait et où il pourrait appeler le garage de Oak Hill pour qu'ils viennent lui remettre son 4 X 4 en état, furieux à l'idée de devoir faire encore appel à CJ Congden, sachant très bien, au fond de lui-même, que ces skins ne seraient jamais arrêtés ni punis, conscient de ce que le mystère du sang dans le poulailler venait d'être résolu de la manière la plus prosaïque qui soit par sa découverte des pneus lacérés, excédé par les fantaisies de son mystérieux hacker, il poussa le bouton d'extinction de son portable et garda les yeux fixés sur l'écran jusqu'à ce que le point lumineux central s'étrécisse pour faire place à un noir total.

13

— Bon sang, qu'est-ce que je déteste les films comme ça !
— Les films comme quoi ? demanda Dale.

C'était le soir de Thanksgiving, tard, et la ferme de Duane sentait bon la dinde farcie et une douzaine d'autres plats cuisinés. Dale avait fait toutes les courses et ramené du bon vin, et Michelle Staffney avait fait la cuisine. Ils avaient mangé chacun une part copieuse de la dinde de six kilos après avoir bu quelques bières, et ils en étaient à leur deuxième bouteille de vin blanc. Ils avaient déjà fait la vaisselle et étaient retournés dans la salle à manger. Dale avait déménagé toutes les vieilles machines à apprendre dans l'une des remises, mais il n'y avait toujours pas de table de salle à manger, il n'y avait que les tréteaux sur lesquels les machines avaient été posées. Il avait fait de son mieux pour les descendre au sous-sol, transporter la table de cuisine à leur place pour le grand soir, et la garnir d'une nappe en dentelle ancienne qu'il avait trouvée dans le placard du vestibule. Le soleil s'était couché, et la maison n'était éclairée que par deux ou trois lumières. La radio, au sous-sol, était allumée, et une douce musique d'ambiance montait jusqu'à eux.

— Tu vois ce que je veux dire, murmura Michelle en tenant son verre à deux mains. J'ai horreur de ces films d'épouvante stéréotypés. Ces séries B, ces nanars éculés, appelle-les comme tu voudras.

Dale fronça les sourcils. Il venait de lui raconter les événements de la semaine écoulée. Le sang dans le poulailler, les pneus à plat de son 4 X 4, le pick-up disparaissant dans le brouillard... des choses dont il n'aurait probablement jamais parlé s'il n'avait pas bu un peu plus que de raison.

— Tu compares ma vie à un film de série B ? demanda-t-il en feignant l'indignation – mais en se sentant quelque peu outragé, à dire le vrai, à travers la douce torpeur causée par la bière et le vin.

Elle lui sourit.

— Mais non, mais non. Mais s'il y a une chose que je déteste, dans ces films d'horreur, c'est le moment où les gens savent qu'il va leur arriver bientôt quelque chose d'abominable, mais restent quand même. C'est alors que le monstre leur tombe dessus. Comme dans le premier *Poltergeist*, ou bien ce mauvais remake de *La Maison du Diable* [1], ou encore ces navets avec le tueur au masque de hockey ou je ne sais pas quoi.

Dale secoua la tête.

— J'avais l'intention de partir. Mais j'étais sûr que c'étaient ces skins débiles qui m'avaient encore crevé les pneus.

— Et ce n'était pas eux ?

— Non. Après avoir fait tout le chemin à pied jusqu'à Elm Haven en plein brouillard pour appeler le garage de Oak Hill et attendu deux heures qu'ils viennent me prendre au passage avec la dépanneuse pour regagner la ferme, nous nous sommes aperçus que quelqu'un avait juste dégonflé les quatre pneus.

— Tu avais cru qu'ils avaient été de nouveau criblés de coups de couteau.

— Oui. (Il eut un sourire pâle et but une gorgée de vin.) Stupide de ma part, n'est-ce pas ? Ils m'ont regonflé les pneus et sont repartis. Au moins, je n'ai pas eu à contacter le shérif.

Elle remplit leurs deux verres en secouant la tête à son tour.

— CJ Congden devenu shérif ! Je me souviens, quand nous étions au collège. Quel con ! (Elle leva un doigt à l'ongle carminé.) Mais tu es resté. Ton Toyota était réparé, et tu es resté quand même.

Il haussa les épaules.

— Ça me semblait stupide de fuir parce que j'étais furieux qu'on m'ait crevé des pneus qui n'étaient en réalité que dégonflés. Juste

---

1. *The Haunting*. L'original (1963) est de Robert Wise ; le remake (même titre, *Hantise* en français) est de Jan de Bont (1999) (N.d.T.).

une plaisanterie ridicule. En plus, je voulais continuer à écrire, et il me semblait que c'était le bon endroit pour ça.
Le seul endroit.
Il la regarda quelques instants avant d'ajouter :
— Et puis je ne voulais pas rater cette soirée avec toi.
Elle sourit. Son sourire, en sixième, était éblouissant. Aujourd'hui, quarante ans et des milliers de dollars de factures de dentiste de Beverly Hills plus tard, il était irréprochable.
— Finalement, ils les ont retrouvés ? Je veux parler des skins. J'imagine que c'est eux qui t'ont dégonflé les pneus.
— Non. Le seul dont je connais le nom, Derek, avait un alibi. Il était à Peoria avec sa tante, Sandy Whittaker.
— Sandy Whittaker ! s'exclama Michelle. Mon Dieu ! Il y a des gens qui ne s'éloignent pas de plus de dix kilomètres de leur lieu de naissance jusqu'au jour de leur mort ! Sandy Whittaker... Je parie qu'elle est devenue grosse et qu'elle a épousé un agent immobilier.
Il secoua lentement la tête.
— C'est presque ça. Elle est devenue grosse et elle dirige une agence immobilière. N'importe comment, le shérif adjoint que j'ai eu au téléphone le lendemain ne m'a pas paru particulièrement enthousiasmé par l'idée de rechercher une bande de gamins qui s'amusent à dégonfler les pneus d'un étranger. J'ai donc renoncé aux poursuites.
— Et le sang ? demanda Michelle.
Quand elle se penchait en avant comme elle le faisait maintenant, Dale voyait ses seins rebondis se presser l'un contre l'autre dans le décolleté avancé de son chemisier vert. Son bronzage californien avait commencé à s'estomper, et les taches de rousseur sur sa poitrine se fondaient dans la blancheur d'une peau aussi douce que l'on pouvait imaginer.
— Pardon ? fit-il.
— Tu disais qu'il y avait plein de sang frais dans le poulailler. Tu ne crois pas que ce sont les mêmes skins qui t'ont dégonflé les pneus et qui ont aspergé les murs de sang ?
Il écarta les mains dans un geste d'impuissance.
— Comment savoir ? D'après le shérif adjoint, ce n'est pas son boulot de capturer les renards et les chiens errants qui égorgent les poulets.
— Tu penses qu'il pouvait s'agir d'un chien ou d'un renard ?

– Non. Et ce n'était pas du sang de poulet. Il n'y a pas eu de poules dans ce poulailler depuis quarante ans.

– Il aurait fallu faire analyser le sang, pour savoir s'il provenait d'un animal… ou d'autre chose.

Ils demeurèrent quelques instants silencieux après cette remarque. Finalement, Dale murmura :

– Je vois que tu n'aimes pas les invraisemblances dans les films d'épouvante ou les navets de série B.

Elle contempla son verre de vin avant de répondre à cela. La lampe derrière elle faisait jouer des reflets ambrés dans ses cheveux roux coupés court.

– Je n'aime pas que les romanciers ou réalisateurs fassent passer leurs personnages pour des imbéciles uniquement pour qu'ils se fassent mieux tuer.

– Tu crois que je me comporte en imbécile en restant ici ?

– Non. Je suis contente que tu sois resté. Je suis contente que nous ayons mangé cette dinde ensemble. J'ai apprécié la surprise de ne pas passer Thanksgiving toute seule.

De nouveau, elle se pencha en avant, et Dale crut, un moment, qu'elle allait poser sa main sur la sienne, à l'endroit où elle était posée sur la nappe. Mais elle leva simplement un doigt en disant :

– À propos de surprise… on ne devait pas monter là-haut défaire le plastique pour voir ce qu'il y a derrière ?

Dale but posément le reste de son vin puis leva les yeux vers le plafond en disant :

– Je croyais que tu détestais les scénarios de série B où les personnages s'obstinent à aller dans des endroits où on les a prévenus de ne pas mettre les pieds.

– En réalité, j'adore ça. C'est généralement le moment où je cesse de prendre parti pour les humains et où je commence à sympathiser avec le monstre ou le psychopathe ou je ne sais quoi encore. Cela dit, je pense qu'il faudrait quand même qu'on sache ce qui se passe là-haut.

– Pourquoi ? L'étage est condamné depuis des dizaines d'années. Pourquoi faudrait-il que nous y allions maintenant ?

Elle eut de nouveau son magnifique sourire. Dale se demanda fugitivement pourquoi elle n'avait pas réussi comme actrice.

– Nous ne sommes pas ici depuis des dizaines d'années, murmura-t-elle d'un ton détaché. En ce qui me concerne, je ne quitterai pas Elm Haven sans savoir ce que cachent ces feuilles de plastique.

– Si ce n'est que ça, je sais ce qu'il y a derrière, lui dit-il tranquillement.

Les premiers mots que Clare Two Hearts prononça quand Dale vint la chercher pour leur week-end prolongé au parc national des Glaciers et dans la réserve des Pieds-Noirs furent : « Votre femme sait que nous y allons ensemble ? »

Il s'attendait à une question de ce genre, mais pas à une formulation aussi brutale. Il rougit littéralement en répondant :

– Anne a l'habitude de mes randonnées hors saison là-haut. J'emmène souvent des étudiants avec moi, quand ils sont volontaires. Elle n'y voit pas d'inconvénient. Notre mariage est solide.

Cette dernière affirmation était véridique, mais l'ensemble de sa réponse n'en était pas moins mensonger. Jamais il n'était monté là-haut avec une seule autre personne, et il s'agissait généralement de deux ou trois garçons qui aimaient la nature et la montagne. Anne, qui avait d'autres préoccupations en ce moment, ne lui avait même pas demandé avec qui il partait cette année.

Clare l'avait regardé comme si elle lisait toutes ces informations dans son expression et dans le rouge de sa confusion. Puis elle avait balancé son sac et son équipement à l'arrière du Land Cruiser et s'était assise à l'avant sur le siège en cuir côté passager.

Ils n'avaient aucun cours le vendredi. Ce qui n'était guère surprenant dans le cas de Clare, car elle ne s'était inscrite, pour des raisons qui échappaient à son directeur d'études, qu'au seul cours du Dr Stewart. Ils avaient donc décidé de partir le jeudi après-midi et de camper le soir au bord du lac Flathead avant de continuer leur traversée du parc et d'obliquer à l'est en direction de la réserve. C'était le début du mois d'octobre et, bien que Dale ait appris par expérience à se méfier des conditions atmosphériques au parc des Glaciers et dans les régions situées plus au nord à n'importe quelle époque de l'année, il était probable que l'automne et l'hiver allaient être particulièrement doux, avec très peu de blizzard. Les trembles et les peupliers avaient leurs plus belles couleurs.

Ils prirent la I-90 vers l'ouest en quittant Missoula, puis sortirent quelques kilomètres plus loin pour prendre la 93 vers le nord qu'ils suivirent sur une centaine de kilomètres jusqu'à Polson, à l'extrémité sud du lac Flathead. Au village de Ravalli, ils obliquèrent à l'est, puis au nord. Dale montra à Clare le National Bison Range, la réserve d'animaux sauvages qui s'étendait à l'est de la route, mais elle se contenta de hocher la tête sans rien dire. Ils traversèrent St. Ignatius, un village désolé au milieu de la réserve de Flathead, et Dale jeta un coup d'œil à sa passagère, mais elle observait sans rien dire les quelques spécimens d'humanité déprimée qu'ils croisaient sur leur route.

La route qui conduisait au lac Flathead était splendide, comme toujours. La chaîne dentelée des Mission Mountains se dressait vers le ciel en direction de l'est, et elle était encore plus belle sous la lumière automnale de l'après-midi. Le feuillage doré des trembles frémissait sous la brise, mais Clare Two Hearts n'ouvrait pas la bouche à côté de Dale, et il mettait un point d'honneur à ne pas être le premier à mentionner la splendeur du paysage qui les entourait.

C'était presque l'heure de dîner quand ils arrivèrent en vue de Polson, mais Dale connaissait un endroit sympa pour manger dans la petite ville forestière de Somers, à un peu plus de trente kilomètres de là, et son intention était de traverser Polson et de prendre la 93 pour gagner la rive sud du lac. Mais à trois kilomètres environ au sud de Polson, Clare lui dit soudain :

– Attendez ! On ne pourrait pas s'arrêter un peu ici ?

« Ici », c'était le musée Miracle de l'Amérique, qui se targuait, sur des panneaux plus que fatigués, d'être « le plus grand musée de tout l'ouest du Montana ». Dale s'y était arrêté trois ans plus tôt avec Anne et les filles, mais ne s'y était plus intéressé par la suite. Il s'arrêta sur le parking.

– C'est juste un hangar poussiéreux, murmura-t-il. Rien d'autre que des vieux tanks, des tracteurs, toute une collection de sièges de tracteurs... Ça ressemble plus à un fourre-tout qu'à un musée.

– Parfait, lui dit Clare.

Ils passèrent plus d'une heure au milieu du bric-à-brac du musée, dont la moitié à écouter de la musique enregistrée dans la « galerie des violonistes célèbres ». Clare s'extasiait devant chaque objet. La collection de sièges de tracteurs, les blindés de trois guerres différentes, la luge motorisée, les vieux journaux jaunis dans leur vitrine, les jouets anciens avec leur peinture écaillée. Dale était obligé d'admettre que ce n'était pas inintéressant, dans le genre fouillis kitsch.

Il faisait presque nuit quand ils reprirent la route. Ils dépassèrent Polson et suivirent le lac en direction du nord. Le paysage à l'est, du côté des hauts sommets, était fabuleux. Le ranch de Dale se trouvait de l'autre côté du lac, près de la station de recherche biologique de l'université du Montana. Mais il était décidé à n'en parler que si Clare faisait une remarque sur le paysage ou sur les montagnes. Comme elle n'en fit pas, il garda le silence.

Ils dînèrent au Tiebecker's Pub à Somers, à la pointe nord du lac. Clare prit juste une salade, qu'elle tint à payer malgré les protestations de Dale. Ensuite, ils roulèrent vers l'est sur quelques kilomètres jusqu'à un bon emplacement de camping que Dale connaissait au bord de l'eau dans le parc régional de Wayfarer. Ils avaient près de deux heures de retard sur l'horaire qu'il avait prévu, et ils durent installer la tente dans l'obscurité, à la lueur de leurs torches électriques et des phares du Land Cruiser. Cela ne sembla nullement affecter la sérénité de Clare.

Un campeur peut en dire long sur un autre campeur rien qu'en voyant le matériel qu'il utilise. Dale portait de vieilles chaussures de marche de qualité, mais il s'était équipé d'une luxueuse tente North Face qui rentrait dans son sac à dos Gregory, d'un super sac de couchage en duvet d'oie LL Bean et d'un réchaud à gaz dernier cri pour faire la cuisine, avec tout un assortiment de nourriture lyophilisée en sachets. Clare n'avait amené qu'un vieux sac à dos militaire en toile. Son matériel de camping consistait en une simple bâche qu'elle installa en une minute en utilisant un bâton de randonnée comme pilier central et des cailloux coincés dans la doublure en guise d'œillets et de piquets. Son duvet militaire donnait l'impression d'une relique de la dernière guerre mondiale. Et ses provisions consistaient en une bouteille d'eau, quelques fruits et des biscuits secs.

Dale suggéra de faire un feu de camp, car le vent du soir était devenu glacé, mais elle déclara qu'elle était fatiguée et disparut sous sa bâche. Il resta quelques instants dehors à contempler les étoiles, mais ne tarda pas à ramper dans sa tente à sept cents dollars pour essayer de trouver le sommeil.

Le lendemain matin, sous un ciel froid et dégagé, ils se firent du café, allèrent s'offrir un vrai petit déjeuner dans une buvette située près du théâtre d'été de Bigfork et reprirent la route des Glaciers.

Leur intention était de couper à travers le parc pour gagner la réserve des Pieds-Noirs puis, après avoir longé la Bob Marshall Wilderness Area et la Front Range, de gagner la petite ville de Heart Butte, au cœur de la réserve, où la mère de Clare était née. Ils rentreraient directement à Missoula le lendemain, samedi, en longeant le lac Flathead vers le sud. Dale avait insisté pour faire le détour par le parc des Glaciers, car c'était pour lui une tradition lors de ses randonnées d'automne, mais il tenait surtout à montrer à Clare ce qu'il y avait de plus beau dans le Montana.

La route « Going to the Sun », un itinéraire de 84 kilomètres, est célèbre, mais il faut avoir vu de ses yeux cet incroyable paysage pour l'apprécier à sa juste valeur. Faisant route vers l'est, ils suivirent le très étroit mais non moins profond lac McDonald sur douze kilomètres environ, puis obliquèrent dans la montée du col de Logan. Dale ne cessait de jeter des regards dans la direction de la jeune femme. Elle était attentive au paysage, mais ne semblait nullement impressionnée par sa splendeur.

Six kilomètres après le lac, Dale s'arrêta sur l'aire de pique-nique de l'Avalanche.

– Voulez-vous vous dégourdir les jambes quelques minutes ? demanda-t-il. Il y a une adorable promenade en boucle un peu plus haut.

– Volontiers.

Le Sentier des Cèdres était un itinéraire pour touristes en partie surélevé en planches pour ménager la flore délicate de fougères et de mousses. Il traversait une forêt de sapins hemlock et de cèdres rouges de soixante mètres de haut. Ils étaient les seuls promeneurs par cette belle matinée d'octobre. Une brise légère agitait les branches au-dessus d'eux, créant une respiration régulière que Dale trouvait aussi apaisante que le ressac de l'océan. Des taches de lumière filtraient des hautes frondaisons et l'air était chargé de senteurs d'aiguilles de pin gorgées de soleil et d'humus en décomposition. À l'endroit où une passerelle enjambait le cours d'eau Avalanche, l'eau coulait en cascade sur des rochers couverts de mousse pour se déverser dans un ravin étroit.

— Vous ne regrettez pas que nous n'ayons pas apporté d'appareil photo ? demanda Dale.

— Pas du tout, répliqua Clare Hart.

— Et pourquoi ça ?

Elle secoua la tête.

— Je ne m'encombre jamais d'appareil photo quand je voyage. Parfois un cahier de croquis, mais jamais d'appareil. Ça m'attriste de voir les touristes admirer le paysage à travers un viseur et attendre de rentrer chez eux pour voir ce qu'ils n'ont même pas regardé quand ils étaient sur place.

Dale hocha la tête comme s'il partageait son point de vue.

— Mais vous admettez que c'est l'un des plus beaux panoramas du monde ?

Elle haussa les épaules.

— Spectaculaire, oui.

— Ce n'est pas la même chose que beau ? demanda-t-il en souriant.

— Pas vraiment. Un spectacle, c'est ce qui est facilement accessible à une sensibilité un peu émoussée. Tel est du moins mon point de vue. Ce genre de paysage est difficile à ignorer. Un peu comme une aria de Wagner.

Il fronça les sourcils.

— Vous ne trouvez donc pas le parc des Glaciers magnifique ?

— Je ne le trouve pas subtil.

— La subtilité, c'est si important que ça ?

— Parfois, une chose doit être subtile pour pouvoir être vraiment belle.

— Citez-moi un endroit subtilement beau, la défia-t-il.

— La Toscane, dit-elle sans la moindre hésitation.

Dale n'était jamais allé en Toscane, et il demeura donc sans réplique. Au bout d'un moment, tandis qu'ils poursuivaient la promenade sur le sentier après la passerelle, il murmura :

– Vos ancêtres considéraient ces montagnes comme sacrées.

Elle sourit en l'entendant mentionner ses « ancêtres », mais ne répondit pas. Au moment où ils arrivaient en vue de la voiture, elle demanda :

– Connaissez-vous une seule montagne, dans le monde, qui n'ait pas été considérée à un moment comme sacrée par une peuplade primitive quelconque ?

Songeur, Dale demeura silencieux.

– Les montagnes possèdent tous les attributs des dieux, ceux du Créateur tout-puissant, poursuivit Clare. Elles sont lointaines, inaccessibles et dangereuses. Elles soufflent des vents glacés et des tempêtes de courroux. Toujours présentes, toujours visibles, elles se profilent en haut du ciel sans être jamais amicales. Les primitifs les vénèrent, mais ont le bon sens de se tenir à distance. Les Occidentaux, eux, les escaladent et meurent par asphyxie et par hypothermie.

– Ouah ! fit Dale en roulant les yeux. Brillante analyse théologique et socioculturelle.

– Pardonnez-moi, murmura Clare.

Ils continuèrent sur l'incroyable montée du col de Logan. Dale expliqua à Clare que le col était habituellement fermé dès cette époque de l'année, mais que les neiges étaient exceptionnellement tardives cet automne. Elle hocha la tête, les yeux rivés sur une chèvre de montagne perchée sur un rocher plusieurs centaines de mètres au-dessus de l'endroit où ils se trouvaient.

En choisissant d'aller d'ouest en est, Dale avait gardé le plus spectaculaire pour la fin. Le lac St. Mary, avec les hauts sommets à l'ouest et la petite île de Wild Goose au premier plan. Il se disait, en admirant le panorama, que s'il touchait seulement dix cents pour chaque photo prise à cet endroit, il n'aurait plus jamais à enseigner ni à écrire pour le restant de ses jours. Clare ne fit aucun commentaire sur le paysage qu'ils laissaient derrière eux. Ils arrivèrent à la sortie est du parc un peu avant l'heure de déjeuner.

Après avoir quitté le parc et traversé la petite ville de St. Mary, ils se dirigèrent vers le sud, dans la partie la plus plate et la plus morne de la réserve, pour gagner Heart Butte. Dale commençait à être irrité par sa passagère. Par son arrogance, par son refus de se laisser impressionner par ces paysages fantastiques, par son rejet de son propre héritage culturel. Il regrettait qu'ils aient encore devant eux une nuit de camping et une journée de voyage en voiture avant qu'il puisse retrouver Anna et les filles et son travail. Il n'aurait jamais dû inviter cette fille de diva trop gâtée à l'accompagner dans une randonnée qui le laissait généralement apaisé et heureux de vivre dans le Montana. Il regrettait surtout d'avoir parlé de son vrai nom à Clare Two Hearts.

Il ignorait que quelques heures plus tard il allait devenir son amant et, pis encore, tomber follement amoureux d'elle.

— Dale ?

Il regarda, par-dessus son verre de vin, le visage de Michelle Staffney.

— Tu es toujours là, Dale ?

— Bien sûr, dit-il. Je rêvassais, c'est tout.

— Tu allais me dire ce qu'il y a derrière le plastique et comment tu le sais.

Il hocha la tête, posa son verre sur la nappe tachée, et murmura :

— Le Coin plaisant.

Le visage de Michelle demeura inexpressif.

— Quand nous étions gamins, Duane appelait ainsi sa maison, reprit Dale. C'est le titre d'une nouvelle de Henry James. Une histoire de fantômes, en quelque sorte.

— Comme *Le Tour d'écrou* ?

Michelle avait allumé une cigarette, et elle souffla la fumée par ses narines étroites. Quand elle lui avait demandé, un peu plus tôt, s'il ne voyait pas d'inconvénient à ce qu'elle fume après le dîner, il avait répondu : « Pas de problème », mais il n'en était pas moins surpris de voir qu'elle fumait encore. Et à présent, il s'étonnait de voir qu'elle connaissait *Le Tour d'écrou*.

Cesse de supposer toutes sortes de choses sur les gens, se sermonna-t-il. Mais c'était la voix d'Anne qu'il entendait dans sa tête, car elle avait bien dû lui répéter cela des centaines de fois avant leur séparation.

— Pas tout à fait comme *Le Tour d'écrou*, murmura-t-il, mais aussi subtil.

Subtil. *Parfois, une chose doit être subtile pour pouvoir être vraiment belle.*

Michelle secoua sa cendre dans une coupelle qu'elle avait sortie à cet usage. Elle attendit qu'il continue.

— Dans *Le Coin plaisant*, poursuivit-il, James décrit un de ses personnages typiques, un homme de cinquante-six ans nommé Spencer Brydon, retournant à New York après avoir passé plusieurs dizaines d'années en Europe. Il se rend sur les lieux de plusieurs biens qu'il possède, y compris une vieille maison de Manhattan tout en hauteur, dans laquelle il a passé une partie de sa jeunesse…

— Une maison que sa famille nommait le Coin plaisant, devina Michelle.

— Tout juste. La maison est vide, on a retiré tous les meubles, mais elle obsède Brydon, qui y retourne chaque soir pour grimper à l'étage et errer dans le noir à travers les pièces vides, une lanterne ou une bougie à la main, comme s'il cherchait quelque chose… ou quelqu'un.

— Un fantôme…

— Un fantôme jamesien, murmura Dale. En fait, Spencer Brydon est persuadé que la maison est hantée par le fantôme de son alter ego.

— Alter ego ? demanda Michelle, dont les prunelles étaient d'un vert intense à la lueur mourante de la bougie posée sur la table.

Dale haussa les épaules. La fumée de la cigarette lui donnait envie de fumer, bien qu'il eût arrêté plus de vingt-cinq ans auparavant.

— La personne qu'il aurait pu et aurait voulu être s'il était resté aux États-Unis, expliqua-t-il, et s'il avait cherché à s'enrichir plutôt que de s'intéresser aux bonnes choses de la vie que lui offrait l'Europe.

— Wouaou ! fit Michelle, sarcastique. Ça me fait froid dans le dos. C'est le domaine de Stephen King, ça.

— C'est vrai que ça fait un peu peur, admit Dale.

Il essayait de se rappeler si Clare avait assisté à son cours sur *Le Coin plaisant*. Il ne le pensait pas.

— Quand il finit par se trouver face à face avec le fantôme en question, poursuivit-il, l'apparition est effrayante. Brutale, des doigts en moins, une sorte de Mr Hyde faisant pendant au Dr Jekyll raffiné qu'est Spencer Brydon. (Il ferma les yeux un instant, pour essayer de se remémorer les mots de James.) « Rigide et conscient, spectral et cependant humain, un homme de la même substance et de la même stature que lui l'attendait là pour se mesurer avec son propre pouvoir de consternation. »

— Génial, lui dit Michelle. Tu as une bonne mémoire.

Il secoua la tête.

— Ça fait des années que j'enseigne cette histoire. Je cite toujours cette phrase. (Il fronça les sourcils.) Quoi qu'il en soit, il n'y a pas grand-chose à ajouter. Spencer Brydon affronte le fantôme de son double au milieu de la nuit et…

— Il meurt ?

— Il perd connaissance, fit Dale en souriant. C'est un héros jamesien, après tout.

— Et l'histoire finit comme ça ? Il s'évanouit et c'est tout ?

Elle écrasa le bout de sa cigarette dans le cendrier et prit un air dubitatif, celui d'un producteur qui vient de lire un scénario et qui ne l'apprécie pas du tout. Dale se frotta le menton en murmurant :

— Non, ce n'est pas tout. On se dit que Spencer Brydon aurait pu mourir – il reste plusieurs heures inconscient – sans la visite providentielle de son amie plus âgée, Alice Staverton, si je me souviens bien, qui est venue poussée par une prémonition de danger. Elle persuade la gouvernante, Mme Maloney ou Muldoon, quelque chose comme ça, de la laisser entrer, et Brydon revient à lui la tête sur les genoux d'Alice, « au creux d'un exceptionnel oreiller de douceur moelleuse au parfum agréable et rafraîchissant », nous dit James.

— Très sexy, commenta Michelle.

Il rougit littéralement.

— Je ne pense pas qu'il… Pas délibérément, en tout cas… Quoi qu'il en soit, on se dit, à la fin, qu'il a été sauvé de son alter ego par l'amour d'une honnête femme…

Elle renifla poliment.

— L'amour d'une honnête femme, murmura-t-elle lentement. Il y a longtemps que je n'avais entendu cette expression.

Il hocha la tête, rougissant de nouveau comme un idiot.

— À la fin, Alice Staverton dit à Brydon : « Et il n'est pas, non, il n'est certainement pas vous », ou quelque chose comme ça, en le serrant contre elle.

Il se tut, en regrettant d'avoir parlé de cette histoire à Michelle Staffney.

Cette dernière sourit de nouveau en levant la tête vers le plafond.

– C'est ce que nous allons trouver là-haut ? demanda-t-elle. Nos alter ego ? Ceux que nous aurions été si nous étions restés tous les deux à Elm Haven ?

– Ça fait froid dans le dos, n'est-ce pas ? demanda-t-il en lui rendant son sourire.

– Terrifiant, reconnut Michelle.

Elle se leva, ouvrit son sac à main qu'elle avait accroché au dossier de sa chaise et en sortit un ouvre-boîte. Du pouce, elle appuya sur le côté pour faire sortir une lame à l'autre bout.

– Je ne suis pas venue sans rien, dit-elle.

– C'est pour lutter contre les fantômes ? demanda Dale en se levant à son tour.

– Non, bêta. Pour découper le plastique.

14

Je n'aurais pas pu dire à Dale ce qui l'attendait là-haut, car je l'ignorais. Le vieux avait condamné l'étage quand j'avais trois ans, peu après la mort de ma mère, et je n'avais pas gardé le souvenir d'y être jamais monté. Ça peut paraître étrange, d'avoir vécu huit ans dans une maison dont tout l'étage était condamné par une barrière de plastique, mais personne ne s'en étonnait à l'époque. Le vieux cherchait par tous les moyens à économiser de l'argent, et je savais que ça coûtait trop cher de chauffer toute la maison uniquement pour nous deux. De plus, à l'étage, il y avait leur chambre à coucher – celle de ma mère et du vieux –, et j'avais compris depuis longtemps qu'il ne voulait plus jamais dormir là après son décès. Ce n'était pas parce qu'elle était morte dans ce lit. Elle a fini ses jours à l'hôpital de Oak Hill. N'importe comment, nous n'avions pas de problème de place, le vieux et moi, surtout quand j'ai grandi – dans une certaine mesure –, car il dormait dans son bureau et moi au sous-sol, où je m'étais installé avant même de commencer à fréquenter la petite école.

Quant à ce nom de « Coin plaisant », c'était juste une affectation de ma part après avoir lu la nouvelle de James à l'âge de sept ans. Essentiellement, j'aimais la manière dont cela sonnait. Il est vrai que la ferme n'avait rien de particulièrement plaisant, avec le vieux qui se cuitait régulièrement et qui devenait violent dans ces moments-là. Nous vivions des vies séparées, pratiquement sans jamais nous adresser la parole, et si nous avions des « alter ego » qui hantaient la maison ils appartenaient uniquement au vieux. Mon père était intelligent, mais il lui manquait ce gène particulier qui pousse les gens à vouloir finir ce qu'ils ont commencé. Il avait laissé tomber Harvard avant le début de la Seconde Guerre mondiale sans aucune raison dont il m'ait jamais fait part, et il n'avait même pas profité du GI Bill [1]. Son frère, mon oncle Art, avait non seulement fait des études universitaires, mais il avait aussi enseigné quelque temps dans le supérieur. On pouvait dire, d'une certaine manière, que c'était l'alter ego jamesien de mon père. Il avait toujours fui l'alcool, il avait écrit des livres, enseigné, voyagé, il s'était marié plusieurs fois et il avait réellement, dans tous les sens du terme, profité de la vie. Peut-être manquait-il au vieux, également, le gène de la jouissance. Cette notion jamesienne de ce qu'il était devenu par rapport à tout ce qu'il avait perdu en route résonnait dans la tête de Dale Stewart depuis des mois. En écrivant son roman sur les gamins d'Elm Haven de l'été 1960, il contemplait de très près une innocence et un potentiel qu'il aurait peut-être mieux fait d'enfouir au plus profond de son subconscient.

Ce potentiel, avait-il décidé, était précisément le genre de malédiction que le personnage des *Peanuts* [2], Linus, avait évoquée un jour. Un fardeau avant la réalisation, et un fantôme permanent après l'échec de la réalisation. Et chaque jour, chaque heure qui passait, chaque petite décision qu'il prenait éliminait une partie du potentiel restant, si bien que Dale, arrivé de l'autre côté de ses cinquante ans, contemplant le dernier parcours qu'il lui restait à faire, voyait ce potentiel diminuer rapidement pour tendre vers zéro.

C'est en ces termes que Clare lui avait un jour décrit la topographie de l'existence : un cône renversé tendant progressivement vers un potentiel zéro. Aujourd'hui, Dale était d'accord avec cette vision des choses.

---

1. Loi votée en 1944 donnant aux démobilisés la possibilité de reprendre leurs études aux frais du gouvernement (N.d.T.).
2. Bande dessinée de Charles Schultz, mettant en scène le chien Snoopy (N.d.T.).

La perspective réelle d'ouvrir l'étage avait un peu dessaoulé Dale. Il demanda à Michelle de l'attendre pendant qu'il allait dans le petit bureau chercher la batte de base-ball.

— C'est pour nous protéger des fantômes ? demanda-t-elle.

Il haussa les épaules. Il s'était également muni d'une torche électrique, et il en braqua le faisceau sur la barricade de plastique jauni pendant que Michelle sortait son ouvre-boîte.

— Tu donnes le coup d'envoi ? demanda-t-elle.

Il avait les mains encombrées par la batte et la torche, aussi secoua-t-il la tête en disant :

— À toi l'honneur.

Elle n'hésita pas. Elle pratiqua dans la première feuille une incision en diagonale de plus d'un mètre qui partait du coin supérieur droit. Puis elle fit la même chose en partant du coin supérieur gauche. Le plastique cassant tomba quand elle tira dessus, mais il y avait une deuxième puis une troisième feuille derrière.

— Il est encore temps de changer d'avis, dit-elle, les yeux brillants d'excitation.

Il secoua négativement la tête, et Michelle découpa le plastique restant puis le détacha de son cadre avec impatience, comme si elle ouvrait un paquet de Noël.

Il ignorait au juste à quoi il s'attendait. Un souffle d'air pestilentiel, peut-être, ou un simple appel d'air confiné. Mais le plastique s'écarta normalement, et si l'air, de l'autre côté, à part le fait d'être plus froid qu'en bas, était différent, il ne le sentit pas. Il sentit nettement le froid, cependant. Il coula à travers le plastique fendu comme un torrent glacé. Michelle referma son ouvre-boîte et croisa frileusement les bras à hauteur de ses épaules. Il vit le bout de ses seins durcir contre son corsage.

— Il fait noir là-dedans, murmura-t-elle. Et glacé.

Il hocha la tête sans rien dire. Puis il s'avança dans le couloir, qu'il balaya de sa torche. Cela ne ressemblait pas du tout à son rêve. Il n'y avait pas de chambres sur la droite, uniquement un mur nu, mais il y avait deux portes fermées sur sa gauche. Contre le mur, il y avait la table étroite qu'il avait déjà aperçue à travers le plastique la première fois qu'il avait jeté un coup d'œil. Une lampe de style victorien était posée dessus. Les fenêtres étaient cachées par d'épaisses draperies. Le plancher nu semblait étrangement exempt de toute trace de poussière. Était-il possible que cet espace soit resté condamné près d'un demi-siècle sans que la poussière et les toiles d'araignée s'y mettent ?

Abandonnant provisoirement sa batte qu'il appuya contre la table, Dale tourna le bouton de la lampe victorienne. Rien ne se produisit. Ou l'ampoule avait grillé, ou le vieux McBride avait coupé l'électricité à l'étage.

Espèce de crétin ! se dit-il. *C'était il y a cinquante ans !*

Michelle lui prit soudain le bras.

— On n'aurait pas pu faire ça dans la journée ? murmura-t-elle.

— De quoi aurait-on eu l'air ? fit-il d'une voix qui résonnait dans le couloir au plancher de chêne. Et puis, on n'avait pas encore bu.

Il reprit sa batte et avança de quelques pas dans le couloir, suivi de près par Michelle.

— Tu devrais m'attendre près de l'escalier, suggéra-t-il par galanterie.

— C'est ça. Comme dans les films. *Si on se séparait ?* Tu m'excuseras, mon vieux Dale, mais tu peux aller te faire foutre.

Il sourit. Ils s'arrêtèrent devant la première porte fermée. Quand ils l'ouvrirent, ils virent qu'elle ne contenait qu'un lit ancien avec un matelas nu jauni par le temps, mais étrangement intact à part cela. Il y avait aussi une coiffeuse sans miroir et un placard mural à la porte ouverte, vide. Ils n'entrèrent pas dans la chambre, mais Dale alla ouvrir la porte suivante, en essayant de se rappeler les détails de son rêve.

N'importe comment, la deuxième chambre, elle non plus, n'égalait pas l'horreur de son cauchemar. Elle était vide à l'exception d'un fauteuil à bascule pour enfant qui occupait exactement le centre de la pièce carrée, sous un lustre massif et ouvragé. Une énorme tache couleur sépia délavé couvrait une grande partie du plafond, comme une fresque affadie par le temps ou un test de Rorschach destiné à des géants.

— C'est bizarre, chuchota Michelle. Pourquoi cet énorme lustre dans une simple chambre ? Et ce rocking-chair d'enfant...

— S'il se met à se balancer, murmura Dale, je...

— Tais-toi ! souffla Michelle avec une intensité qui n'était peut-être pas entièrement feinte.

Ils entrèrent dans la chambre. Dale tourna le bouton de l'interrupteur mural, mais sans plus de résultat que la dernière fois. Il balaya de sa torche les murs, les tentures épaisses et le coin derrière la porte. Rien d'intéressant. Même les motifs du papier peint étaient délavés au point de n'être plus reconnaissables.

— Tu te rends compte ? murmura Michelle. La dernière fois que quelqu'un a respiré l'air de cette chambre, Eisenhower était président.

— Uniquement parce que la créature qui hante les lieux ne respire pas, lui dit Dale en imitant la voix de Rod Sterling.

Michelle lui donna un coup de poing dans le gras du bras. Cela fit mal.

— Retournons voir la première chambre, dit-il.

Dans le couloir, il s'arrêta pour balayer le mur nord.

— C'est drôle, dit-il. Le palier débouche sur le côté, comme s'il y avait une chambre à cet endroit. Et ce n'est pas la place qui manque. Elle serait juste au-dessus de la cuisine.

Le faisceau de la lampe ne cessait d'aller et venir, mais on ne voyait sur le mur que le vieux papier peint, sans le moindre signe d'une entrée qui aurait été condamnée.

— Le mystère de la chambre perdue, murmura Michelle.

— *Le Tonneau d'amontillado* [1], souffla Dale.

— Pardon ?

Il secoua la tête et entra le premier dans la chambre. Le froid y était vraiment mordant. Il commençait à songer à remettre le plastique en place pour condamner de nouveau l'étage.

Il s'avança dans la pièce sans rien ressentir de spectaculaire, mais cela le frappa si soudainement qu'il se figea sur sa lancée et faillit retourner en courant dans le couloir.

— Nom de Dieu ! s'exclama-t-il malgré lui.

— Qu'y a-t-il ? lui demanda Michelle en exerçant une vive pression sur son bras.

— Tu ne sens rien ?

— Qu'est-ce qu'il y a à sentir ?

---

1. Allusion à une nouvelle d'Edgar Poe où la victime d'une vengeance est emmurée vivante (N.d.T.).

Elle le regarda à la lueur indirecte du faisceau de la torche.

— Cesse de plaisanter avec ça, Dale.

Mais il ne plaisantait pas. N'étant pas très versé dans le surnaturel, il ne savait pas à quoi il fallait s'attendre au juste dans un endroit dit hanté. Les trucs habituels, sans doute : une zone de froid d'outre-tombe, l'odeur de viande putréfiée qui l'avait accueilli la première fois qu'il avait mis les pieds dans la maison, et peut-être l'impression d'être frôlé par quelque chose de mort et de glacé, comme un courant d'air aveugle.

Mais ça ne ressemblait à rien de tout cela.

Dès l'instant où Dale était entré dans la chambre, il avait été violemment assailli par un profond désir physique. Ou plutôt non. Désir était un mot trop faible. Lubricité. Son érection avait été soudaine et puissante. La seule chose qui empêchait Michelle de s'en apercevoir était l'absence de lumière conjuguée au fait qu'il avait mis un cardigan ample pour ce dîner de Thanksgiving.

Plus puissante encore que son érection était la vague de luxure qui s'était emparée de tout son être. Il se tourna vers Michelle sans savoir ce qu'il voulait lui dire, et remarqua aussitôt le bout de ses seins raidis à travers son corsage, son décolleté profond, la courbe de ses hanches, ses cheveux roux. Il imagina sa toison pubienne qui devait être encore rousse, la peau de son bas-ventre qui devait être d'une blancheur satinée, les lèvres de son sexe probablement rose pâle, et il eut l'impulsion — ou plutôt le besoin absolu — de laisser tomber sa ridicule batte de base-ball, de poser sa torche électrique, de la pousser vers le lit, de l'y faire tomber, de lui arracher ses vêtements et…

— Nom de Dieu ! répéta-t-il en faisant un pas en arrière dans le couloir.

Les vagues de concupiscence retombèrent dès l'instant où il eut passé le seuil de la chambre. L'érection demeura, mais il n'était plus sous sa domination.

— Qu'y a-t-il ? demanda Michelle.

Elle l'avait suivi dans le couloir, mais gardait les yeux fixés sur la chambre, l'expression sincèrement alarmée. Il balaya du rayon de sa torche le mur du couloir, et la chambre fut plongée dans le noir.

— Qu'est-ce que c'était ? demanda-t-elle.

Il secoua la tête. Il avait envie d'éclater d'un rire frénétique et insensé. Qui avait jamais entendu parler d'un lieu hanté qui vous donnait la trique ? *Elle est raide, celle-là*, se disait-il.

– C'était quoi ? insista Michelle en lui lâchant le bras mais en se mettant devant lui.

Il fit un pas en arrière, de peur de la toucher avec son érection persistante, de peur que le moindre frôlement de son ample poitrine déclenche un nouvel assaut. Il braqua de côté le rayon de sa torche afin de rester dans l'ombre.

– Tu n'as rien éprouvé ? demanda-t-il.
– Non, et toi ?
– Hum…

Ce murmure en disait long. Il avait été sur le point de violer son invitée, cette quasi-étrangère de cinquante et un ans. Il secoua de nouveau la tête tandis que les dernières pulsions de lubricité s'apaisaient en lui. Il n'avait pas ressenti de tels moments érotiques depuis son adolescence, et il n'était pas sûr qu'ils égalaient celui-là. *Ce doit être*, se dit-il, *le genre de perte de contrôle sexuel que redoutent ces abrutis de fondamentalistes quand ils cherchent à interdire la pornographie et tout ce qui touche de près ou de loin à l'érotisme. Le sexe dépourvu de toute humanité. L'énergie sexuelle à l'état pur. Le désir absolu. Une frénésie de fornication.*

Il tourna de nouveau son regard vers l'entrée de la chambre plongée dans l'obscurité. La méthode scientifique voulait qu'il y retourne pour voir ce qui se passerait.

Pas question, mon vieux Léon, se dit-il.

– Qu'est-ce que c'était ? redemanda Michelle, que cela ne semblait guère amuser.

Elle saisit Dale par le bras et le secoua.

– Tu as vu quelque chose ? Senti quelque chose ?

Il interposa le rayon de sa torche entre elle et lui. Elle lui lâcha le bras, et il sourit faiblement.

– Une simple… émotion, dit-il d'une voix rauque. Dur à dire.
– De la mélancolie ?
– Pas précisément.
– Quoi, alors ?

Il la regarda. Elle avait le teint blafard à la lueur rougeâtre de la torche.

— Tu n'as rien senti ? Rien senti du tout ?

Elle jeta un regard de côté.

— Si tu veux savoir, je commence à en avoir assez. Je n'apprécie pas trop ton sens de l'humour.

Il hocha la tête en s'efforçant de sourire.

— Désolé, ça doit être l'effet de la bière et du vin. Je n'en bois pas souvent, et... je prends des médicaments qui peuvent provoquer des interactions.

C'est vrai, se disait-il, *mais le Prozac et les somnifères auraient plutôt tendance à me rendre impuissant plutôt que le contraire.*

— On ferait mieux de redescendre, peut-être, dit-il tout haut.

Une partie de son cerveau lui ordonnait toujours d'attirer Michelle Staffney dans la chambre obscure et de la baiser à mort.

— Oui, dit-elle en le dévisageant avec insistance. Ça vaudrait mieux, je crois. Il commence à se faire tard. Il faut que je rentre.

15

En arrivant à la réserve des Pieds-Noirs, par une splendide journée d'automne, quatre ans plus tôt, Dale s'était efforcé de faire la conversation à Clare Hart, alias Clare Two Hearts. Cette région était connue des habitants du Montana sous le nom de « Façade des Rocheuses », ou « Façade » tout court. Et il n'était pas difficile de voir à quel point cette appellation était appropriée. Tandis qu'ils se dirigeaient vers le sud sur la 89, ils avaient sur leur droite les sommets couronnés de neige et sur leur gauche les vastes plaines désolées qui s'étendaient jusqu'à l'horizon. À plusieurs reprises, il jeta un coup d'œil à sa passagère en s'attendant à un commentaire quelconque, mais elle ne semblait rien avoir à ajouter à ce qu'elle lui avait dit sur le paysage dans le parc des Glaciers.

— Ça vous dit de visiter le musée des Indiens des plaines ? demanda-t-il quand ils entrèrent dans la petite ville de Browning, au cœur de la réserve.

— Non.

Elle se tourna pour voir s'éloigner derrière eux les rues poussiéreuses avec leurs boutiques à touristes qui vendaient leurs produits d'« artisanat indien authentique ». La plupart étaient fermées, car la saison était terminée.

— Ça vous irrite de voir ça ? demanda-t-il.

Elle posa sur lui le regard perçant de ses yeux étonnamment clairs.

— Et pourquoi devrais-je être irritée, docteur Stewart ?

Il leva la main en un geste circulaire. De chaque côté, la route était bordée de vieilles caravanes et d'épaves de camions qui servaient d'habitation au milieu des broussailles.

— Les injustices de l'histoire envers votre peuple, ou celui de votre mère, dit-il. La misère…

Elle sourit.

— Docteur Stewart, est-ce que vous éprouvez le même genre d'indignation à propos des torts causés à vos ancêtres écossais ?

— C'est différent.

— Ah bon ? Et pourquoi ?

De nouveau, il agita la main, la paume ouverte.

— Je ne suis jamais allé en Écosse.

— C'est la première fois que je mets les pieds dans la réserve.

— Vous savez très bien ce que je veux dire. Toutes ces injustices envers les Pieds-Noirs… l'alcoolisme, l'illettrisme, le chômage… Ça n'a jamais cessé.

— Et l'Écosse n'est toujours pas indépendante, fit Clare en soupirant tout bas. Je sais très bien ce que vous voulez dire, docteur Stewart, mais je ne suis simplement pas du genre à me lamenter sur tous les contentieux historiques de la terre. Ma mère et moi nous habitions Florence, mais la demeure de mon beau-père se trouve à Mantoue. Dans cette partie du monde, chaque ville a tout un passé d'oppression par d'autres villes. Chaque famille a conservé le souvenir de dix siècles d'injustices et de violences causées par d'autres familles. Quelquefois, je me dis que trop de souvenirs historiques font le même effet que l'alcool ou l'héroïne. C'est une dépendance qui semble, au début, donner un sens à votre vie, mais qui finit par vous user et par vous détruire.

Qu'est-ce que nous sommes donc venus faire dans cette réserve complètement paumée ? aurait voulu lui demander Dale.

Mais il demeura silencieux.

Ils suivirent la 89 jusqu'à la rivière Two Medicines, qu'ils franchirent à gué, puis ils remontèrent pour redescendre jusqu'au cours d'eau Badger, qu'ils passèrent également à gué.

— Prenez par ici, s'il vous plaît, murmura Clare en levant les yeux de sa carte routière pour lui indiquer une route revêtue qui partait vers l'ouest. Une petite pancarte indiquait : Heart Butte.

Ils longèrent le Badger en direction des montagnes, puis de nouveau vers le sud, parallèlement aux contreforts. Quand ils arrivèrent à Heart Butte, ils virent qu'il n'y avait rien d'autre qu'une triste collection de bicoques branlantes, de vieilles caravanes et de mobile homes autour d'un cube en ciment pompeusement intitulé « maison commune », et qui semblait avoir été abandonné dès son achèvement. Il était difficile de distinguer les camions qui servaient d'habitation de ceux qui étaient encore en service. Tout cela sentait à plein nez la misère sordide et le désespoir.

– C'est ici qu'est née votre mère ? demanda Dale.

Clare le lui avait déjà dit, mais il cherchait à meubler la conversation pour oublier la tristesse du spectacle qu'ils avaient sous les yeux.

Elle hocha la tête.

– Vous voulez retrouver sa maison ? demanda-t-il.

Un petit groupe d'enfants les regardait passer. Leur expression était éteinte, dépourvue de toute curiosité.

– Elle a brûlé depuis longtemps, murmura Clare. Je... Vous pouvez vous arrêter ici, s'il vous plaît ?

Elle lui montra une petite caravane que rien ne distinguait, apparemment, de toutes les autres devant lesquelles ils étaient passés. Dale rangea son 4 X 4 derrière un vieux camion et attendit.

– Vous connaissez ces gens ? demanda-t-il.

Elle secoua négativement la tête. Ils restèrent un moment dans le Land Cruiser. Au bout d'un moment, une femme d'âge moyen se montra derrière la moustiquaire de la porte de la caravane et les regarda sans manifester plus de curiosité que les enfants tout à l'heure. Elle disparut pour revenir quelques minutes plus tard, puis s'avança sur le seuil en parpaings.

– Restez là, s'il vous plaît, chuchota Clare avant de descendre du Land Cruiser.

Elle s'avança vers la femme, s'arrêta à environ un mètre cinquante d'elle et se mit à lui parler doucement. La femme répondit avec brusquerie en lançant un regard de côté à Dale. Clare parla de nouveau. Il n'entendait que des bribes de conversation, mais fut surpris de s'apercevoir qu'elles parlaient en pikuni, le langage des Pieds-Noirs.

Finalement, la femme hocha la tête, prononça quelques syllabes et rentra dans sa caravane. Elle reparut quelques instants plus tard et grimpa dans le vieux camion.

Clare retourna jusqu'au Land Cruiser, côté conducteur.

– Ça vous ennuie si c'est moi qui conduis sur quelques kilomètres ? demanda-t-elle.

Mystifié, il secoua la tête, descendit et fit le tour du 4 X 4 pour remonter de l'autre côté. Le camion de la femme recula puis s'éloigna d'eux dans un nuage de poussière.

Clare régla le siège et s'engagea à son tour sur la route, en se dépêchant pour ne pas perdre le camion de vue tout en restant à bonne distance de la poussière qu'il soulevait sur le chemin.

Ils quittèrent Heart Butte, prirent une succession de chemins BIA[1] ravinés par les jeeps, s'engagèrent sur un nouveau chemin BIA en direction des contreforts et s'arrêtèrent à plusieurs reprises pour que la femme descende de son camion ouvrir une barrière destinée au bétail. Chaque fois, après leur passage, Clare s'arrêtait et descendait refermer la barrière.

À un moment, un homme monté sur un cheval rouan arrêta le camion pour échanger quelques mots avec la femme, puis s'approcha du 4 X 4 pour contempler longuement Clare sans rien dire. Il portait des vêtements de cow-boy ordinaires, sans oublier le chapeau noirci par la transpiration. La seule chose indiquant qu'il était pied-noir était son visage sombre et large, aux yeux d'un noir intense.

Il s'adressa brusquement à Clare en pikuni.

Dale avait entendu des gens utiliser ce dialecte sur le campus. C'étaient des étudiants et un professeur d'origine indienne, mais les sonorités n'étaient pas tout à fait les mêmes. Clare répondit dans le même langage. Puis l'homme demeura quelques instants silencieux, dévisagea Clare un long moment, hocha légèrement la tête, fit faire un demi-tour à son cheval et repartit vers l'est.

Le camion démarra sur ses traces. Le Land Cruiser suivit.

Trois kilomètres plus loin, le chemin BIA prit fin. La femme pied-noir fit faire demi-tour à son camion et descendit. Clare l'imita. Dale hésita. Il resta à l'intérieur du 4 X 4.

---

1. *Board of Indian Affairs*, le Bureau des affaires indiennes (N.d.T.).

La femme prononça quelques mots sur un ton qui ressemblait à de la colère, mais elle serra brusquement Clare contre elle, remonta dans le camion et repartit en soulevant un nuage de poussière.

Clare revint vers le Land Cruiser.

— Il faut marcher à partir d'ici, murmura-t-elle.

— Jusqu'où ? demanda-t-il.

Il regarda autour de lui. Il ne voyait ni ranch ni maison ni caravane jusqu'à l'horizon. Le seul signe de présence humaine était une barrière lointaine au milieu de nulle part. Les crêtes étaient de plus en plus élevées à mesure qu'on approchait de la Façade. Le paysage était totalement désertique jusqu'aux contreforts des montagnes. La seule route visible était celle qui les avait amenés jusqu'ici.

— Deux ou trois kilomètres, lui dit Clare.

Elle plissa les paupières en se tournant vers le soleil qui déclinait à l'horizon entre deux pics.

— Nous avons largement le temps, dit-elle. Nous allons nous servir d'une partie de votre équipement.

— Vous ne voulez pas me dire où nous allons ?

— Bien sûr.

Elle sortit de l'arrière du 4 X 4 leurs sacs à dos et leurs chaussures de marche.

— Je voudrais passer la nuit dans un endroit qu'on appelle la crête du Fantôme, dit-elle.

Il commença à neiger pour de bon le lendemain de Thanksgiving. Ce jour-là, Dale fit une longue marche qui dura des heures, les mains au fond des poches de son caban. Il n'avait pas le souvenir d'un automne aussi froid dans le Midwest.

La ferme de Duane était glacée maintenant que la barrière de plastique en haut de l'escalier avait été détruite. C'était comme si un vent froid soufflait à partir de l'étage, ou comme si la chaleur des parties habitables de la maison était aspirée vers le haut par la déchirure. Après le départ de Michelle Staffney, Dale resta, frissonnant, dans le petit bureau jusqu'à 3 heures du matin. Puis il descendit se coucher au sous-sol, la température étant plus agréable à proximité de la chaudière. Il laissa marcher la radio tout bas, bercé par la musique à peine audible, jusqu'à ce que le sommeil le gagne.

Le lendemain, il rangea un peu la salle à manger en désordre après le repas de Thanksgiving et grimpa à l'étage. Il hésita quelques secondes, puis trouva le courage d'entrer dans la première chambre.

Une excitation érotique l'assaillit comme une tornade. Il se força à rester à l'intérieur en se laissant envahir par ce déchaînement de luxure.

Il s'était toujours considéré comme quelqu'un d'animal, sinon de profondément sensuel. Mais cette vague de désir était purement libidineuse : une simple excitation physique totalement exempte de toute pensée romantique ou amoureuse et faisant abstraction d'une partenaire quelconque. Il fut littéralement bombardé d'images de pénis, de seins, de sexes féminins, de toison pubienne, de sueur, de bouts tendus, d'érections et d'éjaculations spasmodiques. Il entendit des soupirs langoureux, des gémissements de plaisir, des insanités chuchotées par l'ivresse libératrice du désir déchaîné. Le sang affluait dans son membre raidi, son pouls battait comme un tambour à ses oreilles.

Il recula en titubant dans le couloir, reprit son souffle et redescendit dans la chaleur relativement rassurante de la cuisine pour récupérer ses esprits. Il fallut cinq bonnes minutes à son corps raidi pour laisser se détendre les ressorts du désir.

Qu'est-ce qui peut bien se passer dans cette foutue baraque ? se demandait-il.

Il n'avait jamais entendu parler de phénomènes parapsychologiques consistant en... quoi ? Une stimulation sexuelle extrême ?

— Bordel de Dieu ! s'écria-t-il tout haut.

Il sourit. L'expression lui avait échappé, mais elle était des plus appropriées.

Il retourna dans le petit bureau travailler à son roman. Sur l'écran noir se détachait le message suivant, sous DOS :

> **Les maîtres de la justice et de la vérité sont Thot et Astes, le seigneur d'Amenté. Les tchatchas qui entourent Osiris sont Kesta, Hâpi, Douamoutef et Qebehsenouf, et ils entourent aussi la constellation de la Cuisse, dans le ciel du Nord. Ceux qui effacent les**

offenses et les péchés, et qui font partie de l'entourage de la déesse Hetepes-Sekhus, sont le dieu Sebek et ses pairs, qui vivent dans l'eau.

Dale contempla le message pendant un bon moment, puis il tapa :

> **Tu t'essouffles, j'ai l'impression. Qu'est-ce que c'est que ce charabia égyptien ? Je croyais que tu ne communiquais qu'en vieil anglais. Qui diable es-tu donc ? Et que veux-tu ?**

Il attendit, mais il n'y eut pas de réponse. Il alla dans la cuisine, se versa un verre de jus d'orange et retourna dans le petit bureau. Les mêmes lignes brillaient sur l'écran. Il tapa :

> **Va te faire foutre, toi et la barque du Nil sur laquelle tu es venu.**

Puis il éteignit l'ordinateur, retourna dans la cuisine, remit son caban et sortit marcher dans la neige.

Le chien noir était derrière lui. Il se trouvait à huit cents mètres au nord-ouest de la ferme, longeant la lisière des arbres en direction du ruisseau, quand il se retourna et le vit qui s'avançait lentement sur ses traces. La neige tombait à gros flocons, et il était difficile de distinguer les détails, mais il était évident que ce chien-là, bien qu'il fût noir avec une tache rose sur le mufle, faisait quatre fois la taille du petit chien de l'autre jour. Mais encore plus troublant était le fait que quatre autres chiens noirs, tous gros, mais pas autant que celui qui était à leur tête, suivaient ses traces dans la neige.

Il s'arrêta, le cœur battant, et chercha du regard une arme, un bâton, un piquet de clôture couché, n'importe quoi. Mais il n'y avait rien en vue.

Les chiens s'étaient arrêtés à une quarantaine de mètres de là. Leur poil était d'un noir intense contre la neige blanche et les flocons qui tombaient.

Dale accéléra le pas. Il ne courut pas, car il craignait que cela ne leur donne envie de courir à leur tour, mais il se dirigea rapidement vers les bois, où il espérait trouver un arbre assez haut pour y grimper. Les sapins le long du sentier qu'il suivait étaient beaucoup trop petits pour cela.

Les chiens noirs s'étaient remis en marche à la queue leu leu. Ils conservaient toujours la même distance, mais le suivaient obstinément.

Dale était hors d'haleine quand il atteignit le bois. Après avoir franchi la barrière, il chercha du regard un arbre aux branches assez solides pour supporter son poids.

De quoi ai-je donc peur ? Est-ce que je vais vraiment me laisser coincer en haut d'un arbre par une poignée de chiens errants ?

Il regarda par-dessus son épaule. Les chiens s'étaient arrêtés à l'endroit où il était entré sous le couvert des arbres. Il put voir à quel point le chef de file était énorme. Plus gros que n'importe quel rottweiler ou doberman qu'il eût jamais vu. Il sut aussitôt que la réponse à sa question était : *oui, il y a intérêt.*

Il trouva un arbre qui lui convenait, agrippa une grosse branche pour se hisser, et tourna la tête en s'attendant plus ou moins à voir les chiens bondir vers lui la langue pendante, les crocs dehors, les yeux rouges...

Les chiens n'étaient plus là.

Il respirait fort, tournant la tête dans toutes les directions, persuadé que les chiens errants allaient surgir d'un autre côté pour le prendre à revers.

Mais les seuls bruits qu'il entendait dans le petit bois étaient celui de sa respiration précipitée et celui de la neige qui tombait à gros flocons.

Il attendit une dizaine de minutes, jusqu'à ce que ses pieds et ses mains commencent à s'engourdir par le froid et que la transpiration se glace sur son visage et tout son corps. Il cassa alors une branche solide pour s'en faire un gourdin et prit le chemin du retour.

Les chiens n'étaient plus là, mais il y avait leurs empreintes partout.

Les chiens fantômes ou démoniaques ne laissent pas d'empreintes, se disait-il en s'efforçant, mais vainement, de sourire de sa propre puérilité.

Les empreintes se dirigeaient vers la ferme. Elles disparurent bientôt sous la neige.

Il prit vers l'est, suivant la ligne de crête jusqu'à la route de comté n° 6, à l'endroit où elle partait du cimetière du Calvaire. Au moment où il passait par-dessus la barrière de M. Johnson, il vit une silhouette qui se déplaçait à l'autre bout du cimetière.

Pitié ! se dit-il. *Encore un spectre !*

En réalité, il était soulagé de voir quelqu'un. L'homme devait avoir une voiture garée quelque part, derrière les gros flocons qui interdisaient toute visibilité.

Je n'ai pas vu de traces sur la route, pensa-t-il.

La neige formait déjà un tapis d'une dizaine de centimètres et tombait plus fort que jamais.

— Hé ! cria-t-il en agitant les bras dans la direction de la silhouette. Ho ! là-bas !

La silhouette se retourna. Il vit un visage sans traits. Même à cinquante mètres, et malgré la neige, il distingua l'uniforme kaki et le chapeau militaire à l'ancienne, à large bord. Mais c'était un visage sans yeux, sans bouche et sans nez. Juste une tache rose pâle.

L'homme commença à s'approcher de lui, mais il ne marchait pas, il glissait au milieu des tombes et des buissons.

D'accord, se dit Dale. *Au diable tout ça.*

Il se mit à dévaler la pente abrupte de la colline jusqu'à la ferme de l'oncle Henry et de la tante Lena, puis gravit l'autre versant jusqu'à ce qu'il ait mis cinq cents mètres entre le cimetière et lui. Il regardait à chaque instant par-dessus son épaule, mais le soldat ne l'avait pas suivi.

Il s'attendait presque à voir les chiens noirs dans l'allée de la ferme, mais il n'y avait que la neige immaculée qui montait de plus en plus haut. Il distingua cependant des traces de pneus récentes, à moitié effacées. Il enfonça les poings dans les poches de son caban, rentra le menton et s'avança face au vent d'ouest en clignant des paupières pour chasser la neige de ses cils.

Une voiture de police stationnait dans la cour. Le shérif Congden ouvrit la portière et sortit pour l'accueillir. Il avait une main sur son ceinturon et l'autre sur la crosse de son pistolet.

16

Il faisait presque nuit lorsque Clare et Dale posèrent leurs paquetages. La crête du Fantôme ressemblait à toutes les autres crêtes. Un vent glacé venu de l'ouest agitait les hautes herbes autour d'eux.

— On va camper ici ? demanda Dale en s'efforçant de reprendre son souffle.

Clare avait insisté pour prendre la tente dans son sac à dos, mais cela ne l'avait nullement empêchée de marcher d'un bon pas.

— Non, dit-elle tandis que le vent remuait ses cheveux bruns coupés court. C'est un endroit sacré pour les Pieds-Noirs.

Elle lui indiqua un lac étroit, tout en longueur, à l'est de la crête.

— On peut camper là, mais il faut aller sur l'autre rive.

— Pourquoi est-ce un lieu sacré ?

Au moment même où il posait cette question, il se souvint de la remarque qu'elle avait faite sur les sites naturels, qui étaient toujours sacrés pour quelqu'un à un moment donné de leur histoire.

— Six cents Pieds-Noirs sont morts à cet endroit pendant le terrible hiver de 1883, dit-elle. La tribu les a enterrés sur cette crête.

Elle regarda autour d'elle, ouvrit une poche de son sac à dos et en sortit une lampe chapeau à pile.

— Je peux vous guider jusqu'au lac, reprit-elle.

— Une seconde ! Comment avez-vous entendu parler de cet endroit ?

— Par ma mère. Elle venait toujours à cheval ici quand elle était petite.

— Et c'est elle qui vous a enseigné le pikuni ?

Elle hocha la tête. Dale s'aperçut qu'il la voyait plus à la lumière des étoiles qu'à celle du crépuscule. Elle n'avait pas encore allumé sa petite lampe chapeau.

— Ma mère et moi nous parlions pied-noir quand nous voulions nous isoler, dit-elle d'une voix douce, à peine plus forte que le susurrement du vent nocturne dans les hautes herbes. C'est le dialecte traditionnel, plus ancien, que j'ai utilisé avec Tina.

— Tina ?

— La femme qui nous a conduits jusqu'ici. Son nom pied-noir est *Apik-stis-tsi-maki*. La femme du ruisseau de cristal. Elle tenait le *I-am-skin-ni-taki* avant de venir habiter à Heart Butte.

— *I-am-skin-ni-taki*, répéta Dale. Ça évoque les skinwalkers et les sorciers, ça. C'était une... chamane ? Une guérisseuse ?

— *I-am-skin-ni-taki* se traduit par « salon de coiffure ». Elle tenait un salon à Browning, où l'on proposait des soins du visage, des massages et un sauna en plus de la coiffure.

— Comment saviez-vous qu'elle parlait le pikuni traditionnel ?

— Il y avait des signes sur le mur de sa maison.

— Quels signes ?

— Des indications discrètes. (Elle désigna le lac, tout en bas.) Si on ne se dépêche pas d'y arriver, il faudra planter la tente en pleine nuit.

— D'accord, fit Dale en hésitant. Vous n'aviez pas envie de faire quelque chose avant sur cette crête ?

— Quelle sorte d'envie ? Faire pipi ?

— Je pensais plutôt à une prière, un truc pied-noir.

Il vit briller les dents de Clare à la lueur des étoiles. Elle ajusta la lampe chapeau sur sa tête et l'alluma.

— Je ne connais aucune prière pied-noir, dit-elle. Je ne suis pas très portée là-dessus.

Elle commença à descendre vers le lac.

Dale s'arrêta dans l'allée. CJ Congden était entre la petite porte et lui. La neige s'était transformée en pluie glacée.

— Qu'est-ce que vous voulez, Congden ?

– Monsieur le shérif pour vous, Stewart, aboya le corpulent représentant de la loi.
– D'accord. Vous pouvez m'appeler *docteur* Stewart, monsieur le shérif. Qu'est-ce que vous venez faire chez moi ?
– Vous dire de déguerpir d'ici.
Dale battit des paupières en le regardant.
– Pardon ?
– Vous m'avez très bien entendu. Vous n'avez rien à faire ici, *docteur* Stewart.
– Ça veut dire quoi, ça, exactement ?
Dale aurait voulu sourire de cet échange digne de *Délivrance*, mais son visage demeura sérieux.
– Il va vous arriver malheur si vous restez ici.
– C'est une menace, shérif ?
– Je ne menace pas, fit Congden d'une voix sans intonation, presque sans vie. Je dis simplement les choses comme elles sont.
– Je ne fais de tort à personne, murmura Dale en s'efforçant de ne pas laisser transparaître dans sa voix la colère qu'il éprouvait à entendre ces propos de petit facho. Plutôt que de vous en prendre à un honnête citoyen respectueux des lois, vous feriez mieux de mériter votre salaire en pourchassant les voyous qui ont dégonflé mes pneus.
Tout en parlant, il avait conscience du caractère particulièrement ampoulé de son discours.
Congden le considéra longuement à travers la pluie givrante. Le bord de son chapeau texan gouttait. Ses yeux étaient des fentes noires dans son visage adipeux.
– Vous avez entendu ce que j'ai dit, *docteur* Stewart. Fichez le camp d'ici en vitesse avant qu'il arrive quelque chose de fâcheux.
– Ce qui va arriver très vite, c'est que je vais contacter mon avocat pour lui faire part de vos pressions.
C'était pure vantardise. À part celui qu'il avait consulté une seule fois l'an dernier pour son divorce, Dale ne connaissait aucun avocat.
Congden tourna les talons, se rassit pesamment dans sa voiture de police et s'éloigna dans l'allée couverte de neige.
Qu'est-ce qui va encore me tomber sur le dos ? pensa Dale.

Il rentra dans la cuisine, ôta son caban mouillé, ses chaussures et ses chaussettes, se tint quelques instants devant la grille du conduit de chauffage puis alla chercher des vêtements secs dans le petit bureau.

L'écran de son ordinateur était toujours sous DOS, mais il y avait une nouvelle ligne de texte sous son *Va te faire foutre, toi et la barque du Nil sur laquelle tu es venu*.

> **> Il a raison, Dale. Si tu ne fiches pas le camp d'ici au plus vite, tu finiras aussi mort que lui.**

Dale demeura un bon moment à contempler ces deux phrases. C'était la première fois que son hacker anonyme écrivait quelque chose qui n'était pas une élucubration insensée. Celui qui avait pondu cette connerie savait qui il était, où il était et avec qui il venait de parler.

Mais comment ? Et qu'est-ce qu'il voulait dire par là, « aussi mort que lui » ? Quelque chose veut nous tuer tous les deux ?

C'était peut-être à cause de ses chaussettes et de son pantalon mouillés, ou peut-être à cause du courant d'air glacé qui descendait de l'étage, mais il se mit à frissonner et à claquer des dents de manière irrépressible.

— Vous croyez donc aux fantômes ? demanda-t-il environ une demi-heure après que Clare et lui se furent glissés dans leurs duvets. Ils avaient dîné rapidement d'une soupe en paquet, et Dale avait passé dix minutes frustrantes à essayer d'allumer un feu de camp avec des allumettes mouillées qui s'éteignaient aussitôt dans le vent, jusqu'à ce que Clare sorte un briquet de sa poche pour faire prendre le feu en un clin d'œil. Ils avaient installé la tente pour le cas où il pleuvrait, mais disposèrent les duvets à la belle étoile. À moins de cinquante mètres de là, des vaguelettes soulevées par le vent venaient mourir sur la rive du petit lac.

— Ma mère, oui, dit-elle. Elle en a vu plusieurs ici à la crête du Fantôme.

Il tourna la tête vers les collines dont la masse sombre se profilait derrière eux. Le bruissement des herbes ressemblait à des soupirs urgents.

— Mais vous, vous y croyez ?

— Je ne crois pas aux fantômes, dit-elle d'une voix douce. Mais j'en ai vu un, un jour.

Il attendit qu'elle continue, couché sur le ventre, le menton dans le creux de la main, bien au chaud dans son duvet douillet.

— Je vous ai dit que mon beau-père avait une maison à Mantoue, reprit-elle enfin. Mon père était artiste peintre à Florence, mais après sa mort dans un accident d'auto ma mère a épousé cet homme plus âgé à Mantoue. Sa famille avait fait fortune dans le salami. On l'appelait le roi du salami. Un titre parfait pour le mari de l'une des divas les plus en vue d'Europe.

« Quoi qu'il en soit, j'avais dix ans quand maman a épousé ce type. Sa famille me rendait nerveuse parce que le roi du salami avait un fils âgé de six ans de plus que moi, toujours à la recherche d'un bon coup. Nous allions de temps en temps à Mantoue. Nous y passons encore quelques semaines chaque année, au printemps et à l'automne. L'été et l'hiver sont sans intérêt. Cette histoire vous intéresse vraiment, docteur Stewart ?

— Oui, répondit Dale.

— Cette maison de Mantoue est vraiment incroyable. Dans les années soixante-dix, le roi du salami a engagé un architecte qu'il a chargé de transformer trois vieilles demeures datant du XVIe siècle, avec une cour centrale, en une seule énorme résidence à la décoration intérieure complètement futuriste. L'escalier menant à la bibliothèque, par exemple, n'a même pas de rampe. C'est un simple ruban d'acier en spirale qui sert de support à des marches en bois brut, avec des bouts de câble en acier qui pendouillent de chaque côté. Ça ressemble à des vertèbres de dinosaure dressées entre de vieux murs en terra-cotta couverts de restes de fresques des années 1700.

« N'importe comment, ma chambre est juste à côté de la bibliothèque, près du monte-charge, et mes deux fenêtres donnent sur la piazza et sur la cour intérieure de la demeure, que l'architecte a fermée par des baies coulissantes en plexiglas et par une verrière aux poutrelles en acier. Une nuit, pendant notre premier séjour d'automne, j'ai été réveillée vers 3 heures du matin par le bruit d'une femme en train de pleurer. J'ai eu peur, au début, que ce soit ma mère. Mon père était mort depuis moins d'un an, et je savais qu'il lui arrivait de sangloter toute seule dans sa chambre. Mais les sanglots étaient bruyants, sans retenue, et ne correspondaient pas à ce que j'entendais d'habitude. J'ai couru vers la fenêtre de la cour restée ouverte, car cela venait de l'intérieur de la maison.

« C'était une femme toute vêtue de noir, comme beaucoup de vieilles Italiennes, aujourd'hui encore, à Mantoue et à Florence. Mais cette femme n'était pas vieille du tout. Elle portait un châle qui laissait voir une partie de sa chevelure noire et lustrée. J'ai vu, d'après sa silhouette et sa façon de se tenir, qu'elle n'avait probablement pas beaucoup plus de vingt ans. Et elle portait un bébé dans ses bras. Un bébé mort.

— Comment pouviez-vous savoir qu'il était mort ? demanda doucement Dale.

— Je le voyais bien. Il avait les yeux enfoncés et vitreux. Ses chairs étaient bouffies et blanches, anormalement blanches. Ses petites mains étaient figées comme des serres de rapace. Je pouvais presque sentir l'odeur de la mort.

— Votre fenêtre était donc si près du centre de la cour ? demanda-t-il en essayant de ne pas trop laisser paraître son scepticisme.

— Très près. Et à ce moment-là, la femme a levé les yeux pour me regarder. Non pas pour regarder ma fenêtre, ni juste regarder dans ma direction, mais pour regarder *en moi*. Puis elle a… disparu. Tout d'un coup, elle n'était plus là et son bébé non plus.

— Vous dites que vous aviez dix ans ?

Clare était couchée sur le dos, et elle contemplait les étoiles tout en égrenant son récit d'une voix monocorde. Mais elle se mit soudain sur le côté pour le regarder. Le petit réchaud de camping était posé entre leurs sacs de couchage, comme une barrière symbolique.

— J'avais dix ans, mais j'ai vu ce que j'ai vu, murmura-t-elle.

— Et naturellement, il y a une légende qui court dans le pays sur une femme dont le bébé est mort dans cette cour.

— Cela va de soi. En fait, le bébé s'est noyé dans un puits qui se trouvait au centre de la cour. La mère, qui n'avait que vingt ans, soit dit en passant, a refusé de le laisser enterrer. Elle l'a porté partout avec elle durant des semaines, jusqu'à ce que les Mantouans l'en empêchent et enterrent l'enfant. Alors elle s'est jetée dans le même puits. C'était la fin des années 1600.

— Belle légende, commenta Dale.
— C'est ce que j'ai pensé aussi.
— Se pourrait-il que vous ayez entendu parler de cette légende avant de voir votre fantôme ?
— Aucune chance, répliqua Clare Two Hearts. Mon beau-père et sa famille refusaient absolument d'en parler. J'ai finalement réussi à me faire raconter toute l'histoire par une cuisinière de quatre-vingt-six ans dont la famille travaillait dans cette maison depuis cinq générations.

Dale se frotta le menton. Il ne s'était pas rasé depuis deux jours.
— Vous croyez donc aux fantômes, en définitive, dit-il.
— Non, insista Clare Two Hearts.

Il y eut un silence, et ils se mirent à rire tous les deux en même temps.
— J'aimerais savoir à quoi vous croyez, Clare, dit-il enfin.

Elle le regarda fixement un bon moment. Puis elle défit la fermeture éclair de son vieux sac de couchage et en rabattit le haut malgré le froid de la nuit. Elle avait ôté son jean et son sweater avant de se coucher, et son soutien-gorge et sa culotte brillaient d'un blanc très pur à la lueur des étoiles.

— Je crois, dit-elle, que si vous venez un peu par ici, docteur Stewart, nos vies seront transformées à un point que ni vous ni moi ne pouvons imaginer.

Dale hésita, mais seulement l'espace d'une douzaine de battements de cœur frénétiques.

Les cinq chiens noirs tournèrent pendant plusieurs jours autour de la ferme. Chaque fois que Dale sortait, ils battaient en retraite dans les champs ou disparaissaient derrière la grange ou les bâtiments annexes. Quand il rentrait, ils se rapprochaient, tournaient autour de la maison ou restaient immobiles en l'observant. Leurs traces étaient partout dans la neige et dans la boue. La nuit, il les entendait hurler.

Finalement, excédé, il prit son Land Cruiser et se rendit à Oak Hill. Il y avait un magasin où l'on vendait des armes à feu et des munitions. Il acheta deux boîtes de cartouches calibre 410. Sur le chemin du retour, il passa devant la bibliothèque Carnegie et se gara sur le parking. Il était venu plusieurs fois ici quand il était gamin. La bibliothèque d'Elm Haven était toute petite, et ses livres sentaient le moisi, mais il savait que Duane venait régulièrement ici, parfois à pied depuis la ferme, pour faire ses recherches.

Ses épaules lui parurent soulagées d'un grand poids lorsqu'il s'assit à une table libre pour parcourir la pile de livres qu'il avait pris dans les rayons. Il était dans son élément. Les livres, le silence studieux de la bibliothèque, les lampes à chaque emplacement avaient tout pour le rassurer.

Il sortit de sa poche un carnet où il avait noté tous les messages reçus sur son ordinateur. Il relut le dernier.

> *Les maîtres de la justice et de la vérité sont Thot et Astes, le seigneur d'Amenté. Les tchatchas qui entourent Osiris sont Kesta, Hâpi, Douamoutef et Qebehsenouf, et ils entourent aussi la constellation de la Cuisse, dans le ciel du Nord. Ceux qui effacent les offenses et les péchés, et qui font partie de l'entourage de la déesse Hetepes-Sekhus, sont le dieu Sebek et ses pairs, qui vivent dans l'eau.*

Il n'avait jamais eu l'occasion d'étudier ni d'enseigner la mythologie égyptienne, mais quand il était étudiant il avait eu sa période Howard Carter [1] et connaissait donc le contexte et la source. Ces mots étaient extraits du papyrus d'Ani, également connu sous le nom de *Livre des morts égyptien*. Chose surprenante, la bibliothèque de Oak Hill détenait un exemplaire de ce livre, et Dale put chercher dans l'index les différents noms qui étaient cités.

Anubis, qui n'était pas directement mentionné ici, jouait un grand rôle et était le dieu le plus facile à trouver. Également connu sous le nom d'Anepou, Anubis, à la tête de chacal, était le fils de Nephthys et d'Osiris. Il avait la très grande responsabilité de guider les âmes dans l'après-vie et de les protéger quand elles arrivaient de l'autre côté. Anubis était le dieu de l'embaumement et celui des morts.

---

[1]. Archéologue britannique (1873-1939) célèbre pour avoir retrouvé le tombeau de Toutankhamon (N.d.T.).

Mais le *Livre des morts égyptien* souligne que ce rôle fut usurpé par Osiris au fil des siècles. On pensait qu'Anubis avait une tête de chacal ou de chien sauvage car ces animaux rôdaient autour des tombes égyptiennes et des nécropoles, à la recherche d'un morceau de chair oublié.

Les recherches de Dale le conduisirent à Plutarque. L'historien de l'Antiquité avait écrit :

> Le cercle qui s'appelle Orizon, qui est commun, et disgrege les deux hemispheres, se nomme Anubis, et se compare de figure à un chien, pour ce que le chien se sert de la veuë aussi bien la nuict que le jour, et semble qu'envers les Aegyptiens Anubis a une pareille puissance que Proserpine envers les Grecs, estant et terrestre et celeste. Il y en a d'autres à qui il semble qu'Anubis est Saturne, et pourtant qu'il porte en son ventre et engendre toutes choses, qui s'appelle Kyein en langage Grec, pour ceste cause a esté surnommé Kyon, qui est à dire chien. Il y a doncques quelque secret qui fait que quelques-uns encore reverent et adorent le chien, car il fut un temps qu'il avoit plus d'honneur en Aegypte que nul autre animal : mais depuis que Cambyses eut tué Apis, et jetté par piece çà et là, nul autre animal n'en approcha ny n'en voulut taster, sinon le chien, il perdit ceste prerogative d'estre le premier, et plus honoré que nul autre des animaux [1].

Dale poursuivit sa lecture en suivant le dédale des renvois aux ouvrages disponibles puis à l'Internet, par l'intermédiaire de l'un des surprenants nouveaux ordinateurs de la bibliothèque. Dans toutes ces sources, Anubis apparaissait comme un dieu psychopompe, chargé de guider les âmes des morts dans l'autre monde. Ce fut le dieu chacal qui momifia et prépara le corps d'Osiris. C'était lui qui assistait Maât quand elle jugeait les âmes pour déterminer leur degré de vérité. Il était considéré comme le principal messager du monde inférieur, celui qui ouvre le chemin, et il gardait la porte

---

1. Traduction de Jacques Amyot, 1572 (N.d.T.).

ovale du royaume des morts, celle que les anciens Égyptiens nommaient Dat, ou Douat, ou encore Touat.

Dale battit des paupières en lisant cela. La porte du royaume des morts avait la forme d'un vagin. La porte qui conduisait dans ce monde et qui permettait d'en sortir.

– *Twat*, dit-il à voix basse, savourant la rencontre étymologique [1].

Il s'aperçut alors qu'une dame âgée assise devant l'ordinateur voisin le considérait en fronçant sévèrement les sourcils. Il lui adressa l'ébauche d'un sourire et retourna à sa table.

Il se rendait compte qu'il allait lui falloir plusieurs jours pour retrouver l'origine des autres divinités mentionnées dans le court message qui s'était inscrit sur son écran. Mais il resta suffisamment longtemps à la bibliothèque pour avoir la confirmation que la « constellation de la Cuisse » était aujourd'hui la Grande Ourse et que les tchatchas ou esprits de Kesta, Hâpi, Douamoutef et Qebehsenouf étaient les élus parmi les Sept Esprits qu'Anubis avait désignés comme gardiens et protecteurs de la dépouille mortelle d'Osiris. La déesse Hetepes-Sekhus, découvrit-il au bout de deux nouvelles heures de lecture, était « l'œil de Râ », bien qu'il n'eût pas la moindre idée de ce que cela voulait dire. À ses oreilles, cela sonnait comme un rayon de soleil. Il commençait à en avoir assez.

Il remit les volumes en place et regarda son carnet. Le premier message qu'il avait copié commençait par :

gabble retchets yeth wisht hounds

Il regarda l'heure. 18 heures passées. La bibliothèque fermait à 21 heures. Il avait une faim de loup. En soupirant, répugnant à abandonner la chasse, il retourna fouiller dans les rayons.

Un vieux livre moisi, à la reliure disloquée, qui avait été emprunté pour la dernière fois, d'après sa fiche, le 27 juin 1960, le genre de livre que n'importe quelle bibliothèque « moderne » aurait mis au rebut, lui fournit la clé qu'il cherchait. Il était intitulé *Mythes et*

---

1. *Twat* : mot d'argot désignant le sexe féminin en anglais moderne (N.d.T.).

légendes régionaux d'Angleterre et de Cornouailles. Les *yeths* ou *wisht hounds* étaient bien, comme il l'avait pensé, des chiens de la lande, des chiens démons qui erraient comme le chien des Baskerville. C'étaient toujours des chiens noirs. Les chiens noirs démoniaques, les chiens fantômes, les chiens surnaturels étaient présents dans d'innombrables récits du Lancashire, du Yorkshire, de Cornouailles et des collines Quantock dans le Somerset.

À l'auberge de Brook House, anciennement dénommée Bell Brook Inn, dans le village de Snitterfield, pendant la Seconde Guerre mondiale, les clients et les gens du quartier purent observer un gros chien noir qui hantait le jardin. Il avait les yeux rouges et ne laissa aucune empreinte dans la terre fraîchement binée.

En 1190, dans la région des marais du pays de Galles, un chroniqueur nommé Walter Map rapporta qu'il avait vu des chiens fantômes noirs, énormes et hideux, qui hantaient la campagne. Leur apparition, invariablement, était un présage de mort violente.

Le dimanche 4 août 1577, les paroissiens du village de Bungay, dans le Suffolk, se réfugièrent dans l'église, terrifiés par une tempête d'une violence mémorable. Plusieurs témoignages écrits racontent l'apparition soudaine d'un monstrueux chien noir à l'intérieur du lieu saint. Il hurlait à la mort en bavant dans l'allée tandis que les fidèles priaient pour que Dieu leur vienne en aide. Trois personnes touchèrent l'animal. Deux d'entre elles moururent instantanément, et la troisième se ratatina « comme une bourse flasque ». Dans des récits différents, mais toujours sur cette même journée de 1577, des chiens semblables ou identiques faisaient leur apparition dans l'église de Blythburgh, distante de onze kilomètres, tuant encore trois autres personnes et « soufflant » les autres.

Il passa à l'an 1613, où « un chien noir de la taille d'un taureau » apparut soudain pendant la messe à Great Chart, dans le Kent, tuant plus d'une douzaine de personnes avant de démolir un mur et de disparaître.

Dale trouva d'autres vieux livres qui faisaient remonter les légendes des chiens noirs jusqu'à *Beowulf*, où le monstre Grendel était décrit comme très proche du loup : « *him of eagum stod ligge gelicost leoht unfaeger* », « de ses yeux sortait une lueur malfaisante comme du feu ». Puis la légende se perdait dans les brumes de l'histoire, avec la *Lex Salica* et la *Lex Rupuaria* franciques, les légendes sur les loups d'Odin dans le *Grímnismál*, et le poème eddique *Helreith Brynhildar*, qui parlait du *hrot-garmr*, le « chien hurlant » qui se nourrissait de cadavres et crachait des flammes. Les chiens noirs de toutes ces légendes semblaient systématiquement associés à la mort, aux cimetières, aux bûchers funéraires et au monde inférieur en général. Dale n'avait pas oublié que le *warg* était un « harceleur de cadavre ».

Il aurait pu écrire une thèse de doctorat avec ces conneries, en approfondissant ses sources et en y passant un certain nombre d'années. Il semblait que la filiation entre le chien noir fantôme et le « royaume des morts » remontait, à travers les mythologies indo-européennes, jusqu'à la préhistoire, en passant par les mythes védiques, grecs et celtiques. Il y avait des « chiens de l'enfer » dans des poèmes épiques scandinaves tels que *Baldrs draumar* (*Les Rêves de Balder*), et ils avaient laissé leurs empreintes dans les légendes des Indiens d'Amérique. Les chiens démoniaques annonciateurs de mort trottaient sans bruit à travers les rituels chamaniques altaïques et toute la pensée grecque préclassique, sans oublier le Mahâbhârata hindou. Tous ces textes convergeaient vers le vieil Anubis et ses potes égyptiens du monde souterrain.

Et cela donnait la migraine à Dale.

Il remit les derniers volumes en place et s'aperçut qu'il était tout seul dans la salle de lecture à part la vieille bibliothécaire. Avec un choc, il vit qu'il était 21 heures moins trois minutes, et sortit dans la nuit regagner son 4 X 4.

Il avait fait la moitié du chemin entre Oak Hill et Elm Haven quand son téléphone portable sonna. Le bruit soudain le fit sursauter au point qu'il faillit quitter la route de campagne plongée dans l'obscurité. Il prit le téléphone sur le siège passager où il se trouvait, inutilisé, depuis plusieurs jours.

– Allô ?

Silence sur la ligne, mais impression de présence. Dans une frénésie d'émotion qui lui fit arrêter brusquement le véhicule au bord de la route, il eut l'intuition que c'était Clare qui l'appelait, Clare sa jeune maîtresse qu'il n'avait pas vue depuis plus d'un an. Clare qui allait lui dire que son existence, sa réalité, allait pouvoir reprendre son cours.

— Papa ?

L'espace d'un bref instant, il ne ressentit qu'un vertige tourbillonnant. Cette voix – ces deux syllabes – était hors de contexte.

— Papa, tu es là ?

C'était sa fille aînée, Margaret Beth, Mab, qui était en ce moment à l'université de Clermont, en Californie.

— Mab ? Qu'y a-t-il, ma chérie ? Quelque chose qui ne va pas ?

Un soupir à l'autre bout du fil.

— Papa, on devient folles à force d'essayer de te contacter. Où étais-tu passé ?

Il secoua la tête, en plein désarroi. Un camion passa sur la route et ralentit. Le visage d'un homme âgé se pencha vers le Land Cruiser pour voir si Dale avait besoin d'aide.

— Je suis dans l'Illinois, mon bébé. Je l'avais dit à tout le monde. Tout va bien là-bas ?

— Tout va bien ici, papa. Mais tu n'as pas un numéro où on peut t'appeler ? Tu ne réponds jamais sur ton portable. Katie et moi on essaie tout le temps de te joindre, sans résultat. Tu n'as pas reçu nos lettres ?

Il fronça les sourcils. Il avait dit à ses filles et à ses collègues qu'il irait chercher son courrier à la poste restante d'Elm Haven, mais il n'avait jamais pensé à le faire depuis son arrivée.

— Désolé, ma chérie. J'ai eu… beaucoup de travail. (Il se rendit compte à quel point ces mots sonnaient faux.) Qu'y a-t-il, Mab ? Tu m'appelles de Clermont ?

— Non, papa. Je suis revenue pour les vacances de Noël. On voulait savoir si tu allais rentrer… dans le coin.

Il comprit qu'elle avait failli dire : « à la maison ».

— Noël ? demanda-t-il, complètement perdu. C'est dans plusieurs semaines ! Pourquoi es-tu rentrée si tôt ?

Il y eut un long silence, uniquement troublé par le bruit du moteur du Land Cruiser et par la friture sur la ligne. Puis Mab murmura :

— Je ne suis pas rentrée plus tôt que d'habitude, papa. On est le 22 décembre !

Il se mit à rire.

— Tu plaisantes, mon bébé ! J'ai fêté Thanksgiving il y a quelques jours à peine...

Il s'interrompit. Il ne voulait pas dire à sa fille qu'il avait passé la soirée avec une femme dont elle n'avait jamais entendu parler.

— Sérieusement, pourquoi es-tu rentrée en avance ? demanda-t-il.

— Papa ! (Il entendit la frustration dans sa voix.) Je t'assure qu'on est le 22 décembre ! C'est Noël dans trois jours ! Arrête avec ça, tu commences à me faire peur !

— Désolé, ma chérie.

C'était tout ce qu'il trouvait à dire. Il consulta sa montre, en allumant le plafonnier du 4 X 4 pour lire la date. Mais la montre s'était arrêtée à 4 h 15, et la date indiquait le 8 sans préciser quel mois.

Une nouvelle voix lui parla. Celle de Katie, la jeune sœur de Mab, aux sonorités plus claires mais plus graves.

— Papounet ?

Elle ne l'avait jamais appelé papa.

— Salut, Butch, dit-il, utilisant son surnom facétieux sur un ton qu'il voulait léger. Comment ça va ?

— Où es-tu ? lui demanda Katie.

Il regarda autour de lui la campagne plongée dans la nuit. Il ne voyait que son reflet dans le pare-brise et les vitres latérales.

— Je suis dans l'Illinois, comme prévu. Désolé de n'avoir pas appelé ou relevé mon courrier. J'étais occupé. J'écris un roman... important. J'ai un peu... perdu la notion du temps, j'imagine.

L'indicateur de charge du téléphone clignota deux fois. Il jura entre ses dents. Il ne voulait pas que la communication soit coupée.

— Papa, tu ne rentres pas pour Noël ? demanda Mab.

Dale eut l'impression que quelqu'un avait enfoncé sa main entre ses côtes pour lui serrer le cœur avec force. Il prit une inspiration profonde.

— Je n'y ai pas encore réfléchi, ma chérie. Le ranch...

Il s'interrompit. Il savait que les filles ne voulaient pas entendre parler du ranch ni de ses locataires. Il essaya une autre approche :

— Votre mère...

Sa voix s'étrangla.

– Maman ne savait pas si tu allais revenir à Missoula pour les fêtes, lui dit Katie.

Cela ressemblait plus à une question qu'à autre chose.

– Je ne crois pas qu'elle considérerait ça comme une bonne idée, dit-il au bout d'un moment.

L'indicateur de charge clignotait maintenant avec insistance.

– Papa, murmura Mab, maman est sortie faire une course au drugstore. Elle rentrera dans quelques minutes. Si elle t'appelle sur ton portable, tu veux bien lui parler pour voir si tu peux rentrer pendant qu'on est tous là pour Noël ?

Dale était incapable de prononcer une parole. Son esprit semblait aussi vide et stérile que les champs sous la neige au-delà de son propre reflet dans les vitres.

– Parfait, lui dit Mab, comme s'il avait donné son accord. Reste où tu es. Maman va te parler dans quelques minutes.

La communication fut coupée. Dale appuya sur le bouton rouge, mais n'éteignit pas le téléphone. Il le posa sur la console entre les deux sièges. La neige recommençait à tomber. Les flocons dansaient dans le double faisceau des codes. La route était déserte.

Il resta là une dizaine de minutes. Sa montre ne marchait pas, mais il avait l'heure sur le tableau de bord : 21 h 52. Il regarda son téléphone. Le voyant de charge était au plus bas, mais il ne s'était pas encore éteint.

La sonnerie retentit soudain. Il sursauta comme s'il y avait un serpent à sonnette à quelques centimètres de sa main. Il agrippa le téléphone.

– Allô ?

Son cœur battait à tout rompre et sa voix était tremblante.

– Dale ? C'est Michelle, Dale.

– Qui ? demanda-t-il stupidement.

– Michelle. Michelle Staffney. J'ai un problème, Dale.

Elle aussi avait la voix tremblante. Durant une bonne minute, Dale fut incapable de refaire tourner ses rouages mentaux. C'était comme si Michelle Staffney faisait partie d'un rêve et qu'il venait de se rendormir. Elle ne l'avait jamais appelé avant sur son portable. Il ne se souvenait pas de lui avoir donné le numéro.

– Michelle ? demanda-t-il d'une voix pâteuse.

– Je suis à l'emplacement de l'école, Dale. À Elm Haven. Sur le terrain de jeux qui se trouve à la place de Old Central.

Dale attendit patiemment. Il avait envie de raccrocher. Il n'avait presque plus de batterie.

– Et les chiens sont ici, Dale. Tout autour de moi.
– Hein ?
– Les chiens noirs. Ceux de la ferme de Duane. Ils sont ici, en ville. Ils m'encerclent.

Le téléphone s'éteignit brusquement.

17

À ce stade, je commence à m'inquiéter pour Dale. Le coup de téléphone manqué de sa femme Anne, si tant est qu'elle l'ait vraiment rappelé, me semble être le genre de pivot qui, trop souvent, transforme la farce en tragédie.

Bien évidemment, je ne connais rien aux femmes. J'ai grandi avec à mes côtés uniquement mon vieux et l'oncle Art. Je ne prêtais aucune attention aux filles à Grand Central. Je me souviens de Michelle Staffney, la bombe sexuelle rouquine du CM2 et de la sixième. Mais dans la mesure où le mot « sexe » ne signifiait pas grand-chose pour des gamins à l'époque préhistorique des années 60, aucun des garçons de la cyclopatrouille ne faisait réellement attention à elle, à part le fait de se conduire comme un demeuré quand elle était dans les parages.

Par l'intermédiaire de Dale, j'ai quelques souvenirs de rapports sexuels, avec des filles qu'il a connues au lycée et à la fac. Avec Anne, en particulier, et aussi avec sa dulcinée, la bien-nommée Clare Two Hearts, mon cœur balance. Mais les souvenirs de luxure, tout comme les souvenirs de grande douleur, sont quelque chose d'étonnamment flou et brumeux. Je ne peux pas dire que j'ai l'impression d'avoir raté quelque chose de vraiment fondamental dans ce domaine en n'ayant pas vécu jusqu'à l'âge adulte. J'avoue que je regrette davantage de n'avoir jamais pu assister à une représentation du *Roi Lear* que de n'avoir jamais commis l'acte charnel.

Je ne pense pas que Dale se soit précipité à Elm Haven, cette nuit de décembre, poussé par je ne sais quel instinct de luxure. Les moments qu'il avait passés en compagnie de Mica Stouffer, née Michelle Staffney, lui avaient fourni un dérivatif à sa solitude, mais il ne la désirait nullement, à ce stade, excepté de manière tout à fait passagère. Son aventure romantique avec la jeune personne nommée Clare l'avait éloigné des noirs rivages du désir. Il y avait aussi, bien sûr, l'effet des médicaments, Prozac et autres, qu'il prenait pour sa dépression. On pouvait dire que sa libido avait été touchée de plein fouet par un missile chimique à tête chercheuse aux infrarouges.

Si j'avais vécu assez longtemps pour devenir écrivain, j'aurais pu essayer de vous expliquer le rôle joué par l'éros dans les heurs et malheurs des hommes, mais je suppose que je l'aurais fait de manière classique et au second degré. Quand j'habitais dans les environs d'Elm Haven, consacrant à la lecture le plus clair de mes douze printemps, étés et mois d'équinoxe, mon idéal de femme parfaite était la Femme de Bath [1]. Je me doute bien que, si j'avais eu le loisir de grandir, de poursuivre ma route et de trouver une telle femme, identifiable, comme je l'avais toujours cru, grâce au vide délicieux et sensuel entre ses deux incisives, j'aurais fini par fuir devant une telle vitalité sexuelle. Qui plus est, qu'aurait-elle pu faire de bon avec moi, si amorphe, sédentaire, obèse, solipsiste, maladroit et mal habillé ?

Il est vrai qu'Arthur Miller a fini par se mettre avec Marilyn Monroe, même si ça n'a pas duré longtemps.

Plus intéressantes pour moi que les souvenirs imparfaits de ses amours passées étaient les images et réminiscences de ses deux filles. Peut-être la seule manière pour un homme de connaître et de comprendre vraiment les femmes passe-t-elle par sa mère et par ses filles.

Margaret Beth – Mab –, son aînée, avait toujours été la prunelle de ses yeux. Dans mon souvenir tiré du sien, je ne puis m'empêcher de penser aux équivalents littéraires dont j'ai eu connaissance : Aaron Burr et sa fille bien-aimée, Sir Thomas Moore et la sienne. Ces égales intellectuelles étaient les seules vraies femmes dans la

---

1. Titre de l'un des *Contes de Cantorbéry*, de Geoffrey Chaucer (N.d.T.).

vie de ces grands hommes, et il y avait un peu de cela dans la relation entre Mab et Dale, tout au moins jusqu'à l'apparition de Clare dans la vie de ce dernier.

Katherine Sarah – Katie – apparaît moins souvent dans les pensées de Dale, mais je vois en elle une personnalité remarquable, au moins égale, à sa manière humaine, à l'intelligence acérée de Mab. Katie était la définition féminine de l'empathie et de la communication, une humaniste gestaltiste dont je n'ai jamais rencontré l'équivalent à Elm Haven, ni chez les filles ni chez leurs mères. Pendant que Mab faisait le ravissement de son père par sa précocité de langage et par sa précision logique, Katie avait le calme apparent d'une enfant sensible, observatrice, prête à donner le maximum d'elle-même. Dale n'ignorait pas ce trait de caractère chez sa fille cadette. Il adorait ses deux enfants et admirait la faculté d'empathie de Katie au-delà de ce que les mots auraient pu exprimer, mais là où les points forts de Mab auraient pu refléter – et, par conséquent, confirmer – les siens, le merveilleux côté humain de Katie la faisait surtout ressembler à sa mère. C'était peut-être la raison toute bête pour laquelle, dans son exil, il pensait plus à Mab qu'à sa sœur cadette, dont l'évocation lui aurait été pénible. Mais trêve de spéculations. J'ai très peu d'expérience en tant que fils, et aucune en tant que père de deux filles.

Avant de retourner à Dale et à son chevaleresque effort pour sauver Mme Staffney de la meute de chiens noirs, je pense qu'il serait bon de discuter un peu de son roman sur l'été de la nuit d'Elm Haven, et sur ses écrits en général.

Mon ami Dale n'avait rien d'un bon écrivain, croyez-moi. J'étais meilleur à neuf ans que lui à cinquante-deux. La raison, en partie, je suppose, c'est qu'il n'était pas né pour ça, il n'était pas poussé par un feu intérieur irrépressible, mais il avait pris la décision consciente de devenir écrivain à la fin de ce fatidique été 1960, celui où je suis mort. Ajoutez à cela le fait que sa formation universitaire l'avait affecté d'un vilain défaut : celui d'écrire en langage académique. Ce n'est pas une langue humaine, et peu nombreux sont ceux qui ont subi ses ravages et ont conservé suffisamment de force vitale pour retrouver une prose normale. En dernier lieu, il y a le choix de son domaine d'écriture : le « roi de la montagne ». C'était de sa part un choix conscient, une tentative de conserver son statut de professeur en s'abstenant de se compromettre dans des genres comme le thriller, la science-fiction ou, pis encore, l'épouvante. Je le répète, c'était un choix délibéré, purement cérébral, sans passion. Alignant son style sur ceux des maîtres limités du genre comme Vardis Fisher, pour n'en citer qu'un, Dale avait choisi d'écrire sur la poignée d'hommes blancs qui peuplaient l'Ouest dans les années 1830 et sur les tribus d'« Américains autochtones », sa formation de professeur lui interdisant plus ou moins de se référer à eux sous la dénomination politiquement incorrecte d'« Indiens » ou, plus obscène encore, de « sauvages », même si ses personnages ne se privaient pas de le faire.

Hemingway a écrit un jour que le véritable écrivain devait organiser son travail « de l'intérieur vers l'extérieur, et non l'inverse ». C'était la différence, expliquait-il, entre l'art et la photographie, entre Cézanne et un simple document. Tous les livres de Dale de la série Jim Bridger, comme je l'ai déjà dit, étaient écrits de l'extérieur vers l'intérieur.

Clare le lui avait fait remarquer plus d'une fois, et Dale avait protesté, mais il ne s'était pas vraiment défendu. Cela l'avait pourtant affecté. Il considérait ses écrits comme faisant partie de la littérature, plus ou moins, et elle voulait lui ôter cette illusion, de même qu'elle ne lui laissa, à la fin, aucune des illusions indispensables à la survie.

Ce livre sur Elm Haven au sujet duquel Dale se montre si enthousiaste, ce livre qui l'incite à rester au Coin plaisant malgré son inconfort et le malaise moral qu'il lui cause, a au moins le mérite d'être différent de ses ouvrages sur le roi de la montagne. Mais il constitue aussi, à sa manière exubérante, un tissu de mensonges. Il ne parle que de lumière et de beaux jours d'été, de baignades dans la rivière, de batailles de mottes de terre, de virées à vélo et d'amitiés idéales. Alors que Dale s'était juré, dans sa préparation mentale avant l'écriture, de « respecter les secrets et les silences de l'enfance ». Alors que, dans le processus réel de rédaction, ces secrets sont devenus de l'affectation et ces silences quelque chose de bien trop criard.

Le travail de Dale Stewart souffrait d'un manque d'ironie qui n'était même pas compensé par le faux-semblant postmoderne de l'abandon de cette même ironie. Dale, l'homme, était sans doute capable d'ironie par moments – quand il était à la recherche d'un camouflage protecteur – au sujet de sa série Jim Bridger, mais les récits eux-mêmes n'étaient pratiquement jamais adoucis par l'ironie ou l'introspection. Une œuvre totalement dépourvue d'ironie a autant de chances d'être considérée un jour comme de la littérature que le plus convaincant traité d'apologétique chrétien ou de polémique marxiste. Comme disait Oscar Wilde, « toute mauvaise poésie est sincère ». Les œuvres de Dale Stewart, qu'il s'agisse de ses fantaisies sur le roi de la montagne ou de son manuscrit sur l'été 1960 à Elm Haven, étaient d'une sincérité écrasante.

Naturellement, ce n'est là qu'une opinion personnelle. J'ose espérer que, si j'avais vécu, je ne serais pas devenu un critique littéraire (ou son frère débile, le chroniqueur de livres). Il est certain que mon côté pédant et plein de parti pris m'aurait fait graviter vers cette vocation, mais toutes les bonnes choses de la vie à l'exception du sommeil nous arrivent précisément parce que nous défions les lois de la gravitation. De plus, quelque part au sous-sol du Coin plaisant, aujourd'hui encore, moisissant entre les pages d'un livre de poche non moins piquées par les ans, il y a une carte sur laquelle j'ai griffonné un jour, de mon vivant, cette citation de Flaubert [1] :

> Les livres ne se font pas comme les enfants, mais comme les pyramides, avec un dessein prémédité, et en apportant des grands blocs l'un par-dessus l'autre, à force de rein, de temps et de sueur, et ça ne sert à rien ! et ça reste dans le désert ! mais en le dominant prodigieusement. Les chacals pissent au bas et les bourgeois montent dessus, etc. Continue la comparaison.

J'avais huit ans quand j'ai copié cette citation. Mais même à l'époque, la partie que j'aimais le mieux était ce délicieux : « continue la comparaison ». Même à l'époque, j'avais très bien compris que les chacals qui pissent étaient les critiques.

---

[1]. Dans une lettre à Ernest Feydeau, 1857 (N.d.T.).

Il était un peu plus de 22 heures lorsque Dale prit son 4 X 4 pour se rendre à Elm Haven. Mais les rues de la petite ville étaient si noires et si désertes qu'il aurait pu être aussi bien 3 heures du matin la nuit de Walpurgis.

L'itinéraire le plus rapide de Oak Hill à Elm Haven était la vieille route nord-sud qui traversait la 150-A juste à l'est de la limite administrative d'Elm Haven. Dale roula à vive allure dans Main Street, remarquant au passage les devantures obscures des magasins, les parkings déserts et l'absence totale d'éclairage municipal. Puis il prit la 2e Avenue vers le nord. Elle menait à l'ancien emplacement de l'école.

Il vit de loin Michelle Staffney et les chiens. Le terrain, jadis occupé par les énormes et imposants bâtiments de Old Central, perchés sur leur colline basse et entourés d'un parc où des ormes majestueux montaient la garde, était aujourd'hui une étendue nue et déboisée où les herbes jaunies perçaient à travers la neige sale. Il y avait juste quelques tristes équipements en plastique décoloré pour les jeux d'enfants, un parking désert et quelques remises à outils appartenant à la commune.

Michelle était perchée en haut d'un toboggan. Les cinq chiens – le chef de meute paraissait incroyablement grand à la lueur des phares, comme s'il pouvait, sans effort, bondir en haut du toboggan – assiégeaient Michelle comme les cinq sommets d'une étoile.

Dale arrêta sa voiture en biais sur l'asphalte de manière à illuminer de ses phares la zone d'ombre de l'ancienne cour d'école. Il hésitait. Les chiens ne s'étaient pas retournés, ils ne semblaient pas s'émouvoir de la présence du Land Cruiser. Le visage de Michelle Staffney était blême et ses yeux étaient agrandis de terreur lorsqu'elle leva la main, plus pour appeler à l'aide que pour le saluer.

Dale quitta la chaussée, franchit le fossé, qui était beaucoup plus profond quand il le traversait à pied chaque jour en venant de Depot Street pour aller à l'école, et fonça à travers le terrain couvert de neige boueuse en direction du toboggan.

Les cinq chiens noirs ne bougèrent pas. Leur regard restait fixé sur la femme perchée au sommet de l'échelle.

Dale sentit la panique et le goût de la bile l'envahir. L'espace d'un instant, il eut la conviction que les chiens allaient attaquer

Michelle avant qu'il ait eu le temps de couvrir les dix derniers mètres, et qu'ils allaient la traîner dans la neige vers les taillis derrière les remises.

Les chiens ne bougeaient toujours pas. Pris d'un accès de haine subite et totale, il enfonça la pédale de l'accélérateur et fonça droit sur le plus gros des animaux, celui qu'il considérait comme l'original, bien qu'il fût beaucoup trop gros pour que cela corresponde.

Le chien fit volte-face et détala une fraction de seconde avant que Dale eût décidé s'il allait freiner brutalement ou écraser un animal sans défense, qui appartenait peut-être à quelqu'un. Les quatre autres bêtes l'imitèrent aussitôt et disparurent dans la nuit, chacune dans une direction différente.

Dale s'arrêta en dérapant, faisant gicler la neige et la boue. Il laissa les phares allumés et sortit sur le marchepied, sans descendre.

— Tu n'as rien ? cria-t-il.

Le visage blafard fit signe que non. Michelle portait une parka légère, une écharpe et des moufles. Sous la lumière crue des halogènes, elle semblait à la fois beaucoup plus vieille que la dernière fois qu'il l'avait vue et beaucoup plus jeune, avec quelque chose d'enfantin. Peut-être à cause des moufles, se dit-il.

Il descendit du marchepied et alla jusqu'au toboggan pour lui tendre la main. Elle ne la prit pas, mais lui toucha le bras dès qu'elle eut mis pied à terre.

— Que s'est-il passé ? demanda-t-il.

Elle secoua la tête.

— Je ne sais pas. J'étais sortie me promener, et...
— À cette heure-ci ?

Il réalisa aussitôt l'absurdité de sa question. À 22 heures à Beverley Hills, elle serait probablement encore en train de dîner avant d'aller au cinéma pour la dernière séance.

— Ils ont surgi comme ça, tout d'un coup, fit Michelle en tremblant.

Il lui prit la main pour la rassurer juste au moment où les phares d'une voiture balayaient la neige et les clouaient sur place. Le véhicule se dirigeait droit sur eux.

La voiture s'arrêta à côté du 4 X 4 de Dale, mais les phares continuèrent de les aveugler. Une silhouette adipeuse descendit.

— Un problème ? demanda la voix traînante de CJ Congden.

Michelle se pencha soudain contre Dale. Elle tremblait comme une feuille. Elle se détourna pour échapper aux phares aveuglants du shérif, enfouissant presque son visage dans le caban de Dale.

— Tout va bien, répondit ce dernier au shérif.

— Vous êtes sur un terrain municipal, Stewart, lui dit Congden.

Dale voyait le bord de son chapeau texan éclairé par les phares, mais son visage était dans l'ombre.

— Un terrain de jeu interdit à la circulation, reprit Congden. Vous avez bu, peut-être, *docteur* ?

Dale attendit que Michelle dise quelque chose, mais elle avait toujours la tête dans son caban.

— Madame… Stouffer ici présente était en train de se promener, commença-t-il d'une voix qui lui semblait anormalement sonore dans la nuit glacée, lorsque plusieurs gros chiens ont surgi pour l'attaquer. Je l'ai aperçue, et j'ai roulé jusqu'ici pour que mes phares les mettent en fuite.

Il s'en voulait de fournir des explications détaillées à ce gros plein de soupe qui le martyrisait quand il était gamin.

— Des chiens, hein ? ironisa Congden d'un ton sceptique. Vous feriez mieux de venir avec moi, m'dame, continua-t-il en s'adressant à Michelle. Je vais vous ramener chez vous.

À travers ses moufles et la manche du caban, Michelle agrippa le bras de Dale avec force.

— Non ! souffla-t-elle.

— Elle rentre avec moi, fit Dale.

Il la prit par l'épaule et la guida vers le Land Cruiser, côté passager.

La voiture du shérif était garée suffisamment en oblique pour que le véhicule et son chauffeur ne se détachent dans la nuit que comme des silhouettes sombres. Le toboggan en plastique bon marché et le portique sans agrès semblaient irréels, trop rouges et factices à la lueur des phares.

— Elle ferait mieux de venir avec moi, déclara Congden, de l'autre côté de la voiture de police.

Sa voix était dépourvue de toute intonation et de toute émotion, mais elle sonnait quand même à la fois amusée et légèrement menaçante.

Dale l'ignora. Il aida Michelle à grimper dans le 4 X 4, referma soigneusement la porte, et contourna le véhicule par l'avant pour gagner son siège. Un instant, il se demanda ce qu'il ferait si Congden descendait de sa voiture et essayait de l'empêcher de démarrer.

Mais pourquoi ferait-il une telle chose ?

Parce que tu as bafoué son autorité, idiot ! fut sa propre réponse à lui-même.

Mais Congden ne bougea pas de sa voiture.

Dale recula, manœuvra dans la neige sale et retourna sur l'asphalte de l'avenue. Dans son rétro, il vit les phares de Congden à la même place. Il ne le suivait pas.

Il arriva au carrefour de Depot Street, où sa vieille maison – à présent plongée dans l'obscurité – fut un instant illuminée par ses phares. Il allait tourner à gauche quand il se ravisa.

– Tu veux… rentrer chez toi ou… venir avec moi à la ferme ? demanda-t-il.

Michelle tremblait toujours violemment. Les chiens ne semblaient pas l'avoir effrayée à ce point quand elle était au Coin plaisant. Dale se demandait si ce n'était pas dû au froid.

– À la maison, murmura-t-elle.

Ne voulant pas la contrarier, il tourna dans Depot Street et prit la direction de Broad Avenue, où se trouvait la vieille demeure des Staffney.

– Je voulais dire à la maison en Californie, bredouilla Michelle.

Il se mit à rire et se tourna vers elle pour lui adresser un sourire rassurant, mais il ne voyait que l'ovale blême de son visage dans la pénombre. Il eut le souvenir, hors de propos, de l'homme sans visage en uniforme qu'il avait aperçu deux fois en se promenant près du cimetière.

La maison des Staffney était plongée dans le noir. Le Toyota de Michelle n'était pas dans l'allée, et il n'y avait aucune trace de pneus.

– Il est en réparation à Oak Hill, expliqua-t-elle d'une voix plus ferme à présent. Un truc à changer dans l'allumage. Ils disent qu'il faudra quelques jours pour faire venir la pièce.

– Ça ira, pour les courses et le reste ?

Elle hocha la tête en posant de nouveau la main sur son bras.

– Merci de m'avoir secourue, Dale.

Il s'efforça de prendre un ton léger pour dire :

— Je ne pense pas que les chiens avaient l'intention de te faire du mal.

L'ovale sans traits du visage de sa voisine bascula plusieurs fois d'arrière en avant, sans qu'il sût dire si elle était d'accord ou si elle voulait signifier qu'ils lui voulaient bel et bien du mal.

— Jamais je ne serais montée avec lui en voiture, dit-elle.

Il fallut à Dale quelques secondes pour comprendre qu'elle parlait du shérif Congden.

— Je te comprends, dit-il. Veux-tu que je t'accompagne jusqu'à ce que tu allumes à l'intérieur ?

— Inutile.

Elle lui tendit une boîte en carton, et il s'aperçut qu'il s'agissait des cartouches de .410 qu'il avait achetées à Oak Hill dans la soirée.

— C'était sur le siège, expliqua-t-elle, et je n'ai pas voulu m'asseoir dessus.

Il posa la boîte sur la banquette arrière.

J'aurais pu les lancer sur les chiens, se dit-il.

Le plafonnier s'alluma quand elle ouvrit la portière, mais elle tournait la tête de l'autre côté, et il ne put voir son expression. Il ignorait comment elle avait pris sa proposition de l'accompagner à l'intérieur. Peut-être comme une avance ?

Elle fit le tour du 4 X 4 jusqu'à sa vitre ouverte. La neige crissait sous ses pas.

— Attends que je sois entrée pour repartir, veux-tu ? murmura-t-elle. Au cas où les chiens reviendraient.

D'une voix tout à fait normale, elle ajouta :

— Je n'ai pas d'électricité en ce moment. J'utilise des bougies et une lampe de poche pour m'éclairer jusqu'à ce que ce soit réparé. Aussi, ne t'inquiète pas si tu ne vois pas de lumière.

— Si tu n'as pas de courant, comment fais-tu pour te chauffer ? Tu ne devrais pas rester dans une maison froide, sans lumière.

Il essayait de voir comment ils dormiraient si elle venait. Lui dans le lit de Duane au sous-sol, elle sur le canapé dans le petit bureau. Ou bien à l'étage, où le lit était plus confortable ?

— La chaudière fonctionne, lui dit-elle tandis que la lueur des étoiles se reflétait à présent dans ses yeux. Elle est sur un circuit séparé.

Diane et moi nous avons dû griller des fusibles en touchant à l'installation, mais je connais quelqu'un à Peoria qui viendra tout arranger demain. Bonne nuit, Dale, et encore merci de m'avoir porté secours.

Elle lui tendit sa main mouflée pour lui dire au revoir.

— Il n'y a pas de quoi, murmura Dale.

Il la regarda s'éloigner lentement dans l'allée puis disparaître au détour de la maison. Comme elle l'avait dit, l'obscurité persista, mais il crut distinguer la lueur vacillante d'une lampe de poche à travers une fenêtre latérale.

Il démarra et descendit Depot Street en direction de First Avenue pour rentrer au Coin plaisant. Il ne vit aucun signe de Congden ni de sa voiture.

L'intérieur de la ferme de Duane, si l'on exceptait le courant d'air froid qui descendait de l'étage, paraissait chaud et accueillant en comparaison du froid glacé de la nuit. Dale passa de pièce en pièce, allumant toutes les lumières au fur et à mesure.

Il porta les cartouches au sous-sol et alla chercher les deux parties de sa carabine Savage à canons superposés à l'endroit où il les avait cachées. Il était temps d'avoir une vraie arme à portée de la main, pensait-il.

Il était en train de fixer le double canon quand il s'aperçut qu'il y avait une cartouche rouge dans la chambre. Il la retira avec précaution, atterré à l'idée qu'il avait pu ranger une arme chargée, même en deux morceaux. Son père lui avait appris à ne jamais faire ça alors qu'il n'avait pas plus de six ans.

La cartouche avait une marque non loin du centre de son culot de laiton, faite par le percuteur. C'était la fatidique cartouche, celle qui avait fait non feu un an plus tôt en novembre, quand il avait voulu attenter à ses jours.

Il fit un pas en arrière et s'assit au bord du vieux lit en cuivre de Duane. Le sommier grinça. Il sortit son précieux briquet Dunhill, fit jaillir la flamme et retourna la cartouche plusieurs fois dans sa main, la flamme du briquet faisant jouer des reflets fauves sur le laiton. Il ne pouvait y avoir aucun doute. C'était bien la cartouche de son suicide manqué.

Je l'ai jetée au loin, ici à la ferme, avant de ranger l'arme. Je l'ai jetée le plus loin possible dans la nature.

L'avait-il vraiment fait ? Il avait le souvenir distinct de s'être éloigné dans la neige, d'avoir dépassé le lampadaire hors d'usage jusqu'à la barrière où commençaient les rangées de maïs gelé, et d'avoir lancé de toutes ses forces la cartouche dans la nuit.

Ce n'était peut-être pas la même.

Foutaises. Il n'y avait qu'une seule cartouche dans l'arme quand il s'était aperçu qu'il l'avait emportée par mégarde dans ses affaires.

Et je n'ai jamais laissé de cartouche dans une carabine pour la ranger.

Il secoua la tête. Il se sentait extrêmement las. La séance de lecture prolongée à la bibliothèque de Oak Hill et l'étrange épisode avec Michelle et les chiens lui avaient rempli la tête d'images tourbillonnantes et floues.

Il appuya le double canon de la Savage contre le mur, non sans s'assurer préalablement qu'elle était bien déchargée, et remonta fermer la porte de la cuisine à clé et éteindre toutes les lumières.

Son ThinkPad était éteint quand il était parti. À présent, il y avait ces mots qui brillaient sur l'écran après le prompt :

> **> Par quelque chemin que je fuie, il aboutit à l'Enfer ;**
> **Moi-même je suis l'Enfer ;**
> **Dans l'abîme le plus profond est au-dedans de moi**
> **Un plus profond abîme qui, large ouvert,**
> **Menace sans cesse de me dévorer ;**
> **Auprès de ce gouffre**
> **L'Enfer où je souffre semble le Ciel.**

Dale resta une bonne minute devant l'écran à contempler ces lignes. Du Milton, aucun doute là-dessus. Mais elles ne venaient pas du *Paradis perdu*. Peut-être de l'un des brouillons survivants de son *Adam Unparadised*.

Contrairement au *Paradis Perdu*, où Satan est le personnage le plus humain et le plus convaincant, mais où le lecteur ne le voit jamais à l'état non déchu de l'éclatant Lucifer, l'« étoile du matin » du ciel, le plus en faveur et le plus aimé de tous les anges de Dieu, c'était là la complainte de Lucifer en route vers l'enfer. L'inspiration, supposait Dale, remontait au Méphistophélès de Marlowe, qui disait : « Mais c'est ici l'enfer, et je ne suis pas près d'en sortir. »

Mais Dale était trop fatigué pour jouer aux charades littéraires. Il tapa furieusement :

> **Dis-moi qui tu es ou j'éteins définitivement ce foutu ordinateur.**

Puis il éteignit la lumière et descendit dormir dans le lit de Duane.

18

Environ trois mois après le début de sa liaison avec Clare Hart (alias Clare Two Hearts), Dale fit un voyage à Paris, invité par son éditeur français et par le ministère de la Culture à donner une conférence sur « la littérature de libération des populations indigènes ». C'étaient les vacances de fin de trimestre à son université, et il avait passé un Noël déprimant à la maison, ou ce qu'il appelait encore la maison. Anne n'avait pas voulu l'accompagner à Paris, et Dale lui-même, au début, avait voulu décliner l'offre, malgré l'attrait d'un séjour à Paris tous frais payés. Il savait que l'invitation était fondée sur une mauvaise interprétation par les Français de son troisième volume de la série Jim Bridger, *La Lune du massacre*, dans lequel plusieurs de ses personnages, y compris un groupe de trappeurs français incroyablement bienveillants, prenaient parti pour les Pieds-Noirs, évitant à la tribu d'être massacrée par les troupes fédérales sur leur propre territoire. C'était son roman le plus politiquement correct de tous, mais aussi le plus historiquement incorrect. Les Français l'avaient adoré. Au dernier moment, Dale avait décidé d'accepter l'invitation, pour reconstituer son crédit érodé auprès du doyen et du département des lettres mais aussi pour échapper, ne fût-ce que pour huit jours, à la double vie qu'il menait à Missoula et qui lui portait sur le système.

Cet hiver-là dans le Montana avait été exceptionnellement doux et relativement sans neige, mais le temps à Paris était humide et glacé. Les auteurs invités à la conférence étaient logés au très sélect hôtel

Lutétia, boulevard Raspail, mais sur les dix Américains présents Dale semblait être le seul à savoir que l'établissement avait servi de quartier général à la Gestapo pendant toute l'Occupation. Une plaque de bronze à moitié effacée à l'entrée indiquait le rôle important joué par l'hôtel uniquement en tant que siège de la Croix-Rouge après la guerre et comme centre de recherche des familles séparées de réfugiés.

Le représentant des éditions Robert Laffont s'empressait auprès de ses vrais écrivains. Dale était le seul auteur américain de race blanche à avoir été invité, et il fut accueilli à l'aéroport Roissy-Charles de Gaulle par une jeune femme qui représentait l'agence du ministère de la Culture « pour l'organisation et l'accueil des personnalités étrangères », que le cerveau de Dale embrumé par le décalage horaire traduisit immédiatement par « Poor Organization to Acquire Strange Personalities [1] ». Bien que le travail de cette personne consistât essentiellement à fréquenter des personnalités littéraires étrangères, en particulier américaines, elle ne connaissait pas un seul mot d'anglais, et fut visiblement horrifiée en constatant que Dale ignorait le français. Elle le guida d'un pas rapide à travers les boyaux en béton de l'aéroport genre *Guerre des Étoiles* jusqu'à une Renault garée dans un parking oppressant et le conduisit à Paris dans un silence pesant uniquement troublé par les exhalaisons de sa cigarette.

Son travail de conférencier commença le soir même. Les réunions se tenaient au fastueux Hôtel de Ville, et la première soirée fut consacrée à diverses allocutions de bienvenue du maire, de différentes personnalités du ministère, des organisateurs et autres – y compris, peut-être, le Président. Dale était un peu perdu dans tout ça, car il n'y avait personne pour lui traduire ce qui se disait. Il s'estimait heureux d'avoir pu mettre son habit de soirée et d'être resté éveillé malgré le décalage. Il s'estimait heureux également que personne n'ait appelé son nom et qu'il n'ait pas eu à faire un discours. En fait, aucun des trente écrivains présents, pour la plupart des Africains, à côté desquels les autochtones nord-américains avec qui il était venu semblaient harassés de fatigue, ne fut interviewé ce

---

1. Retraduction possible : « Organisation laissant à désirer en vue d'acquérir une personnalité bizarre » (N.d.T.).

soir-là, bien que les journalistes fussent nombreux dans la salle et dans le hall. Ils ne semblaient s'intéresser qu'aux personnalités et aux politiciens français.

Son impression d'être égaré dans un cauchemar décalé où les discours officiels couvraient tout le reste sans qu'aucun mot fût intelligible continua les deux jours suivants, bien que, entre-temps, son éditeur lui eût accordé un peu de son temps et qu'on lui eût octroyé une interprète, une jeune femme au teint diaphane qui fumait des Gauloises à la chaîne et ne traduisait que les passages qui intéressaient directement le Dr Stewart, soit pratiquement rien.

L'éditeur de Dale avait la trentaine – vingt ans de moins que lui – et le teint blafard, accentué par le pull noir à col roulé qu'il portait sous sa veste sport. Il était spécialiste de la littérature amérindienne et se targuait de n'avoir jamais, lors de ses six visites aux États-Unis, dont une qui avait duré trois mois, foulé un autre sol que celui des réserves d'autochtones, à l'exception de quelques monuments commémoratifs des grandes batailles indiennes et, bien sûr, de ses déplacements à partir et à destination des aéroports. Sa pâleur était encore plus accentuée par une petite bouche qui paraissait anormalement vermeille (il ne put jamais savoir s'il se mettait vraiment du rouge à lèvres), par des paupières et des sourcils fardés et par des cheveux noirs coupés très court avec une houppette laquée sur le devant. Il s'appelait Jean-Pierre, mais Dale l'avait immédiatement baptisé Pee Wee Herman [1], et l'image était restée.

Le deuxième jour, l'éditeur avait organisé une conférence de presse à l'Hôtel de Ville, et Jean-Pierre, dont l'anglais était atroce, avait remplacé la jeune interprète blasée qui fumait comme un pompier et dont il n'avait jamais pu retenir le nom.

La première question posée par la presse lui fut traduite ainsi : « Quand la révolution des populations autochtones d'Amérique deviendra une réalité, quel camp choisira le petit-bourgeois appartenant à la pseudo-intelligentsia que vous êtes ? »

Ce à quoi Dale ne put que répondre :
– Quoi ?

---

1. Personnage comique interprété à l'écran par l'acteur Paul Reubens. Le surnom « Pee Wee » fait allusion à sa petite taille (N.d.T.).

Le troisième jour, juste au moment où il partait assister aux conférences qui débutaient dans la matinée, Clare arriva.

Il s'immobilisa au milieu du hall et la regarda bouche bée. La veille, il avait téléphoné à Anne et ils avaient parlé longuement. C'était la première vraie conversation à laquelle il eût pris plaisir depuis des semaines. Il savait très bien que c'était uniquement parce qu'il se sentait seul et qu'il avait le mal du pays que leur conversation avait pris ce tour, mais cela lui avait paru on ne peut plus naturel. Et maintenant, voilà que Clare arrivait.

Il se demandait comment elle l'avait retrouvé. Elle était rentrée à la maison – c'est-à-dire en Italie – pour Noël, et il ne s'attendait pas à la revoir avant une quinzaine de jours. Il ne lui avait jamais dit qu'il avait décidé d'aller à Paris donner cette conférence, et personne à la fac ne connaissait son adresse ici. Comment avait-elle fait ?

– Ne sois pas bête, lui dit-elle en lui prenant le bras pour le guider vers l'ascenseur et regagner sa chambre où ils firent l'amour, et tant pis pour les conférences de ce matin, tu sais bien que je suis à moitié pied-noire. Ma spécialité, c'est de pister les gens. Tu ne lis donc pas tes propres livres ?

Après cela, tout changea comme par magie. Clare avait à faire à Paris, mais elle trouva le temps de l'accompagner à ce qu'elle appelait la « fiction libérale des poulpes indigènes », de virer la non-interprète qui fumait à la chaîne et de lui faire à voix basse la traduction de tout ce qui se disait dans les assommantes interventions. Son français, comme il put le constater, était parfait, sans accent autre que celui des Parisiens branchés. La teneur des conférences était encore plus merdique que tout ce qu'il avait pu imaginer, mais Clare rehaussait le tout par ses commentaires, si bien que, de temps à autre, le politicien ou la personnalité qui présidait les débats regardait dans leur direction en fronçant les sourcils à la manière d'un maître d'école sur le point de faire une remontrance à des enfants qui gloussaient.

Sur le coup de minuit, après les incontournables trois heures d'exposé suivies d'un dîner offert par les éditeurs, où Clare, invariablement, s'identifiait simplement comme « Clare » devant ses hôtes français visiblement curieux et leurs invités autochtones, à l'heure où Dale se traînait d'habitude dans sa chambre d'hôtel du Lutétia pour y chercher un problématique sommeil, Clare et lui allaient visiter Paris.

Elle l'emmena dans une adorable boîte de jazz ouverte toute la nuit, qui portait le nom prédestiné de Montana. Ils mangèrent une mémorable mousse au chocolat à 1 h 30 du matin dans un endroit, près du Pont-Neuf, qui s'appelait « Au chien qui fume ». Puis ils allèrent à Montmartre regarder des danseuses topless chez Lili la tigresse, s'arrêtèrent un instant dans un étonnant petit bar près du boulevard Raspail dont Clare lui affirma qu'il avait été fréquenté par Hemingway et qu'il était ignoré des touristes. Ils firent un saut au Harry's Bar, aux prix exorbitants, qui offrait plus de cinquante variétés de scotch single malt, restèrent sur la rive droite écouter un jeune groupe qui passait au Baiser Salé, prirent un taxi pour aller à la brasserie L'Alsace sur les Champs-Élysées déguster des fruits de mer pendant que les nettoyeuses municipales passaient en vrombissant sur l'avenue au petit matin. Puis ils allèrent se promener le long de la Seine tandis que le ciel s'éclaircissait à l'est.

Au milieu de la matinée, après avoir fait l'amour pendant des heures, Clare insista, malgré la température glaciale, pour qu'ils prennent un des bateaux-mouches ringards qui promenaient les touristes sur la Seine. Ils restèrent blottis l'un contre l'autre sur le pont pendant toute la balade. Après quoi ils allèrent marcher dans les jardins du Luxembourg, puis cherchèrent la tombe de Baudelaire au cimetière de Montparnasse. Quand Dale lui fit remarquer que cette habitude parisienne assez répandue d'aller se recueillir sur les tombes des célébrités disparues lui semblait plutôt macabre, elle répliqua :

– Macabre ? Tu trouves ça macabre ? Mais tu n'as rien vu, mon pauvre ami ! Je vais te montrer, moi, ce qu'on appelle macabre !

Elle lui fit descendre le boulevard Raspail en passant par l'immeuble de style avant-garde qui abritait la Fondation Cartier pour l'art contemporain, jusqu'au carrefour de Denfert-Rochereau.

– Il existe une confusion étymologique entre *Denfert* et *enfer*, expliqua-t-elle.

Ils franchirent une petite grille au pied d'un mur de pierre, louèrent une torche électrique à un gardien à moitié endormi, et passèrent les deux heures suivantes à errer dans le labyrinthe souterrain que les Parisiens appellent les « catacombes ». C'était l'endroit où l'on accumulait les ossements exhumés dans les cimetières trop pleins de la capitale depuis l'époque de la Révolution. Elle lui donna à réfléchir lorsqu'elle lui expliqua que les squelettes soigneusement empilés sur deux mètres de hauteur de chaque côté de la galerie où ils se trouvaient et dans d'innombrables niches et tunnels secondaires un peu partout représentaient, selon les estimations, six millions de morts.

— L'équivalent de l'holocauste, sur moins de deux kilomètres de distance, chuchota-t-elle en balayant du rayon de la lampe les murailles de tibias et de crânes aux orbites béantes.

Ce soir-là, ils dînèrent en compagnie de l'éditeur de Dale, Jean-Pierre, que Clare appelait invariablement, depuis qu'il lui avait fait part de ses pensées sur l'aspect physique du petit homme, Jean Pee-Wee. Le restaurant choisi était Bofinger, dans le quartier de la Bastille. La nourriture y était fabuleuse, et l'atmosphère celle d'une brasserie alsacienne haut de gamme. Carrelage noir et blanc au sol, boiseries, cuivres, hautes baies vitrées donnant sur les rues luisantes de pluie, clientèle sélecte, qui savait boire et manger avec style. Il y avait plusieurs chiens dans la salle, malgré l'heure tardive, mais aucun enfant. Les Français considèrent que dîner est une occupation sérieuse, à laquelle la présence d'un enfant ne peut apporter rien de bon.

La nourriture était aussi savoureuse que la conversation de Jean-Pierre était insipide. Dale choisit la spécialité du chef, un ragoût appelé *cassoulet*, dans lequel il y avait des haricots secs cuits avec des morceaux d'oie confits, des carottes, des pieds de porc, et Dieu sait quoi encore. Clare commanda une *choucroute*, qui ressemblait de manière troublante à la *sauerkraut* que connaissait Dale, au complet avec ses versions somptueusement cuisinées de côtes de porc, poitrine fumée, saucisses et pommes de terre bouillies. Jean Pee-Wee prit un *canard à la presse*, ce qui voulait dire littéralement, expliqua-t-il avec un plaisir sadique, tué par suffocation. Tout le monde eut droit à une montagne de *pommes frites* en accompagnement, et le vin d'Alsace était une pure merveille.

Jean-Pierre était en train d'expliquer à Dale la signification de son roman *La Lune du massacre*.

— Ce que vous avez voulu dire, et que la bourgeoisie capitaliste anglo-américaine des banlieues ne pourra jamais comprendre tant elle est imbue de son propre mode de vie, c'est… comment dire ? la *plénitude* spirituelle des Américains autochtones par rapport au vide de votre personnage principal qui représente l'Américain moyen dans toute sa...

Dale s'efforçait de se concentrer sur le vin et le cassoulet. Clare leva le nez, à un moment, de sa choucroute, et adressa un petit sourire au jeune éditeur. Dale l'avait déjà vue sourire de cette manière, et il savait à peu près ce qui allait suivre.

— Les spectres de votre récit, par exemple, continua Jean-Pierre. L'Américain moyen se sentirait totalement aliéné s'il en voyait un, n'êtes-vous pas d'accord ? C'est évident. Alors que, pour l'âme opprimée de l'autochtone nord-américain, pour son esprit éclairé qui est à la nature ce que l'arbre est au vent, les spectres sont quelque chose de banal, que l'on peut comprendre, aimer et accueillir les bras ouverts. N'est-ce pas la vérité ?

— Non, fit Clare en accentuant son sourire.

Jean Pee-Wee, dont la vocation était le monologue, plissa le front devant cette interruption.

— Je vous demande pardon, mademoiselle ?

— Non, répéta Clare.

Elle saisit délicatement un bâton de « pomme frite » entre ses doigts et tourna son attention et son sourire vers l'éditeur.

— Les Indiens n'ont aucun amour ni aucune compréhension pour les fantômes, et ils ne les trouvent pas banals, murmura-t-elle d'une voix ferme. Ils ont une sacro-sainte terreur des esprits. Ils les considèrent comme la partie strictement malveillante d'un individu vivant, à éviter à tout prix. Une famille navajo préférera brûler son *hogan* si quelqu'un est mort à l'intérieur, car elle est convaincue que le *chindi* – le mauvais esprit – de cette personne contaminera ce lieu comme un cancer si elle y reste.

Jean Pee-Wee la considéra en fronçant les sourcils. Ses lèvres anormalement vermeilles le faisaient ressembler à un clown avec son teint farineux.

— Mais nous ne sommes pas en train de parler des Navajos, avec qui j'ai passé trois merveilleuses semaines dans votre État de l'Arizona au cours de ces deux dernières années, nous parlons des Pieds-Noirs du roman du docteur Stewart.

Clare haussa les épaules.

— Les Pieds-Noirs ont tout aussi peur des fantômes que les Navajos. Au moins, les fantômes de la tradition européenne, comme celui du père de Hamlet ou celui de Marley, l'associé de Scrooge, ont de la personnalité. Ils raisonnent, ils discutent, ils défendent leurs actes, ils mettent les vivants en garde contre l'absurdité de leur façon de penser. Alors que, pour les Indiens des plaines, pour tous les Indiens, pratiquement, l'esprit d'un mort n'a pas plus de personnalité qu'un *fart*.

— Pardon ? fit Jean Pee-Wee en battant des paupières. Un… fat ?

— Un pet, lui dit Clare. Un gaz nauséabond qu'on laisse flotter derrière soi. Les esprits, dans la tradition indienne, sont toujours malveillants, toujours désagréables, sans la moindre épaisseur. Bien moins intéressants que les ombres pitoyables des Enfers d'Orphée et d'Eurydice.

Elle parlait visiblement trop vite pour Jean-Pierre. Dale était sûr qu'il n'avait pas compris un mot après l'histoire du pet.

— Si mademoiselle donne aux autochtones des États-Unis le nom d'« Indiens », fit Jean Pee-Wee d'une voix débordante de sarcasme gaulois, c'est que mademoiselle manque de compréhension envers les peuples indigènes.

Dale voulut ouvrir la bouche, mais Clare lui prit le poignet entre le pouce et l'index et serra très fort tout en souriant à Jean-Pierre.

— Monsieur Pee-Wee a certainement raison, dit-elle.

L'éditeur fronça les sourcils, voulut dire quelque chose, se ravisa puis orienta son monologue vers la folie actuelle de la politique américaine, en expliquant qu'il y avait une vaste conspiration d'intérêts financiers – probablement les Juifs, interpréta Dale – qui tenaient les rênes du pouvoir dans ce pays arriéré.

Plus tard, au quartier général de la Gestapo, dans leur lit douillet, tandis que le clair de lune éclairait les toits de Paris et leurs corps nus, Dale chuchota à l'oreille de Clare :

— Tout cela est-il réel ? Sommes-nous réels ? Est-ce que ça pourra durer ?

Elle lui sourit, ses lèvres à quelques centimètres des siennes. Dale n'en était pas sûr, mais il pensait que ce n'était pas le même sourire que celui qu'elle avait adressé à Jean-Pierre à la brasserie L'Alsace.

— Je pense à l'expression préférée de la mère de Napoléon, murmura-t-elle.

– Et c'est quoi ?
– Ça va bien, pourvu que ça dure.

Quand Dale se réveilla au sous-sol du Coin plaisant, il était déjà tard dans la matinée. Sa montre, qu'il avait remise à l'heure, indiquait 10 h 45, et une lumière pâle filtrait à travers les lucarnes hautes couvertes de poussière. En pantoufles, portant le vieux sweat qui lui servait de pyjama, il monta dans la cuisine. La maison était glacée et pleine de courants d'air. Le soleil, au-dehors, semblait pâle et anémique. La pluie de la nuit avait formé de longues stalactites qui pendaient devant les fenêtres et la porte comme autant de barreaux de prison. Le réfrigérateur et les buffets étaient pratiquement vides. Il se sentait affamé et aurait voulu prendre autre chose que le lait et les céréales qui lui tenaient habituellement lieu de petit déjeuner. Par exemple un bon café noir bien corsé avec des croissants chauds et du beurre. Il se demandait s'il n'avait pas rêvé de nourriture cette nuit.

Il entra dans le petit bureau et s'arrêta net. L'ordinateur était allumé. La citation stupide de Milton était toujours sur l'écran, de même que son ultimatum :

> **Dis-moi qui tu es ou j'éteins définitivement ce foutu ordinateur.**

Mais au-dessous, il lut :

> **Je ne pus isoler, consciemment, que peu de choses... tout semblait flou, jauni, noyé dans la lumière du jour. Mélancoliques dérobades, théopathies... ces souvenirs se nouaient en vagues, frémissant d'un sens mystérieux. Tout meurt partout négligé et indifférent**

Irrité par ce galimatias, par le souvenir confus d'un rêve troublant et par le souvenir réel de sa conversation avec Mab et de son incapacité à attendre le coup de téléphone d'Anne, Dale sélectionna rapidement le passage et posa le doigt sur la touche d'effacement.

Il hésita.

La relecture du paragraphe inepte fit surgir dans sa tête des mots, presque une phrase. Stalactites. Sœurs. Sibylle.

Il secoua la tête. Il avait la migraine et il ne lui restait plus rien à manger. Même son foutu pain était moisi. Il fallait qu'il aille faire les courses. Il penserait plus tard à tout ça.

Une heure plus tard, Dale ressortit du KWIK'N'EZ avec trois sacs en plastique de provisions et se figea sur place. Derek et ses quatre copains skinheads étaient aux pompes à essence, entre lui et son Land Cruiser. Leurs deux pick-ups déglingués, le Ford et le Chevrolet, étaient les seuls autres véhicules sur le parking luisant de pluie.

Il hésita un instant devant les portes de la supérette. Il sentait monter en lui l'adrénaline et la panique, et s'en voulut pour cela.

Retourne à l'intérieur et appelle la police. La police de l'État, si tu ne veux pas avoir affaire au shérif.

Il regarda par-dessus son épaule la grosse fille boutonneuse assise derrière la caisse. Elle lui rendit un regard bovin, puis détourna délibérément la tête. Il se dit que c'était probablement une copine de Derek ou de l'un des autres. Peut-être de tous à la fois.

Regrettant que ses sacs en plastique ne soient pas plus consistants, pleins de boîtes de conserve, par exemple, il descendit du trottoir et s'avança en direction du groupe de skinheads.

Leur chef, celui qui paraissait le plus âgé et qui avait une croix gammée tatouée au dos de la main droite, exhiba ses petites dents irrégulières en un sourire sardonique. Il tenait quelque chose dans sa main, qu'il cachait.

Dale se sentit les jambes en coton. De nouveau, il se le reprocha rageusement. Un instant, il rêva qu'ils allaient s'écarter de son chemin juste assez pour le laisser arriver jusqu'à son 4 X 4 prendre sa carabine à canons superposés sur le siège arrière. Il rêva de tirer sur l'asphalte, pour leur faire peur, de flanquer un coup de poing au chef skin, de mettre un genou sur sa poitrine quand il serait à terre et de lui cogner son foutu crâne par terre jusqu'à ce que le sang gicle par les oreilles de cet enculé…

Mais la Savage n'était pas sur le siège arrière, et pour ce qui était de se battre, il le savait, le skin aurait l'avantage de l'expérience, de la méchanceté et de l'agressivité. Le cœur battant inutilement, il abandonna ses fantasmes pour se concentrer sur la réalité déplaisante.

— Hé, professeur Ducon, youpin de mes deux ! lui cria le skin.

Cela lui rappela qu'ils en avaient après lui à cause des articles anti-milice qu'il avait eu le tort d'écrire, où l'antisémitisme de ces groupuscules soi-disant patriotes était l'un des thèmes majeurs.

À présent, ton thème majeur, ça va être de perdre quelques dents et de te faire taillader, se dit-il en s'arrêtant face aux cinq voyous. Il aurait voulu leur crier d'aller se faire foutre, mais il craignait que sa voix ne le trahisse.

Génial. À cinquante-deux ans, je m'aperçois que je suis un trouillard.

Une Buick bleue entra sur le parking et se dirigea vers la pompe la plus proche, là où se tenaient Dale et les cinq skins. Le couple âgé qui l'occupait contempla sans comprendre le petit groupe qui s'écartait pour laisser la voie libre.

Dale profita de cette interruption pour monter en hâte dans son 4 X 4. Le chef des skins se pencha contre sa vitre tandis qu'il abaissait le bouton de sécurité. Celui qui se tenait à côté de lui sortit une clé et raya méchamment toute la partie arrière gauche de la carrosserie.

Si j'étais un homme, je descendrais lui donner une bonne raclée.

Il démarra, espérant que les choses allaient en rester là. Manque de pot, les cinq skins grimpèrent dans leurs pick-ups – Darek et un autre dans le Chevrolet blanc, le chef et les deux plus âgés après lui dans le Ford vert aux pneus surdimensionnés. Et les deux véhicules filèrent bruyamment le train à Dale quand il sortit du parking.

Il hésita à l'embranchement de la route de comté. Fallait-il prendre au sud où se trouvait l'entrée de l'autoroute I-74 ? Une fois sur l'Interstate, il pouvait aller jusqu'à Peoria. Si les skins le suivaient, il arrêterait une voiture de police ou irait au commissariat qu'il se rappelait vaguement avoir vu sur le War Memorial Drive. Ou valait-il mieux prendre au nord vers la route en dur et la 150-A, puis Oak Hill Road et le bureau du shérif à Oak Hill ? Pas génial comme idée, pour tomber sur CJ Congden. L'un de ces skins était probablement son fils. Ils devaient tous se retrouver aux meetings de skinheads et enfiler régulièrement leurs robes blanches à cagoule pour planter des croix enflammées dans le voisinage.

Il prit au nord en direction de la route en dur. Il n'allait pas fuir jusqu'à Peoria simplement parce qu'il avait une meute de trous du cul aux fesses.

Et pourquoi pas ? Pourquoi ne pas continuer jusque dans le Montana, tant que tu y es ?

Les deux pick-ups étaient toujours derrière lui, le Ford vert en premier.

Il ralentit en arrivant à la jonction de la route en dur. Les arbres et le château d'eau d'Elm Haven étaient visibles à environ quinze cents mètres à l'ouest. Droit devant lui s'étendait la chaussée étroite, asphaltée, en trop mauvais état pour mériter le nom de route. Elle coupait à travers la campagne sur un peu plus de trois kilomètres avant de croiser la route de comté n° 6. Dale l'avait déjà prise pour aller au KWIK'N'EZ. Les champs pleins de boue qu'elle traversait lui rappelaient que c'était juste, à l'origine, un chemin de tracteurs emprunté par les fermiers du coin, inutilisable pendant la saison des pluies. L'oncle Henry et la tante Lena racontaient toujours comment les fermiers attendaient avec leurs chevaux de trait l'occasion d'aller désembourber quelque voiture malchanceuse qui passait par là, une Ford T ou un coupé, quand le printemps était particulièrement boueux.

Il s'engagea sur la route, faisant crisser ses pneus sur l'asphalte couvert d'une fine couche de neige fondue.

Si les skins avaient dans l'idée de rouler à sa hauteur pour le coincer, ils repasseraient. La chaussée pleine de nids-de-poule était bien trop étroite, avec des fossés de chaque côté.

Il regarda dans son rétro. Les deux pick-ups le suivaient de près. Il distinguait l'ovale pâle et les yeux noirs du chef skin au volant du Ford.

Il essaya de deviner l'âge des camions, pour savoir s'ils avaient la transmission 4 X 4. Peut-être pas le Chevrolet, mais probablement le Ford. En tout cas, les pneus surdimensionnés le suggéraient.

Qu'est-ce que tu t'imagines que tu vas faire ?

La route finissait à l'intersection de la 6, au sud de la taverne de l'Arbre noir. Encore quinze cents mètres et il était au Coin plaisant. Le château d'eau d'Elm Haven était à peine visible à l'ouest.

Il tourna dans Jubilee College Road en direction de l'est.
Tu es cinglé.
Le parc régional de Jubilee College se trouvait à onze kilomètres de là, mais il n'y avait rien avant. Rien d'autre que les collines, des ponts étroits enjambant les cours d'eau, quelques fermes isolées.

Et la route est suffisamment large pour qu'ils roulent à ta hauteur et t'envoient dans le fossé.

Il appuya sur le champignon. Le puissant six cylindres du Toyota rugit et propulsa en avant le véhicule de deux tonnes et demie.

Les deux pick-ups derrière lui klaxonnèrent bruyamment, soit d'exultation devant la stupidité de Dale, soit d'anticipation de ce qui allait suivre.

Dale roulait à cent vingt kilomètres à l'heure sur la chaussée mal entretenue. Le Land Cruiser était haut sur sa suspension au sommet des côtes et se tassait dans les descentes. Le Ford vert roula à côté de lui alors qu'ils attaquaient la montée suivante.

Qu'une voiture arrive dans l'autre sens et il y aura un mort.

Ils franchirent la crête côte à côte. Personne n'arrivait en sens inverse. Le Chevrolet blanc talonnait Dale. À deux reprises, il toucha son pare-chocs. Les deux pick-ups klaxonnaient sans arrêt. Les skins agitaient les bras derrière leurs vitres baissées.

Le skin assis à côté du chef brandit un poignard de chasse à cinquante centimètres du nez de Dale. Il lui criait des insanités que couvraient le sifflement du vent, les bruits des moteurs et les crissements des pneus sur l'asphalte mouillé.

Dale l'ignora et accéléra dans la descente. Jubilee College Road, à cet endroit, était assez large pour deux véhicules, mais il y avait un petit pont, au bas de la pente, où l'on ne pouvait pas se croiser.

Le Ford vert roulait à tombeau ouvert, mais Dale avait pour lui la masse, la puissance du moteur et le désespoir. Il atteignit le bas le premier et passa avant le Ford. Les trois véhicules franchirent en rugissant le pont étroit et attaquèrent la montée suivante.

C'est à cause de ce pont que l'oncle de Duane, Art, a perdu la vie, cet été 1960, se disait Dale. *Quelqu'un avait forcé sa vieille Cadillac à quitter la route, et il a heurté le parapet.*

Il dut se concentrer de nouveau sur la route. Le Ford vert roulait encore de front avec lui, et le Chevrolet blanc était juste derrière.

Il enfonça brusquement la pédale de frein. Le Chevrolet freina aussi pour ne pas le heurter et le laissa prendre de l'avance. Le Ford passa devant lui. Dale freina de nouveau. Le Chevrolet dérapa pour l'éviter. Dale donna un coup de volant à gauche. Le Land Cruiser pencha, faillit se renverser et s'engagea en dérapant sur un chemin empierré qui allait vers le nord en direction d'un bois. La pancarte jaune criblée de balles, à peine visible au milieu des herbes gelées du bord de la route, indiquait : SANS ISSUE.

Pourquoi est-ce que j'ai tourné ici ? se demanda Dale, paniqué.

Les deux pick-ups avaient déjà reculé sur la route et s'engageaient sur le chemin à une centaine de mètres derrière lui.

À quoi est-ce que je pensais ?

La réponse lui parvint sous la forme d'une voix intérieure qui n'était pas tout à fait la sienne : *La Chaussée des gitans.*

19

Je compris ce que Dale avait en tête dès l'instant où il vira vers l'est dans Jubilee College Road. Je savais pourquoi il faisait cette chose apparemment insensée avant même qu'il ne le sache lui-même.

La Chaussée des gitans était un lieu magique pour les gamins que nous étions à la fin des années 50 et en 1960, l'année où je suis mort. De tous les endroits où nous allions jouer, c'était sans conteste le plus mystérieux. La légende disait que ce vieux chemin charretier avait été utilisé, plus d'un siècle auparavant, par des caravanes de gitans qui sillonnaient tout le Midwest pour se livrer à leurs activités, en évitant les grandes routes. On disait aussi qu'ils avaient été chassés d'Elm Haven, Oak Hill et autres bourgades des environs après plusieurs disparitions d'enfants dont ils buvaient le sang, comme le prétendaient certains villageois. Les gitans, cependant appréciés par les fermiers pour leurs élixirs, leurs diseuses de bonne aventure et leurs rémouleurs, avaient découvert cet ancien chemin à travers la forêt. Les Quakers étaient venus par là avec leurs chariots, de même que les passeurs de l'Underground Railway, qui aidaient les esclaves en fuite à gagner par étapes le nord du pays dans les années qui avaient précédé la guerre de Sécession. Par la suite, les gitans s'étaient accaparé le chemin, qu'ils empruntaient pour aller de Oak Hill à Princeville, de Princeville à Peoria et de Peoria vers le nord et vers Chicago, généralement au clair de lune, leurs charrettes et leurs roulottes grinçant dans la pénombre de leur route secrète.

Pour arriver à la Chaussée des gitans, Dale et les autres gamins du village devaient suivre à pied Jubilee College Road jusqu'à la route de comté n° 6 et passer devant la taverne de l'Arbre noir. Je les rejoignais généralement devant le cimetière du Calvaire, que nous traversions bravement de jour, mais un peu nerveusement le soir, quand il fallait rentrer à la nuit tombée. On escaladait la clôture du fond pour couper à travers les prés et les pâturages, puis on traversait une vallée aux versants boisés pour arriver aux montagnes de Billy le bouc, où il y avait une mine à ciel ouvert abandonnée à côté d'une ancienne gravière. Finalement, on pénétrait dans la vieille forêt, l'originale, restée intacte, où la Chaussée des gitans n'était plus qu'un chemin creux envahi par la mousse, les herbes folles et les ronces. L'expédition comprenait généralement, en plus de Dale, son petit frère Lawrence, Mike O'Rourke, Kevin Grumbacher, le bizarre Jim Harlen et, quelquefois, d'autres garçons de la ville. Il y avait rarement des filles avec eux, mais Donna Lou Perry, qui jouait avec eux au base-ball où elle excellait au lancer, les accompagnait parfois.

C'était toujours moi qui formais l'arrière-garde. Il faut dire que j'avais des kilos en trop. Même par les journées d'été les plus chaudes, je portais de grosses chemises en flanelle et des pantalons en velours côtelé. Je marchais à mon rythme. Les autres ne disaient rien. De temps en temps, ils s'arrêtaient pour se reposer et me laissaient les rattraper. Nous suivions rarement le sentier sur plus de quatre ou cinq kilomètres. En général, la balade s'arrêtait sur le chemin de pierres où Dale venait de s'engager. Nous retournions alors sur nos pas jusqu'au cimetière, puis les autres rentraient au village pendant que je prenais, seul, le chemin du Coin plaisant au nord. Par ces journées d'été, de printemps, d'automne et même, quelquefois, d'hiver, je suivais la Chaussée des gitans avec la bande sans croire aux légendes ni aux mythes qui couraient sur elle, perdu dans mes pensées, en me disant que c'était juste un vieux chemin de campagne rendu inutile par les routes construites cinquante ou soixante ans plus tôt, mais agréable et ombragé à souhait.

La raison pour laquelle, dans son subconscient, Dale avait choisi la Chaussée des gitans pour semer ses poursuivants était qu'il se souvenait que le chemin creux permettait, en le suivant sur trois ou quatre kilomètres à partir de cette route sans issue, de rejoindre la route de comté n° 6 à hauteur du cimetière. C'était un accès difficile, mais possible. Les montagnes de Billy le bouc où nous jouions souvent enfants étaient un véritable parcours d'obstacles où alternaient les tas de scories, les mares profondes et les monticules énormes de gravier et de terre. Le subconscient de Dale, sinon son esprit conscient terrorisé, avait calculé qu'il avait de meilleures chances de passer, avec son Toyota à la garde au sol élevée, à la démultiplication 4 X 4 exceptionnelle et au blocage de différentiel central et avant, que les pick-ups à moitié déglingués qui lui donnaient la chasse.

Mais il oubliait une chose. Depuis nos virées à la Chaussée des gitans et aux montagnes de Billy le bouc, plus de quarante ans s'étaient écoulés. Et rien n'est immuable.

Avant de voir les bâtiments gris de la vieille ferme délabrée devant lui sur la gauche, Dale s'était souvenu de la Chaussée des gitans et avait souri. Il voulait attirer ces skins sur un terrain difficile, et l'endroit était parfait pour ça.

Le Ford vert rugissait derrière lui, soulevant les cailloux et la glace à un mètre du sol. Dale apercevait l'ovale blême des visages derrière les reflets du pare-brise. Il distinguait même la croix gammée noire tatouée sur le dos de la main du chef. Un instant, son assurance lui fit défaut. Et si ces gamins avaient l'intention de lui faire vraiment du mal ? De le tuer ? Il les avait conduits à l'endroit idéal. Personne ne passait jamais par là. On ne retrouverait pas son corps avant le printemps.

Trop tard pour t'inquiéter de ça, mon vieux.

Il engagea le Toyota dans l'allée enneigée et envahie par les ronces qui menait à la ferme abandonnée. Il se souvenait très bien de l'endroit. Derrière la cour, sur la gauche, commençait le chemin de…

— Merde ! jura-t-il entre ses dents.

Là où la Chaussée des gitans partait, au bout d'un pré où son frère Lawrence, Duane et tous les autres venaient marcher quarante ans plus tôt, une forêt adulte s'élevait.

— Merde ! répéta Dale.

Il se concentra sur la conduite, zigzaguant entre les arbres. Il ne roulait pas à plus de quarante à l'heure, mais c'était encore trop vite.

Les roues arrière soulevaient des gerbes de boue et de neige mêlées. Il réussit de justesse à éviter un chêne sans feuilles, mais heurta un sapin. Soudain, le Land Cruiser se mit à glisser sur une pente abrupte transformée en piste de ski par un épais tapis de feuilles mortes. Il n'avait pas la moindre idée de l'endroit où il se trouvait. Aucune trace de la Chaussée des gitans.

Les deux pick-ups avaient été également obligés de ralentir derrière lui. Le chef des skins était beaucoup plus téméraire que Derek, au volant du Chevrolet blanc. Le Ford vert fonçait sur les jeunes sapins qu'il renversait, et écrasait les buissons touffus sur son passage dans sa rage de rattraper Dale. Il gagnait continuellement du terrain.

Dale appuyait désespérément sur la pédale de frein. Il évita d'un millimètre un érable au tronc noir qui aurait pu écrabouiller le Land Cruiser et se laissa glisser sur la pente du ravin au fond duquel s'entassaient les feuilles mortes.

Où est-ce que je suis, bon Dieu ?

Il se souvenait que leurs balades se terminaient toujours triomphalement par la sortie du bois, puis le pâturage, puis la vieille ferme...

Non, il y avait d'abord une colline à grimper avant d'arriver à découvert. Il fallait toujours attendre Duane à cet endroit.

C'était sûrement ça. Ce ravin envahi par les broussailles et rempli de feuilles mortes, c'était le début de la Chaussée des gitans. Mais dans quelle direction ? Dans son souvenir, le chemin était orienté est-ouest, mais ce ravin était plutôt nord-sud. Devant lui, à l'est, c'était impraticable. Le versant était trop abrupt, même pour un bon 4 × 4. Et les arbres n'étaient pas assez espacés, de toute manière. Il jeta un coup d'œil derrière lui.

Le Ford vert était à dix mètres. Ses occupants hurlaient. Ils venaient droit sur lui.

Il passa en transmission 4 × 4 et accéléra comme un fou. Les pneus sifflèrent en s'enfonçant dans quinze centimètres de feuilles mortes. Le lourd véhicule fut déporté sur la droite, faillit s'enliser dans le lit du ruisseau qui coulait au fond du ravin, puis avança lentement juste au moment où le pick-up vert arrivait à l'endroit qu'il venait de quitter.

Tu ferais mieux de descendre te battre.

Il ignora la suggestion intérieure. Si c'était bien la Chaussée des gitans, elle s'était transformée en un ravin de neige boueuse et de glace, couvert d'arbres qui étaient presque aussi vieux que lui.

Il cessa de se préoccuper de ça et se concentra sur la conduite du gros 4 X 4. Chassant et dérapant dans les montées, bondissant sur les pierres et les troncs d'arbres au milieu du ravin, il était parfois obligé de rouler dans le lit du ruisseau pour éviter un obstacle. Le pick-up vert suivait tant bien que mal. Le Chevrolet était loin derrière.

Le ravin obliquait à l'est. Il faisait maintenant beaucoup plus sombre. À chaque instant, Dale s'attendait à être arrêté par un obstacle infranchissable, un coteau trop raide ou un précipice. Le six cylindres gémit lorsqu'il franchit une nouvelle crête entre les deux parois du ravin de plus en plus étroit.

C'était bien la Chaussée des gitans. Elle s'était élargie à sa jonction avec la route de comté, mais elle était reconnaissable ici, telle que les gamins l'avaient pratiquée. Même les arbres lui semblaient familiers. Il y en avait moins, à présent, au milieu du chemin, bien qu'il fût encore obligé de faire du slalom pour éviter ceux qui avaient poussé.

Avant que le pick-up vert pût le rattraper, la Chaussée des gitans se rétrécit encore. Les parois rocheuses étaient maintenant visibles de part et d'autre. Les racines noueuses des arbres noirs s'y étaient encastrées. Il continua de rouler vers l'est tandis que les cailloux et les buissons raclaient bruyamment le dessous du châssis. Le Ford derrière lui faisait des bonds et dérapait dans tous les sens. Loin derrière, le Chevrolet arrivait aussi.

C'est dingue, pensa Dale au bout de dix minutes de cette folle course-poursuite au ralenti. *J'aurais dû aller à la police.*

Pour demander de l'aide à Congden ? ironisa une voix.

La lumière sembla s'intensifier, les arbres reculer, le fossé appelé la Chaussée des gitans s'élargir et relâcher son emprise claustrophobe. Dale accéléra dans la montée et déboucha sur une vaste prairie.

Les montagnes de Billy le bouc. À un kilomètre du cimetière et de la route de comté n° 6.

Les pièces d'eau de la carrière avaient été comblées depuis longtemps, mais les monticules de scories et de gravier qu'ils appelaient les montagnes de Billy le bouc étaient toujours là, plus petits et plus arrondis que dans son souvenir, cependant. Aucun des tas ne dépassait six mètres de hauteur, et tous étaient envahis par les herbes, mais ils étaient bien là. Les mares n'étaient plus que des bourbiers à moitié gelés. Pour des mômes de l'Illinois qui n'avaient jamais vu de montagne ni même de colline digne de ce nom, ces tas de scories et de gravier faisaient largement l'affaire. Et à présent, ils étaient de nouveau des montagnes pour Dale.

Mais la carrière abandonnée allait beaucoup plus loin que dans son souvenir. La plaine de boue parsemée de monticules s'étendait devant lui sur quatre cents mètres au moins. Au-delà, il apercevait le chemin en mauvais état qui menait à la route n° 6 en longeant le cimetière du Calvaire au sud. Mais il n'était pas sûr que même son Land Cruiser pût franchir cette plaine de boue.

Il s'arrêta. Il y avait des rangées d'arbres de chaque côté à cinq cents mètres de distance, mais il se souvenait que la forêt, plus loin, était inaccessible pour un véhicule.

Sans doute que ça a changé aussi, se dit-il.

Il regarda derrière lui. Le Ford apparut sur la crête. Le skin penché à la portière de droite brandissait toujours son poignard.

Il s'avança dans la gadoue.

Le Land Cruiser patina presque immédiatement. Même en transmission 4 × 4, le lourd véhicule chassait sur ses roues, projetant tout autour de lui de la boue et des cristaux de glace. Le pick-up vert arriva en dérapant, ses occupants aussi excités que des pilotes de rallye dans les publicités de la télé.

Avant de perdre tout son élan, Dale enfonça le bouton qui bloquait le différentiel central. Un diagramme s'illumina sur le tableau de bord, montrant l'essieu arrière verrouillé. Il appuya sur un deuxième bouton pour bloquer le différentiel avant. Son véhicule de loisirs relativement agile se transforma alors en char d'assaut. Les roues bloquées mordirent dans la boue et hissèrent lentement la masse de métal. Le camion Ford suivit, apparemment en petite vitesse 4 × 4 lui aussi. Derek avait hésité un instant avant de suivre, puis il avait accéléré d'un coup. Mais il avait perdu son élan. Le Chevrolet blanc s'enlisa au bout de quelques mètres, et ses roues, en tournant à vide, ne firent que l'enliser davantage. Le pick-up s'immobilisa, s'enfonça encore de vingt centimètres, jusqu'au tableau de bord, et ne bougea plus.

Dans son rétro, Dale eut le temps de voir Derek quitter précipitamment son véhicule et s'enfoncer dans la boue jusqu'aux genoux. Lent à comprendre, son passager l'imita et lâcha son poignard en voulant conserver son équilibre, pour ne pas tomber la tête la première dans la gadoue. Pendant ce temps, le pick-up vert continuait à rouler derrière Dale.

Pour une poursuite automobile, se disait Dale, les effets n'étaient pas très spectaculaires. Les deux véhicules, à une quinzaine de mètres de distance l'un de l'autre, se traînaient en zigzaguant à la vitesse de 800 m à l'heure à travers la plaine de boue. Le Land Cruiser avait l'avantage du blocage de différentiels sophistiqué et de la technologie japonaise. Le camion des skinheads avait celui des pneus surdimensionnés, de la puissance du moteur et de la hargne du conducteur, qui était peut-être un tueur, en tout cas quelqu'un qui n'était probablement pas capable de reconnaître à quel point ses actions étaient insensées. La seule certitude de Dale à ce stade était que, si jamais les skins réussissaient à le coincer, ils se montreraient bien plus violents et dangereux qu'à la supérette.

Ayant traversé les deux tiers de la plaine de boue, Dale s'avisa qu'il allait devoir faire un choix douloureux. Devant lui se dressaient les tristes vestiges des montagnes de Billy le bouc, un alignement continu de monticules de six à sept mètres de haut, qui se terminait à l'est des trente derniers mètres de gadoue, avant de retrouver un sol ferme. Le cimetière du Calvaire n'était pas loin. Essayer de franchir ces monticules pouvait être fatal à son 4 X 4. S'il s'enlisait ou s'il retombait en arrière, il se trouverait à la merci des skins. Prendre au nord ou au sud pour éviter les monticules ne ferait que prolonger la poursuite au ralenti d'une vingtaine de minutes, et les deux véhicules finiraient probablement par sortir de là à une quinzaine de mètres de distance. Tout ce détour absurde par la Chaussée des gitans n'aurait servi absolument à rien.

Il accéléra en vue d'attaquer le premier monticule de scories et de boue. À mi-pente, il comprit qu'il n'y arriverait pas. Les roues avaient mordu au début, mais il y avait une portion trop boueuse et trop raide. Le gros 4 X 4 commença à retomber latéralement. Il s'agrippa au volant, freina par à-coups pour essayer de ralentir la glissade et accéléra à fond pour garder son élan tout en réduisant son dévers. Mais il dut bloquer précipitamment le volant dans la direction opposée pour empêcher le tout-terrain de faire un tête-à-queue. Les roues bloquées mordirent de nouveau, et le véhicule grimpa en crabe jusqu'au sommet.

La crête, à peu près aussi large que son 4 X 4 était long, lui permit de s'accorder un répit. Il regarda l'autre versant en écarquillant les yeux. La pente était deux fois plus raide que celle qu'il venait de gravir. Et en bas, la boue et la neige formaient une véritable fondrière.

Il jeta un coup d'œil par-dessus son épaule. Le camion Ford avait acquis suffisamment d'élan pour attaquer la pente et grimper deux fois plus vite que ne l'avait fait Dale. Il apercevait les visages hurlants des skins à l'intérieur, la bouche noire et grande ouverte. Les phalanges du chef étaient d'un blanc exsangue sur son volant tandis que les pneus surdimensionnés du pick-up projetaient des torrents de boue quinze mètres en arrière.

Son sélecteur de vitesse sur le rapport le plus court, il accéléra doucement pour descendre la pente quasi verticale. Les pignons grincèrent en signe de protestation, mais la transmission, les différentiels bloqués et la compression massive du Land Cruiser contribuèrent à le ralentir et à le maintenir droit jusqu'en bas. Le 4 X 4 toucha la boue et l'eau comme un gros rocher, enfonçant ses roues au-dessus du moyeu, mais Dale réussit à maintenir son volant et à pointer le capot vers le nord tandis que l'eau, la boue et la glace giclaient sur les côtés, formant un sillage en V autour de lui. Quinze mètres plus loin, il débloqua les différentiels, resta en mode 4 X 4 permanent et passa le deuxième rapport, atteignant le sol ferme dans un ultime effort. Les balais d'essuie-glace entrèrent en action, ménageant une fenêtre dans la boue épaisse du pare-brise, permettant à Dale de voir où il allait.

Il ne s'arrêta qu'au début du chemin conduisant au cimetière et se retourna pour regarder.

Le skin avait stoppé son camion une bonne minute au sommet, puis avait suivi Dale. Mais le couple et l'embrayage du pick-up n'étaient pas de taille. Arrivé au milieu du versant, le camion avait fait un tête-à-queue et avait glissé jusqu'en bas. Ses pneus surdimensionnés n'avaient pas été d'un grand secours dans la boue, et il avait basculé sur le côté gauche, le capot et l'habitacle à moitié immergés.

Pendant un bon moment, il n'y eut aucun mouvement, puis les trois skins sortirent par la vitre baissée de la portière côté passager et grimpèrent précautionneusement sur le côté renversé du camion. L'un des voyous voulut marcher sur le côté du plateau, les bras écartés, mais perdit l'équilibre et tomba dans la boue, où il s'enfonça jusqu'à la taille.

Dale se rendit soudain compte qu'il avait envie de rebloquer ses différentiels pour foncer avec son Toyota sur le monticule, non pas pour porter secours aux trois misérables skins, mais pour leur passer sur le corps, pour les enfoncer si profondément dans la boue qu'on ne les retrouverait pas avant cinq cents ans, comme ces corps momifiés dans les tourbières d'Angleterre. Il voulut éclater de rire, mais aucun son ne sortit de sa gorge serrée. Ses mains tremblaient sur son volant et son cœur battait à se rompre sous l'effet de l'adrénaline qui avait envahi son système. Il se rendit compte qu'il n'avait jamais été aussi furieux dans sa vie, tout au moins jamais depuis son enfance ici à Elm Haven. Des réminiscences de l'énergie et de la rage qui l'habitaient cet été 1960 profondément enfoui dans son subconscient remontèrent à la surface.

On a bien eu la peau de ce foutu camion d'équarrissage qui nous poursuivait.

Il ne comprit pas cette pensée qui lui était étrangère, mais elle faisait bel et bien écho à sa rage intérieure.

Il s'éloigna lentement vers l'ouest sur le chemin à ornières qui longeait le cimetière du Calvaire au sud. Arrivé au carrefour de la route de comté n° 6, il s'arrêta, descendit ouvrir la barrière, la franchit et redescendit la fermer. Il savait que les skins n'allaient pas tarder à arriver à pied. Pas trop vite quand même, car il leur faudrait le temps de sortir de la boue. Quant à leurs pick-ups, ils n'allaient pas pouvoir les récupérer de sitôt.

Ils ne sont pas obligés, lui dit la voix étrangère. *Tout ce qu'ils ont à faire, c'est prendre vers le nord à partir d'ici, et marcher jusqu'au Coin plaisant.*

Dale haussa mentalement les épaules. La colère, à présent, était plus forte que son tremblement post-adrénaline. La rage se cristallisait dans sa poitrine comme un poing crispé. Il avait sa carabine à la ferme, et des cartouches. Il les attendait de pied ferme.

Le Coin plaisant était plongé dans l'obscurité à son arrivée. Les stalactites pendaient du bord du toit comme autant de dents de cristal gardant l'entrée. Dale alla d'une pièce à l'autre, allumant au fur et à mesure. Personne n'était là pour l'attendre. La carabine à canons superposés était à sa place au sous-sol, appuyée contre le mur. La culasse était vide. Il prit la boîte de cartouches, chargea l'arme et remonta avec dans la cuisine. Il s'assura que la chaîne de sécurité était bien en place.

Ils peuvent venir, je les attends.

Il alla dans le petit bureau. Un message s'inscrivait sur l'écran. C'était, mot pour mot, le dernier texte énigmatique :

> **I could isolate, consciously, little. Everything seemed blurred, yellow, grafted onto daylight. Maudlin evasions, theopathies – every recollection formed ripples of mysterious meaning. Everything dies, unwanted and neglected – everything.**

La dernière fois qu'il l'avait lu, il ne lui avait trouvé ni queue ni tête. Mais il lui rappelait vaguement, à présent, quelque chose que Vladimir Nabokov avait écrit. L'histoire lui revint en mémoire. *Les Sœurs Vane*. Ce texte était une parodie d'un passage en forme d'acrostiche qui figurait dans la nouvelle. Il assembla les premières lettres de chaque mot, et cela donna :

Les stalactites sont de Dieu, la prose est de moi. Duane.

20

Les derniers mois où Clare étudia à l'université du Montana, avant de partir pour Princeton faire son doctorat, Dale et elle passèrent presque tous leurs week-ends au ranch et se retrouvèrent bloqués par la neige durant cinq jours et cinq nuits ce dernier mois d'avril où ils furent ensemble.

Il avait quitté Anne et les filles. Tout le monde, sur le campus, semblait au courant de son histoire. Le responsable du département de littérature anglaise paraissait amusé, et ses collègues étaient soit intéressés, soit écœurés, soit les deux à la fois. La doyenne lui fit savoir qu'elle était un peu embêtée. Les histoires de fesses entre étudiants étaient fréquentes, et il arrivait que des professeurs soient concernés. Mais Missoula était une petite ville, et personne n'aimait qu'on en parle trop sur le campus.

Dale et Clare étaient partis pour le ranch un vendredi, lui du petit appartement qu'il avait loué en ville après avoir quitté Anne, et elle du studio qu'elle habitait toujours. Le lendemain en fin de matinée, ils étaient bloqués. Les huit cents mètres de chemin qui les séparaient de la route étaient sous un mètre cinquante de neige, et la tempête faisait toujours rage. Le téléphone ne fonctionnait plus, et il n'y avait pas de courant. Le pied.

Ils sortirent chercher du bois et restèrent devant la cheminée pour se réchauffer. Ils se glissèrent sous la couette et firent l'amour pour se tenir chaud. La cuisinière fonctionnait au propane, ils n'avaient donc aucun problème pour faire à manger. Dale avait stocké des boîtes de conserve pour plusieurs mois, et le congélateur se trouvait dans la remise entre le ranch et la grange, de sorte qu'ils n'eurent qu'à ouvrir la porte pour que rien ne s'abîme à l'intérieur. Il faisait en dessous de zéro toutes les nuits. Dale prit la pelle à neige pour dégager le barbecue au propane devant la terrasse, et ils se firent griller des steaks le deuxième soir.

Dans la journée, ils faisaient du ski de fond ou prenaient leurs raquettes pour longer les crêtes et les vallées. Le soleil brillait entre deux tourmentes, le ciel était d'un bleu profond quand on l'apercevait entre deux nuages fuyants. Le vent soufflait presque continuellement, soulevant la neige des branches des pins Douglas et Ponderosa, accumulant un mur blanc contre la façade ouest du ranch et enfouissant la route sous des dunes ondulées de poudre blanche. Le troisième jour, ils allèrent en raquettes jusqu'à la route de comté pour constater que, si le chasse-neige y était bien passé la veille, le vent et la tempête de la nuit dernière l'avaient de nouveau rendue impraticable. Ils retournèrent donc au ranch et firent du feu dans la cheminée éteinte. Il fallut à Dale dix allumettes pour le faire démarrer. Ils ôtèrent leurs vêtements mouillés et firent l'amour sur une couverture de la baie d'Hudson devant le foyer. Plus tard, Dale déclara que, selon ses calculs, ils avaient assez de bois pour tenir jusqu'en décembre.

La nuit qui précéda le retour à la normale, Clare dit à Dale qu'il avait l'air hanté. Dans la journée, la route de comté avait été rendue à la circulation et le téléphone avait été rétabli. Un voisin qui possédait un tracteur avait promis de venir dégager leur chemin d'accès dès qu'il aurait fini une douzaine de tâches plus urgentes dans les environs. Probablement le lendemain matin à la première heure, promit-il. Dale lui avait répondu qu'il n'était pas pressé.

La nuit était tombée depuis longtemps, et ils étaient couchés devant un feu mourant, la couette épaisse sous eux et la couverture de la baie d'Hudson sur eux. Le reste de la maison était glacé et plongé dans le noir. Clare était la plus proche du feu en train de s'éteindre et lui tournait le dos, appuyée sur un coude, les fesses et les hanches en contact avec lui. Les contours de son bras gauche, de son épaule et de sa cage thoracique se détachaient en rouge sur un fond de braises rougeoyantes et semblaient pulser sous l'effet d'une chaleur intérieure. Dale était à moitié endormi, trop paresseux pour se lever ranimer le feu afin de réchauffer suffisamment la pièce pour aller dans la chambre, quand elle s'adressa à lui d'une voix douce.

— Sais-tu pourquoi j'ai choisi d'être avec toi ?

Il cilla devant la froideur avec laquelle elle avait prononcé ces paroles, mais comprit rapidement qu'elles devaient être le prélude soit à une plaisanterie, soit à un compliment.

— Non, dit-il en caressant d'une main la courbe bordée de rouge de son épaule et de son bras. Pourquoi as-tu choisi d'être avec moi ?

— Parce que tu es hanté, chuchota Clare Two Hearts.

Il attendit une explication qui ne vint pas. Au bout d'un long moment de silence interrompu seulement par le bruit des tisons qui retombaient dans l'âtre, il demanda :

— Qu'est-ce que tu entends par hanté ?

Il faisait si sombre, à présent, qu'il ne la vit pas hausser les épaules, mais il sentit son mouvement dans la paume de sa main.

— Hanté, répéta-t-elle. Touché par quelque chose de ténébreux. Quelque chose qui vient de ton enfance, je pense. Qui n'est pas tout à fait de ce monde.

Le vent secoua la fenêtre haute trois mètres au-dessus d'eux. Le jour, elle laissait voir, à travers les arbres, la longue prairie qui descendait derrière la grange en pente douce jusqu'au lac. À présent, il n'y avait que la nuit, qui exerçait une pression sur le verre avec le vent pour doigts.

— Tu plaisantes, murmura Dale en luttant contre l'envie qu'il avait de retirer sa main de la peau froide de son épaule.

— Pas du tout.

— C'est ton côté pied-noir mystique qui parle ? demanda-t-il, essayant d'adopter un ton léger mais pensant à leur premier week-end ensemble à la réserve indienne, ou bien l'héritage de je ne sais quelle sorcière italienne de tes ancêtres ?

— Les deux, fit-elle sans se tourner vers lui.

— Je croyais que c'étaient les maisons qui étaient hantées, dit-il, et non les gens.

Il affectait de plaisanter avec ça, mais sa voix était tendue sur les bords.

Clare ne dit rien. Elle n'était plus appuyée sur le coude, mais couchée sur le côté, le bras replié sur sa tête, comme pour dormir. Le feu s'était si complètement éteint qu'il ne voyait plus d'elle que la pâleur de sa peau à la lueur des étoiles renvoyée par la neige amassée derrière la fenêtre.

Il ôta sa main. L'air froid du ranch descendit sur eux sous leur couverture.

— Pourquoi choisirais-tu d'être avec quelqu'un uniquement parce qu'il est... hanté ? demanda Dale dans le noir.

— Parce que ça grandit de plus en plus, murmura-t-elle d'une voix à peine audible.

Elle semblait à moitié endormie, ou peut-être complètement, parlant dans son sommeil comme un médium en transe.

— C'est en train d'atteindre un paroxysme, continua-t-elle. Quelque chose de mort aspire à renaître.

Il sentit un courant d'air glacé sous leur couverture, aussi tangible que si un troisième corps s'était glissé entre eux. Clare était bel et bien endormie. Elle se mit à ronfler doucement.

Quelqu'un frappait à la porte à coups répétés.

Il lutta pour sortir du sommeil. Pendant quelques instants, ce fut la confusion totale dans son esprit, mais son regard capta les boules de cuivre de la tête du lit ancien, le plancher en chêne, la grosse radio au pied du lit et la faible lumière d'hiver qui filtrait à travers les hautes lucarnes du sous-sol, et il sut où il était.

Le lit de Duane, dans son sous-sol.

Les tambourinements reprirent.

Il écarta la couverture et s'assit au bord du lit. La carabine Savage était à l'endroit où il l'avait laissée, appuyée contre le mur. Il se souvint qu'il l'avait chargée en rentrant la veille après la folle poursuite dans la boue. Il n'avait pas le souvenir de s'être endormi dans le lit avec ses vêtements, mais c'était ainsi.

Quelqu'un tambourinait à la porte de la cuisine.

Il enfila ses chaussures, noua les lacets, rentra sa chemise dans son pantalon, prit la carabine, vérifia qu'elle était chargée, referma la culasse, mit le cran de sûreté et monta.

La montre de la cuisine indiquait 10 h 30. Il écarta le rideau de la fenêtre avant d'ouvrir.

C'était Michelle Staffney avec trois grands sacs à provisions posés par terre à ses pieds. Il vit un jambon sous cellophane qui dépassait du sac le plus grand. La viande rose avait l'air vaguement obscène.

— Ouvre ! cria Michelle. On gèle, ici.

Elle lui sourit. Elle avait mis un rouge à lèvres très vif, et ses joues étaient roses.

Dale planqua la carabine hors de vue mais à portée de la main entre la cuisinière et la tablette de la cuisine. Puis il ouvrit la porte.

Elle s'engouffra à l'intérieur, faisant entrer un courant d'air glacé en même temps qu'elle. Dale eut le temps de remarquer son Toyota garé dans la boue gelée de la cour. Il n'y avait presque plus de neige au sol, et la journée était ensoleillée, bien que le fond de l'air fût glacé. Il referma la porte à clé quand elle fut entrée. Puis il la regarda ôter sa parka pour la poser sur le dossier d'une chaise et commencer à vider les provisions du sac, en commençant par le jambon et les bouteilles.

— Je voulais t'appeler, mais tu n'as pas le téléphone et tu n'allumes jamais ton portable ou je ne sais quoi, alors j'ai décidé de passer, dit-elle en posant sur la tablette deux bouteilles de vin rouge qui étaient dans un plastique à part à l'intérieur de l'un des gros sacs. J'espère que tu aimes le merlot. Moi, j'en raffole. J'ai acheté ces deux bouteilles hier juste avant la fermeture des magasins, et j'ai décidé de faire quelque chose de simple. Jambon et pommes de terre rôties. Mais j'ai un magnifique gâteau Sara Lee pour le dessert.

Comme pour prouver ses dires, elle sortit une tarte aux pommes de son emballage en plastique et la lui montra.

— Splendide, fit Dale, complètement perdu. Mais quelle est la... Qu'est-ce qu'on fête ?

Le bras de Mica Stouffer née Michelle Staffney se figea dans son mouvement en direction d'un verre sur l'étagère, et Dale remarqua le tissu de son chemisier blanc tendu sur sa poitrine plantureuse. Il détourna les yeux, comme pour passer en revue le jambon, les bouteilles et les boîtes de conserve posés sur la tablette.

Michelle prit le temps d'aller remplir le verre au robinet et de le boire avant de répliquer.

— J'espère que vous plaisantez, *docteur* Stewart. Vous aviez oublié que demain c'est Noël ?

Ils dînèrent de bonne heure, avant que la lumière du jour ne disparaisse complètement. Dale s'était rasé et avait mis un pantalon kaki, une chemise propre et une veste sport en cuir marron foncé pendant que Michelle préparait du café et commençait à emplir la maison de riches odeurs de cuisine. Ils burent quelques verres de vin pendant que le jambon était au four et ouvrirent la seconde bouteille au milieu du dîner. Ils mangeaient à la cuisine. Michelle avait apporté dans son sac deux grosses bougies. Dale essaya de ne pas penser à Clare quand il les alluma avec le briquet qu'elle lui avait offert. Les bougies donnaient plus de lumière que l'ampoule au plafond. Si Dale s'était senti complètement désorienté à son réveil, il se sentait maintenant complètement ivre. Il se surprit en racontant à Michelle sa course-poursuite au ralenti dans la boue, en insistant sur le côté cocasse de la chose plus que sur son côté effrayant. Ils en rirent ensemble, et Dale remplit de nouveau leurs verres.

— J'ai lu la nouvelle dont tu m'as parlé, lui dit Michelle après avoir desservi la table avec lui.

Le café bouillonnait dans son globe et la tarte aux pommes finissait de se réchauffer dans le four. En attendant, ils sirotaient un dernier verre de vin.

— Tu sais bien, ajouta Michelle. *Le Coin plaisant*.

Il ne se souvenait que très vaguement de lui avoir parlé de cette histoire de Henry James, mais il hocha la tête en demandant :

— Tu as aimé ?

Elle but une gorgée de vin. Sa chevelure rousse brillait à la lueur de la bougie. La fenêtre derrière elle était maintenant totalement obscure.

— Je ne sais pas si ça m'a vraiment plu, dit-elle au bout d'un moment. J'ai trouvé ça très particulier.

Il sourit. Il essaya de ne pas prendre une voix trop condescendante en disant :

— C'est vrai. J'avoue que je trouve aussi parfois ce qu'il écrit assez déroutant. Sais-tu ce que disait Dorothy Parker à son propos ?

Elle secoua négativement la tête.

— Elle disait qu'il avait l'estomac plus grand que le ventre.

Il se mit à rire. L'air était chargé de l'odeur du café et de la tarte aux pommes. Les dernières gorgées de vin étaient capiteuses au palais. Cinq skins étaient en train de patauger dans la boue des montagnes de Billy le bouc. L'un dans l'autre, il se sentait aussi bien qu'il l'avait jamais été.

Michelle secoua la tête comme pour chasser au loin le commentaire de Dorothy Parker et revenir à son sujet.

— Je l'ai lu trois fois, mais je n'y comprends toujours rien. Voyons... Spencer Brydon rencontre ce fantôme, son alter ego, dans la vieille maison. C'est une horrible vision de lui-même, de celui qu'il aurait pu devenir...

Dale hocha la tête et attendit la suite. Il n'avait presque plus de vin dans son verre.

— Mais il était réel ? Ce fantôme ?

Elle avait dit cela dans un souffle rauque.

Dale haussa les épaules.

— C'est ce qu'il y a de plus intéressant dans l'œuvre de Henry James, murmura-t-il, entendant, malgré tous ses efforts pour l'éviter, l'écho du professeur qu'il était en train de faire son cours.

— Le fantôme, la vieille maison de New York, toute hantée qu'elle puisse être, ne sont que des manifestations extérieures de l'esprit, tu comprends ? Un mélange de sensations intérieures et de perceptions de l'extérieur. La réalité, pour James, tout au moins dans ses écrits, était toujours métaphorique et psychologique.

— Alice Staverton l'a vu aussi, dit-elle à voix basse.

— Pardon ?

— Son amie. Mlle Staverton. Celle qui prend la tête de Brydon sur ses genoux à la fin. Elle a vu le fantôme, le méchant Brydon, en même temps que lui. Elle le lui dit. Et elle ne l'a pas détesté. Elle s'est sentie attirée par le méchant.

— Tu crois ? demanda-t-il en se sentant tout bête.

Il avait fait son cours des dizaines de fois autour de cette nouvelle, surtout pour les étudiants de première année, et il n'avait jamais prêté une attention particulière au fait que Alice Staverton avait vu le fantôme, et encore moins au fait qu'elle avait aimé l'apparition monstrueuse.

— Mais oui, insista Michelle. Et si elle aime l'autre Brydon, malgré ses doigts en moins, son allure patibulaire et tout le reste, c'est parce que c'est lui, le fantôme, et non pas le vrai Brydon, le mollasson, qui lui dit qu'il a envie.

— Qu'il a envie qu'elle le rejoigne. Pour l'aider.

À son tour, Michelle haussa les épaules.

— Ce n'est pas comme ça que je l'ai lu. Elle dit que l'autre Brydon, le Mr. Hyde, a envie. Comme on dit « j'ai envie de toi ». Comme s'il voulait qu'elle couche avec lui. Comme s'il fallait cet autre Brydon, ce monstre, cette version vulgaire, mercantile, de Brydon, pour avoir le courage de lui dire qu'il voulait la baiser. Et c'est pour ça qu'elle choque ce mollasson de Brydon, toujours allongé par terre avec sa tête sur les genoux d'Alice, en disant : « Il avait l'air de vouloir me dire… alors, pourquoi ne l'aimerais-je pas ? »

Dale posa son verre vide sur la table et la regarda, interloqué. Depuis des années qu'il avait cette nouvelle à son programme, comment avait-il pu passer à côté de cette possibilité d'interprétation ? Comment les différents critiques de James avaient-ils pu passer à côté ? James lui-même, ce maître de l'autosublimation, était-il, lui aussi, passé à côté ? Pendant un bon moment, Dale fut incapable de sortir une parole.

— Ce qui est sûr, continua Michelle, c'est que ça ferait un film merdique. Pas d'action, pas de sexe, et le fantôme ne fait pas peur du tout. Alors, docteur Stewart, qu'est-ce que vous en dites ? On a envie ?

Dale se secoua pour sortir de sa rêverie.

— De se resservir de la tarte aux pommes et du café ?

— De monter baiser là-haut.

Dale la suit dans l'escalier, une bougie à la main. Il se sent pâteux et décalé, comme s'il voyait les choses se dérouler au ralenti, dans un rêve.

Ce n'est pas un rêve, Dale.

Il avait suggéré de descendre au sous-sol, mieux éclairé, plus chaud…

— Non, avait dit Michelle au pied de l'escalier. C'est un lit de gamin.

Un lit de gamin ?

Il s'était rendu compte, tout à coup, que c'était vrai, c'était un lit de gamin, et de gamin mort, qui plus est, mais quelle différence ? Tous les lits de la maison étaient des lits de personnes mortes.

— Tu ne veux pas aller chercher l'édredon et la couverture dans le petit bureau ? demanda Michelle.

— La pièce est plus chaude…, commença Dale.

Elle secoua la tête.

— Il y a l'ordinateur. Va prendre la couverture et l'édredon.

Dale obéit. Il revient au pied de l'escalier. Il n'a pas compris la remarque de Michèle à propos de l'ordinateur. Il n'arrive pas à fixer ses idées. Ni sur ça ni sur rien d'autre. Leurs ombres gravissent les marches en même temps qu'eux. Ils s'arrêtent un instant sur le palier avant d'entrer dans ce qui devait être la chambre à coucher principale. Dale se demande, vaguement, pourquoi il n'y a pas de courant à l'étage.

Le vieux a tripoté l'installation. Il a coupé les fils à partir de la boîte à fusibles.

Michelle lui encercle le poignet dans ses doigts à l'entrée de la chambre. La flamme de sa bougie se reflète dans ses yeux étrangement vitreux.

Verres de contact, se dit Dale. *Et un peu trop de vin.*

Il ouvre la bouche pour dire quelque chose, mais ne trouve rien. La bougie qu'il tient à la main coule, brûlante, sur son poignet, mais il l'ignore. Il fait étrangement chaud là-haut.

— Viens, murmure Michelle Staffney en entrant la première dans la chambre.

L'excitation le saisit dès l'instant où il passe le seuil, mais c'est peut-être à cause des doigts fins de Michelle autour de son poignet, ou des reflets de la bougie sur ses joues roses et ses cheveux roux, ou encore du parfum mêlé à son odeur de femme qui monte de sa peau, comme stimulé par la petite flamme de sa bougie.

— Je sais l'effet que t'a fait cette chambre la première fois, murmure-t-elle en posant sa bougie sur la table de nuit.

Elle lui prend celle qu'il tient à la main et la pose à côté de la sienne. Elle lui prend l'édredon et la couverture qu'il a sous le bras et les déploie sur le vieux lit. D'abord la couverture, qu'elle lisse soigneusement, puis l'édredon rouge. Leurs ombres se déplacent sur le papier peint délavé des murs et ondulent sur les tentures fermées.

Dale continue de rester stupidement sans bouger, il la regarde retourner le bord de l'édredon et se rapprocher. Il sent l'odeur de shampooing dans ses cheveux. Elle lui embrasse le côté de la nuque, pose sa main dans le bas de son dos, sur la veste en cuir, et fait glisser ses doigts diaphanes sur son torse et sur son ventre jusqu'à ce qu'ils rencontrent sa verge en érection à travers le coton du pantalon. Elle le regarde dans les yeux.

— Tu ne m'embrasses pas ?

Il l'embrasse. Elle a les lèvres pleines et très froides, presque glacées.

Elle lui sourit et se sert de ses deux mains pour lui ôter sa veste. Elle ne trouve pas d'endroit où la poser et la laisse tomber par terre. Puis elle commence à lui déboutonner sa chemise. Quand elle s'attaque à son propre corsage, Dale finit de déboutonner la chemise et la sort de son pantalon.

Michelle laisse tomber son corsage par terre à côté de la veste et dégrafe sa jupe. Elle porte un soutien-gorge blanc en dentelle, au style étrangement virginal. Ses seins pleins, d'une pâleur laiteuse, se tendent sous la dentelle. Les taches de rousseur de son cou se fondent dans leur blancheur.

Elle défait la ceinture du pantalon de Dale et dégrafe sa braguette. Puis elle pose un genou par terre, abaisse le pantalon et le caleçon jusqu'aux chevilles et prend sa verge dans sa bouche.

Dale étouffe un halètement, non pas à cause de cet assaut inattendu de son intimité, mais parce qu'elle a la bouche aussi froide que si elle venait d'y faire fondre un glaçon.

Que doivent faire en ce moment Anne et les filles ? Pour le réveillon de Noël ?

Rageur, il chasse cette pensée parasite.

Michelle se redresse en souriant, ses lèvres vermeilles humides. Ses deux mains remplacent à présent sa bouche. Elles glissent de haut en bas et de bas en haut sur la hampe humide de sa verge. Elle murmure :

— Tu ne m'aides pas à me déshabiller ?

Maladroitement, pulsant littéralement d'excitation tandis que les mains glacées continuent de le tenir, il fait glisser sa jupe et l'enlève. Elle le lâche un instant pour se débarrasser de ses chaussures pendant qu'il fait glisser sa culotte blanche à ses pieds. Il remarque que sa toison pubienne rousse forme une étroite bande verticale. Il a déjà vu cela dans des magazines et des films, mais jamais dans la réalité. Il prend soudain conscience de ce que Michelle Staffney doit connaître toutes sortes de plaisirs secrets d'Hollywood, des raffinements sexuels dont les femmes de Missoula ou du Montana en général n'ont jamais dû entendre parler. Cette pensée aurait de quoi le faire sourire en temps normal, mais la vue de Michelle devant lui, nue à l'exception de son soutien-gorge blanc, les jambes légèrement écartées, les cuisses incurvées vers l'intérieur, les lèvres rose pâle de sa vulve humide brillant à la lueur des bougies, ne prête pas à sourire.

Elle passe les deux mains derrière son dos pour dégrafer son soutien-gorge, qu'elle laisse tomber par terre. Ses seins sont énormes, pâles, ronds, avec des aréoles rose clair. Ils sont aussi hauts et fermes que ceux d'une jeune fille de dix-sept ans.

Ils sont faux. Ils ne sont pas d'origine.

Il bat des paupières pour chasser cette pensée et la regarde triturer son pénis une dernière fois. Elle déplie un coin de l'édredon et se glisse sur la couverture. Le lit grince. Il n'y a pas d'oreiller. Elle lève légèrement la jambe gauche, accoudée sur son bras droit. Dale ne se souvient pas d'avoir jamais été aussi excité sexuellement, même avec Clare.

– Tu ne viens pas ? lui demande Michelle en soulevant plus haut l'édredon en guise d'invitation.

Dale reçoit soudain comme une claque, un courant d'air glacé, comme si une présence venait de s'introduire par une porte invisible dans le mur. Il se retourne, alarmé, mais ne voit que son ombre grotesque – verge dressée – sur le papier peint délavé.

– Dale ?

La voix de Michelle est tendre, mais impérative.

Il se tourne vers elle, voit la lueur des bougies danser dans ses yeux. Le bout de ses seins est durci.

Il y a quelque chose qui ne va pas, Dale.

– Ça ne colle pas, dit-il tout haut.

– De quoi parles-tu donc ?

Elle tend la main pour prendre la sienne, mais il la retire. Ses doigts glacés se referment sur son gland.

— J'ai l'impression que tout va très bien, au contraire, murmure-t-elle.

Elle lui sourit à la lueur des bougies. Les flammes vacillent comme sous l'effet d'un léger courant d'air.

Il recule, sans comprendre sa propre réaction. Il éprouve comme un regret infini lorsque les doigts de Michelle glissent sur son gland brûlant et le lâchent.

C'est impossible qu'une telle chose arrive, Dale.

— Ça n'arrivera pas, dit-il d'une voix sombre.

Il a l'impression que le plancher de la chambre se soulève et retombe comme le pont d'un navire une nuit de tempête.

Michelle retire sa main, lève son autre main à la même hauteur, saisit ses seins lourds au creux de ses paumes et les soulève. Le vernis de ses ongles luit tandis qu'elle joue avec le bout de ses seins.

— Viens donc, chuchote-t-elle.

Dale se force à détourner son regard. Son ombre est celle d'un bossu, un phénomène de cirque, instable et dansante à la lueur frénétiquement vacillante des bougies. Soudain, l'air se fige, glacé. Il voit son haleine se condenser devant sa bouche et sent l'odeur âcre du moisi glacé. Il ne regarde pas dans la direction du lit.

Fato profugus.

— Le destin est fugitif, balbutie Dale sans savoir pourquoi il dit cela.

— Dale...

La voix rauque qui le supplie n'est guère plus qu'un souffle derrière lui tandis qu'il rassemble ses vêtements en vitesse, fait tomber une chaussure, la ramasse, laisse ses chaussettes par terre et dévale l'escalier.

Michèle se tenait, habillée et glaciale, devant la porte de la cuisine, sans vouloir le regarder.

— Je suis désolé, commença-t-il. Je ne comprends pas ce qui... Désolé.

Elle secoua la tête en mettant sa parka.

— Les provisions qui restent... murmura-t-il en se tournant vers la tablette de la cuisine.

— Garde-les. Et bon appétit.

Elle tourna la clé et ouvrit la porte, sans cesser de lui tourner le dos. Elle n'avait pas croisé son regard une seule fois depuis qu'elle était descendue, habillée et pâle comme un linge.

Il tendit le bras pour lui toucher l'épaule à travers la parka, mais elle l'évita.

— Désolé, répéta-t-il, conscient du ridicule. Une autre fois, peut-être... un autre jour...

Elle se mit à rire. C'était un bruit étrange, caverneux, pas du tout féminin. Elle sortit dans la nuit.

— Attends, je t'apporte une lampe, lui dit-il.

Il prit la torche électrique sur le comptoir de la cuisine et courut l'aider à traverser la cour gelée jusqu'à son Toyota.

Les chiens noirs surgirent, invisibles, de l'obscurité. Trois des bêtes bondirent sur Michelle et deux sur Dale à l'endroit où il se tenait sur le perron. Ils étaient énormes, plus gros qu'aucun chien ne pouvait l'être. Leurs yeux étaient d'un jaune lumineux, leurs crocs d'un blanc éclatant à la lueur de la cuisine. Dale eut le temps de manier sa lampe comme un gourdin, pour éclairer les yeux de chacal de la bête la plus proche. Puis les pattes et la masse des deux chiens noirs qui l'attaquaient le renversèrent en arrière, et sa tête heurta durement la porte de la cuisine tandis que la torche lui échappait et roulait au loin, sans éclairer plus rien.

Michelle hurla une fois. Entre deux masses noires, Dale saisit les reflets roux de ses cheveux. Les trois chiens qui tournaient autour d'elle et sur elle semblaient encore plus gros que les siens, encore plus féroces. Leurs grondements et leurs aboiements emplissaient la nuit.

À demi inconscient, saignant au niveau du cuir chevelu, Dale se laissa rouler de dessous l'un des chiens noirs et tenta de se redresser, mais la deuxième bête le heurta durement par-derrière et il bascula sur le sol gelé de la cour, ses poumons se vidant de tout leur souffle. À moins de quinze mètres de là, les chiens s'acharnaient hargneusement sur Michelle, tous crocs dehors.

Il rua, sentit ses bottes entrer en contact avec la cage thoracique d'une bête, l'entendit japper presque à son oreille, lutta pour se mettre à genoux, pour ramper vers l'endroit où les trois chiens semblaient en train de mettre Michelle en pièces.

Les deux monstres qui le harcelaient tournaient autour de lui en montrant leurs crocs, qui étaient plus haut que sa tête, tandis que leurs yeux brûlaient d'un éclat jaune. L'une des bêtes lui saisit sa veste de cuir à l'épaule et la déchira, le faisant basculer à plat ventre sur la boue gelée. Il se protégea le visage avec son avant-bras tandis que les deux chiens lui arrachaient sa veste et la tiraient chacun de son côté en grondant. Leur bave coulait dans ses cheveux et sur sa joue. Il roula sur le dos, crispant les poings.

— Michelle ! hurla-t-il.

Il ne reçut pas d'autre réponse que les aboiements et les grondements.

Le plus gros des deux chiens qui s'en étaient pris à lui sauta alors sur son dos tandis que l'autre grondait, hors de vue, au-dessus de lui et derrière lui. Dale frappa à coups de poings répétés la muraille noire de la cage thoracique de l'animal qui l'enfourchait, posant son énorme patte sur lui comme une enclume pour l'immobiliser. Son haleine empestait, elle sentait le soufre et la charogne.

— Dégage... d'ici, maudite bête ! haleta Dale.

Il saisit le chien géant par la peau du cou comme si c'était un collier, en le secouant pour le projeter loin de lui. L'animal gronda et fit claquer ses mâchoires à moins de deux centimètres du visage de Dale. Son congénère était allé rejoindre les autres qui s'acharnaient sur leur victime à présent silencieuse. Dale les entendit s'éloigner dans l'obscurité en direction des bâtiments annexes, mais en traînant quelque chose... ou quelqu'un.

Il se mit à hurler et abattit ses deux poings à plusieurs reprises sur les oreilles de chacal de l'animal qui était sur lui. Le molosse fit un bond en arrière.

De nouveau sur les genoux, luttant pour se remettre debout, Dale aperçut enfin Michelle, ou plutôt seulement ses jambes exsangues et une main inerte qui traînant mollement au sol tandis que les quatre bêtes l'entraînaient à l'écart du dernier rayon de lumière issu de la cuisine restée ouverte en direction des champs et de la grange invisibles dans l'obscurité. Ils ne cessaient de gronder et de japper en la tirant de tous les côtés à la fois.

— Espèces de saloperies de putains de... commença Dale, les yeux injectés de sang.

Il avait l'impression que le sol tanguait et roulait sous lui comme le pont d'un navire tandis qu'il titubait en direction de la meute. Il ne voyait plus ni les chiens ni leur victime. Il se souvint soudain qu'il avait une carabine à l'intérieur et n'hésita qu'une courte seconde avant de tourner les talons pour aller la prendre. Mieux valait perdre quelques précieuses secondes que rester là désarmé dans le noir.

Il venait d'atteindre le perron lorsque le cinquième molosse le rejoignit d'un bond, son poil noir luisant dans la lumière jaunâtre de la cuisine. Ils tombèrent ensemble à la renverse contre le mur et Dale se retrouva la figure dans la boue noire. Il eut l'impression que le sol se dressait sous lui comme un mur et se sentit glisser vers le bas, vers le chien qui grondait derrière lui, dans les ténèbres.

21

— Et ensuite, que s'est-il passé ?
— Je vous ai déjà dit ce qui s'est passé ensuite.
— Répétez-le, demanda le shérif adjoint.
Dale soupira. Il était exténué et il avait mal à la tête. Les effets de l'anesthésie locale commençaient à s'estomper. On lui avait fait huit points au niveau du cuir chevelu, et la piqûre antitétanique lui faisait encore plus mal que ses autres blessures diverses. Mais c'était surtout son mal à la tête qui le faisait souffrir. Les infirmières lui avaient donné l'autorisation de se rhabiller, et il avait fallu qu'il parle aux shérifs adjoints dans une petite salle libre à côté de celle des urgences. Il se trouvait à l'hôpital de Oak Hill et il était un peu plus de 3 heures du matin. La petite pièce était dépourvue de fenêtres et l'éclairage fluorescent lui faisait mal aux yeux. Il flottait dans l'air une odeur de café brûlé.
— Quand vous avez quitté la ferme, insista l'adjoint Presser.
C'était le plus âgé des deux hommes en uniforme, mais il devait avoir moins de trente ans. Il avait le teint rougeaud et des cheveux blonds coupés court.
— C'était combien de temps après avoir perdu conscience ? demanda-t-il.
Dale haussa les épaules, puis regretta aussitôt son mouvement. Ses bras, ses épaules et sa cage thoracique lui faisaient aussi mal que si quelqu'un s'était acharné sur lui à coups de pied avec des chaussures

cloutées. La douleur derrière ses yeux le lancinait comme autant de fines aiguilles en acier plantées dans son crâne.

– Après avoir quitté la ferme, articula-t-il lentement, je suis allé à pied jusqu'au KWIK'N'EZ à la sortie de l'I-74.

– Mais vous dites que vous aviez un téléphone mobile. Pourquoi ne pas l'avoir utilisé ?

– J'ai dit que je ne trouvais plus mon téléphone, murmura-t-il calmement afin de ne pas aggraver son mal de tête.

Il essayait de placer chaque mot entre deux pulsations de son crâne endolori.

– J'ai cherché dans mon 4 X 4, continua-t-il, mais je ne l'ai pas trouvé. Il a peut-être glissé entre les sièges. Le plafonnier ne marchait plus. J'aurais pu chercher dans la maison, mais le plus urgent, pour moi, était de m'éloigner d'ici pour demander de l'aide.

– Vous dites que votre véhicule n'a pas démarré, fit l'adjoint d'une voix monocorde.

Il tenait à la main un petit carnet à reliure spiralée, qu'il consultait au fur et à mesure. Dale vit l'étiquette du prix collée au dos avec le code barre.

– Mon véhicule n'a pas démarré, confirma Dale. La batterie... à plat.

– Mais le shérif adjoint Reiss l'a fait démarrer du premier coup avec la clé de contact que vous nous avez donnée.

Le policier tourna la tête vers son jeune collègue assis à l'autre bout de la table, qui hocha gravement la tête pour confirmer.

Dale allait hausser de nouveau les épaules, mais il se contenta de hocher lui aussi la tête en murmurant :

– Je ne sais pas pourquoi elle n'a pas démarré avec moi.

– Et vous n'avez pas le téléphone à votre domicile ? Celui que vous louez en ce moment ?

Dale prit une inspiration, puis hocha encore la tête. Il avait déjà répondu à toutes ces questions, sous une forme ou sous une autre, depuis minuit.

– Vous êtes sûr que vous n'avez retrouvé aucune trace de Michelle ? demanda-t-il au policier le plus jeune.

– Aucune, fit l'adjoint Dick Reiss, dont le nom était inscrit sur une plaque épinglée à son revers gauche.

— Il fait nuit noire. Vous avez regardé dans la grange ?

— Taylor et moi nous avons regardé partout.

Dale remarqua, pour la première fois, que le jeune adjoint avait une petite boule de tabac à chiquer logée entre les gencives et la joue.

Son collègue plus âgé agita son carnet dans sa direction pour lui signifier de se taire.

— Monsieur Stewart… ou bien préférez-vous « docteur » ?

— Ça m'est égal, fit Dale d'une voix lasse.

— Monsieur Stewart, reprit l'adjoint sans s'émouvoir, pourquoi avoir fait ces cinq kilomètres à pied jusqu'au KWIK'N'EZ ? Pourquoi pas un voisin ? Les Fallon, par exemple. Ils ont leur maison à quinze cents mètres de la vôtre au nord. Et les Bachmann sont encore moins loin, vers la route en dur, juste avant le cimetière.

— Les Bachmann ? s'étonna Dale. Ah ! vous voulez dire les nouveaux propriétaires de la maison de l'oncle Henry et de la tante Lena ?

L'adjoint Presser le regarda sans comprendre.

De nouveau, Dale secoua la tête.

— Si c'est de la même maison que nous parlons, je peux vous dire qu'elle n'était pas éclairée et qu'il n'y avait aucune voiture dans l'allée. Il y avait un gros chien qui aboyait dans la cour. Je ne me suis pas arrêté.

— Mais pourquoi être allé au KWIK'N'EZ plutôt qu'en ville, monsieur Stewart ?

— Je ne me souvenais pas d'avoir vu une cabine en ville. J'ai pensé qu'il y en aurait bien une devant la porte ou la banque, mais je n'étais pas sûr. Et il faisait plus noir dans cette direction. Quand je suis arrivé à Jubilee College Road, j'ai vu les lumières du KWIK'N'EZ au loin sur le raccourci de la route en dur, en ligne droite, et… (il porta les mains à ses tempes) ça m'a paru plus sûr.

L'adjoint Presser écrivit quelque chose dans son carnet. Dale remarqua la pâleur de ses doigts là où ils exerçaient une pression sur son stylo. Ils étaient presque recourbés dans l'autre sens quand il écrivait. Il avait déjà noté cette manière de tenir un stylo chez certains de ses étudiants.

Il se racla la gorge.

— En vérité, dit-il, je n'ai même pas téléphoné. J'ai... plus ou moins perdu de nouveau conscience en arrivant à la station-service. J'ai juste eu le temps de demander à l'employé d'appeler la police, et je me suis assis par terre, à côté du rayon des surgelés, jusqu'à ce que votre collègue arrive. Pas l'adjoint Reiss, mais l'autre.

— Taylor, murmura l'adjoint Presser.

— Le shérif ne s'est pas déplacé ? demanda Dale.

Il avait été soulagé jusque dans la moelle de ses os quand il avait vu que ce n'était pas CJ Congden qui répondait à l'appel.

— Non, répliqua l'adjoint Presser. Le shérif est parti passer les fêtes à Chicago avec sa famille. Il revient après-demain. Vous le connaissez ?

— De très longue date. Nous étions à l'école ensemble.

Presser leva un instant les yeux, puis nota quelque chose dans son carnet.

— Mais, bon Dieu ! s'exclama Dale, tremblant sous le coup de la fatigue et du choc. Vous n'allez rien faire de plus pour retrouver Michelle ? Ces bêtes ont dû la traîner quelque part... Elle est peut-être encore vivante !

— Bien sûr. Demain matin à la première heure nous enverrons des hommes faire une battue. Mais en attendant, il y a quelques points à éclaircir. Vous dites qu'elle a un pick-up Toyota de couleur blanche ?

— Oui, un Toundra, je crois. (Il regarda tour à tour les deux adjoints.) Il doit être garé dans la cour du Coin... de la ferme.

— Non, déclara Presser. Quand les adjoints Taylor et Reiss sont arrivés là-bas, il n'y avait aucun pick-up blanc dans la cour. Aucun autre véhicule que votre Toyota, dont le moteur a démarré aussitôt avec votre clé de contact.

Dale ne put que regarder les deux hommes en fronçant les sourcils durant un bon moment.

— Pas d'autre 4 X 4 ? murmura-t-il stupidement. Aucun autre véhicule ?

— Mais non, lui dit l'adjoint Presser en prenant de nouvelles notes. Êtes-vous certain d'avoir vu cette personne arriver en voiture ?

— Certain. Ou plutôt... attendez. Je ne me souviens pas d'avoir vu son 4 X 4 hier, mais... je ne vois pas comment elle aurait pu arriver à la ferme autrement. C'est trop loin de la ville pour qu'elle ait pu...

L'espace d'un instant, il sentit son cœur battre d'un fol espoir. Michelle n'avait peut-être pas été blessée si gravement que ça si elle avait pu repartir en voiture. Mais les aboiements et les hurlements des chiens lui revinrent en mémoire, et ses battements de cœur ralentirent tandis que la lueur d'espoir s'éteignait.

— Je n'y comprends rien, murmura-t-il. Vous êtes allés vérifier chez elle ?

— Mais oui, répondit Presser. Nous sommes allés à l'adresse que vous nous avez indiquée. Il n'y a personne dans cette maison. Ni voiture dans l'allée ni rien.

Dale expira lentement et regarda ses mains posées sur ses cuisses, qui ressemblaient à des sculptures grossières, lourdes et pathétiques. Son pantalon kaki était taché de boue et de son propre sang.

— Vous dites qu'elle est arrivée à la ferme en plein jour ? demanda l'adjoint Presser.

— En fin de matinée. Ou peut-être au tout début de l'après-midi. Je dormais encore. C'est elle qui m'a réveillé. Nous avons commencé à faire à manger peu après son arrivée.

— Et vous n'avez pas vu le véhicule dans lequel elle est venue ?

— Non.

Il regarda le jeune adjoint dans les yeux. L'autre lui rendit placidement son regard tout en mâchonnant sa chique.

— Écoutez, reprit-il. Je vous ai déjà posé la question, mais je n'ai pas eu de réponse. Avez-vous trouvé là-bas des traces de sang ? Des lambeaux de vêtement ? Des signes de lutte ?

— Il y avait du sang à l'endroit où vous êtes tombé contre la porte, fit l'adjoint Reiss en repoussant sa chique dans un coin de sa joue avec sa langue. Nous avons également retrouvé la veste de sport dont vous nous avez parlé. Elle était déchirée, comme vous l'avez décrite.

— Mais pour Michelle... Pas de traces... des chiens qui l'ont attaquée ?

Avant que son jeune collègue pût répondre, Presser leva son carnet à spirale pour le faire taire.

— Monsieur Stewart, nous allons retourner à la ferme McBride pour examiner les lieux une nouvelle fois. Est-ce que vous nous autorisez à regarder à l'intérieur ? L'adjoint Reiss ici présent a crié, sur le seuil de la cuisine, pour savoir si cette dame était dans la maison, mais il n'a pas eu de réponse. Avec votre permission, nous aimerions regarder partout. Si elle est blessée, elle est peut-être évanouie quelque part.

— Je vous accompagne, fit Dale en essayant de se lever.

— Je ne crois pas que ce soit une bonne idée. Le médecin a recommandé, à cause du coup que vous avez reçu sur la tête, de vous laisser en observation à l'hôpital jusqu'à demain midi.

— Pas question. Je viens.

Il prit appui sur le dossier de la chaise, en battant des paupières pour vaincre la sensation d'étourdissement accompagnant chaque pulsation de son mal de tête.

— À vous de voir, monsieur, lui dit Presser.

Les deux adjoints le précédèrent pour sortir de la salle des urgences vide. Ils passèrent devant le regard curieux des infirmières et des internes et grimpèrent dans un véhicule de la police qui attendait dans l'allée, son pot d'échappement laissant sortir une fumée blanche qui tourbillonnait et qui les encercla comme une chape de brouillard.

Assis sur la banquette arrière de la voiture de patrouille, Dale avait l'impression d'être un prisonnier qu'on emmenait. Une grille en acier le séparait des deux adjoints silencieux à l'avant, et il n'y avait pas de manivelle pour les vitres ni de poignée pour les portières arrière. Les coussins déchirés en plusieurs endroits sentaient l'urine et le désespoir. De toute évidence, même une toute petite ville comme Elm Haven avait son contingent de problèmes. Dale sentait son cœur battre de plus en plus vite à mesure qu'ils s'approchaient du Coin plaisant. Les rangées d'arbres morts se dressaient, sinistres, de chaque côté du pinceau des phares.

L'adjoint Taylor les attendait dans sa voiture dont le moteur tournait. Les quatre hommes restèrent un moment dans la cour, les trois adjoints du shérif tenant un conciliabule à l'écart tandis que Dale essayait de percer du regard les alentours éclairés uniquement par les phares.

— Est-ce que je peux avoir mes clés ? demanda-t-il.
— Pardon ? fit l'adjoint Taylor, petit et gros, qui était venu au KWIK'N'EZ quelques heures plus tôt.
— Mes clés de voiture.

Quand ils les lui donnèrent, il grimpa dans son 4 X 4 et essaya de faire tourner le moteur. Il démarra sans se faire prier. Dale alluma le plafonnier et retrouva son téléphone à l'endroit où il avait glissé entre la console centrale et le siège passager. Il voulut l'allumer, mais il n'y avait plus de charge. Il le glissa dans la poche de sa chemise et descendit rejoindre les trois policiers sur le seuil de la maison. Il tremblait de froid sans sa veste.

La cuisine était exactement dans l'état où Michelle et lui l'avaient laissée après le repas. La vaisselle était faite, mais les assiettes s'empilaient sur la tablette. La tarte aux pommes froide était à côté des tasses à café vides. Dale se souvint que Michelle avait éteint la cafetière électrique juste avant de monter dans la chambre.

L'adjoint Presser se pencha par-dessus la cuisinière pour soulever la carabine Savage à canons superposés appuyée contre le mur. Il ouvrit la culasse, retira la cartouche calibre 410 qui s'y trouvait et haussa un sourcil interrogateur dans la direction de Dale.

— Je la garde chargée à cause des chiens, expliqua ce dernier.
— Vous les aviez donc vus avant, fit l'adjoint Reiss de l'endroit où il se tenait, tourné vers la salle à manger vide.
— Je vous l'ai déjà dit. Je les ai vus, mais ils n'étaient pas... aussi gros.

Les adjoints Presser et Reiss échangèrent un regard. Dale nota que Presser avait glissé la cartouche dans sa poche. Il passa la carabine à Taylor, qui était resté devant la porte d'entrée.

— J'ai froid, murmura Dale. Je descends chercher un pull.
— Nous venons avec vous, lui dit Presser. Larry, ajouta-t-il en s'adressant à Taylor, va jeter un coup d'œil dans les chambres là-haut.

Le sous-sol était, comme toujours, plus chaud que le rez-de-chaussée. Dale prit un gros pull en laine dans la pile de vêtements à côté du lit et y passa la tête pendant que les deux policiers faisaient le tour de la pièce en regardant partout avec leurs torches, derrière la chaudière et dans le bac à charbon vide. Mais Michelle ne se cachait nulle part.

Quand ils remontèrent, Taylor déclara qu'il n'avait rien trouvé à l'étage. Presser hocha la tête et entra dans le petit bureau de Dale.

— Qu'est-ce que ça signifie ? demanda-t-il en pointant sa grosse torche sur l'écran du ThinkPad.

Le message sur fond noir disait :

> **Hrot-garmr. Si-ik-wa UR. BAR. RA ki-sat-at. Wargus sit.**

— C'est de l'allemand ? demanda Presser.
— Je suis écrivain, répliqua Dale pour gagner du temps.

Il essayait de traduire le message. C'était la première fois qu'il le voyait.

— Je vous ai demandé si c'était de l'allemand ou quelque chose comme ça.

Dale secoua la tête.

— C'est inventé. J'écris un roman de science-fiction, et c'est un langage extraterrestre.

— Comme le klingon ? demanda Reiss, qui était dans le couloir.
— C'est ça.
— Tais-toi un peu, Dick, lui dit Presser.

Il sortit dans le couloir, laissant Dale devant l'écran. Si ces adjoints avaient eu quelques connaissances en vieil anglais – chose très improbable, se disait-il –, il aurait eu des ennuis. D'un autre côté, à première vue, seuls le début et la fin du message étaient en vieil anglais. *Hrot-gamr* pouvait se traduire par « feu », mais littéralement cela signifiait « chien hurlant », comme pour le bûcher funéraire de Beowulf ou de Brynhild dans les épopées classiques. *Wargus sit* pouvait être rendu par « il sera un *warg* ». Encore ce mot, *warg*, qui désignait un outlaw littéralement devenu un loup aux yeux de ses compagnons, un harceleur de cadavres, quelqu'un qui, comme les loups-garous indo-européens, méritait la strangulation.

— Monsieur Stewart, qu'y a-t-il là-haut ?

Dale sortit dans le couloir encombré et leva les yeux vers l'endroit où se tenait Presser, sur la cinquième marche de l'escalier.

— Il n'y a rien du tout, dit-il. L'étage est resté condamné pendant des années. C'est moi qui ai enlevé le plastique il y a quelques semaines. Il n'y a rien là-haut.

Il se tut soudain, conscient d'être en train de bafouiller. Son cœur battait à l'unisson des pulsations de son mal de crâne.

— Ça ne vous dérange pas que je jette tout de même un coup d'œil ? demanda Presser.

Sans attendre de réponse, il alluma sa torche et grimpa bruyamment les marches. Reiss le suivit. Taylor retourna dans la cuisine, la carabine déchargée toujours dans les bras. Dale eut quelques secondes d'hésitation, puis il les suivit à son tour.

Les deux policiers étaient déjà dans la chambre à coucher. L'une des bougies posées sur la table de nuit s'était consumée entièrement dans une mare de cire fondue, mais l'autre brûlait toujours. La couverture et l'édredon sur le lit étaient en boule à l'endroit où Michelle les avait repoussés quand elle s'était levée pour partir à peine quelques… *Mon Dieu !* se dit-il. *À peine quelques heures avant.* Il lui semblait que des jours entiers s'étaient écoulés !

Presser souleva l'édredon du bout de sa longue torche électrique et se tourna vers Dale comme s'il attendait une explication. Dale soutint son regard mais demeura muet.

Les trois hommes passèrent dans la pièce à côté. Elle était plongée dans l'obscurité et vide à l'exception du rocking-chair d'enfant, toujours au milieu de la pièce. Puis ils redescendirent dans la cuisine.

— Est-ce que vous allez faire des recherches autour de la maison ? demanda Dale.

Il avait du mal à parler tant sa gorge était à vif, et son mal de crâne l'élançait plus que jamais.

— Bien sûr, fit Presser. Dès demain matin. L'adjoint Taylor va rester ici avec vous jusqu'à notre retour.

— Pas question que j'attende demain matin ! s'insurgea Dale.

Quelqu'un avait rapporté à l'intérieur la lampe électrique qu'il avait perdue quand les chiens l'avaient attaqué. Il essaya de l'allumer. Elle fonctionnait encore.

— Je vais voir dans les fourrés et dans les annexes, dit-il.

Presser haussa les épaules.

— Larry, dit-il en s'adressant à Taylor, tu restes ici avec lui à la ferme jusqu'à notre retour. Si M. Stewart veut faire des recherches à l'extérieur, reste à proximité de la voiture pour nous avertir par radio s'il y a quelque chose. S'il n'est pas revenu dans une heure, tu nous avertis aussi. C'est vu ?

— Mais, Brian, il fait nuit dehors et on gèle comme si...

— Fais ce que je te dis. (Il se tourna vers Dale.) Nous reviendrons dans le courant de la matinée. Je vous conseille d'aller dormir au lieu d'errer dans le noir autour de la ferme. Mais si vous avez besoin d'aide, Larry est là.

— Je n'ai pas besoin qu'il reste, murmura Dale. Par contre, j'aimerais avoir ma carabine.

Presser prit l'arme des mains de Taylor. Il secoua la tête.

— Désolé, dit-il sans paraître éprouver le moindre regret. Nous allons garder cette arme quelque temps, juste au cas où.

— Au cas où quoi ? demanda Dale, perplexe.

L'adjoint le regarda dans les yeux.

— Vous dites qu'une femme a disparu et qu'elle a été attaquée par des chiens. Tout ce que je sais, c'est que, si quelqu'un a disparu, ce ne sont pas forcément des chiens qui sont responsables. Nous aurons peut-être à envoyer cette arme au labo pour faire des tests.

— Bon sang de bonsoir ! s'exclama Dale.

Presser fit signe à Reiss de le suivre, indiqua d'un geste à Taylor qu'il devait rester où il était, gagna sa voiture et s'éloigna. Dale consulta sa montre. Il était un peu plus de 4 heures du matin. L'aube ne pointerait pas avant trois bonnes heures.

Il prit son caban, accroché à un clou près de la porte, alluma sa torche et sortit.

— Vous ne devriez pas y aller tout seul ! lui cria l'adjoint Taylor dans le cercle de lumière du seuil.

— Venez avec moi, dans ce cas, lui répondit Dale sans se retourner, en se dirigeant vers la première cabane.

— Il faut que je reste à côté de la voiture, pour la radio !

Dale cessa de lui prêter attention. À l'extrémité de la cour pleine de boue, il promena le rayon de sa torche sur les hautes herbes blanches de givre, regarda derrière les barrières et autour du poulailler. Il n'y avait absolument rien. Il ouvrit la porte du poulailler et passa la tête à l'intérieur en éclairant les murs. Un instant, il eut l'impression de voir des cercueils noirs empilés, mais il se souvint que les machines à apprendre du vieux McBride avaient été remisées là pour débarrasser la salle à manger. Il y avait des taches sombres partout sur les murs, mais elles étaient vieilles. Sans doute un renard qui était venu massacrer les poules quand elles étaient là, comme il l'avait expliqué à Michelle... Un renard ou un chien.

Les autres annexes étaient également vides. La torche de Dale éclaira des faucilles, des faux, des rouleaux, des disques et des lames de toutes formes et de toutes dimensions. Tout cela était couvert de rouille. Il vit que la lumière de sa torche faiblissait. Les piles allaient bientôt être mortes.

Il s'éloigna de la ferme, dont les dernières lumières disparurent. Près de l'énorme réservoir d'essence, suspendu à ses poutres de métal comme un œuf d'araignée géante, il y avait une paire d'ornières de roues qui menaient à la ferme et une autre qui suivait la barrière en direction du sud le long du champ. Dale prit à travers champ, tapa sa lampe contre la paume de sa main pour raviver le pinceau lumineux et cria plusieurs fois le nom de Michelle dans la nuit, en tendant chaque fois l'oreille pour guetter une réponse dans l'obscurité. Mais rien ne se fit entendre. Pas le moindre écho ni le moindre aboiement lointain. Il parcourut plusieurs fois les chemins marqués par les ornières, éclairant la boue, cherchant une empreinte quelconque, humaine ou animale, un lambeau de tissu, n'importe quoi. Le sol gelé ne révélait absolument rien.

Haletant légèrement à présent, son haleine se figeant dans l'air glacé précédant l'aube, la lumière de sa lampe réduite à l'éclat d'une flamme de bougie, Dale marcha jusqu'à la grange et poussa la grande porte coulissante en appuyant son épaule contre elle de toutes ses forces. Le bois déformé et l'acier rouillé grincèrent en guise de protestation mais finirent par s'ouvrir suffisamment pour qu'il se glisse à l'intérieur.

La moissonneuse-batteuse occupait toujours tout l'espace avec ses pointes preneuses dardées sur lui comme autant de dents rouges rongées par la rouille.

– Michelle !

Il entendit un froissement dans la charpente au-dessus de sa tête, mais le bruit était trop faible pour qu'il s'agisse d'une personne.

Impossible que les chiens l'aient emportée si haut.

Il braqua le rayon de sa lampe en direction des fermes, mais les piles étaient trop faibles pour éclairer jusqu'en haut.

Cependant, si elle a réussi à échapper à ces bêtes, il est possible qu'elle soit venue, blessée, se réfugier ici.

Il coinça la lampe dans sa veste et commença à grimper à l'échelle la plus proche. Cela sentait le bois pourri et la vieille paille en décomposition. La grange était vieille et l'échelle pliait. Il faisait en sorte de ne jamais s'agripper des deux mains au même échelon. Si un barreau cassait, il voulait pouvoir se raccrocher à quelque chose d'autre.

Arrivé à dix mètres du sol, il pouvait, en se penchant, distinguer le premier grenier plongé dans l'obscurité. La moissonneuse-batteuse, probablement celle qui avait tué son ami Duane quarante ans plus tôt en le réduisant en bouillie, était juste dessous, hérissée de fers rouillés. Il tapa de nouveau sur la lampe, mais cela eut pour effet, cette fois-ci, de réduire encore la luminosité.

Le grenier était totalement vide à l'exception des restes de paille agglutinés, de quelques vieux articles de sellerie et d'un crâne.

Il se hissa sur le plancher, qui craqua de manière inquiétante sous son poids. Il tendit la main pour prendre le crâne, qui tenait au creux de sa main. Les longues dents jaunes roulèrent contre la veine bleue de son poignet. À quel animal avaient-elles appartenu ? Un rat ? Trop gros. Un raton laveur ? Un renard ? Et comment était-il arrivé jusqu'ici ?

Il remit le crâne sur le plancher, essaya de nouveau, en vain, d'éclairer les zones d'ombre du grenier, cria plusieurs fois le nom de Michelle, mais n'entendit pour toute réponse que les froissements d'ailes d'une chouette et de quelques moineaux qui avaient fait leur nid là.

La torche s'éteignit complètement avant qu'il redescende. Il la mit dans sa poche et consulta le cadran lumineux de sa montre en notant que son bras tremblait, soit de froid, soit de fatigue, soit des deux à la fois. Il était 4 h 45.

Il laissa la porte de la grange entrouverte en partant. Il espérait presque se faire attaquer par les chiens en retournant vers la maison, pour se prouver qu'ils étaient bien réels. Ses doigts, dans sa poche, serraient tellement le cylindre de la torche inutile qu'ils en étaient ankylosés.

Le moteur de la voiture de police tournait, et l'adjoint dormait au volant. Malgré les vitres levées, Dale entendit la radio grésiller et caqueter. Il le laissa dormir et rentra dans la maison. Elle était glacée. Il monta le thermostat, entendit la vieille chaudière démarrer dans un bruit de ferraille et alla dans le petit bureau. Il avait complètement oublié l'ordinateur.

> **Hrot-garmr. Si-ik-wa UR. BAR. RA ki-sat-at. Wargus sit.**

Il se frotta la joue. Sa barbe de deux jours était piquante. Il se sentait exténué, et son mal de crâne avait plutôt empiré. Il avait du mal à fixer son regard sur l'écran. « Chien hurlant », avec une connotation de flammes. « Il sera un *warg*. » Mais toute la partie centrale, qu'est-ce qu'elle pouvait bien vouloir dire ? Au bout de quelques instants de réflexion, pendant lesquels il faillit bien s'endormir, il tapa :

> **Ça veut dire quoi, bon Dieu, la partie centrale ?**

Un moment plus tard, il redressa brusquement la tête, conscient de s'être endormi sur sa chaise en attendant la réponse.
L'écran ne répond jamais en ma présence.
Endolori de partout, souffrant d'horribles élancements à la tête et au cuir chevelu, il se força à se lever de son siège pour aller dans la cuisine. Il regarda par la fenêtre. L'adjoint était toujours là. Il ferma la porte à clé et retourna dans le bureau.

> **C'est du hittite.**

Dale soupira et se frotta de nouveau la joue. Il dut s'y reprendre à deux fois avant de pouvoir taper sa question suivante sans faute de frappe.

> **Et qu'est-ce que ça signifie ?**

Cette fois-ci, il alla à la salle de bains, où il dut s'appuyer d'une main contre le mur pour uriner. Il tira la chasse, se lava les mains, contempla dans la glace son reflet pâle et ses yeux rougis, avec l'impression de tout voir à travers une cascade de douleur carminée. Puis il retourna dans le petit bureau.

> **Si-ik-wa UR. BAR. RA ki-sat-at veut dire : « tu es devenu un loup ».**

Dale sentit un accès de rage se frayer un chemin à travers la douleur et l'épuisement. Il en avait tellement assez de jouer à ce jeu de cons qu'il en aurait vomi.

> **Pourquoi bordel est-ce que tu m'envoies des messages codés si c'est pour me les traduire ?**

Avant même de retourner à la cuisine attendre la réponse, il sut qu'il avait perdu son temps en posant cette question. C'était idiot. L'écran de l'ordinateur semblait d'accord avec lui, car il n'y avait pas de réponse quand il revint. Il se hâta de taper :

> **Qui s'est transformé en loup ? Moi ?**

Cette fois-ci, il alla jusqu'à l'escalier du sous-sol et s'arrêta en haut des marches. Il y avait de la musique, un grand orchestre, qui montait de la grosse radio. Elle était pourtant éteinte quand les adjoints du shérif étaient descendus. Regrettant de ne plus avoir sa carabine, mais trop fatigué pour se soucier de ce qui pouvait l'attendre en bas, il descendit.

Les lampes de chaque côté du vieux lit en cuivre de Duane diffusaient une clarté jaune sur les oreillers. Les casiers à vin et les étagères pleines de vieux livres étaient rassurants dans leur désordre familier. La chaudière vibrait et ronflait comme d'habitude, et la musique n'avait rien d'agressif. Peut-être était-ce lui qui avait allumé la radio sans y penser quand il était descendu. Peut-être la station avait-elle cessé d'émettre pour la nuit quand les adjoints étaient venus ici, et avait-elle repris au petit matin. Qu'est-ce que ça pouvait faire ?

Ses jambes étaient de plomb quand il remonta dans le bureau.

> **LU.MES Hurkilas. Les entités démoniaques dont le rôle est de capturer les loups et d'étrangler les serpents.**

— Ça va comme ça, fit Dale en s'adressant à la pièce vide autour de lui. Merci quand même.

Il éteignit le ThinkPad et se laissa tomber tout habillé sur le lit, ses chaussures crottées dépassant du matelas. Il s'endormit avant d'avoir eu le temps de tirer la couverture sur lui.

22

Durant les derniers mois qu'ils passèrent ensemble, avant et après le blizzard tardif de fin de printemps qui les avait immobilisés au ranch, Clare et Dale avaient discuté, d'abord en manière de plaisanterie, puis beaucoup plus sérieusement, de leur avenir ensemble. La candidature de Clare à un séminaire d'élite d'études médiévales à Princeton venait d'être acceptée, et elle devait partir en juillet rencontrer les autres heureux élus pour préparer les années à venir. En juin, Dale s'était entendu lui proposer de la rejoindre là-bas, histoire de ne pas rester séparés.

— Je finis mon semestre d'automne, je prends cette année sabbatique qui m'est due depuis longtemps, et j'arrive.

— Que ferais-tu là-bas ? À Princeton ?

— Ils ont peut-être besoin d'un prof de littérature. Un auxiliaire, pour les débutants.

Elle ne répondit pas, mais son silence en disait long sur son scepticisme.

— Sérieusement, reprit Dale. Qu'est-ce que je resterais faire ici à Missoula, sans toi ? Je serais comme le fantôme de Marley, j'errerais dans des endroits devenus morts pour moi.

— Est-ce que ce n'est pas le fantôme, et non l'endroit, qui est censé être mort ?

— Peu importe. En fait, j'ai toujours pensé qu'un fantôme est une créature animée qui hante un endroit mort. C'est pour cela que les revenants sont invisibles. Ils ont plus de réalité que les lieux qui ont dépéri, qui ont fini par s'effacer. Tu vois ce que je veux dire ? Comme le fantôme de Lincoln à la Maison Blanche.

– Intéressant.

Ils étaient en train de nettoyer les écuries au ranch, et elle s'appuya, songeuse, sur le manche de sa fourche.

– Tu es sérieux quand tu dis que tu veux me rejoindre sur la côte Est ?

– Absolument.

Il se rendit compte, en le disant, qu'il n'était pas sérieux jusque-là, mais que ce projet, à présent, lui tenait à cœur plus que tout au monde. En même temps, il sentit leur relation pivoter comme sur les gonds de ses intentions. Jusque-là, il avait été au centre. C'était sa ville, Missoula, sa faculté, son cours auquel elle assistait, sa famille dont il fallait tenir compte. Désormais, il serait l'invité et elle le centre de gravité et d'attention. Comme pour entériner cette décision, il murmura :

– En réalité, j'en profiterais pour écrire mon roman sérieux et apprendre à être un bon mari pendant que tu seras à la bibliothèque en train d'étudier *La Chanson de Roland* ou je ne sais pas trop quoi. Et quand tu rentreras à la maison aux petites heures du matin, un bon repas chaud t'attendra et je te masserai le dos avant d'aller nous mettre au lit.

Clare l'avait alors regardé d'une drôle de façon, presque avec inquiétude, une lueur de panique visible dans ses yeux avant qu'elle les détourne en direction des chevaux. Peut-être, se disait-il, était-ce parce qu'il avait prononcé le mot *mari*. N'importe comment, son regard avait été le premier signe de la rupture qui les attendait trois mois plus tard.

Comme pour conjurer la possibilité qu'il venait de pressentir, il avait fait un pas vers elle et écarté sa fourche pour la serrer contre lui, sentant la douceur de ses seins à travers sa chemise de travail en coton. Si elle eut une seconde ou deux d'hésitation, cela disparut quand elle l'enlaça à son tour et leva son visage dans l'attente d'un baiser tandis que l'un des chevaux, le rouan de Mab, probablement, manifestait sa jalousie en ruant contre la barrière du box.

Quelqu'un était en train de frapper à la porte.

Dale fit un effort pour sortir des brumes du sommeil. Il eut conscience d'être étendu sur le divan du petit bureau, tout habillé, en proie à de douloureux élancements crâniens. Les coups reprirent. Il regarda sa montre, qui indiquait 9 h 15. Ces cons-là avaient promis d'envoyer du monde pour une battue aux premières lueurs de l'aube !

Lançant à voix basse une bordée de jurons, il alla ouvrir à l'adjoint Taylor.

— Où sont les autres ? demanda-t-il tandis que le corpulent adjoint s'avançait dans la cuisine en se frottant les mains pour les réchauffer, jetant un regard en coin à la cafetière vide. Visiblement, lui aussi venait de se réveiller.

— Ils veulent que vous veniez avec moi, dit l'adjoint en hochant le menton en direction de la voiture de police garée dans la cour.

— Qu'est-ce que c'est que cette histoire ? Presser a promis de faire une battue à l'aube, et il est déjà…

— Ils m'ont appelé par radio. Il faut que vous me suiviez.

— Pour aller où ? Au bureau du shérif ? Ils ont retrouvé Michelle ?

Il sentit son épiderme se glacer. Il était sûr qu'ils avaient retrouvé son cadavre.

Taylor secoua négativement la tête, mais Dale était incapable de dire à quelle partie de la question il répondait. Aux deux, peut-être, il l'espérait.

— Vous devez me suivre immédiatement, fit l'adjoint en décrochant le caban de Dale de son clou.

— J'ai le temps de me doucher rapidement et de me raser ?

— Je ne crois pas, fit l'adjoint en agitant le caban.

— Je suis en état d'arrestation ? Vous allez me faire monter à l'arrière ?

La question parut surprendre l'adjoint. L'espace de quelques secondes, il ne put que battre des paupières. Puis il murmura sans trop de conviction :

— Mais non.

— Dans ce cas, fit Dale, je vais me brosser les dents, au moins. Inutile de me dire encore non.

Il s'assit à l'avant sans desserrer les mâchoires. Les nuages étaient bas et le ciel de plomb en ce matin de Noël. Il commençait à neiger sur un rythme lent et soutenu qui ne présageait rien de bon. Dale fut surpris de voir que Taylor prenait la route d'Elm Haven plutôt que celle de Oak Hill, mais il comprit où ils allaient dès que la voiture tourna vers le nord au carrefour de Broad Avenue.

La vieille maison des Staffney avec sa grange avait l'air totalement délabrée dans la grisaille. Les murs n'avaient plus de peinture, la grange était de guingois, les fenêtres étaient obscures. Le seul véhicule dans l'allée était une autre voiture de police. Il vit apparaître Presser à l'angle de la maison au moment où ils s'arrêtaient dans l'allée.

— Et Michelle ? demanda-t-il.

De nouveau, il sentit une main glacée se refermer sur son cœur. Si elle avait pu arriver en voiture jusque-là, blessée, il n'était pas impossible qu'on ait retrouvé son corps dans la maison qu'elle avait entrepris de rénover avec son amie Diane.

Mais ils m'ont affirmé, hier, que la maison était vide. Et je ne vois pas son Toyota.

L'adjoint Presser secoua la tête et les guida jusqu'à l'arrière du bâtiment, où il utilisa une clé pour entrer par la petite porte.

— Vous avez le droit de faire ça sans mandat ? demanda Dale en suivant Presser dans la cuisine glacée, qui sentait le moisi et la crotte de rat.

Il faisait plus froid à l'intérieur qu'à l'extérieur.

— Elle n'appartient plus aux Staffney, répliqua Presser en glissant les mains dans les poches de sa veste. C'est la banque de Princeville qui en est propriétaire depuis la mort de la femme du Dr Staffney, il y a quelques années.

— Mais Michelle m'a dit… commença Dale.

Il se tut brusquement. Il suffisait de regarder autour de lui pour voir que la cuisine n'était pas simplement vide, mais véritablement à l'abandon. Le plâtre était tombé du plafond, laissant voir les lattes à nu. Les portes des placards avaient été arrachées depuis longtemps. Tout était recouvert de poussière, de plâtre et de crottes de rats. Des sections entières de carrelage étaient manquantes, et d'autres avaient été détruites par une fuite au plafond. La vieille cuisinière n'était pas à sa place, et il lui manquait des pièces. Il n'y avait pas de réfrigérateur. Les tuyauteries d'eau et de gaz avaient été arrachées. L'évier était rempli d'éclats de verre et de moisissure, comme si quelqu'un y avait cassé des bouteilles qui étaient restées là plusieurs années.

— Je n'y comprends rien, murmura Dale. Michelle m'a dit qu'elle était en train de rénover les lieux avec une amie, afin de pouvoir vendre la propriété.

— Je sais, déclara Presser. C'est ce que vous nous avez dit hier.

Il fit signe à Taylor de lui passer la torche, l'alluma et indiqua d'un geste à Dale qu'il devait le suivre dans le couloir menant aux autres pièces.

Dale s'immobilisa, stupéfait, au bout du couloir encombré de plâtras et qui sentait le renfermé. À l'endroit où devait se trouver la salle de bains du bas, sur la droite, il y avait des débris de cuvette de W.-C. arrachée au sol, avec des fragments de céramique partout. On voyait les traces d'une baignoire à pieds aujourd'hui disparue. Quant au salon et à la salle à manger, c'était encore bien pis. Les lames épaisses du plancher, dans les deux pièces, étaient à moitié arrachées, laissant voir la charpente pourrie et le vide du sous-sol. Cependant, même si les trois hommes avaient fait de l'équilibre sur les solives, ils n'auraient eu nulle part où aller, car l'escalier naguère monumental qui conduisait à l'étage s'était volatilisé. Quelqu'un était depuis longtemps venu le récupérer au complet avec sa rampe, ses barreaux et ses accessoires. Au-dessus du trou béant du sous-sol, là où s'était trouvé l'escalier, le plafond s'était effondré. On voyait au travers le plancher crevé de l'étage et même, par la toiture endommagée par la pluie, les nuages dans le ciel. Cela rappelait à Dale les photos de Londres à l'époque des bombardements allemands, en particulier celle d'un immeuble de Soho qui avait reçu une bombe volante. La neige tombait droit à travers l'ouverture et les flocons disparaissaient jusque dans les ténèbres de la cave.

— Elle disait qu'elle allait tout faire réparer avec cette femme, Diane... commença Dale.

Je l'ai déposée ici après l'avoir tirée des crocs des chiens noirs l'autre soir. Elle est entrée là-dedans. Je l'ai dit aux adjoints.

Il regarda en silence les deux hommes qui l'observaient.

– Vous le saviez cette nuit à l'hôpital, quand vous m'avez fait répéter mille fois ma déclaration, murmura-t-il.

Presser hocha la tête en disant :

– Nous savions seulement que personne n'avait vécu dans cette maison depuis dix ans. À présent, il y a bien d'autres choses que nous savons. Veuillez monter dans la voiture de l'adjoint Taylor.

Presser tourna les talons et quitta la maison en ruine.

Dale s'était imaginé que les bureaux du shérif se trouvaient dans l'imposant bâtiment du vieux palais de justice, sur la place centrale de Oak Hill, mais ils étaient en fait dans un immeuble bas en briques, style années 60, à un pâté de maisons de la cour de justice. Les bureaux étaient tous équipés de stores vénitiens fermés, et il y avait à l'entrée, près du comptoir d'accueil et de renseignements, un arbre de Noël en plastique décoré d'une guirlande de lumières clignotantes multicolores. Quatre ou cinq boxes, un peu plus loin, étaient réservés aux différents adjoints. Presser guida Dale vers le plus éloigné, à la jonction de deux parois de verre qui donnaient sur la rue. On voyait, sur le trottoir d'en face, l'ancien bowling, actuellement fermé, ses fenêtres condamnées par des planches.

Au moins, se disait Dale tandis que l'adjoint lui faisait signe de s'asseoir face à lui, *ils n'ont pas encore pris mes empreintes ni inscrit mon nom dans un registre.*

– Je vous assure que je n'y comprends rien, commença-t-il. Michelle m'a assuré qu'elle vivait dans cette maison avec son amie. C'était le jour où je l'ai rencontrée pour la première fois à Oak Hill, il y a plusieurs semaines. Et je l'ai raccompagnée au même endroit la nuit où elle m'a appelé pour me demander d'aller la secourir à l'ancienne école. Le shérif vous confirmera ça…

Presser leva la main exactement comme il l'avait fait pour faire taire Reiss. Dale n'ajouta plus rien.

– Monsieur Stewart, déclara gravement Presser, la loi demande que je vous dise vos droits. Le shérif m'a appelé. Il rentrera tard demain, ou bien après-demain dans la matinée. Il veut vous parler, mais il m'a autorisé à avoir d'abord cet entretien avec vous. Sachez que vous avez le droit de garder le silence, et…

— Seigneur ! gémit Dale. Vous me considérez comme suspect ?

— Disons qu'il faut que je vous dise vos droits. Vous avez dû entendre ça un million de fois à la télé, mais c'est la loi. Vous avez le droit de faire appel à un avocat. Si vous n'avez pas les moyens d'en payer un, on en désignera un d'office...

— Seigneur ! répéta Dale.

Il avait l'impression d'avoir reçu un coup sur la tête. Son mal de crâne avait repris de plus belle.

— Vous me soupçonnez d'avoir fait disparaître Michelle ? demanda-t-il.

— Ce n'est pas ça. Tout ce que vous direz pourra être retenu contre vous devant une cour de justice. Voulez-vous contacter un avocat, monsieur Stewart ?

— Non, murmura Dale d'une voix éteinte.

Il savait que c'était stupide de sa part, mais il s'en fichait.

— Je vais faire tourner ce magnétophone, monsieur Stewart. Comprenez-vous ce que cela signifie, et m'autorisez-vous à enregistrer cette conversation ?

— Oui.

C'était un vieux magnétophone à bande, et il regarda tourner les bobines tandis que Presser énonçait dans le micro la date et l'heure de l'entretien, en donnant son nom et celui de Dale. Il posa alors le micro sur la table, et l'interrogatoire commença. La voix de l'adjoint et la sienne semblaient étrangement lointaines.

— Si vous ne me soupçonnez pas d'avoir fait disparaître Michelle, pourquoi m'énoncez-vous mes droits ? demanda-t-il. De quel autre crime m'accuse-t-on ?

— Si vous permettez, c'est moi qui poserai les questions, lui dit Presser d'une voix neutre. Mais sachez d'abord que c'est un délit de signaler un crime ou un incident ayant donné lieu à des violences lorsqu'il n'a pas été commis.

Dale avait envie d'éclater de rire.

— Croyez-moi, des violences, il y en a bien eu. Et Michelle Staffney est quelque part, peut-être en train d'agoniser, parce que vous êtes ici avec moi en train de m'interroger au lieu de la rechercher. Le voilà, le crime.

— Monsieur Stewart, fit Presser sans prêter attention à ce qu'il venait de dire, voulez-vous lire ceci, je vous prie ?

Il ouvrit un dossier très mince et fit glisser un document d'imprimante sur le bureau en direction de Dale.

La première chose que ce dernier remarqua fut la photo en noir et blanc de Michelle Staffney dans la colonne de gauche. L'article de l'Associated Press était daté d'un peu moins de deux ans.

UN PRODUCTEUR D'HOLLYWOOD
ACCUSÉ D'UN DOUBLE MEURTRE

Le producteur hollywoodien Ken Curtis passe aujourd'hui en jugement devant un tribunal de Los Angeles pour le meurtre, commis le 23 janvier dernier, de son épouse, l'actrice Mica Stouffer, et de sa maîtresse supposée, Diane Villanova. Mme Stouffer, de son vrai nom Michelle Staffney Curtis, était séparée de son mari depuis trois mois et avait avec le producteur des relations qualifiées d'« orageuses » par leur entourage. Curtis a plaidé non coupable, et l'on s'attend à ce que son avocat, Martin Shapiro, invoque l'aliénation mentale. « De toute évidence, mon client n'était pas en possession de toutes ses facultés au moment du crime », a déclaré Shapiro aux journalistes.

Curtis est surtout connu en tant que producteur de la série à succès *Mourir libre*, avec Val Kilmer. Mica Stouffer, qui faisait partie de la SAG [1] depuis trente et un ans, n'avait joué, pendant presque toute sa carrière, que dans des rôles mineurs. Diane Villanova, avec qui elle a vécu pendant deux mois avant le drame, était scénariste et a à son crédit *La Quatrième Dimension* et *Les oiseaux reviennent toujours au nid*.

Le décès de Stouffer et de Villanova a été constaté dans l'appartement de Mlle Villanova à Bel Air le 23 janvier, après que les voisins eurent alerté la police au sujet de…

---

1. *Screen Actors Guild*, syndicat des acteurs de cinéma américains (N.d.T.).

Dale interrompit sa lecture et posa la feuille de papier sur la table.

— Il y a une erreur quelque part, dit-il d'une voix étranglée. C'est un canular...

Presser prit deux autres feuillets dans le dossier, des fax en papier thermique, cette fois-ci, et les fit glisser vers Dale.

— Pouvez-vous identifier l'une de ces deux femmes, monsieur Stewart ?

C'étaient des photos de morgue. La première montrait Michelle, la bouche ouverte, les yeux presque fermés, mais le blanc visible dans la fente de ses lourdes paupières. Elle gisait sur le dos, nue jusqu'à la taille, ses seins parfaits, siliconés et pâles, aplatis par la gravité et par le flash du photographe. Il y avait deux trous aux contours nets, faits par des balles, en haut de son sein gauche, et un autre, plus large, à sa gorge. Un quatrième trou, au milieu des chairs décolorées, s'ouvrait au centre du front.

— Michelle Staffney, murmura Dale.

Sa gorge était si serrée qu'il pouvait à peine parler. Il regarda la seconde photo.

— Bon Dieu ! s'exclama-t-il.

— Curtis l'a d'abord tuée d'une balle de pistolet, expliqua Presser, puis il a utilisé un couteau.

— Les cheveux et la forme du visage ressemblent à cette femme, Diane, qui accompagnait Michelle. Mais... je ne sais pas...

Il rendit les documents à Presser.

— Écoutez, votre shérif m'a vu avec Michelle... et cette femme.

Le regard de Presser était sans expression.

— Quand dites-vous avoir vu ces deux femmes à Oak Hill, monsieur Stewart ?

— Je crois... je veux dire que je les ai vues il y a six ou sept semaines, une quinzaine de jours avant Thanksgiving, je pense... (Il s'interrompit en secouant la tête.) Pourrais-je avoir un verre d'eau, s'il vous plaît ?

— Larry ! cria Presser.

Quand l'autre adjoint arriva, il l'envoya au distributeur d'eau glacée.

La main de Dale tremblait violemment quand il prit le gobelet en carton plein d'eau. Il essayait de gagner du temps, et Presser, il le savait, s'en était aperçu. L'adjoint du shérif avait arrêté le magnétophone, mais il le remit en marche pour demander :

— Cette femme dont les journaux ont parlé, cette Mica Stouffer, alias Michelle Staffney, est-ce bien celle dont vous avez déclaré qu'elle avait été attaquée par des chiens la nuit dernière à la ferme des McBride, et qu'elle avait disparu ?

— Oui, répondit Dale.

Il y eut un long silence, uniquement troublé par le ronronnement du magnétophone.

— Monsieur Stewart, suivez-vous un traitement médical quelconque ?

— Médical ? fit Dale, qui dut s'interrompre un instant pour retrouver le fil. Oui.

— De quel genre ?

— Euh… Prozac, Flurazepam et Doxepin. Un antidépresseur, et… (*comme si le monde entier ne le savait pas…*) les deux autres pour m'aider à dormir.

— Ces médicaments vous ont été prescrits par un psychiatre ?

En quoi est-ce que ça te regarde ?

— Oui, dit-il. Un psychiatre du Montana, où j'habite.

— Et vous les avez pris régulièrement ?

Non, se dit-il. *Quand les ai-je pris pour la dernière fois ? Un peu avant Thanksgiving ?* Il ne se rappelait pas.

— Pas vraiment, répondit-il. Mais je prends le Doxepin et le Flurazepam uniquement en cas d'insomnie, et j'aimerais me déshabituer du Prozac, en fait.

— Votre psychiatre est d'accord ?

Dale hésita.

— Avez-vous l'habitude d'absorber des substances psychotropes ou psychoactives, monsieur Stewart ? continua Presser. Ou bien des médicaments contre la schizophrénie ou des troubles analogues ?

— Mais non ! fit Dale avec plus de véhémence qu'il n'aurait voulu.

À ce stade, dans un film, il se serait écrié : « Je ne suis pas fou ! » ; mais la vérité était que cette révélation lui était tombée sur la tête comme une enclume et qu'il ne savait plus où il en était. À moins d'être en train de rêver cet entretien avec l'adjoint, il y avait un problème avec ses souvenirs. La photo de Michelle morte sur une table de morgue de Los Angeles était bien réelle. *Mais peut-être avait-elle une sœur jumelle.*

C'est ça, se dit-il intérieurement. *Elle a une sœur jumelle qui revient à Elm Haven avec la sœur jumelle de Diane Villanova, et elle se fait passer, sans raison, pour Michelle Staffney.*

Il secoua la tête. Il se souvenait très bien de la famille Staffney, à l'époque où il vivait à Elm Haven, quarante ans plus tôt. Elle n'avait pas de sœur.

– Monsieur Stewart ?

Il leva les yeux. Il se rendit compte qu'il se tenait la tête à deux mains et qu'il avait peut-être parlé tout seul.

– J'ai très mal à la tête, murmura-t-il.

Presser hocha la tête. Le magnétophone tournait toujours.

– Désirez-vous revenir sur votre déclaration selon laquelle une meute de chiens errants vous aurait attaqué ainsi que Michelle Staffney ?

Sans ôter les mains de sa tête, Dale demanda :

– Quelle est la pénalité pour fausse déclaration à la police ?

Presser haussa les épaules, mais appuya sur pause pour interrompre l'enregistrement.

– Ça dépend des circonstances, monsieur Stewart. À vrai dire, ça s'est surtout traduit pour nous par des désagréments. Vous nous avez appelés la veille de Noël, et nous n'avions que quatre hommes de service à ce moment-là. Vous en avez mobilisé trois. Cela dit, il n'y a pas eu vraiment de mal, pour le moment. Et il est évident que vous avez été blessé à la tête la nuit dernière. Cela peut avoir des conséquences inattendues, parfois. Comment est-ce arrivé ?

Les chiens de l'enfer m'ont projeté contre la porte pendant qu'ils s'acharnaient sur Michelle et l'entraînaient dans la nuit.

Mais à haute voix, il déclara :

– Je ne sais plus. Je comprends que tout ça vous paraisse complètement dément.

Presser remit le magnétophone en marche.

– Souhaitez-vous modifier votre déclaration, monsieur Stewart ?

Dale se frotta de nouveau le cuir chevelu. Il sentit les points sous ses doigts, comme il sentait la douleur et les élancements. Il se demandait s'il n'avait pas un traumatisme.

— J'ai fait une dépression nerveuse, murmura-t-il. Mon médecin, le Dr Charles Hall de Missoula, m'a prescrit du Prozac et des somnifères. Mais j'ai été très occupé – et j'ai eu des contrariétés – ces dernières semaines, et j'ai oublié de les prendre. J'admets que je n'ai pas beaucoup dormi ces temps derniers. Je ne sais plus très bien comment je me suis blessé la nuit dernière. Quant à Michelle... eh bien, je suis incapable d'expliquer ce qui est arrivé. Tout ce que je peux dire, c'est que les choses sont un peu confuses dans ma tête depuis quelques mois. (Il regarda soudain l'adjoint.) Elle a acheté un jambon.

— Pardon ?

— Michelle a acheté un jambon. Nous l'avons mangé hier, accompagné de vin rouge. Deux bouteilles. C'est quelque chose de tangible, ça, que vous pouvez vérifier. C'était peut-être une autre femme qui... Voyez si vous pouvez avoir confirmation pour la viande et pour le vin.

— Bien sûr, murmura Presser. L'adjoint Reiss va s'en occuper aujourd'hui. Nous avons trouvé le ticket de caisse du Corner Pantry dans la cuisine. Reiss va interroger Ruthie et rendre visite aux magasins de spiritueux des environs, pour le vin.

— Vous avez fouillé ma cuisine ? demanda Dale, stupidement.

— Vous nous avez autorisés à le faire hier soir, répliqua Presser d'une voix glacée.

— C'est exact.

Il porta le petit gobelet à ses lèvres pour boire encore, mais il était vide. Il l'écrasa dans sa main et le jeta dans la corbeille à papier.

— Suis-je en état d'arrestation ? demanda-t-il.

Presser arrêta le magnétophone et secoua négativement la tête.

— Je vous ai déjà dit que le shérif désire vous poser quelques questions demain ou après-demain, à son retour. Nous pourrions vous garder jusque-là... (il fit un geste vague en direction du mur du fond, derrière lequel, supposa Dale, étaient les cellules), mais... ce sera aussi bien si vous l'attendez à la ferme.

Dale hocha la tête et grimaça aussitôt sous l'effet de la douleur.

— Je suppose que vous n'allez pas me rendre ma carabine, dit-il. Les chiens noirs sont peut-être réels, vous savez.

— L'adjoint Taylor va vous reconduire à la ferme, répliqua Presser, ignorant la question sur la carabine. Ne cherchez pas à quitter le comté. Mais il y a une chose que je vous conseille de faire en attendant, monsieur Stewart.

Dale attendit qu'il continue.

— Téléphoner à ce Dr Hall, reprit l'adjoint.

23

La neige tomba pendant tout le reste du jour de Noël. Par la fenêtre du petit bureau, Dale regarda la voiture de l'adjoint s'éloigner sur la plaine blanche et resta à contempler les flocons qui tombaient serrés. Au bout d'un très long moment pendant lequel ses pensées étaient aussi vagues et opaques que les nuages gris et bas, Dale alla allumer son ThinkPad. Sous DOS, il tapa après le prompt :

> **> Suis-je en train de perdre la boule ?**

Il ne s'attendait pas à recevoir une réponse, en tout cas pas tant qu'il resterait là à attendre, et il n'en reçut pas. Au bout d'un moment, il se leva, marcha lentement jusqu'à la cuisine, fit la vaisselle et un peu de ménage. Quelqu'un – Michelle ? Hier soir ? – avait mis le reste du jambon sous cellophane, et il était sur la deuxième clayette du réfrigérateur. Il aurait dû se sentir affamé, car il n'avait rien mangé depuis le dîner la veille.

Mais est-ce que j'ai vraiment dîné hier, ou l'ai-je imaginé aussi ?

Le fait est qu'il n'avait pas envie de manger pour le moment. Il mit un sweater par-dessus celui qu'il portait déjà, prit son caban et sortit dans la neige.

La cour était maintenant couverte d'un tapis blanc épais de plusieurs centimètres. Il prit la direction de l'ouest, passa devant les remises et la grange, dont la porte était restée entrouverte, et marcha vers la colline basse qui dominait le cours d'eau. Il n'y avait pas la moindre trace de chien sur le chemin creusé d'ornières, pas la moindre empreinte humaine dans le champ de maïs aux tiges noircies, pas la moindre traînée indiquant qu'une femme blessée avait rampé là.

Suis-je devenu dingue ?

C'était le plus probable. L'adjoint lui avait donné un bon conseil. Appeler son psy. Il aurait pu téléphoner de Oak Hill s'il n'avait pas été gêné par la présence de l'adjoint chargé de le raccompagner.

Il neigeait abondamment quand il atteignit le tertre où Duane avait enterré son fidèle colley, Wittgenstein, ce même été 1960. Les arbres qui bordaient le ruisseau étaient à peine visibles sous les flocons, et Dale n'apercevait plus ni la grange ni la maison qu'il venait de quitter. Tous les bruits étaient étouffés. Il se souvenait de journées comme celle-là quand il était enfant à Elm Haven ou ailleurs. Tout était si calme et silencieux que les battements de son propre cœur faisaient écho au frémissement des flocons qui touchaient le sol.

1960… Il essaya de toutes ses forces de se rappeler les détails de cet été-là. Il se souvint des cauchemars qu'il faisait. Des mains exsangues qui attiraient son petit frère sous le lit de la chambre à coucher qu'ils partageaient dans la grande maison toute blanche face à Old Central, la vieille école d'Elm Haven. Il se souvint du bâtiment condamné, promis à la démolition, mais où un mystérieux incendie avait éclaté à la fin de l'été avant que les bulldozers des démolisseurs aient pu accomplir leur travail. Il se souvint aussi de la lueur verte qui montait du dôme surmontant la vieille bâtisse monstrueuse. Les gamins avaient inventé des légendes sinistres et des contes à dormir debout sur cette vieille école. Mais certaines de ces légendes avaient semblé on ne peut plus réelles quand Duane, le même été, avait trouvé la mort dans un champ voisin.

Dale pivota lentement sur lui-même. Au pied du tertre, un bouquet de tiges dépenaillées apportait la seule tache de couleur, aussi délavée fût-elle, dans un paysage blanc sur blanc où les sillons à peine distincts donnaient naissance à des plantes flétries qui s'étaient fièrement dressées l'été dernier à peine.

Que sont donc devenus tous ceux de ma génération ?

Il essaya d'évoquer l'énergie et l'idéalisme de ses années d'université. *Nous avons fait tant de promesses à tant de gens, particulièrement à nous-mêmes...* Avec les autres enseignants de son âge, il avait souvent dénoncé le cynisme et l'égocentrisme des étudiants d'aujourd'hui, si différents de l'esprit d'engagement et de l'idéalisme de la seconde moitié des années 60. *Des conneries, tout ça*, se dit-il. Ils s'étaient fait baiser en courant après une révolution chimérique alors qu'ils ne cherchaient rien de plus que ce que toutes les générations précédentes recherchaient aussi : le sexe, l'aisance, l'argent et le pouvoir.

Qui suis-je pour donner des leçons ?

Il sentit le goût amer de la bile au fond de sa gorge en pensant à sa série Jim Bridger. C'était du travail à la chaîne, rémunéré au forfait. Des ingrédients traditionnels : trappeurs, Indiens et intrigues à l'eau de rose. Il aurait aussi bien pu écrire du porno historique, pour toute l'application qu'il avait mise dans ses écrits ces dernières années.

Le sexe, l'aisance, l'argent et le pouvoir. Il avait acquis toute la liste sauf le dernier. Il s'était prêté à toutes les manœuvres politiciennes du petit monde universitaire pour obtenir, au fil des années, cette version pathétique d'une place au soleil. Et à quoi tout cela l'avait-il mené ?

À passer Thanksgiving et le réveillon de Noël avec un fantôme.

Il redescendit du tertre et marcha vers le sud en longeant le ruisseau. Chaque fois qu'il y avait une barrière, il la franchissait en escaladant les traverses. Un chien aboya au loin, mais c'était, de toute évidence, un chien ordinaire, un chien mortel.

Contrairement à quoi ? À mes chiens de l'enfer ?

Il aurait préféré croire aux fantômes, mais c'était ainsi, il n'y croyait pas. Tout aurait été tellement plus simple dans sa vie s'il y avait cru : ses amours, ses frustrations, et même ses terreurs. Depuis qu'il était adulte, il essayait de comprendre la psychologie des gens qui se targuaient de croire aux revenants, aux esprits, au feng-shui, aux horoscopes de toutes sortes, aux énergies positives, aux démons, aux anges... et à Dieu. Il n'y croyait pas. Pour lui, c'était une forme de débilité à laquelle il préférait ne pas souscrire.

Ai-je perdu la tête ? Sans doute. C'était l'hypothèse la plus sensée. Il savait qu'il n'avait pas eu toute sa raison quand il avait chargé sa carabine Savage, un peu plus d'un an auparavant, et collé le double canon contre sa tempe avant de presser la détente. Il se souvenait, dans toute la perfection de sa mémoire tactile, du contact de l'acier sur sa peau. S'il avait été assez dément pour faire ça, pourquoi pas pour tout ce qui arrivait maintenant ?

Tout quoi ? Dîner avec des fantômes ? Imaginer que je suis en train de me faire séduire par la plus sexy de toutes les filles de sixième ? Écrire des questions, des réponses à moi-même et des acrostiches sur l'écran de mon ordinateur ?

Si Michelle était un fantôme – si les fantômes existaient, ce qu'il ne croyait pas une seule seconde –, pourquoi serait-elle venue ici ? Elle avait à peine connu Duane McBride. La fillette de douze ans qu'elle était alors, la fille du médecin du village, n'avait pas l'habitude de jouer avec des gamins mal élevés comme Duane, Harlen, Mike, Kevin ou… Dale. Et d'ailleurs, Michelle Staffney, alias Mica Stouffer, avait toujours détesté Elm Haven. Elle avait vécu plus de trente ans en Californie et elle était – la chose semblait absolument certaine – morte là-bas. Si elle devait hanter un endroit, pourquoi pas la demeure de Bel Air où son amante et elle avaient été assassinées ? Mieux encore, pourquoi ne pas hanter la demeure de son mari, l'estimé producteur de la série *Mourir libre* avec Val Kilmer ?

Seigneur… Il secoua la tête, atterré devant la banalité du monde où il vivait. Son mouvement fit voler des flocons agglutinés dans ses cheveux. Il se rendit compte qu'il n'avait même pas pris un bonnet de base-ball pour se protéger et que ses cheveux étaient trempés. Son visage glacé était couvert de neige fondue.

Il regarda autour de lui et vit qu'il avait marché jusqu'au petit bois proche de la ferme des Johnson. Les chiens noirs l'avaient suivi jusque-là quelques semaines plus tôt. *Ou était-ce une illusion ?* Il y avait certainement un chien noir, quelque part dans toutes ces hallucinations, qui avait servi de déclencheur visuel, de même qu'il devait y avoir une femme aux cheveux roux aperçue quelque part, peut-être à la supérette de Oak Hill, qui avait orienté son obsession sur la mini-bombe sexuelle de la classe de sixième, Michelle Staffney.

Les cheveux d'Anne sont châtain-roux, sous le bon éclairage.

Il se frotta le visage. Il avait également oublié de mettre des gants. Ses doigts étaient gercés et rougis par le froid.

Les chiens de l'enfer sont peut-être derrière toi en ce moment même, avançant silencieusement dans la neige, attendant leur moment.

Il se tourna lentement. Il n'était pas réellement alarmé. Il ne vit que des étendues blanches et la neige qui tombait. La lumière déjà faible devenait de plus en plus grise. Il regarda sa montre. 16 h 30. Comment pouvait-il être déjà si tard ? Il allait commencer à faire nuit dans une demi-heure. La couche de neige faisait à présent une vingtaine de centimètres d'épaisseur. Le bas de son pantalon kaki était mouillé et lui glaçait les chevilles. C'était ce même pantalon kaki qu'il portait la veille et qui était couvert de sang... son propre sang, bien sûr. C'était quand il s'était cogné à la tête contre la porte, en tombant.

Mais qu'est-ce qui m'a fait tomber ? Ou qui ?

Il retourna dans la direction de la ferme invisible, coupant en diagonale à travers champs, escaladant deux nouvelles barrières à l'endroit où il y avait un poteau. Il arrivait du côté de la grange, par le sud, en suivant la clôture, lorsque les contours de la ferme prirent forme, masse gris foncé contre le gris foncé du ciel.

Il y avait une voiture de police dans l'allée, plus grosse et plus ancienne que celles des adjoints. C'était le shérif.

CJ Congden se tenait devant le poulailler, son Stetson gris protégé par le plastique transparent que la police d'État et la police montée se mettent sur la tête quand il pleut ou qu'il neige. Congden avait la main sur l'étui de son pistolet et tapotait du doigt la crosse blanche de l'arme. Il arborait un sourire grimaçant.

– Je croyais que vous aviez ordre de ne pas quitter votre domicile, *docteur* Stewart, lui dit le corpulent shérif.

– On m'a dit de rester à la ferme. C'est ici la ferme.

Son mal de crâne avait repris. Sa voix sonnait éraillée, même à ses propres oreilles.

– Vous avez passé un agréable congé de Noël, shérif ? demanda-t-il.

Le sourire de Congden s'élargit, laissant voir ses dents jaunies par la nicotine. Ses vêtements puaient le cigare et la cigarette.

– Il paraît que vous racontez partout des histoires de revenants, *docteur* Stewart ?

Soudain, Dale eut l'impression que quelqu'un venait de lui déverser un seau de neige dans le dos.

– Une seconde ! dit-il en tendant la main comme pour saisir par le collet le shérif, qui fit un pas en arrière pour ne pas se laisser toucher. Vous étiez là !

— J'étais où ?

Le sourire de Congden avait disparu. Son regard était de glace.

— À l'ancienne école, cette nuit-là. Vous l'avez vue. Presser m'a tellement convaincu que j'étais marteau... j'ai failli oublier que vous étiez là et que vous lui avez parlé !

— Parlé à qui ?

Le shérif avait retrouvé son sourire. Il faisait déjà si noir que Dale dut se pencher légèrement en avant pour voir son expression. Sous son chapeau de cow-boy à large bord, c'était celle du tyran qu'il avait été enfant pour les autres gamins du village. Derrière lui, la masse sombre de la ferme non éclairée semblait se fondre dans le crépuscule d'hiver.

— Vous savez fichtrement bien de qui je veux parler, aboya Dale. Michelle Staffney. Vous lui avez même proposé de la raccompagner chez elle, bordel !

— Vous croyez ?

— Allez vous faire foutre ! s'écria soudain Dale.

Frôlant Congden, il marcha à grands pas vers la ferme.

— Arrêtez-moi si ça vous chante, dit-il. J'en ai marre de toutes ces conneries.

— Stewart !

Il se figea en entendant cette voix impérieuse et se retourna lentement.

— Venez avec moi, Stewart. J'ai quelque chose à vous montrer.

Congden fit un pas en arrière, se tourna à demi et fit deux autres pas dans l'obscurité en direction de la grange.

— Quoi ? demanda Dale.

Il eut soudain un moment de panique. Il faisait vraiment noir, à présent. Et il n'avait pas de torche avec lui. Un jour, ce même été 1960, CJ Congden et un de ses copains – Archie ? – l'avaient arrêté le long de la voie ferrée un peu avant Elm Haven, et Congden avait braqué sur son visage une carabine calibre 22. C'était la première fois que Dale ressentait une telle peur panique, avec ses genoux qui se dérobaient sous lui et sa vessie sur le point de se vider.

Il ressentait à présent le même genre de peur.

— Tu viens, bordel ? glapit Congden. Je ne vais pas t'attendre jusqu'à demain !

Non.

— Non, dit-il tout haut.

Rentre à la ferme. Fais vite.

Dale tourna les talons et se mit à marcher à toute vitesse, en redoutant d'entendre des bruits de pas derrière lui ou de voir des yeux rouges briller dans l'obscurité devant lui.

— Stewart ! Maudit con ! Reviens ici ! Je veux te montrer quelque chose dans la grange !

Dale se mit à courir lourdement, ignorant les battements dans ses tempes qui résonnaient à l'unisson de ses foulées dans la neige. Il ne voyait même plus la ferme, la nuit était trop noire.

Il faillit se heurter à la clôture de barbelés. Cela signifiait qu'il était à l'arrière du poulailler. Il obliqua sur sa gauche puis sur la droite. Les contours de la ferme se dessinèrent dans l'obscurité. Il jeta un coup d'œil par-dessus son épaule, mais ne vit pas Congden dans le noir. La neige se collait à ses cils et menaçait de l'aveugler.

— Stewart ! Espèce de froussard ! cria la voix du shérif quelque part sur sa droite, pas très loin. Tu ne veux pas savoir ce qui s'est passé ?

Dale gravit à toute vitesse les marches du perron, ouvrit la porte, la claqua derrière lui, mit le verrou et tourna la clé dans la serrure. Il avait de terribles élancements dans la tête. Il tendit l'oreille dans la cuisine plongée dans le noir, à l'affût d'un mouvement ou d'une respiration à l'intérieur de la maison. Mais même s'il y avait eu quelque chose, il n'aurait rien pu entendre d'autre que ses propres halètements et ses propres battements de cœur.

Il essaya de regarder par la fenêtre, mais même la voiture du shérif était invisible dans le noir avec cette neige qui tombait.

Bon Dieu ! Ce fils de pute est armé, et moi non. Et il est encore plus cinglé que moi !

Sans allumer, il descendit au sous-sol et tâtonna le long du mur derrière les cartons de bouquins. La grosse radio jouait en sourdine des airs à succès des années 50. Son cadran était la seule lueur dans la pièce. La voilà. Il prit la batte de base-ball et remonta avec dans la cuisine. Elle ne faisait certes pas le poids devant le Colt .45 de Congden, mais à la faveur de l'obscurité, peut-être…

Il jeta un coup d'œil par la fenêtre, en se tenant de côté de manière à ne pas être vu. Soudain, l'image du visage de CJ Congden apparut contre le carreau, à un centimètre de son propre visage, avec ses dents jaunes, sa peau jaunâtre et sa langue pendante...

Bordel de Dieu !

Il leva instinctivement la batte. Mais il n'y avait pas de visage au carreau. Congden n'était nulle part dans les quelques dizaines de centimètres de son champ de vision.

Il est peut-être reparti pendant que j'allais chercher la batte, et je n'ai pas entendu sa voiture.

Pas sûr du tout.

Il est peut-être déjà dans la maison avec toi.

Il se rendit compte qu'il tremblait. Ses doigts agrippaient si fort la batte qu'ils étaient ankylosés.

Mon Dieu ! Je perds complètement la boule ! Je suis en train de péter les plombs !

Il se laissa glisser contre le mur au pied de la cuisinière. Assis sur le linoléum froid, la batte sur ses genoux, il pressa la joue contre le métal glacé de la cuisinière. La neige fondue dans ses cheveux coulait en eau sur ses tempes et ses joues. *Le cercle froid du canon.* Il était reconnaissant à Presser de ne pas lui avoir rendu la carabine. Il se sentait si déprimé et si terrifié que presser la détente lui serait presque apparu comme un geste de soulagement. *Est-ce que le coup partirait, cette fois-ci ?* se demanda-t-il. La réponse était oui.

Il y eut un petit bruit de l'autre côté de la porte. Un paquet de neige qui tombait du toit ? Comme un pas feutré. Des chaussures de cow-boy ? Quelqu'un qui faisait passer une hache de la main gauche à la main droite ?

Assis sur le linoléum, la joue contre la cuisinière, Dale Stewart ferma les yeux et s'endormit.

La chose cognait à la porte à quelques centimètres de Dale, grattant pour entrer. Il sortit du sommeil en sursaut, rampa sur le lino et, à moitié endormi, serra la batte dans ses mains tout en se relevant.

Le jour filtrait à travers le rideau de la porte vitrée de la cuisine. Cela voulait dire qu'il avait dormi toute la nuit. Il y eut de nouveaux coups à la porte, et il entrevit une vareuse verte de shérif, une étoile et un Stetson. Mais ce n'était pas CJ Congden. Une voiture de police plus récente était garée dans la cour, son moteur tournant au ralenti. La neige devait faire plus de trente centimètres d'épaisseur, et la seule chose qui rompait son uniformité était le double sillon creusé par les pneus du shérif.

Ce dernier, qui avait la trentaine et le visage hâve, l'aperçut à travers les carreaux et lui fit signe d'ouvrir la porte.

Dave cligna plusieurs fois des paupières et posa la batte entre la cuisinière et le mur. Il lui fallut quelques secondes pour tourner maladroitement la clé dans la serrure. Une bouffée d'air glacé s'engouffra lorsque la porte s'ouvrit. L'homme qui attendait sur le seuil, plus petit que Congden et plus mince que Dale, fit un pas en arrière comme un représentant en encyclopédies désireux de manifester son respect au maître du logis.

— Docteur Stewart ?

Dale se frotta le menton et hocha la tête. Il avait conscience d'avoir les cheveux en bataille et de porter les mêmes vêtements froissés que ceux qu'il avait au réveillon de Noël, l'avant-veille.

— Je suis le shérif Bill McKown, lui dit le visiteur. Puis-je entrer ?

Dale hocha la tête et s'écarta pour le laisser passer. L'homme avait la voix grave et s'exprimait lentement, avec assurance. Quant à Dale, il avait l'impression d'être en verre et en carton friables, et il se sentait sur le point de fondre en larmes d'un instant à l'autre. Il prit une grande inspiration pour se forcer à être calme.

Le shérif McKown ôta son Stetson, sourit et regarda nonchalamment autour de lui. Mais Dale savait qu'il enregistrait le moindre détail de la cuisine.

— Tout va bien pour vous ce matin, docteur Stewart ?

— Bien sûr, répondit Dale.

McKown lui adressa un nouveau sourire.

— C'est que je viens de vous voir ouvrir la porte avec une batte de base-ball dans les mains. Et il me semble que vous étiez allongé par terre avant ça.

Dale n'avait aucune explication à fournir, et il ne répondit pas.

— Voulez-vous un peu de café, shérif ?

— Si vous en faites pour vous.

— J'en fais. Je n'ai pas encore déjeuné. (*Quel euphémisme !* se dit-il.) Asseyez-vous donc pendant que je m'en occupe.

McKown l'observa en silence pendant qu'il versait de l'eau dans le bocal, nettoyait le filtre sous le robinet, mettait six mesures de café moulu et allumait le percolateur. Les doigts de Dale étaient gourds, enflés et maladroits comme des saucisses.

— C'est une déclaration originale que vous avez faite à mes adjoints pour Noël, murmura McKown en prenant la tasse de café qu'il lui tendait.

— Du sucre ? Un peu de crème ?

McKown secoua négativement la tête et but une gorgée.

— Excellent, dit-il.

Dale but à son tour et trouva que cela avait un goût d'eau de vaisselle.

— Vous vous sentez mieux, à présent ? demanda l'homme à l'étoile de shérif.

— Que voulez-vous dire ?

— Votre mal de crâne. Il paraît qu'on vous a fait huit points et que vous souffrez peut-être d'un léger traumatisme. Ça va mieux ?

Dale porta la main à son crâne et sentit la croûte de sang sous le vieux bandage.

— Oui, dit-il. J'ai moins mal ce matin.

Et c'était vrai.

— Voulez-vous qu'on parle un peu de cette déclaration ? Cette femme dont vous avez signalé la disparition, les chiens, je ne sais quoi ?

Dale but une gorgée de café pour gagner du temps. Fallait-il qu'il parle à McKown de la visite de Congden hier soir ?

Non. Mieux vaut ne rien lui dire.

— Je sais que tout cela paraît totalement insensé, murmura-t-il enfin. Même pour moi, ça n'a ni queue ni tête. Je suppose que votre adjoint vous a dit que je prenais des tranquillisants…

McKown hocha la tête.

— Vous avez appelé votre psychiatre du Montana ? Comment s'appelle-t-il, déjà ?

Dis-lui la vérité.

— Il s'appelle Charles Hall. Non, je n'ai pas encore eu le temps de lui téléphoner.

McKown but un peu de café et posa sa tasse.

— Nous l'avons fait, docteur Stewart. Nous l'avons appelé pour vérifier si vous êtes bien son patient.

Dale s'efforça de sourire tout en sachant qu'il devait faire une tête horrible.

— Et je le suis ? demanda-t-il.

— Vous l'avez été, mais plus maintenant. J'ai une mauvaise nouvelle à vous annoncer, docteur Stewart.

Dale attendit. Il n'avait aucune idée de ce que le shérif allait dire.

— Le Dr Hall est mort le 19 décembre. Nous avons eu son secrétariat au téléphone, puis sa remplaçante, le Dr Williams.

Dale ouvrit de grands yeux. Quand il put parler, il demanda :

— Il a été assassiné ?

McKown prit sa tasse dans ses mains, mais ne la porta pas à ses lèvres.

— Pourquoi demandez-vous cela ?

— Je ne sais pas… Au train où vont les choses… Attendez, vous parlez sérieusement ? Charles Hall est mort ?

— Dans un accident d'auto, le 19 décembre. Apparemment, il revenait d'un week-end aux sports d'hiver à la station de Telluride, dans le Colorado, quand un chauffard en état d'ébriété a franchi la ligne jaune… (Il sortit un carré de papier rose de sa poche-poitrine et le posa sur la tablette de la cuisine.) Je vous laisse le numéro du Dr Williams. Elle veut que vous l'appeliez le plus tôt possible pour discuter avec vous et s'assurer que votre ordonnance est bien renouvelable, des trucs comme ça.

Dale prit le papier et contempla stupidement le numéro de téléphone qui y était inscrit.

— Vous lui avez parlé de… Noël ? De moi ?

— Nous lui avons fait confirmer que vous étiez bien un patient du Dr Hall, et il est vrai que nous lui avons demandé pour quelle raison vous le consultiez, mais elle n'a pas voulu nous répondre. C'est confidentiel. Nous lui avons dit qu'il s'agissait peut-être d'une affaire de personne disparue et que nous voulions savoir si vous étiez sujet à des hallucinations. Après avoir consulté votre dossier – elle a repris la moitié des patients du Dr Hall –, elle nous a confirmé que vous étiez soigné pour angoisse et dépression.

— Je vous l'avais dit.

— Oui. N'importe comment, elle voudrait que vous preniez contact avec elle dès que possible. Mais je crois que vous ne pouvez pas le faire d'ici.

— Non.

Charles Hall est mort ! Son cabinet étriqué, avec vue sur la cime des arbres ! Qui voudrait s'y installer après lui ?

— Mon adjoint me dit que vous semblez vous souvenir d'avoir été à l'école en même temps que moi, docteur Stewart.

— Hein ? fit Dale en levant les yeux du petit carré de papier rose qu'il tenait à la main. Je vous demande pardon ?

McKown lui répéta ce qu'il venait de dire.

— Ah ! fit Dale.

Il se tut brusquement. Il passait déjà pour fou, pour faible d'esprit, et sa tête était trop pleine d'informations contradictoires pour qu'il fasse le tri maintenant.

— C'est peut-être mon oncle, Bobby McKnown, déclara le shérif. Il a eu son diplôme de fin d'études secondaires en 66, il doit donc avoir à peu près votre âge.

— Je me souviens très bien de Bob McKown, fit Dale. Il jouait au base-ball avec nous. On a fait plusieurs virées ensemble du côté de la Chaussée des gitans.

Le shérif but une gorgée de café et fit l'esquisse d'un sourire.

— L'oncle Bobby nous parlait toujours, quand nous étions gamins, de votre fameuse cyclopatrouille. Il rêvait d'en faire partie, mais j'imagine que vous étiez déjà suffisamment nombreux.

— Je ne me rappelle pas, murmura Dale.

— Et ce qui s'est passé l'autre nuit, docteur Stewart, vous vous en souvenez ? Avec les chiens.

Dale prit une longue inspiration.

— Je suis sûr d'avoir vu des chiens errants autour de la ferme, shérif. Il y avait des traces de pattes partout ces dernières semaines.

L'expression de McKown était bienveillante, mais Dale vit qu'il l'observait et l'écoutait avec une attention particulière.

— Je n'avais jamais eu d'hallucination avant, shérif, continua Dale. Je suis prêt, cependant, à reconnaître que j'en ai en ce moment. Je suis toujours… en dépression, je suppose. Je manque de sommeil. J'essaie d'écrire un roman et ça ne marche pas très fort…

— Quelle sorte de roman ?

— Je ne sais pas encore, fit Dale avec un gloussement de dérision envers lui-même. Un ratage, probablement. Sur des gamins qui ont du mal à grandir.

— Et qui se passe pendant l'été 1960 ? demanda McKown.

Les battements de cœur de Dale s'accélérèrent.

— Vous êtes tombé juste. Qu'est-ce qui vous a fait dire ça, shérif ?

— L'oncle Bobby nous en parlait parfois. Pas très souvent, mais c'étaient surtout ses silences qui étaient éloquents. Être gamin à cette époque, à l'entendre, c'était le pied, excepté ce fameux été.

Dale hocha la tête sans rien dire, mais lorsque le silence se prolongea il comprit que le shérif attendait quelque chose de lui.

— Bob McKown connaissait bien Duane McBride, commença-t-il avec un geste vague englobant la vieille ferme autour de lui. La mort de Duane, cet été-là, a été un choc pour toute la bande. Nous avons réagi bizarrement, parfois.

— J'ai lu les rapports de police. Vous permettez que je me réserve un peu de cet excellent café ?

Dale voulut se lever, mais le shérif l'en empêcha d'un geste et marcha jusqu'à la tablette avec sa tasse qu'il remplit. Puis il prit le vase pour verser du café dans la tasse de Dale et alla le remettre ensuite sur le percolateur.

— À votre avis, docteur Stewart, qui a tué votre ami Duane ?

— Le shérif et le juge de l'époque, JP Congden, le père de CJ Congden, ont conclu à un accident, fit Dale d'une voix mal assurée.

— Je sais, j'ai lu les rapports. D'après le médecin légiste, votre ami Duane a voulu mettre en marche la moissonneuse-batteuse au milieu de la nuit, en plein mois de juillet. Les tôles de protection n'étaient même pas en place, et Duane, dont tout le monde s'accorde à dire qu'il était surdoué, se serait arrangé pour tomber de la cabine et se faire passer sur le corps par cet énorme engin qui l'a déchiqueté. Vous adhérez à cette version, docteur Stewart ? Vous y adhériez à l'époque ?

– Non.

– Moi non plus. Pour qu'une moissonneuse passe sur le corps de la personne qui la conduisait et qui est tombée à terre, il faut qu'elle décrive un cercle entier. Les becs cueilleurs sont sur le devant. Même un paraplégique aurait le temps de s'écarter du chemin d'une moissonneuse en train de tourner en rond. Je suppose que le médecin légiste savait comment fonctionne une moissonneuse-batteuse. Qu'en pensez-vous ?

Dale ne répondit pas.

– Le légiste qui s'est occupé de l'affaire, continua McKown, était l'ami intime du juge JP Congden. Est-ce que vous vous souvenez que l'oncle de Duane McBride, Art, est mort le même été ? Des suites d'un accident d'automobile sur Jubilee College Road ?

– Je m'en souviens, murmura Dale.

Son cœur battait si fort qu'il dut poser sa tasse pour ne pas renverser le café qu'elle contenait.

– Le bureau du shérif, qui consistait alors en sa seule et unique personne, a retrouvé de la peinture sur la Cadillac de l'oncle Art, poursuivit McKown. De la peinture bleue. Et vous devinez qui, à l'époque, conduisait une vieille grosse voiture bleue ?

– JP Congden, fit Dale, les lèvres sèches.

– Le juge, confirma le shérif McKown. D'après mon oncle Bobby, il avait l'habitude de courser les autres voitures jusqu'à ce petit pont où l'accident a eu lieu. Et quand ils accéléraient pour passer avant lui afin de ne pas quitter la route, il les arrêtait et leur collait un PV de 25 dollars pour excès de vitesse. C'était une somme, à l'époque. Vous aviez déjà entendu cette histoire, docteur Stewart ?

– Oui.

– Vous vous sentez bien ?

– Oui, pourquoi ?

– Vous êtes plutôt pâle.

McKown se leva, alla chercher un verre propre, le remplit au robinet et l'apporta à Dale.

– Tenez, lui dit-il. Buvez.

– Mon oncle Bobby connaissait bien JP Congden et son gamin, CJ, continua le shérif quand Dale eut fini de boire. Il disait toujours que c'étaient des salauds et des emmerdeurs. Le fils comme le père.

— Vous pensez que JP ou CJ ont acculé la voiture de l'oncle de Duane contre le parapet de ce pont à voie unique ? demanda Dale en faisant un effort pour que sa voix ne tremble pas.

— Je pense que ça correspondait tout à fait à sa façon d'agir, à ses manières débiles. Mais je doute qu'il ait vraiment voulu causer la mort d'Arthur McBride. Il voulait lui faire peur, probablement, mais le pont en a décidé autrement.

— Quelqu'un l'a accusé ?

— Votre ami Duane, oui.

Dale secoua la tête. Il ne comprenait pas.

— D'après le rapport de police, le jeune Duane McBride, âgé de onze ans, a alerté la police d'État. N'oubliez pas que le shérif d'alors, Barnaby Stiles, était un excellent ami de JP Congden. Dans le rapport que j'ai lu, il est mentionné qu'un certain Duane McBride a signalé que la peinture retrouvée sur la Cadillac de son oncle Art et celle de la voiture du juge étaient identiques.

— Il y a eu une enquête ?

— Congden avait un alibi en béton. Il était à Kickapoo en train de boire un coup avec cinq de ses bons copains.

— C'est donc resté sans suite.

— Oui.

— Mais le shérif Barney avait prévenu JP Congden que Duane l'accusait.

McKown but une gorgée de café sans laisser voir qu'il le trouvait amer.

— Est-ce que JP Congden avait aussi un alibi pour la nuit où Duane a trouvé la mort ? demanda Dale.

Sa voix tremblait fortement à présent, mais il s'en fichait.

— Oui, il en avait un, lui dit McKown.

— Les cinq compères précédents ?

— Non. Congden — je parle de JP — se trouvait à Peoria, où il participait à une session de la cour des infractions à la circulation. Au moins une douzaine de représentants de la loi l'y ont vu. Mais quel âge avait CJ Congden cette année-là, docteur Stewart ?

— Seize ans.

Dale avait fait un effort pour prononcer ces mots tant ses lèvres étaient sèches.

– Qu'est devenu CJ Congden, au fait, shérif ?

McKown eut un bref rictus.

– Oh ! il a fini comme la plupart des tyrans locaux à la petite semaine. Il a été quatre fois shérif du comté.

– Mais il ne vit plus ?

– Oh, non ! il s'est mis le canon de son Colt .45 à la poignée nacrée dans la bouche en 97, ou plutôt l'été 96, et il s'est fait sauter la cervelle à l'intérieur de son mobile home. (Le shérif se leva.) Docteur Stewart, vous n'êtes pas en état d'arrestation et aucune charge ne pèse contre vous, mais j'aimerais discuter davantage avec vous. En attendant, vous devriez appeler le Dr Williams à Missoula. Vous me paraissez fatigué. Pourquoi ne pas vous raser et prendre une bonne douche, et je vous emmène à Oak Hill, d'où vous pourrez lui téléphoner dans mon bureau ? Ensuite, je vous raccompagnerai ici moi-même. Qu'en dites-vous ?

– D'accord, fit Dale.

Il se leva péniblement, comme un vieillard.

– Ça vous ennuie beaucoup si je fais un petit tour dans la maison en attendant, docteur Stewart ?

– Vous voulez fouiller les lieux ? Allez-y, ça ne me dérange pas. Mais vos adjoints l'ont déjà fait.

McKown se mit à rire. Il était petit, mais son rire était celui d'un homme corpulent.

– Non, ce n'est pas du tout pour la fouiller, docteur Stewart. Simple curiosité de ma part. C'est la première fois que je viens ici, et... vous voyez ce que je veux dire. J'ai grandi dans une ferme à six kilomètres d'ici, et entre les légendes locales que nous contaient l'oncle Bobby et la vieille femme à moitié cinglée qui a vécu ici après la mort du vieux McBride, nous avions tout lieu de considérer cette ferme comme la maison hantée du village.

Il marcha jusqu'à la salle à manger.

– Cette pièce est bien vide, mais elle ne me paraît pas particulièrement hantée, dit-il.

Dale alla dans le petit bureau chercher des vêtements propres avant de descendre au sous-sol prendre sa douche. L'écran de l'ordinateur affichait toujours sa question de la veille, mais il y avait la réponse en dessous.

> **Suis-je en train de perdre la boule ?**
> **Complètement.**

Le shérif arriva dans le couloir. Il se hâta d'éteindre le ThinkPad et d'en abaisser le couvercle.

— J'en ai pour une minute, dit-il en se dirigeant vers l'escalier du sous-sol. Resservez-vous un peu de café en attendant.

24

Deux semaines durant, après que Clare l'eut quitté, Dale l'appela chez elle au moins une fois par jour et raccrocha dès qu'elle répondait. Il avait pris soin de régler son téléphone de manière qu'elle ne puisse pas savoir qui l'appelait. Un soir, il ôta le blocage et composa son numéro. Il eut un répondeur à l'autre bout. Il rappela toutes les demi-heures, mais c'était toujours le répondeur qu'il obtenait. Il écoutait attentivement entre deux clics ou ronronnements de la machine, mais ne perçut aucun signe de la présence de Clare. Le lendemain soir, il recommença, puis le surlendemain, tous les quarts d'heure, pendant toute la nuit. Il finit par acquérir la certitude qu'elle n'était pas chez elle.

Le lendemain, vendredi, il n'avait aucun cours. Il annonça à plusieurs de ses collègues qu'il partait faire du camping, comme chaque automne, au parc national des Glaciers. Il appela même son ancien domicile, à une heure où il savait que son ex-femme ne serait pas là, et laissa un message au répondeur. Anne avait enregistré une nouvelle annonce à la place de l'ancienne où il y avait sa voix. Il décrivit l'endroit où il comptait planter sa tente, pour le cas où il ne serait pas de retour le mardi suivant. C'était devenu une habitude depuis des années. La seule fois où il avait dérogé à cette règle était l'année où il avait conduit Clare pour la première fois dans la réserve des Pieds-Noirs. Anne comprendrait qu'il ne faisait ça que par habitude.

Il prit l'avion pour Philadelphie et traversa le fleuve pour se retrouver dans le New Jersey. Il arriva à Princeton peu avant la tombée de la nuit. C'était la première fois qu'il venait là, et il eut un peu de mal à trouver le studio de Clare. Elle lui avait donné l'adresse en juillet, quand elle avait eu ce logement. Le studio se trouvait à plusieurs kilomètres du campus. Dale resta dans sa voiture de location une bonne quinzaine de minutes avant de rassembler assez de courage pour traverser la rue et sonner à sa porte. Elle n'était pas là. Elle ne rentra pas de toute la nuit. Il resta jusqu'à 4 heures du matin dans la voiture, en se baissant à deux reprises pour ne pas être vu quand une voiture de police passa dans la rue. Il urina dans le caniveau, par la portière entrouverte, plutôt que de quitter son poste pour trouver des toilettes publiques.

Le lendemain matin vers 10 h 30, par une belle matinée d'automne au ciel bleu et aux arbres roux, elle arriva dans un Chevrolet Suburban qui ne lui appartenait pas, il le savait. Un jeune homme qui n'avait pas trente ans, aux cheveux longs et au type nordique, conduisait le 4 X 4. Clare et lui entrèrent dans le petit immeuble. Ils ne se tenaient pas la main, ne se touchaient pas, pour autant que Dale pût en juger à partir de son poste d'observation dans l'ombre des arbres. Mais quelque chose lui disait qu'ils étaient intimes. De toute évidence, ils avaient passé la nuit ensemble.

Assis dans sa voiture, il retournait entre ses doigts son superbe briquet Dunhill en réfléchissant à la manière dont il pourrait l'aborder, les aborder, leur parler, sans passer pour le plus grand crétin de l'univers. Il ne trouva rien.

Cinq minutes plus tard, Clare et le blond nordique ressortirent du petit immeuble. Elle tenait à la main son sac de voyage vert en nylon qu'elle avait pris maintes fois pour aller au ranch et le sac à dos aplati qu'elle avait lors de leur premier voyage au parc des Glaciers et à la réserve. Elle adressa quelques mots à son compagnon, et ils éclatèrent de rire. Ils jetèrent les sacs à l'arrière du Suburban. Aucun des deux ne regarda dans la direction de Dale avant de grimper dans le 4 X 4, qui démarra aussitôt et s'éloigna dans la rue.

Dale les suivit sans faire d'effort particulier pour éviter d'être repéré. Prendre une voiture en filature était chose plus facile dans la réalité qu'au cinéma. Ils prirent la direction de Philadelphie, par où il était venu, contournèrent Trenton par l'I-295 puis suivirent l'autoroute 206 sur une trentaine de kilomètres. Ils obliquèrent à l'est à la jonction de l'autoroute 70. Lorsque le gros 4 X 4 s'engagea sur la route 72 en direction du sud-est, il n'y avait presque plus de circulation. Dale savait vaguement qu'ils venaient d'entrer – ou qu'ils allaient entrer bientôt – dans la partie relativement dépeuplée du New Jersey que l'on appelait Pine Barrens.

Clare et son amant prirent la route 563 au sud et parcoururent 17,5 kilomètres – il mesura sur son compteur – avant de s'arrêter sur la gauche sur un parking bordé de vieilles constructions en bois. Il y avait un panneau qui annonçait : LOCATION DE CANOËS DE PINE BARRENS.

Dale continua sur un peu plus d'un kilomètre avant de trouver un endroit où faire demi-tour, avant le village de Chatsworth. Il retourna lentement dans la direction d'où il était venu. La route longeait une rivière, et il aperçut Clare et son amant dans un canoë qui allait vers le sud, en aval, avant de disparaître au détour d'un méandre. Il se gara sur le parking à côté du Suburban, descendit de voiture et se dirigea vers le bâtiment le plus important, en notant au passage l'énorme tas de bois de chauffage et la cognée fichée dans une bûche. Les propriétaires du site semblaient se préparer pour un rude hiver.

Il attendit qu'un adolescent en pantalon kaki et T-shirt vert marqué LOCATION DE CANOËS DE PINE BARRENS finisse d'aider deux femmes à se lancer dans le courant léger.

– 'Jour, fit l'ado en regardant Dale suffisamment longtemps pour juger que ce n'était pas un client potentiel avec son pantalon et ses chaussures de ville. Qu'est-ce que je peux faire pour vous ?

Dale se tourna vers les canoës et les kayaks empilés sur des remorques au bord de l'eau.

– Combien coûte la location d'un canoë ? demanda-t-il.

– Trente dollars, répondit l'ado. Avec les pagaies et les gilets obligatoires, mais sans les coussins. Il y a un supplément de cinquante cents par coussin, et c'est trois dollars de plus pour une troisième ou quatrième personne. Au-dessus de quatre, il faut un deuxième canoë.

– Je suis tout seul, murmura Dale, en ressentant pour la première fois la poignante vérité de ces paroles.

L'ado haussa les épaules.

— Trente dollars.
— Jusqu'où peut-on aller ?
L'ado leva les yeux des billets qu'il recomptait et lui sourit.
— Jusqu'à l'océan, si vous voulez, mais on aimerait bien le récupérer avant.
— En général, jusqu'où vont vos clients ? Les deux femmes qui viennent de partir, par exemple ?
— À la pizzeria du pont d'Evans, fit l'ado comme si Dale était censé savoir où c'était. Elles auront de la chance si elles arrivent avant la nuit.
— Et le couple qui était avant elles ? Ils vont à la pizzeria, aussi ?
— Non. Ils campent. Ils seront au camping du pont de Godfrey dans quatre ou cinq heures. Et demain ils iront jusqu'à Bodine Field, où nous irons les chercher.
— Comment savez-vous qu'ils camperont au pont ?
— Pour une location de deux jours, il faut une autorisation de camper. Ils me l'ont montrée. Pourquoi ces questions ? Vous êtes de la police ?
Dale s'efforça de rire négligemment.
— Pas du tout. Je cherche juste à me renseigner sur un itinéraire possible. Ma copine et moi nous envisageons de faire une petite balade.
— Vous auriez intérêt à vous décider avant le prochain week-end, si vous devez nous louer quelque chose, fit l'ado d'une voix de nouveau distraite et inintéressée. Ensuite, on ferme pour la saison.
— Vous n'auriez pas une carte, pour que je me fasse une idée des distances ?
L'autre sortit une photocopie froissée de la poche arrière de son pantalon et la tendit à Dale sans même le regarder. Dale le remercia et regagna sa voiture.
Le chemin de gravier qui partait de la 563 pour rejoindre le camping du pont de Godfrey se trouvait à une quinzaine de kilomètres au sud du point de mise à l'eau. Dale s'attendait à quelque chose de plus élaboré. Au bout du chemin, il n'y avait que la rivière, quelques foyers en fonte dans le sol sous les arbres pour les barbecues, et deux toilettes amovibles. La forêt dense était tout autour. Le camping était désert. Dale regarda sa montre. Il était un peu plus de

14 heures. Clare et son copain n'arriveraient pas, en principe, avant 18 heures. L'après-midi était dégagé et remarquablement silencieux. On n'entendait ni insectes ni cris d'oiseaux. Quelques écureuils folâtraient dans les arbres, mais leurs jeux d'hiver semblaient eux aussi étonnamment feutrés. De temps à autre, un groupe de canoës ou un kayak isolé faisaient une apparition, leurs occupants bruyants comme des pies ou silencieux comme les insectes absents. Il ne vit pas Clare.

Il retourna à sa voiture de location, remonta le chemin de gravier sur une centaine de mètres, jusqu'à une trouée de bûcherons envahie par les herbes qu'il avait remarquée en venant, gara la voiture hors de vue et ouvrit le coffre. Il demeura un instant les bras ballants à contempler la cognée qui s'y trouvait et qu'il avait prise sur le site des locations.

— Docteur Stewart, vous avez pu joindre la psychiatre du Montana ?

Dale leva les yeux du bureau derrière lequel il était assis en buvant un mauvais café dans un gobelet en plastique. Le shérif l'avait fait entrer dans cette petite pièce où il n'y avait qu'un bureau nu et un téléphone, et l'avait laissé seul pour qu'il passe son coup de fil. Il n'y avait pas de miroir sans tain dans la pièce, mais une fente étroite avait été pratiquée dans la porte. Il supposait que cela tenait lieu pour le shérif, à l'exception du téléphone, de salle d'interrogatoire.

— Oui, répondit-il.

— Tout va bien ?

— Tout va bien. Elle m'a répété ce que vous m'aviez dit sur l'accident survenu au Dr Hall et elle va téléphoner mon ordonnance à la pharmacie de Oak Hill. En fait, je suis à peu près certain qu'il me reste quelques médicaments à la ferme.

— Parfait.

Le shérif s'assit sur le second siège et posa une chemise en carton sur la table. Il y avait un livre de poche sous le dossier, mais Dale ne put en lire le titre.

— Ça vous ennuie si nous avons une petite conversation ? demanda le shérif.

— Ai-je le choix ? fit Dale, qui se sentait soudain très las.

— Bien entendu. Vous pouvez même contacter un avocat, si vous le désirez.

— Suis-je en état d'arrestation ? Me soupçonnez-vous d'autre chose que d'avoir perdu la raison ?

McKown eut un petit sourire coincé.

— Docteur Stewart, je voulais juste vous demander votre aide sur un petit problème qui se pose à nous.

— Je vous écoute.

Le shérif sortit quelques photos brillantes du dossier et les disposa devant Dale comme s'il l'invitait à faire une réussite.

— Vous connaissez ces garçons, docteur ?

Dale soupira.

— Je ne les connais pas, mais je les ai déjà vus. Celui-ci, je sais que c'est le neveu de Sandy Whittaker, Derek, dit-il en posant le doigt sur la photo du plus jeune.

— Vous voulez connaître le nom des autres ?

— Je n'y tiens pas spécialement.

— Il faut que je vous parle de celui-ci, fit McKown en faisant glisser la photo du plus âgé des skins pour l'isoler des autres. Il s'appelle Lester Bonheur. Né à Peoria. Vingt-six ans. Exclu de l'armée pour conduite déshonorante. A fait l'objet de poursuites préalables notamment pour menaces aggravées, agression avec une arme capable d'infliger la mort et incendie volontaire. N'a été condamné qu'une fois pour vol de voiture. Libéré au bout de onze mois. A découvert Hitler il y a environ quatre ans, un peu comme d'autres découvrent Jésus-Christ. Les autres membres de la bande sont juste des... skins. Mais Bonheur est dangereux.

Dale ne fit pas de commentaire.

— Où avez-vous vu ces cinq hommes pour la dernière fois ? demanda McKown, dont le regard de ses yeux bleu pâle était trop intense pour faire un bon joueur de poker.

— Je ne... commença Dale.

Dis-lui la vérité. Dis-lui toute la vérité.

Le regard du shérif devint encore plus intense, proportionnellement à la longueur du silence de Dale.

— Je ne sais pas comment s'appelle cet endroit, continua ce dernier, changeant complètement ce qu'il avait commencé à dire. C'est cette vieille carrière pleine de boue qui se trouve à un kilomètre cinq cents environ du cimetière du Calvaire. Quand nous étions gamins, nous disions « les montagnes de Billy le bouc ».

McKown sourit.

— C'est ainsi que mon oncle Bobby appelait les anciennes carrières de Seaton. (Son sourire disparut.) Que faisiez-vous là-bas avec ces voyous, docteur Stewart ?

— Je ne faisais rien avec eux. Ils me poursuivaient dans leurs deux pick-ups. J'étais avec mon Land Cruiser.

— Pourquoi vous poursuivaient-ils ?

— C'est à eux qu'il faut le demander.

Le sourire du shérif s'accentua, mais d'une manière qui n'était nullement amicale. Dale ouvrit ses deux mains à plat au-dessus de la table.

— Écoutez, je ne connais aucun de ces skins, sauf celui-ci... (Il désigna de nouveau la photo du plus jeune.) Sandy Whittaker m'a dit que son neveu était membre d'un groupuscule néo-nazi local. Ils m'avaient déjà menacé à mon arrivée en octobre. L'autre jour...

La veille du soir où Michelle Staffney est venue pour le réveillon.

— C'était l'avant-veille de Noël. Ils m'ont coincé sur le parking du KWIK'N'EZ. Vous n'avez qu'à demander confirmation à la grosse fille qui tient la caisse. J'ai pu quitter le parking, mais ils m'ont poursuivi avec leurs pick-ups. J'ai pris l'ancienne route qui part de Jubilee College Road, et je les ai semés du côté de la carrière, dans la plaine de boue.

— Cette « ancienne route », comme vous dites, est sur un terrain privé. Pourquoi avoir coupé de cette manière à travers la campagne alors que vous étiez poursuivi par cette bande de mauvais garçons ?

Dale haussa les épaules.

— Je me suis souvenu de la Chaussée des gitans. C'est un vieux chemin envahi par la végétation, que nous prenions pour...

— Je sais. Mon oncle en parlait tout le temps. Que s'est-il passé là-bas ?

— Rien du tout. Mon 4 X 4 est passé dans la boue, et eux non. J'ai pu rentrer à la ferme.

— Ils étaient tous en vie quand vous les avez quittés ? demanda McKown dans un souffle.

La mâchoire de Dale faillit tomber.

— Bien entendu ! Vivants, mais pleins de boue. Pourquoi cette question ? Ils ne sont plus vivants ? Je veux dire…

McKown rassembla les photos pour les remettre dans leur chemise.

— Nous ne savons pas où ils sont, docteur Stewart. Un fermier a retrouvé les deux pick-ups dans la boue hier après-midi. L'un des véhicules était couché sur le côté.

— C'est exact. Je l'ai vu se renverser. Le Ford vert m'a suivi pour escalader un monticule boueux, et il s'est renversé en descendant. Mais les deux garçons – les deux hommes – en sont sortis indemnes. Personne n'a été blessé.

— Vous en êtes certain, docteur ?

— Mais oui. Je les ai vus courir et brandir le poing dans ma direction. D'ailleurs, la poursuite s'est déroulée au ralenti, même quand le pick-up s'est couché sur le côté. Personne ne roulait assez vite pour se faire vraiment mal.

— Pour quelle raison en avaient-ils après vous ?

Dale s'efforça de refouler sa mauvaise humeur devant cet interrogatoire.

— D'après Sandy Whittaker, ils ont lu sur Internet une série d'articles que j'avais écrits sur les groupuscules d'extrême-droite dans le Montana, expliqua-t-il lentement. Ils m'ont insulté les deux fois où nous nous sommes rencontrés. Ils m'ont traité de défenseur des Juifs et des Noirs, ce genre de chose. Je suppose donc que c'est pour ça qu'ils voulaient me faire du mal.

— Vous pensez qu'ils auraient pu vous frapper ce jour-là, docteur ?

— Je pense qu'ils m'auraient tué, shérif, s'ils m'avaient attrapé.

— Aviez-vous envie de leur faire du mal également ?

Dale rendit au shérif un regard féroce.

— Je les aurais volontiers tués, shérif. Mais je ne l'ai pas fait. Si vous êtes allé sur les lieux, vous devez le savoir. Vous avez dû voir leurs traces dans la boue. Je pense qu'ils ont continué à pied.

— C'est exact. Mais leurs traces se perdent au cimetière.

Dale faillit éclater de rire.

— Vous croyez que je leur ai tendu une embuscade au cimetière ? Que je les ai tués et que j'ai fait disparaître les corps ? Moi tout seul contre cinq skinheads qui n'ont pas la moitié de mon âge ?

Le shérif sourit de nouveau.

— Vous étiez armé.

— La carabine ? fit Dale, qui n'arrivait pas à croire que cette conversation était réelle. Je ne l'avais pas avec moi.

McKown hocha la tête, mais ce n'était guère rassurant.

— De plus, elle ne tire qu'un coup à la fois, continua Dale en s'échauffant. Il aurait fallu que j'aille à la ferme, que je prenne la carabine, que je retourne au cimetière et que je les descende un par un comme des lapins. Et vous croyez qu'ils seraient restés plantés là en attendant leur tour pendant que je rechargeais ?

McKown ne répondit pas.

— Et après ça, pourquoi vous aurais-je appelé le lendemain pour vous parler de Michelle et des chiens... de cette hallucination dont j'ai été victime ? continua Dale avec moins de fureur mais plus de bredouillement dans la voix. Pour vous dépister après avoir assassiné cinq skins ?

— C'est vrai que ça ne tient pas tellement la route, admit McKown d'une voix conciliante.

— Une personne sensée n'agirait pas comme ça, murmura Dale d'une voix qui sonnait sinistrement, même à ses propres oreilles.

— Non, reconnut McKown.

— Vous allez maintenant procéder à mon arrestation, shérif ?

— Non. Je vais vous reconduire à la ferme McBride et vous laisser vaquer à vos occupations. Nous pourrions nous arrêter en chemin à la pharmacie, pour prendre votre ordonnance. Et je vous demanderai de bien vouloir rester dans le coin jusqu'à ce que nous ayons éclairci un peu tous ces mystères.

Dale hocha la tête sans rien dire.

— Ah ! j'oubliais une chose, fit le shérif.

Dale attendit. Il se souvint que Peter Falk, dans le rôle de Columbo, disait toujours un truc comme ça juste avant de piéger son suspect.

— Pourriez-vous avoir l'amabilité de me signer ça ?

McKown souleva le dossier et fit glisser sur la table un exemplaire de *La Lune du massacre,* roman de la série *Jim Bridger, le roi de la montagne.* Puis il déboutonna la poche de sa chemise pour en sortir un stylo à bille qu'il lui tendit.

– Ce qui serait super, ce serait que vous écriviez : « À Bill, le neveu de Bobby », murmura-t-il. Nous sommes deux de vos très grands admirateurs.

C'était le début de l'après-midi quand Dale se retrouva à la ferme. Le shérif n'entra pas avec lui et porta deux doigts au bord de son Stetson avant de repartir dans l'allée. La maison était glacée. Dans le petit bureau, le ThinkPad était ouvert et allumé.

> **As-tu vraiment tué Clare, Dale ?**

25

Les cinq chiens noirs revinrent peu après minuit. Dale les observa par la fenêtre de la cuisine, dans l'obscurité, puis par celle de la salle à manger, sans allumer la lumière, puis en écartant les rideaux du salon, et enfin à partir du bureau, à mesure que les bêtes tournaient autour de la maison, leur poil et leurs yeux reflétant la lueur des étoiles, leurs masses visibles comme un espace négatif sur le fond légèrement brillant de la neige.

Dale tapota la batte qu'il tenait dans ses mains en soupirant. Il était mort de fatigue. Il n'avait pas dormi de toute la journée, et il avait passé la nuit dernière assis par terre dans la cuisine. Il avait toujours su, alors comme maintenant, que si les chiens avaient envie d'entrer ils pouvaient le faire aisément. Ils étaient plus gros que jamais. Plus gros que des huskies au poitrail rond, plus gros que des chiens-loups. S'ils voulaient enfoncer la porte, elle ne résisterait pas longtemps.

Mû par une pulsion semblable à celle qui incite celui qui souffre d'acrophobie à se jeter dans le vide, il se plut à imaginer qu'il ouvrirait la porte et s'enfonçait dans la nuit pour se laisser capturer et entraîner dans les buissons.

Au moins, on n'en parlerait plus.

Il alla dans le petit bureau plongé dans l'obscurité. La seule lumière venait de l'écran noir où brillaient les mots qu'il n'avait pas effacés près de douze heures plus tôt.

> **As-tu vraiment tué Clare, Dale ?**

Il décida de se lancer dans un vrai dialogue. Il se pencha pour taper :

> **Es-tu vraiment Duane ?**

Aucune réponse ne s'inscrivit sous ses yeux, naturellement, aussi prit-il sa batte pour retourner dans la cuisine et revenir aussitôt après s'être assuré qu'aucun chien ne s'était introduit par les fenêtres sans volets. La question n'avait pas été suivie de réponse. Il ne s'y attendait d'ailleurs pas vraiment.

Il tapa de nouveau, refit le même circuit, trouva une réponse, cette fois-ci, tapa encore quelque chose, repartit, ouvrit un bouquin, réfléchit, retourna taper une nouvelle ligne, etc. C'est ainsi qu'un dialogue de fous s'établit.

> **Je n'ai pas tué Clare. Je n'ai tué personne.**
> **Dans ce cas, pourquoi en as-tu eu le souvenir ?**
> **Ce n'était pas un souvenir. Peut-être un fantasme. Et comment saurais-tu quels sont mes souvenirs ou mes fantasmes ?**
> **As-tu atteint le stade, Dale, où tu n'es plus capable de distinguer tes fantasmes de tes souvenirs ?**
> **Je n'en sais rien, monsieur l'interlocuteur fantôme. Je l'ai peut-être atteint. Es-tu un revenant ou bien un souvenir ?**

Pas de réponse à son retour. Il essaya de nouveau.

> **Écoute, si j'avais tué Clare Two Hearts, je serais actuellement en prison. Ce souvenir – ou ce fantasme – me disait que je l'avais suivie avec son copain jusque dans le New Jersey, où je les aurais tués dans un camping. Mais si c'était réellement arrivé, j'aurais laissé des traces partout. On aurait retrouvé le billet d'avion, l'ado se serait souvenu, il y aurait eu les notes de location de**

voiture, les débits de carte de crédit, les empreintes digitales et tout le reste. Je serais retourné dans le Montana avec des vêtements ensanglantés. Un double assassinat à la hache, ça laisse des traces. Les flics m'auraient arrêté dans les vingt-quatre heures. L'ex-copain est le premier soupçonné dans ces cas-là.

> À condition que la police soit au courant de son existence, Dale. Pourquoi Clare aurait-elle parlé de toi autour d'elle à Princeton ? Pourquoi t'a-t-elle appelé, la fois où tu croyais qu'elle plaisantait, sa « première incursion au royaume des cheveux blancs » ? Pourquoi aurait-elle révélé cet épisode à quiconque dans sa nouvelle vie ?

> Mes cheveux ne sont pas si blancs.

Dale recommença son circuit, ne trouva rien de nouveau sur l'écran, relut les lignes déjà affichées et se mit à rire bruyamment dans la grande maison vide plongée dans le noir.

– Nom de Dieu ! Je suis mûr pour l'asile ! murmura-t-il tout haut.

Il éteignit l'ordinateur.

Une voix douce murmura quelque chose d'incompréhensible à l'étage.

Il prit sa torche électrique et monta voir, fendant le courant d'air glacé qui descendait dans l'escalier. Il y avait de la lumière là-haut. Il soupesa la batte dans ses mains. Son cœur battait très fort, mais il ne ressentait aucune peur réelle. Ce qui était là était là.

La bougie qui restait dans la chambre à coucher avait été rallumée. La flamme vacilla quand il entra, et son ombre dansa sur la tapisserie moisie.

– Michelle ?

Il n'y eut pas de réponse. Il écrasa la bougie d'un coup de batte. La flamme courut un instant sur le plancher avant de s'éteindre. Puis il redescendit à la cuisine en s'éclairant avec sa torche.

Au-dehors, un chien hurla.

Il alluma la cuisine, trouva le bloc-notes qu'il gardait à portée de la main sur la tablette, et commença à établir sa liste des courses pour le lendemain.

— *Panneaux de plastique.*
— *Clous.*

Au bout de quelques instants de réflexion, il ajouta :

— *Nouvelle carabine avec munitions.*

Un chien différent hurla dans la nuit un peu plus à l'ouest, vers la grange. Dale vérifia que la porte était bien fermée à clé, éteignit et descendit au sous-sol.

Il faisait plus chaud en bas. Il alluma la lampe de chevet, mit son pyjama et se glissa sous l'édredon. Les draps étaient propres et l'oreiller moelleux. Il prit un livre de poche resté ouvert et essaya de lire un peu. C'était *Du côté de chez Swann*, et la page était ouverte à la section *Un amour de Swann*. Cependant, il avait trop sommeil pour pouvoir donner un sens aux mots. La grosse radio diffusait en sourdine de la musique de danse, mais il était trop fatigué pour se lever l'éteindre. D'ailleurs, la lumière du cadran était plutôt rassurante dans le noir.

Il percevait la lueur des étoiles à travers les hautes lucarnes. De temps à autre, une masse sombre occultait le ciel, mais il n'y prêtait pas attention. Il ronfla dans son sommeil.

C'est cette nuit-là que mon vieux copain Dale franchit le point de non-retour. Ce qui devait arriver arriverait, il le savait, même en dormant. Et pas question de faire marche arrière.

Il ne se sentait pas du tout dans la peau d'un personnage borné dans un récit sans queue ni tête. C'était toute l'histoire de sa vie. Tout ce qui lui était arrivé ces deux dernières années convergeait à cela. Tout menait ici, à cette maison, à ces événements, à cette conclusion inéluctable de tous ses doutes. À une époque où toute une génération cherchait à dissimuler la réalité derrière la simulation et l'expérience par procuration, Dale avait absolument besoin de savoir ce qui était réel et ce qui ne l'était pas. Qu'était-ce que le souvenir, qu'était-ce que l'imagination fantastique ? Restait le simple fait que, contre vents et marées, il ne croyait pas aux maisons hantées ni aux fantômes.

Cette certitude était profondément ancrée en lui, et son incroyance était solide comme le roc. Il croyait à la schizophrénie, à la confusion mentale, mais pas aux revenants.

Ce qui importait par-dessus tout dans sa décision de rester passer les quelques jours qu'il lui restait à vivre au Coin plaisant, c'était son sentiment – sa certitude – que tout ce qui était en train de lui arriver devait trouver son dénouement ici et pas ailleurs. Cette cascade d'événements insensés se manifestait à lui sous la forme d'une matérialisation vitale, d'un brassage d'énergies pures, d'une pré-naissance. Ou peut-être d'une pré-mort. N'importe comment, se disait-il, la gestation avait commencé dans cette ferme glacée du trou du cul de l'Illinois, et la bête sans nom rampait en direction du Coin plaisant, pour y naître ou pour y mourir.

Il y avait aussi le fait que Dale savait qu'il n'avait plus de chez-lui où retourner. Il ne pouvait pas se présenter dans cet état à la porte de Anne et de ses filles. Il ne pouvait pas retourner aux lambeaux de son existence passée à Missoula sans que ce problème soit réglé, sans que ses questions aient reçu une réponse.

Un jour, dans une conversation avec Clare à l'occasion d'une de leurs randonnées dans le parc des Glaciers, il lui avait demandé comment elle voyait la topographie d'une vie humaine. Elle avait répondu que c'était pour elle un cône renversé qui se mesurait en unités de potentialités. Infinies au sommet, égales à zéro à la pointe. Et le diamètre décroissant des cercles du cône à mesure que l'on descendait représentait le temps qui s'accélérait quand on approchait de la fin, de la vieillesse, de la mort, du néant. Dale avait trouvé cette conception plutôt pessimiste. Il avait exprimé l'avis qu'une existence humaine était peut-être une simple parabole dont on ne pouvait jamais savoir où se situait l'apogée, le point sublime, le plus élevé.

— Ton apogée à toi, c'est peut-être ici qu'il se situe, avait murmuré Clare en désignant la forêt de pins, le lac, les sommets lointains et enfin elle-même.

Quelque part dans les arbres voisins, un oiseau casse-noix en colère leur reprocha leur présence.

— Pas le tien ? demanda-t-il en s'arrêtant pour ajuster les sangles de son sac à dos.

— Certainement pas le mien, répliqua-t-elle sur ce ton froid de cruauté détachée qu'il trouvait étrangement séduisant, par son côté cosmopolite, peut-être.

Il avait repensé, plus tard, à cette histoire de topographie de l'existence, avant que Clare et sa propre emprise sur la réalité l'eussent quitté. Récemment, il s'était amusé à l'idée que le ruban de sa vie était peut-être tordu comme une bande de Möbius insensée qui revenait sur elle-même, l'intérieur devenant l'extérieur, perdant des dimensions entières tout en acquérant il ne savait quelle impossible continuité.

Noël était tombé un mardi cette année. Dale s'était plus ou moins attendu à être arrêté ou à être traîné dans un asile avant le week-end ; mais si l'adjoint Presser vint vérifier sa présence le samedi et si le shérif McKown passa le voir dans l'après-midi du dimanche, personne ne lui passa les menottes ou la camisole.

Les deux fois où il vit une voiture de police remonter l'allée enneigée, il était sûr que CJ Congden allait apparaître. Que ferait-il dans un tel cas ? Il n'en avait pas la moindre idée. Chaque fois que la voiture s'était approchée suffisamment pour être identifiée, il avait éprouvé une sorte de déception en voyant que ce n'était pas lui.

— Comment ça se passe pour vous, docteur Stewart ? lui avait demandé le shérif McKown le dimanche après-midi.

Dale venait de partir en promenade, et le shérif l'avait trouvé à l'endroit où il avait fait une pause, devant le grand réservoir d'essence accolé à l'abri de la génératrice.

— Vous allez bien ? demanda le représentant de la loi.

Dale hocha affirmativement la tête.

— C'est inhabituel, toute cette neige, après plusieurs hivers doux et secs, hein ?

Dale se contenta de demander :

— Vous avez retrouvé vos skinheads ?

Le shérif avait retiré son Stetson et passé les doigts autour du bord dans un geste qui rappela à Dale l'une des manies de CJ Congden. C'était peut-être une habitude qu'avaient tous les shérifs coiffés d'un chapeau de cow-boy.

— Non, répondit McKown. Leurs familles n'ont pas eu de nouvelles. Mais j'ai une information qui vous intéressera.

Dale le laissa continuer.

— Il y a un vieux fermier célibataire, un peu plus au nord de l'endroit où vous habitez, qui est signalé disparu. Bebe Larson. Il était au volant de sa vieille Chevrolet Suburban l'avant-veille de Noël la dernière fois que quelqu'un l'a vu.

— Et vous pensez que je l'ai assassiné en même temps que les cinq skins ? demanda Dale.

McKown remit lentement son Stetson sur sa tête.

— Mon idée, c'était plutôt que M. Larson aurait pu tomber sur vos amis sur la route de comté n° 6, et qu'ils auraient pu « emprunter » son camion, et lui avec.

— Vous pensez que ces jeunes sont capables de kidnapper quelqu'un ?

— Je pense que Lester Bonheur est capable de tout. Et les autres ne demandent qu'à suivre.

Dale haussa les épaules.

— J'aimerais aller à Oak Hill dans le courant de la semaine, pour acheter quelques vivres, dit-il.

Ce mot, « vivres », l'amusa. Bientôt, il allait parler comme ses personnages de la série du roi de la montagne.

— Pas de problème, lui dit le shérif. J'espère que vous rentrerez aussitôt ici, jusqu'à ce que nous ayons éclairci le reste.

— Le reste, est-ce que ça comprend la restitution de mon bien, shérif ? Je veux parler de ma carabine.

McKown se frotta le menton.

— Je pense que nous allons garder cette arme jusqu'à ce que ces skins soient retrouvés, docteur. (Il hésita l'espace d'un instant.) Vous avez pris votre Prozac ?

— Oui, mentit Dale.

— Et les autres trucs de l'ordonnance ?

— Je n'en ai pas eu besoin. J'ai dormi comme un bébé.

Comme un mort.

— Avez-vous rappelé ce Dr Williams à Missoula ?

— Je n'ai pas quitté le… la ferme. Pas de téléphone.

— Vous le ferez peut-être quand vous irez faire vos courses à Oak Hill ?

— Peut-être.

Quand le shérif remonta dans sa voiture, Dale se pencha pour taper sur la vitre côté conducteur. Elle s'abaissa en grinçant.

— Shérif, vos adjoints et vous, vous allez venir tous les jours vérifier ma présence ici ?

— Nous nous faisons du souci pour vous, docteur Stewart. Et la question de la fausse déclaration n'a toujours pas été réglée.

Dale ne répliqua pas. La neige tombait doucement sur sa tête nue et sur son visage.

— Vous pourriez nous appeler dans la semaine quand vous serez à Oak Hill, poursuivit le shérif. Dites-nous quand vous serez de retour ici, et nous passerons un peu plus tard pour voir si tout va bien.

Dale hocha la tête, et McKown ajouta :

— Si on ne se revoit pas avant mardi, je vous souhaite une bonne année, docteur Stewart.

Dale fit un pas en arrière et regarda la voiture du shérif manœuvrer dans la neige puis s'éloigner dans l'allée. Il remarqua qu'il y avait des empreintes de pattes toutes fraîches sur le chemin.

Cet après-midi-là, Dale changea d'avis à propos des feuilles de plastique pour l'étage. Il cloua deux draps à la place pour boucher l'ouverture. Le tissu de coton n'empêcha pas l'air froid de descendre, mais la barrière lui offrit un réconfort psychologique.

Il travailla à son roman tout le reste de l'après-midi et toute la soirée. Il en oublia de manger, et même d'aller aux toilettes. Il faisait de plus en plus froid à l'intérieur à l'approche de la nuit, mais il était plongé dans les chaudes journées d'été de son enfance et ne s'en aperçut pas. Il avait déjà écrit près de trois cents pages et, bien que l'intrigue ne fût pas encore nette, il avait tissé sa toile des beaux jours d'été où la cyclopatrouille sillonnait Elm Haven et ses environs à travers champs et à travers bois, ponctuant les longues journées d'été d'interminables parties de base-ball sur le terrain poussiéreux de l'école et de parties de cache-cache au cœur de la forêt autour du cimetière du Calvaire. Il parla de la grotte des Contrebandiers, sans décider encore si la bande allait la retrouver ou non, et il parla aussi de l'amitié, celle qui liait ces gamins de onze ans en cette époque lointaine d'innocence en voie de disparition.

Quand il leva le nez de son ThinkPad, il était minuit passé. Son ordinateur et sa lampe de chevet étaient les seules lumières dans la maison. Un courant d'air glacé tourbillonnait dans le bureau du vieux. Dale enregistra son travail sur le disque dur, fit une sauvegarde sur disquette, vérifia sous DOS qu'il n'y avait pas de message fantôme – ce n'était pas le cas – et alla dans la cuisine à travers le couloir obscur pour se faire une soupe avant d'aller se mettre au lit.

– Dale...

Ce fut comme un murmure presque indissociable du frémissement de l'eau dans la marmite ou du ronronnement de la chaudière qui allait se mettre en route.

– Dale...

Cela venait du haut de l'escalier plongé dans le noir.

Ou plutôt non. Il y avait de la lumière à l'étage, derrière le mur de toile de coton tendue. Sans chercher à prendre une arme, pas même sa batte de base-ball ou son pied-de-biche, il grimpa les marches froides.

La lumière n'était qu'une pâle lueur issue de la chambre à coucher. *Encore cette bougie.* Une ombre se déplaça entre la porte de la chambre et le mur de toile blanche translucide. Sous ses yeux, le centre du drap sembla ondoyer comme sous une forte brise, puis forma une légère bosse vers l'extérieur. Il grimpa jusqu'à la dernière marche et se pencha en avant. À quinze centimètres de son visage, le drap se moula nettement pour former un nez, un front, des orbites et des lèvres pleines.

Michelle ou Clare ?

Avant qu'il pût trouver une ressemblance, la bosse s'aplanit, mais une nouvelle perturbation poussa vers lui, plus bas, la fine toile de coton. Trois ondulations, puis cinq. Des doigts. Il y avait là la forme parfaite d'une main féminine, la paume tournée vers lui, les doigts tendus contre la toile. Il s'attendait à ce que le drap se déchire à force de tirer sur les clous. Voyant que cela ne se produisait pas, il déplaça sa propre main pour la mettre à un centimètre de celle qui s'imprimait sur le drap blanc. Puis à moins d'un centimètre. Ses doigts étaient à quelques millimètres d'établir le contact.

— Non ! murmura-t-il.

Il fit volte-face et redescendit l'escalier. Quand il tourna la tête, arrivé en bas, la lueur avait disparu et le drap était aussi plat et lisse que la paroi d'un glacier polie par les siècles. Il retourna dans la cuisine se faire sa soupe de tomate, en versant dans la marmite le fond de lait qu'il lui restait, dilué à cinquante pour cent avec de l'eau, comme sa mère le lui avait appris quand il avait dix ans.

Il venait de sombrer dans le sommeil au sous-sol en écoutant un grand orchestre à la radio, comme il en avait l'habitude, lorsqu'un silence inhabituel le réveilla en sursaut.

Il s'assit au bord du vieux lit de Duane. Le cadran de la grosse radio s'était éteint. Était-ce lui qui avait tourné le bouton ? Il ne se souvenait pas de l'avoir fait. Mais la lampe de chevet était restée allumée, ce qui signifiait qu'il y avait de l'électricité. Soudain, il sentit un léger courant d'air glacé.

— Oh, non ! murmura-t-il en s'adressant au sous-sol vide.

Il sortit de dessous l'édredon, posa sur un carton le livre de Proust qu'il lisait, s'avança jusqu'à la radio et la souleva.

Ce n'était qu'une carcasse vide. Il n'y avait ni lampes, ni circuits électriques, ni ampoule pour le cadran, ni rien du tout à l'intérieur. Il alla examiner les autres radios qu'il avait écoutées ces deux derniers mois. Toutes pareilles. Des carcasses vides.

Il retourna s'asseoir au bord du lit.

— C'est une plaisanterie complètement stupide, dit-il en s'adressant au vide.

Soupçonnant, au plus profond de lui-même, que c'était la dernière nuit qu'il passait dans la maison de Duane McBride, Dale se glissa de nouveau sous l'édredon et écouta le vent qui se levait au-dehors dans la nuit noire.

26

L'aube du dernier jour de l'année écoulée, du siècle écoulé et du millénaire écoulé ne pointa pas, elle se glissa insidieusement en place comme un badigeon blafard de lumière pâle et anémiée, une traînée gris clair sur un manteau gris un peu plus foncé. Dale la contempla de la fenêtre de sa cuisine où il se tenait depuis 5 heures du matin, une tasse de café à la main. À travers le carreau couvert de givre, il regarda longuement la neige qui tombait juste derrière, conscient de la présence lointaine des chiens noirs qui n'arrêtaient pas de tourner autour de la ferme.

La neige au sol avait déjà vingt-cinq centimètres d'épaisseur, et ça continuait de tomber. Les arbres morts noueux qui bordaient l'allée ressemblaient aux bonsaïs des estampes japonaises, stylisés, lourds de neige. Les bâtiments annexes n'avaient pas plus tôt surgi de la grisaille crépusculaire qu'ils tentaient déjà de disparaître dans la blancheur de la neige qui formait des congères sous le vent hurlant. Même le Land Cruiser en avait jusqu'au marchepied, et des monticules se formaient sur le capot et le pare-brise.

Dale fit le compte de ses vivres – il sourit de nouveau à l'évocation de ce mot – et décida qu'il avait assez de pain et de conserves pour durer quelques jours. Il savait, quelque part, qu'il n'aurait pas besoin de tout ce temps, mais il ignora la voix qui le lui disait.

C'était une journée idéale pour écrire, et il se plongea dans son travail, évoquant de chaudes journées d'été alors que l'hiver se faisait pressant, froid et nu, contre sa fenêtre. Quand il fit une pause pour manger un peu, vers 15 heures, la lumière extérieure commençait déjà à décliner, à se vider du jour comme de l'eau grise se vidant d'un évier. Il retourna à son ordinateur, mais ne put se concentrer sur la scène du chapitre en cours, dans laquelle il était plongé avec tant de réalité quelques instants plus tôt. Quittant Windows, il alla sous DOS et contempla son écran avec de grands yeux.

> **ponon yo-geblond up astigeo**
> **won to wolcnum, ponne wind styrep**
> **lao gewidru, oopaet lyft orysmap,**
> **roderas reotao. Nu is se raed gelang**
> **eft aet pe anum. Eard git ne const,**
> **frecne stowe, oaer pu findan miht**
> **fela-sinnigne secg ; sec gif pu dyrre.**

Il ne put s'empêcher de sourire en lisant cela. Son interlocuteur fantôme avait de moins en moins d'imagination. Le message, naturellement, était en vieil anglais, mais déformé par l'absence de signes diacritiques et de caractères spécifiques. Son ThinkPad était réglé pour imprimer sur une Laserjet 4M Hewlett Packard, et le mot « astigeo », par exemple, aurait dû s'afficher sous la forme *astigeð*, tandis que « oopaet » correspondait, en réalité, à *oðpæt*. Mais le plus important était que, sans avoir besoin de traduire le passage, Dale savait qu'il était tiré de *Beowulf*.

Il avait apporté avec lui la brillante traduction de Seamus Heaney, qui venait de sortir, et il descendit la chercher au sous-sol. Il trouva le passage dans la description du lac hanté, lignes 1373 à 1379 :

> Lorsque souffle le vent et que la tempête
> fait courir les nuages et sangloter le ciel,
> du fond des ténèbres un chant funeste
> monte vers le firmament. Il dépend de toi
> et de toi seul que l'on te vienne en aide.
> Le gouffre de danger où le démon est tapi
> t'est toujours inconnu. Explore-le si tu l'oses.

Dale envisagea de répondre, décida qu'il n'y avait guère lieu de le faire, et tendit la main pour éteindre l'ordinateur. Mais il se ravisa, et repassa sous Windows. Il lança Word. Au lieu d'ouvrir le document sur lequel il travaillait quotidiennement depuis deux mois, cependant, il ouvrit une page blanche et tapa :

À qui lira ceci,
Tout ce que j'ai perdu, je l'ai perdu par ma faute, parce que j'ai merdé. Je suis le seul responsable de ce qu'il m'arrive. J'ai l'impression d'avoir passé toute ma vie à essayer de devenir quelqu'un d'autre ou bien à attendre de devenir moi-même, sans savoir comment m'y prendre. Je suis venu ici, loin de tout, et je ne connais pas le chemin du retour.
Certaines choses, au moins, ont un sens. Au bout de tant d'années, j'ai finalement réussi à lire une partie du roman de Proust À la recherche du temps perdu. *C'est une honte, pour un écrivain, prof de littérature, par-dessus le marché, que d'avouer qu'il n'avait jamais lu ce classique jusque-là. Mais j'ai essayé mille fois, au fil des années, sans jamais pouvoir dépasser l'ennuyeuse première partie. Cette fois-ci, j'ai trouvé le livre chez Duanc au sous-sol, je l'ai ouvert au hasard à la section qui porte pour titre* Un amour de Swann, *et j'ai lu sans interruption. C'est très brillant et très amusant. Le dernier paragraphe m'a fait rire aux larmes : « Dire que j'ai gâché des années de ma vie, que j'ai voulu mourir, que j'ai eu mon plus grand amour, pour une femme qui ne me plaisait pas, qui n'était pas mon genre ! »*
Quand on a réduit sa vie à une série d'obsessions insensées, le dernier stade consiste à faire des gens une obsession.
J'aurais voulu être un bon mari, un meilleur père. J'aurais voulu être un meilleur prof et un meilleur écrivain. J'aurais voulu être un homme meilleur.
Qui sait ? Peut-être l'univers, la vie ou je ne sais quoi d'important que nous ne percevons pas ont-ils la forme d'un ruban de Möbius sur une face duquel, en se laissant glisser assez longtemps, on finit par rejoindre l'autre face... ou peut-être non. Je suis trop fatigué.

Dale relut sa lettre et l'enregistra sur le disque dur. Il consulta sa montre une première, puis une seconde fois. Minuit moins douze. La soirée, la nuit, l'année et le siècle avaient failli s'éclipser en douce pendant qu'il écrivait. Il aurait bien imprimé le document, mais il n'y avait plus de papier dans l'imprimante, et il était trop épuisé pour regarnir le bac.

— Quelle importance ? dit-il tout haut.

Si quelqu'un était intéressé, il pouvait aussi bien le lire sur l'écran. Laissant l'ordinateur allumé, il descendit au sous-sol. Il chercha, autour de l'établi, le rouleau de corde qu'il avait remarqué le jour où il avait emménagé. Il devait y en avoir au moins dix mètres. Ce n'était que de la corde à linge, mais elle était solide et expertement enroulée. Il se demanda fugitivement si c'était Duane ou plutôt son vieux qui l'avait ainsi disposée en rouleau, avec la technique de quelqu'un qui a travaillé de ses mains toute sa vie. Mais qu'est-ce que ça pouvait faire ?

Il monta la corde à la cuisine, défit le rouleau à un bout et utilisa un couteau de boucher pour couper une longueur de un mètre. Il en fit une boucle, laissa le reste du rouleau sur la tablette et prit le couteau, une lampe électrique et la boucle pour les porter à l'étage.

Il s'arrêta devant la barrière de draps blancs en haut de l'escalier et enfonça la pointe du couteau dans la toile tendue pour la faire glisser vers le bas comme s'il éventrait un ennemi. Le premier drap se fendit verticalement avec un bruit sec, mais le deuxième ne montra qu'une éraflure irrégulière. Dale laissa tomber le couteau et glissa la corde et la torche dans sa poche. Avec ses doigts et ses ongles, il élargit l'ouverture en forçant jusqu'à ce qu'il traverse le coton léger comme un prédateur en train de se frayer un chemin hors de son sac amniotique.

L'étage était glacé et plongé dans le noir. Rien ne bougeait. Ignorant la chambre à coucher, Dale alluma sa torche et s'avança dans le couloir jusqu'à la chambre du fond.

Elle était telle qu'il l'avait laissée la dernière fois. Le rocking-chair d'enfant au centre, le gros lustre au-dessus, la tache du plafond aux contours sinueux à trois mètres au-dessus du plancher.

En s'efforçant de ne pas penser, plutôt avec succès, Dale entra dans la chambre, posa sa lampe verticalement au sol de manière à ce qu'elle éclaire un cercle au plafond, et se concentra sur la confection d'un solide nœud coulant. Quand ce fut fait, il leva les yeux vers le lustre. Il paraissait assez costaud pour supporter le poids de cinq hommes comme lui. La tache, tout autour, ne cessait de changer sous la lumière jaunâtre, évoquant tantôt une fresque de guerriers à cheval, tantôt des nuages sur le point d'éclater, tantôt une mare de sang en expansion. Dale battit des paupières et détourna les yeux en faisant tourner entre ses doigts la corde avec son nœud coulant.

J'erre entre deux mondes depuis la nuit où la cartouche de ma carabine a fait un raté. Il est temps que je choisisse un monde ou l'autre.

Le rocking-chair d'enfant supporta son poids lorsqu'il se hissa dessus sur la pointe des pieds pour balancer l'extrémité libre de la corde autour de l'axe vertical du lustre en métal et faire un triple nœud. Il tira sur la corde pour s'assurer qu'elle tiendrait bon et se suspendit un instant par les mains avant de reposer les pieds sur le rocking-chair. Même si la corde se détendait un peu, ses pieds ne devaient pas descendre, normalement, à moins de cinquante centimètres du sol.

Il se passa la boucle autour du cou, resserra le nœud coulant et écarta le rocking-chair d'un coup de pied.

Ce n'est pas normal. Je ne devrais pas…

La corde à linge lui entrait dans les chairs, elle l'empêchait de respirer. Des étoiles explosèrent derrière ses yeux. Instinctivement, il agita les jambes et les bras, essaya de saisir la corde au-dessus de son cou, mais le nœud se resserrait chaque fois qu'il bougeait et ses doigts glissaient sur la corde. Il n'avait pas assez de prise pour soulever son poids pendant plus d'une seconde ou deux avant de recommencer à suffoquer.

La chambre sembla prendre vie autour de lui. Des ombres bondirent de la tache du plafond vers les quatre coins, des formes noires qui dansaient autour de lui et sous lui comme des Indiens autour d'un feu de camp. Il y avait des voix partout, une multitude de chuchotements sifflants, urgents, qui s'adressaient à lui.

La perte de conscience battait des ailes autour de lui comme un corbeau bruyant, contre son visage, en essayant de l'aspirer. Puis les battements d'ailes se muèrent en hurlements de chiens de l'enfer. Il essaya de nouveau de se soulever en agrippant la corde, mais ses mains avaient perdu toute leur force et ses doigts ankylosés glissaient dessus avec pour seul effet de resserrer encore le nœud coulant. Tout devint rouge dans sa vision, et il sombra dans le noir sans cesser de se débattre et d'étouffer.

Ses dernières perceptions sensorielles furent celles d'un vaste mouvement, d'une explosion de bruit autour de lui et de doigts squelettiques et crochus qui le palpaient. Puis il s'envola dans la nuit et glissa dans le cœur des ténèbres.

27

Dale toussa, battit des paupières et essaya de respirer. Il était couché par terre et quelque chose de lourd l'écrasait. La lampe électrique était renversée, et n'éclairait plus que la porte de la chambre. L'air parvenait à ses poumons, mais la corde rentrait dans ses chairs et l'étranglait toujours.

Il réussit à attraper le nœud coulant d'une main et à le desserrer un peu. Pour cela, il dut enfoncer ses ongles dans son cou déjà meurtri. Finalement, la corde se relâcha et il put l'enlever complètement et la jeter au loin dans la pénombre glacée. Il se mit à genoux, faisant tomber des éclats de bois et de plâtre de ses épaules et de ses cheveux. La poussière volait encore autour de lui. Il se mit debout, récupéra sa torche et éclaira le plancher autour de lui puis le plafond.

Le lustre massif était tombé sur lui. Ou plutôt c'était presque tout le foutu plafond qui s'était écroulé. La chaîne se perdait toujours dans les combles, boulonnée à la charpente à moitié pourrie, mais elle avait eu assez de jeu, quand une partie du plafond avait cédé, pour descendre de manière à l'empêcher de suffoquer. Il voyait une partie du toit, six ou sept mètres plus haut. La pluie était tombée goutte à goutte pendant des années, probablement des dizaines d'années, à travers les tuiles fendues, imbibant le plâtre et le bois, affaiblissant le plafond. Il avait fait le reste en se débattant quelques secondes qui lui avaient semblé durer des heures.

Il se mit à rire doucement, mais la douleur à sa gorge était trop cuisante. Il passa la main sur son cou. Il était tuméfié et les chairs étaient déchirées, mais rien de plus, apparemment.

— Seigneur Jésus, dit-il d'une voix rauque en s'adressant aux ténèbres. Qu'est-ce que j'ai merdé !

L'expression lui sembla si comique qu'il ne put s'empêcher de rire malgré la douleur. Puis il se mit à sangloter. Il se laissa tomber à genoux et pleura comme un enfant. En ce moment même, il ne savait qu'une chose : il voulait vivre. La mort était une obscénité, et il était obscène de la courtiser comme il l'avait fait. La mort était le viol de tous les choix, de chaque souffle et de chaque option que lui offrait l'avenir, qu'elle soit douleur ou promesse. Et Dale avait toujours eu les violeurs en horreur. La mort était le silence glacé du roi Lear, c'était le *jamais-jamais* qui l'avait glacé depuis son enfance, depuis le jour où Duane avait disparu.

S'il n'avait pas la moindre idée de ce qu'il allait faire maintenant, il savait qu'il en avait fini non seulement avec l'idée de précipiter sa fin, mais aussi avec celle d'embrasser la triste solitude glacée de la simulation de sa mort. Il ne demandait plus qu'une chose, rentrer à la maison. Même s'il n'était plus nulle part chez lui, il savait que ce n'était pas ici, en tout cas, loin de tout ce qu'il avait laissé derrière lui.

Il se releva, essuya les larmes et la morve sur son visage, releva le rayon de sa torche, sortit dans le couloir et descendit l'escalier sans un seul regard en arrière. Il fallait qu'il dorme. Il déciderait demain de ce qu'il ferait. Il passa dans le petit bureau juste le temps d'éteindre l'ordinateur et la lumière.

Soudain, des phares l'aveuglèrent à travers le carreau givré de la fenêtre du bureau. La lumière blanche était striée par le store à lamelles. Il s'approcha de la fenêtre mais ne vit rien d'autre que les phares d'une voiture au loin, qui semblait s'engager dans l'allée à la jonction de la route de comté n° 6. Les flocons tombaient serrés entre le véhicule et la ferme.

— Ils n'y arriveront jamais, murmura Dale entre ses dents. Il y a trop de neige.

Mais ce qu'il pensait, en réalité, c'était : *C'est ce que Duane a vu la nuit où il était seul et où il s'est fait tuer.*

Il sortit dans le couloir et alla dans la cuisine en allumant toutes les lumières sur son passage. Puis il sortit sur le perron de la petite porte. C'était peut-être le shérif qui apportait des nouvelles.

Passé minuit le Jour de l'an, ça m'étonnerait.

Les phares se rapprochèrent, mettant de plus en plus en évidence les rafales de neige tourbillonnante. Puis ils illuminèrent le Land Cruiser presque enfoui sous un monticule blanc avant de manœuvrer dans la cour pour s'orienter dans l'autre sens. Le lourd véhicule avait réussi à passer.

Ce n'était pas CJ Congden. Il vit qu'il s'agissait d'un véhicule de loisirs, un gros Chevrolet 4 X 4 de couleur sombre.

Le Suburban du copain de Clare.

Il chassa cette pensée parasite. *Ce Suburban-là était bien plus vieux, en bien plus mauvais état. Est-ce que McKown n'avait pas parlé de...*

La vitre arrière gauche s'abaissa, et il y eut un éclair accompagné d'une détonation. Des pierres aux arêtes tranchantes semblèrent cribler le côté de Dale, réduisant sa chemise en lambeaux, le faisant tourner sur lui-même et tomber à genoux tandis que la lumière du perron explosait et que tout devenait noir. Quelque chose lui avait raclé le front et déchiré l'oreille droite, mais avant qu'il pût faire le compte de ses blessures les portières du Suburban s'ouvrirent grand et des silhouettes sombres en sortirent, découpées contre la lumière intérieure du véhicule. Les skins... ils étaient armés de fusils ou de carabines.

Ensanglanté, endolori, Dale ouvrit la porte de la cuisine et rentra précipitamment dans la lumière, rampant sur le lino tandis qu'une deuxième détonation faisait voler la vitre de la porte en éclats qui retombèrent partout.

Il referma la porte d'un coup de pied et mit le verrou, puis se jeta en arrière contre le mur, hors de leur ligne de tir. Avec le carreau cassé, ils ne mettraient pas cinq secondes à passer la main pour ôter le verrou. Ou bien ils enfonceraient la porte d'un coup de pied.

Il risqua un coup d'œil. Ils n'essayaient pas d'entrer. Les phares du Suburban trouaient toujours la nuit, ses quatre portières étaient ouvertes et les lumières intérieures étaient allumées, mais les cinq skins s'étaient éparpillés dans la nature en laissant une multitude de traces dans la neige.

Deux nouvelles détonations retentirent. La fenêtre de la cuisine sur la façade sud éclata et de nouveaux fragments de verre ricochèrent sur la tablette, l'évier et la table de cuisine. Dale se jeta à plat ventre en se protégeant le visage des deux mains.

Nouveau tir côté est. Une carabine, cette fois-ci. En même temps, les carreaux de la fenêtre du salon volèrent en éclats.

Où est ma batte de base-ball ? Et mon pied-de-biche ?

Il ne se rappelait pas. En même temps qu'une puissante montée d'adrénaline lui vint la conscience absolue de vouloir vivre. Il redressa la tête juste assez pour actionner l'interrupteur de la cuisine puis rampa dans le couloir qu'il éteignit également. Il n'y avait pas de fenêtre. Il pouvait attendre ici la fin de l'attaque, ou bien...

Nouveau bruit de verre dans la salle à manger. Cette fois-ci, il y eut une explosion sourde accompagnée d'un souffle de chaleur et de lumière. Rampant sur le ventre, saignant de mille coupures à son bras gauche, il alla passer la tête dans la pièce et vit que les tentures étaient en flammes et que la tapisserie commençait à prendre feu.

Un cocktail Molotov. Ces enfoirés ne plaisantaient pas.

Nouveau tir de carabine sur la fenêtre en façade. Quelqu'un essaya d'ouvrir la porte d'entrée principale, qui était fermée à clé et condamnée. Un coup de feu fut tiré à travers le bois. Des voix retentirent à l'arrière de la maison, suivies d'éclats de rire. Nouveau cocktail Molotov, dans la cuisine, cette fois-ci. Les flammes surgirent dans le couloir et dans la salle à manger, à trois mètres de l'endroit où Dale était tapi.

Le choix qui s'offrait à lui, à présent, c'était le sous-sol ou l'étage.

Il rampait déjà vers l'escalier du sous-sol quand il se souvint brusquement de l'ordinateur. *La lettre. Mon roman.* Bondissant sur ses pieds, il courut jusqu'au petit bureau. Conscient d'être visible dans la pièce éclairée, il saisit le ThinkPad, arracha son câble d'alimentation et se jeta dans le couloir juste au moment où un tir de carabine faisait exploser la fenêtre et le store, trouant la tapisserie au-dessus de sa tête.

Nouveaux cris à l'extérieur. Nouveaux éclats de rire. La salle à manger et la cuisine étaient maintenant en feu. Toute retraite vers l'extérieur était coupée, à moins qu'il ne veuille traverser un rideau de flammes.

L'un dans l'autre, eut-il le temps de penser, *je préfère les chiens et les spectres.*

Serrant l'ordinateur portable contre sa poitrine, il descendit les marches du sous-sol tandis que de nouveaux tirs et de nouvelles explosions déchiraient l'air au-dessus de lui.

Il avait laissé le sous-sol allumé, et l'endroit lui semblait sûr et accueillant après le déchaînement de folie là-haut. Son idée première avait été de se glisser dehors par l'une des fenêtres hautes, comme il l'avait fait une fois quand il avait onze ans, mais il lui suffit d'un coup d'œil pour se rendre compte qu'il ne passerait jamais aujourd'hui. Un second coup d'œil lui révéla une grosse chaussure en train d'enfoncer la fenêtre de la façade sud, au-dessus de la carcasse vide de la grosse radio. Une bouteille d'essence vola, rebondit sur le lit de Duane et s'écrasa sur le sol en ciment. Mais la mèche s'était détachée quelque part en chemin, et cette bombe-là ne fit rien d'autre que répandre de l'essence sur l'édredon, le lit, les livres et le plancher. Cependant, il savait qu'elle n'allait pas tarder à être suivie d'une autre. Ce qui le rendit à la fois triste et furieux. Ce sous-sol avec son contenu vieux de quarante ans était tout ce qui restait de la vie de son ami Duane.

Une autre fenêtre explosa, d'un coup de fusil, cette fois-ci. C'était sans doute la lumière qui attirait l'attention. Dale était obligé de l'éteindre, mais d'abord il lui fallait trouver la batte et le pied-de-biche. Il voulait s'en servir non pas comme armes, mais comme outils.

Le marteau était sur l'établi contre le mur à l'est. Il fut incapable de trouver le pied-de-biche et la lampe. Mais ce n'était guère important. Il passa le marteau à sa ceinture, descella une brique de l'établi à la surface de travail en bois et la lança à travers la pièce pour renverser la lampe et plonger la pièce dans l'obscurité juste au moment où un nouveau cocktail Molotov arrivait par la fenêtre du sud. Cette fois-ci, il explosa, projetant des flammes jusque sur l'établi tandis que Dale fonçait tête baissée vers l'autre extrémité du sous-sol. Contournant la chaudière, il grimpa dans le bac à charbon. Il faillit laisser tomber l'ordinateur, mais le serra contre lui de la main gauche tout en se servant du marteau de la main droite pour arracher les clous et les vis qui fixaient la feuille de contreplaqué contre la paroi sud du bac. Déjà, le sous-sol était envahi par la fumée et il entendait comme des pas lourds au-dessus de sa tête. Mais il était incapable de dire si c'étaient les skins qui étaient entrés le chercher ou si c'était le plafond en train de s'écrouler.

Le contreplaqué céda, et Dale remit le marteau à sa ceinture puis chercha le briquet Dunhill dans sa poche. La poche droite de son jean, où il le gardait toujours, était vide. Il eut un instant de panique, mais trouva le briquet dans sa poche gauche. La flamme jaillit du premier coup, comme toujours.

Il rampait déjà dans le tunnel humide sans prêter attention aux vieilles bouteilles cassées qui jonchaient le sol ni à son bras droit ou à son front qui saignaient. Le plus probable était qu'il ne s'agissait pas, comme le voulait la légende, d'une galerie de repli d'anciens contrebandiers, mais plutôt d'un projet de cave abandonné des années 40 ou 50. Cependant, le courant d'air qu'il avait senti et entendu souffler quelques semaines plus tôt indiquait qu'il débouchait nécessairement quelque part.

Mais rien ne dit que l'ouverture sera assez large pour toi.

Quelle importance ? Il suffisait qu'il soit assez loin de la maison en flammes.

Non, ça ne suffit pas. Ce putain de tunnel est déjà à moitié envahi par la fumée.

Inutile d'espérer rester tapi là pendant que les skins incendiaient la ferme, dans l'espoir qu'ils repartiraient sans passer les ruines au peigne fin. Les flammes – il sentait leur chaleur sur sa nuque et son dos – aspiraient tout l'air de la galerie. Il périrait asphyxié avant de périr brûlé. Il fallait qu'il y ait une issue quelque part, ou il était fichu.

Le vacillement de la flamme lui indiquait que le mur qu'il avait vu la première fois qu'il avait exploré le tunnel n'en était pas la fin. Il y avait un coude vers le nord-est sur deux ou trois mètres, puis la galerie s'orientait à l'ouest, à perte de vue. Mais le passage était plus ou moins obstrué par un effondrement de terrain, maintenant qu'il était loin des fondations de la maison. La voûte s'était affaissée progressivement pour ne laisser subsister qu'un boyau d'un mètre de haut, puis un trou de moins de quarante centimètres de section. Dale n'hésita cependant pas. Il se mit sur le dos, le ThinkPad serré sur son torse, les bras en arrière avec le briquet, et se propulsa à coups de talons dans le passage étroit. Ses chaussures glissaient dans la boue. L'air était saturé d'une forte odeur d'égout, et il eut la conviction, à un moment, que la flamme de son briquet allait embraser une nappe de méthane qui ferait exploser la maison au grand dam des skinheads.

Il n'y eut pas d'explosion, mais un troupeau de rats marcha sur le ventre, le torse et la tête de Dale, fuyant, de toute évidence, le sous-sol en flammes de la maison. Il les ignora et continua de se tortiller pour se propulser en arrière, centimètre par centimètre, en direction de l'ouest.

Le boyau déboucha enfin sur une galerie qui ressemblait à la première, et Dale put se remettre à genoux pour reprendre une progression plus rapide. Le briquait éclairait maintenant à travers la boue des planches pourries et des pierres maçonnées, et Dale comprit qu'il était dans une vraie galerie de mine et qu'il y avait des chances pour que les histoires de Duane sur les contrebandiers soient fondées.

Encore deux ou trois minutes à ramper dans la boue, et la galerie se termina abruptement par un mur de roc et de boue. Aucun coude, aucun passage latéral n'était visible, cette fois-ci. Haletant, il fit décrire un arc au briquet. Malgré le courant d'air froid qu'il sentait passer sur son cuir chevelu lacéré, la fumée qui tourbillonnait dans la galerie derrière lui arrivait peu à peu sur lui.

Un courant d'air...

Il leva plus haut son briquet et examina la voûte. Il y avait un puits étroit qui s'élevait au-dessus de sa tête. Il ne devait pas faire plus de quatre-vingt-dix centimètres de diamètre. Et il crut apercevoir trois faibles rais de lumière, pas plus de trois mètres au-dessus de lui.

Impossible de grimper là-haut. Pas d'échelle, pas de prise sur la paroi rocheuse. Rien d'autre que du roc, de la boue... et les ténèbres.

Cependant, ce n'était pas pour rien qu'il faisait depuis près de vingt ans des randonnées dans les montagnes de l'Ouest. Il éteignit le briquet et le mit dans sa poche. Puis il sortit le marteau passé à sa ceinture et frappa la paroi du côté biseauté, le plus haut possible, de toutes ses forces, pour le planter comme un piolet. S'arc-boutant des genoux à la paroi opposée, il commença à grimper. L'escalade aurait été infiniment plus facile s'il avait eu les deux mains libres, mais il ne lâchait pas son ThinkPad tout en continuant de planter son marteau dans la roche avec son bras blessé pour ensuite s'élever en prenant appui du genou sur l'autre paroi, et ainsi de suite.

Sa tête heurta quelque chose de dur. Faisant appel à ce qui lui semblait être ses dernières forces pour se maintenir dans l'étroite cheminée, il fit passer le marteau dans sa main gauche et tâta la voûte au-dessus de lui. Du bois. Une charpente solide. Il avait l'impression de se heurter au couvercle de son cercueil.

Non.

Faisant pression sur les parois de la cheminée avec ses genoux et son dos, il se mit à donner des coups de marteau furieux sur les planches, sans se soucier du bruit qu'il faisait. Peu lui importait, à présent, que les skins le retrouvent. N'importe quoi plutôt que de périr asphyxié dans ce piège à rats enfumé.

Le marteau n'entamait même pas le bois. Il le laissa tomber dans le noir et prit le risque de changer de position en faisant porter son poids sur son pied droit coincé contre la paroi glissante derrière lui et en tendant son bras droit devant lui pour se tenir à la paroi opposée de manière à se hisser le plus haut possible, presque à l'horizontale, contre ce qui ne pouvait être qu'un plancher. Son dos et ses épaules contre le bois, il tendit tous ses muscles dans un dernier afflux d'adrénaline. Il sentit une déchirure dans son bras droit meurtri, faillit lâcher le ThinkPad mais le rattrapa au dernier moment et tendit tout son corps vers le haut dans les ténèbres, jusqu'à ce que les muscles de son cou craquent de manière audible et que les veines de son front se gonflent à en éclater.

La charpente pourrie se fendit, céda en partie, se fendit encore. Sur le point de perdre l'équilibre, Dale donna un formidable coup de poing vertical dans le bois pourri, recommença, traversa les planches et se rattrapa du coude juste au moment où il allait tomber. Il élargit le trou en utilisant son portable comme un bélier et put passer la tête et les épaules par l'ouverture pleine d'échardes.

Il était dans le poulailler. Il voyait les trous dans le mur de l'est et le cadre de la porte illuminés d'éclairs rouges et jaunes provenant de la ferme en flammes à une trentaine de mètres de là. Il fit glisser l'ordinateur sur le sol, se glissa hors du trou et alla regarder par la fente de la porte bancale.

Le Coin plaisant n'était plus qu'un immense brasier. Plusieurs parties du toit s'étaient déjà effondrées, et les flammes jaillirent en même temps sous ses yeux de la fenêtre de la cuisine et de celle de l'étage qui se trouvait à l'angle de la maison. Des silhouettes se déplaçaient devant les flammes, gesticulant, brandissant des armes. Les cinq skins se congratulaient, dansaient, se tapaient dans le dos, faisaient des bonds en l'air. Ils ne semblaient pas craindre l'arrivée des pompiers d'Elm Haven, et vu l'heure tardive ou plutôt matinale, ce Premier de l'an, ils avaient probablement raison. Dale voyait le reflet des flammes sur le crâne rasé du néo-nazi, Lester Bonheur, qui faisait signe à deux de ses copains de faire le tour du bâtiment en flammes, sans doute dans l'espoir que l'intello juif défenseur des nègres serait débusqué, les vêtements en flammes, et qu'ils pourraient le canarder à loisir.

Mais les skins n'avaient d'yeux que pour leur feu de joie. Dale resta couché à plat ventre, essayant de calmer sa respiration et ses battements de cœur précipités. Il n'avait plus qu'à demeurer tapi ici jusqu'à ce que ces voyous s'en aillent ou que les flammes s'éteignent suffisamment pour qu'il puisse se glisser dehors dans la nuit et marcher à travers champs jusqu'à la ferme Johnson pour demander de l'aide. Il n'était pas près de mourir de froid pour le moment. La chaleur du bâtiment en flammes se faisait sentir même à trente mètres de distance. Les skins ne pouvaient pas rester impunément ici toute la nuit. La ferme allait s'écrouler dans une demi-heure au plus, et ils seraient alors totalement convaincus qu'il était mort. Ils n'avaient aucune raison de fouiller ce poulailler ou les autres annexes.

Il n'avait qu'à attendre.

– N'y compte pas trop, Stewart, espèce de connard de poule mouillée.

La voix était d'une froideur infinie, totalement d'outre-tombe, et venait de juste derrière lui.

28

CJ Congden était assis par terre contre le mur du poulailler à moins de trois mètres de Dale. Il n'avait pas du tout bonne mine. Même à la faveur de la lumière rouge intermittente qui filtrait à travers les fissures de la paroi orientée à l'est, la peau de son visage semblait d'une pâleur verdâtre. Ses yeux étaient enfoncés et d'une blancheur opaque, comme s'ils étaient couverts de larves. L'ex-shérif ne portait pas de chapeau ce soir. Lorsqu'il tourna légèrement la tête, Dale vit à la base de son crâne le trou fait par la balle de .45 à sa sortie quand il s'était suicidé. Un fragment de cuir chevelu avec une touffe de cheveux collés par le sang retombait sur le trou comme en une tentative obscène de le dissimuler.

Congden eut un rictus qui découvrit le trou noir à l'endroit où le recul du pistolet qu'il avait collé à son palais avait fracassé ses incisives. Ce même pistolet était toujours dans sa main, et le canon était pointé sur Dale. Ses doigts exsangues ressemblaient à des vers gras contre le pontet noir et la crosse nacrée. Ses lèvres ne remuaient pas quand il parlait. Le son semblait sortir de son ventre gonflé.

– Le moment est venu de te joindre à la fête, Stewart.

Dale tendit la main vers le marteau passé à sa ceinture, puis se souvint qu'il l'avait laissé tomber quand il avait grimpé.

– Va te faire foutre, Congden, murmura-t-il d'une voix rauque.

Il n'avait pas l'intention de bouger d'ici. Il ignorait si cette apparition issue de l'enfer pouvait lui faire du mal, mais il n'avait, par contre, aucun doute sur ce que les skins lui feraient s'ils mettaient la main sur lui.

— Va te faire foutre, répéta-t-il.

Congden parut amusé par ces mots. Sa bouche s'ouvrit en un large sourire qui continua de s'élargir de manière grotesque, impossible, ses joues et ses lèvres s'étirant comme si de l'air sous pression leur était insufflé. La bouche monstrueuse devint un gouffre à l'ouverture aussi déchiquetée que le trou par lequel Dale était remonté, ses dents cassées tenant lieu d'échardes de bois. L'espace d'un instant où son cœur s'arrêta littéralement de battre, Dale s'aperçut qu'il voyait à travers le crâne de Congden, à travers le gouffre béant de ses dents manquantes, de son palais et de sa tête.

Un bruit étrange sortit alors de la chose qui s'appelait Congden : un sifflement, comme une bouilloire montant en puissance pour attirer l'attention, jusqu'à ce que cela ressemble au jaillissement sonore de l'eau dans une lance d'incendie ou à un jet de vapeur issu d'une chaudière, ou à une sirène déchaînée.

Dale se laissa tomber à genoux et plaqua ses mains contre ses oreilles. Mais cela n'empêcha pas le bruit de lui parvenir. Rien ne pouvait arrêter ce bruit. Congden avait levé son visage ravagé vers le plafond du poulailler aux murs aspergés de sang et semblait aspirer l'air par la blessure béante du dos de son crâne tandis que le sifflet assourdissant sortait de sa bouche en forme d'entonnoir. Les skinheads ne pouvaient pas ne pas entendre cela.

Cédant à la panique, Dale bondit sur ses pieds, ouvrit la porte du poulailler à la volée et sortit dans la neige à la lumière de l'incendie qui faisait rage.

L'un des skins l'aperçut et se mit à gueuler avant que Dale ait pu faire trente pas pour se mettre à couvert dans l'obscurité. Blessé comme il l'était, il aurait préféré tenter sa chance en fuyant dans son Land Cruiser pour demander de l'aide, confiant, une fois de plus, dans les capacités de son 4 X 4 pour semer l'autre véhicule. Mais les clés du Land Cruiser étaient dans la poche de son caban, et le caban était pendu à un clou dans la cuisine.

Toute la façade du Coin plaisant côté cuisine n'était plus qu'un mur de flammes qui éclairait Dale comme un projecteur dans sa fuite, lançant des reflets rouges sur les murs de la grange dont il prenait le chemin. Il s'enfonçait dans la neige profonde, essayant de mettre le poulailler et les autres annexes entre les skins hurlants et lui. Il tomba à deux reprises, en laissant chaque fois des traces sanglantes dans la neige. Les deux fois, il réussit à se redresser en se traînant à quatre pattes dans les congères. Même les flocons qui tombaient avaient une coloration rouge sang à la lumière des flammes.

Mes blessures sont-elles graves ? Ai-je perdu beaucoup de sang ?

La douleur ne s'était pas aggravée, mais tout son côté droit, du col de sa chemise à l'ourlet de son pantalon, était poisseux de sang. Il avait la tête qui tournait et luttait contre le vertige à chaque pas chancelant qu'il faisait.

Il s'éloignait peu à peu de l'incendie, coupant à travers champs sur sa gauche devant le réservoir d'essence. Il faisait plus sombre de ce côté. Il voulait suivre le cours d'eau et se cacher dans les bois à un peu plus d'un kilomètre de là au sud-ouest.

Mais je laisse une piste trop visible dans la neige.

Tournant la tête, il vit qu'il y avait derrière lui non seulement ses traces de pas profondément imprimées dans la neige, mais aussi des marques sanglantes qui indiquaient le chemin comme des flèches vermeilles.

Les skins arrivèrent en poussant des cris de cow-boys. Ils ouvrirent grand les portes des remises et y lancèrent leurs derniers cocktails Molotov. La vieille cabane où étaient rangées les vénérables machines à apprendre du vieux McBride avec leurs cartes perforées s'embrasa aussitôt.

Les skins tiraient des coups de carabine au jugé dans chaque coin d'ombre. La lueur accompagnant chaque détonation éclairait fugitivement la masse des bâtiments. L'une des silhouettes découvrit par hasard la piste sanglante laissée par Dale et hurla pour rameuter les autres.

Je n'arriverai jamais à me mettre à couvert.

Même si la neige ne ralentissait pas ses mouvements, Dale savait qu'il n'aurait pas la force de courir jusqu'au bois. Les skins allaient être bientôt sur lui, ce n'était plus qu'une question de minutes.

Il s'arrêta en dérapant dans la neige. La grange se dressait sur sa droite. Il aurait peut-être le temps de grimper dans les combles et de se cacher là-haut.

L'un des skins alluma un projecteur portable, balayant la campagne environnante d'un puissant faisceau de lumière crue. Dale courut néanmoins vers la grange. Il n'avait pas de meilleure idée.

Figer les moineaux de la grange dans le rayon d'une lampe et ensuite leur tirer dessus avec un pistolet à plomb. Les petits yeux ronds et noirs qui vous regardent.

Il glissa et tomba, écrasant les tiges gelées qui pointaient dans la neige. Il lutta pour se remettre à genoux puis se redresser pour courir de nouveau.

Quelque part dans la ferme, il y eut une explosion soudaine, peut-être un tuyau de gaz. Un champignon de flammes et de fumée s'éleva bruyamment. Les silhouettes des skins s'arrêtèrent un instant et se retournèrent pour contempler leur œuvre. Dale regarda dans la même direction, en priant pour voir les lumières clignotantes des véhicules de la police et des pompiers arrivant à la rescousse. Mais l'horizon à l'est demeurait noir et bouché par la neige qui tombait abondamment.

Il n'était plus qu'à une centaine de mètres de la grange quand il trébucha dans le noir et tomba de nouveau. Ce fut tout le côté droit qui encaissa le choc, cette fois-ci, et la douleur fut atroce. Il se releva et tourna la tête en direction de la maison en flammes. Il pensa, un bref instant, à toutes ses affaires qui brûlaient là-bas, ses livres en particulier.

Quelle était l'expression, déjà, dans le poème eddique, pour désigner le bûcher funéraire du héros ?

Hrot-gamr. Le chien hurlant. Des flammes comme un chien hurlant.
Si-ik-wa UR. BAR. RA ki-sat-at. Tu es devenu un loup.

À genoux dans la neige tandis que la horde de skins hurlait sur sa droite, sachant qu'il était loin d'être un héros, qu'il n'était, au contraire, qu'un pauvre homme blessé, terrorisé, qui n'avait pas l'habitude de la violence et avait peur de la mort, Dale souhaita néanmoins, en cet instant, pouvoir se transformer en loup. S'il devenait un loup, il pourrait sauter à la gorge du plus proche des skinheads et y planter ses crocs avant que les autres ne le tuent. S'il devenait un loup, il mourrait en ayant le goût de leur sang tiède dans sa bouche.

Il ne se transforma pas en loup.

Il venait à peine de réussir à se remettre sur ses pieds lorsque l'énorme porte coulissante de la grange explosa, arrachant son rail en acier, et sembla labourer la neige au ralenti dans sa direction. Puis la porte bascula à plat et il vit que c'était la moissonneuse-batteuse géante qui s'avançait vers lui, son tablier de dix mètres chassant la neige sur le côté comme un tracteur issu de l'enfer, les tôles de protection des becs cueilleurs absentes, de sorte que les entrailles de la machine laissaient voir les dents cliquetantes des énormes rouleaux preneurs.

C'est la dernière chose que Duane McBride a vue avant de mourir.

La cabine vitrée du conducteur, quatre mètres au-dessus des lames tournantes et de la neige volante, était éclairée faiblement de l'intérieur, et Dale put voir le visage du machiniste, changeant comme dans un film aux effets spéciaux mal réalisés. C'étaient d'abord les traits grimaçants de Bonheur, le plus âgé des skins, puis la face cadavérique de Congden, puis de nouveau Bonheur, puis Congden. La lumière de la cabine s'éteignit alors, et Dale tourna les talons pour s'enfuir.

Quarante et un ans plus tôt, Duane avait couru lui aussi au milieu de ce champ, et il avait perdu la vie. Dale obliqua sur sa gauche, en direction du bâtiment et de ses annexes en flammes, désespérément anxieux de mettre quelque chose – n'importe quoi – entre lui et la machine infernale qui arrivait, broyant et cahotant, derrière lui.

À mi-chemin de la remise la plus proche, Dale comprit qu'il n'y arriverait pas. Et les clameurs qui montaient dans l'obscurité lui indiquaient l'endroit où les autres skins l'attendaient. Il courait à perdre haleine à une dizaine de mètres à peine devant les pointes preneuses rouillées, les chaînes grinçantes et les rouleaux de l'engin géant. Il obliqua sur sa droite, peinant dans les congères, et prit la direction du réservoir d'essence. Il y avait peut-être une chance, même si elle était infime, pour qu'il puisse grimper sur les poutrelles qui servaient de support à la cuve de mille litres pour sauter sur le toit du hangar abritant la vieille génératrice. De là, il pourrait ensuite se mettre à l'abri dans les autres annexes.

Il fit un bond pour agripper les poutrelles les plus basses, se meurtrit les mains sur le métal rouillé, se hissa en prenant appui avec ses pieds sur le métal de la cuve cylindrique, et réussit à se retrouver à trois mètres du sol lorsque la moissonneuse géante s'écrasa contre la cuve, arrachant les supports au sol et poussant le tout contre l'arrière du hangar de la génératrice. Dale fut projeté dans les airs sur plus de cinq mètres, et il ne dut qu'à la chance et aux mystères de la balistique de retomber sept mètres plus loin au nord de l'engin plutôt que dans ses rouleaux broyeurs. En fait, la monstrueuse machine continua d'avancer en tanguant sur plusieurs mètres, crevant la tôle du réservoir rouillé, répandant de l'essence tout autour. Son seul élan réduisit le mur du fond du hangar en bouillie tandis que les becs preneurs du tablier crachaient des échardes de bois noir et d'acier rouillé au milieu des jets d'essence.

Complètement sonné, la respiration coupée en dépit du matelas de neige de trente centimètres qui avait amorti sa chute, Dale resta un bon moment sur le dos à regarder le visage de Bonheur se fondre en celui de Congden et inversement, les deux étant penchés vers lui du haut de la cabine tandis que la transmission de la vieille machine grinçait en faisant reculer l'engin. Mais la cuve était embrochée dans les pointes comme un rat couleur de rouille dans les crocs d'un fox-terrier. La moissonneuse recula d'une dizaine de mètres, secouant le réservoir qui finit par tomber, puis elle se tourna de nouveau vers Dale.

Il s'était traîné à l'écart du cercle de neige rougi par le carburant, mais il savait qu'il n'aurait pas la force de se relever pour se remettre à courir. Il put à peine se dresser à genoux face au monstre qui arrivait sur lui.

Les projecteurs de la moissonneuse s'allumèrent soudain, clouant Dale dans leurs impitoyables pinceaux.

— Désolé, tu repasseras ! glapit Dale.

Il sortit de sa poche le briquet Dunhill que lui avait offert Clare et tourna la roulette. Il s'alluma aussitôt. D'un geste presque blasé, il le jeta dans le cercle de neige rougie.

Les flammes jaillirent aussitôt sur trois mètres de haut, rugissant autour de la moissonneuse, se répandant sur ses rouleaux imprégnés d'essence et grimpant comme du lierre en folie jusqu'au réservoir à grain et jusqu'à la cabine de conduite. Les vitres se noircirent et se déformèrent. Puis les flammes se propagèrent jusqu'au réservoir éventré, qui explosa en soulevant l'avant de la moissonneuse à un mètre cinquante du sol tout en éjectant Dale dans la direction opposée.

Il se roula dans les congères, en frottant dans la neige ses sourcils et ses cheveux roussis.

Durant une bonne minute, la moissonneuse brûla. Les flammes n'avaient pas encore atteint le réservoir d'essence de l'engin. Elles faisaient fondre la neige, boursouflaient la peinture et échauffaient le fer et l'acier rouillés en produisant un sifflement qui emplissait la nuit.

Hrot-garmr, se dit-il avec lassitude. *Des flammes funéraires qui ressemblent à un chien hurlant.* La chaleur qu'elles irradiaient était intense, mais c'était presque agréable après tout ce froid humide.

Lentement, de manière stupéfiante, la porte de la cabine environnée par les flammes s'ouvrit, et une silhouette humaine sortit dans la fournaise et sauta sur le capot du réservoir à grain avant de tomber, enflammée, à plat ventre dans la neige.

Dale était vaguement conscient de la présence, à une quinzaine de mètres derrière lui, du reste des skins dont les silhouettes se découpaient à la lueur de l'autre incendie, celui du Coin plaisant. Mais ces silhouettes ne dansaient plus, elles étaient immobiles.

— Merde ! fit-il tout haut en se redressant péniblement.

Il courut tant bien que mal vers la forme humaine aux vêtements en feu et la traîna hors du cercle de neige imprégnée de carburant enflammé. Il jeta des poignées de neige sur son dos jusqu'à ce que le feu s'éteigne et le roula dans la neige. Le visage de Lester Bonheur n'était plus qu'une masse de chairs rouges brûlées jusqu'aux muscles, et ses yeux roulaient comme sous l'effet d'une crise d'épilepsie.

À genoux devant lui, Dale tourna la tête vers les skins immobiles comme des statues pour leur crier :

— Pour l'amour de Dieu, faites quelque chose ! Appelez une ambulance !

Mais personne ne lui répondit. Ils ne bougeaient toujours pas.

La silhouette brûlée devant lui sembla gagner en corpulence. Elle roula sur elle-même et se dressa sur ses genoux.

— On dirait qu'il va falloir que je fasse le boulot moi-même, grogna le cadavre de CJ Congden en se jetant sur Dale pour le faire tomber à la renverse et le saisir à la gorge.

La respiration haletante de Dale se condensait dans l'air glacé tandis qu'il essayait d'écarter les doigts crochus de Congden. L'haleine de ce dernier, par contre, n'était pas visible à travers le trou béant dans sa tête. La chose avait une force terrible, sa masse pourrissante pesait sur Dale, et il sentait ses dernières forces s'envoler en même temps que son dernier souffle.

— Va te faire foutre ! haleta-t-il contre le masque de mort grimaçant de Congden.

Puis il cessa de résister. Non pas à Congden, non pas aux jeunes enfoirés qui les regardaient un peu plus loin, mais il cessa de résister comme il le faisait depuis quarante ans contre des forces qui le dépassaient. Il laissa sa muraille mentale s'effriter comme de la craie. Et avec le peu de souffle qu'il lui restait, il hurla dans la nuit :

— *Gifr ! Geri ! Hurkilas ! Osiris sews healf hundisces mancynnes, he haefde hundes haefod !*

Les doigts décomposés de Congden se resserrèrent sur sa gorge, entrant dans ses chairs, et la bouche béante se rapprocha comme pour happer, si nécessaire, le dernier souffle de Dale. Mais ce dernier souffle, Dale l'utilisa pour hurler son défi :

— *Anubis ! Kesta ! Hâpi ! Douamoutef ! Qebehsenouf !*

Puis il n'eut plus la force de crier, ni même de respirer. La chose qui ressemblait à Congden pesait de tout son poids sur lui tandis qu'il sentait, sans les voir, la présence des cinq chiens de l'enfer qui bousculaient les quatre skins, non pas pour leur sauter dessus, mais pour passer. Le plus gros des chiens-chacals heurta Congden avec un bruit de marteau-pilon écrasant une pastèque trop mûre et lui arracha la tête d'un seul claquement de ses mâchoires puissantes.

Les doigts de Congden continuaient à lui serrer la gorge.

Les cinq bêtes s'acharnaient sur le corps sans tête, le démembrant peu à peu, ne laissant que le torse. Les chiens noirs allaient et venaient dans les flammes de la moissonneuse comme si elles ne les affectaient pas du tout. Hurlant, grognant, s'attaquant les uns aux autres dans leur frénésie carnassière, ils se disputaient les morceaux de membres arrachés et de torse déchiqueté.

– Putain de bordel de Dieu ! s'exclama de loin l'un des skins.

Dale les entendit détaler vers la ferme en flammes et vers leur Suburban garé à proximité. Il se mit péniblement à quatre pattes, en secouant les lambeaux de Congden encore collés à sa poitrine et à ses jambes. Les chiens aux yeux de feu le bousculèrent pour s'emparer de quelques morceaux. Un pied dans sa botte de cow-boy, une cage thoracique avec des filets de chair et des intestins qui traînaient derrière, une mâchoire avec de la peau qui pendait... Ils bondirent enfin à travers les flammes et disparurent dans la nuit. Dale se laissa rouler sur le côté. Il regarda l'endroit où Bonheur gisait encore dans la neige piétinée. De la fumée montait du corps à moitié carbonisé. Dale était incapable de dire s'il vivait toujours ou non.

Il essaya de se mettre debout, sachant que le réservoir d'essence de la moissonneuse pouvait exploser d'un instant à l'autre, mais n'eut même pas la force de se mettre à genoux. Il se laissa rouler sur le ventre et rampa dans la neige souillée en direction des remises et de la maison en flammes.

Des lumières rouges et bleues clignotaient. Il y avait une demi-douzaine de véhicules autour du bâtiment, tous avec leurs gyrophares allumés. D'autres véhicules d'urgence étaient garés dans l'allée. Dale vit les skins qui levaient les bras et laissaient tomber leurs armes. Il aperçut un camion de pompiers, des hommes qui couraient vers lui dans la neige en déroulant un tuyau dans la direction de la moissonneuse en flammes. Il décida alors que ce serait une bonne idée de se reposer quelques instants. À plat ventre dans la neige, il posa son front brûlé dans le creux de son bras ensanglanté et ferma les yeux.

29

Le troisième jour, je me relève et je quitte cet endroit. L'hôpital, la ferme, le comté et l'État.

Mais le premier jour, je ne me réveille pratiquement pas. Plus tard, dans la soirée, le médecin me confiera qu'ils s'inquiétaient, que mes signes vitaux étaient ceux de quelqu'un qui glisse lentement vers le coma plutôt que de quelqu'un qui récupère ou qui reprend conscience, et qu'ils n'y comprenaient rien dans la mesure où mes blessures, dans l'ensemble superficielles, avaient été traitées avec succès pendant la nuit. J'aurais pu leur expliquer la nature de mon semi-coma, mais je me serais probablement retrouvé en camisole. Ce premier jour et cette première nuit, les adjoints du shérif Presser et Taylor étaient présents et irritèrent le médecin en insistant pour enregistrer en vidéo une déclaration de ma part, comme si j'étais véritablement à l'article de la mort. Je leur répondis de manière aussi véridique que possible, en déclarant toutefois que je n'avais aucun souvenir de ce qui s'était passé après la première explosion de la moissonneuse.

Quand vient mon tour de les interroger, je leur demande :

– Est-ce qu'il y a eu des morts ?

– Seulement le vieux Larson, me répond Taylor.

L'espace d'une seconde, je dois avoir l'air stupide, car l'adjoint Presser précise :

– Bebe Larson, le gars à qui ils ont piqué le Suburban l'avant-veille de Noël. Derek et un de ses copains ont confirmé qu'ils étaient fous de rage en quittant la vieille carrière ce soir-là et qu'ils l'ont un peu malmené avant de le ligoter et de le jeter à l'arrière du véhicule. Il était mort quand ils sont arrivés chez la sœur d'un autre garçon de la bande à Galesburg.

— Crise cardiaque, murmure l'adjoint Taylor. Mais les skins l'ignoraient.

— Et Lester Bonheur ?

J'ai les deux mains bandées à cause de mes brûlures et mon côté droit et mon bras droit me font mal aux endroits où ils ont retiré la chevrotine. Mon cuir chevelu a été recousu et mes sourcils et mes cils sont brûlés. Mes cheveux ont reculé de dix centimètres sur mon crâne, et j'ai de la pommade gluante sur une grande partie du visage. À part ça tout va bien.

— Bonheur vit toujours, grogne l'adjoint Presser. Mais il a fait un aller-retour en enfer. On le transfère demain matin à la section des grands brûlés de St. Francis à Peoria. Les médecins pensent qu'il s'en sortira, mais il n'a pas fini d'en baver avec les greffes de peau qui l'attendent.

— Dites-moi, docteur Stewart, me demande l'adjoint Taylor en se référant à une question qu'il m'a posée à l'occasion de l'interrogatoire enregistré. Qui est cet autre type qui se trouvait dans les flammes... celui que les skins ont aperçu, et qui ressemblait à un mort-vivant ?

Je ferme les yeux et je fais semblant de dormir.

Le deuxième jour, le shérif McKown vient me rendre visite avec dans les bras un paquet de revues pour m'aider à tuer le temps, un milk-shake Dairy Queen et mon ThinkPad.

— On a trouvé ça dans le poulailler, dit-il. J'ai supposé que c'était à vous.

Je hoche la tête.

— On n'a pas essayé de le faire marcher. J'ignore s'il est encore en état, ajoute McKown en prenant une chaise pour s'y installer à côté de mon lit. Je suppose qu'il ne contient aucun indice susceptible d'éclaircir cette série d'événements étranges...

— Aucun, lui dis-je. Rien d'autre qu'un mauvais roman et des trucs personnels.

Et c'est la vérité. Mais ce que je ne lui dis pas, c'est qu'il y a aussi ma lettre de suicide.

McKown n'insiste pas. Il s'assure d'abord que je suis suffisamment vaillant pour répondre à quelques questions supplémentaires, puis il sort un enregistreur audio et son carnet de notes et passe l'heure suivante à me poser des questions très précises et très logiques. Je réponds le plus sincèrement possible, mais mes déclarations sont souvent imprécises et rarement logiques. Parfois, je suis obligé de mentir.

— Ces marques de corde que vous avez au cou, dit-il, vous souvenez-vous de leur origine ?

Machinalement, je porte la main à l'endroit où mon cou est boursouflé.

— Je ne me rappelle pas, lui dis-je.

— C'est peut-être arrivé pendant que vous rampiez dans la galerie, me dit-il.

Mais je sais qu'il sait que ce n'est pas ça.

— Probablement.

Quand il a terminé, qu'il a rangé son calepin et éteint l'enregistreur, il murmure :

— Le Dr Foster me dit que vous pouvez sortir demain. Je vous ai apporté un cadeau.

Il pose une petite clé sur le plateau pivotant de mon lit.

Je la prends dans ma main. Elle est noircie par les flammes, et la tête en plastique a fondu en partie, mais elle paraît intacte à part cela.

— Elle fait toujours démarrer votre Cruiser du premier coup, me dit-il. Brian vous l'a ramené. Il est sur le parking.

— C'est incroyable que vous l'ayez retrouvée, lui dis-je.

McKown a un léger haussement d'épaules.

— Le métal, c'est comme les os et certains souvenirs… ils perdurent.

Avec mes paupières bouffies, je considère un instant le shérif. Il vient de me rappeler ce que j'avais oublié, qu'on peut trouver de l'intelligence et de la perspicacité aux endroits les plus inattendus.

— J'imagine que je vais être obligé de rester dans le coin pendant un bon moment, lui dis-je.

— Pour quelle raison ?

Je voudrais hausser les épaules, mais je me ravise au dernier moment. Les bandages sont très serrés autour de mon bras droit et de ma cage thoracique, et j'ai déjà mal quand je respire trop fort.

— Inculpation ? Déposition ? Enquête ? Témoignage au procès ?

Il tend la main pour prendre son Stetson sur mon lit et lisse machinalement et inutilement le bord.

— Encore une petite séance ce soir avec mon adjoint Presser, et je pense que nous aurons toutes les informations dont nous avons besoin. On n'aura pas besoin de vous pour l'inculpation de ces gamins, et je doute qu'il y ait un procès... je veux dire pour l'incendie de la ferme et l'agression dont vous avez été victime.

Je me redresse sur mon lit d'hôpital. J'attends ses explications.

Il hausse les épaules et se tapote les genoux du bord de son chapeau de cow-boy. Le pli de son pantalon gris-vert est impeccable.

— Derek, Toby et Buzz ont fait des aveux complets d'où il ressort qu'ils sont venus mettre le feu à la maison pour vous forcer à sortir et vous agresser la veille du Jour de l'an. Il est établi que vous n'avez pas répondu par la force et que vous n'avez fait que fuir pour leur échapper. Ce n'est pas votre faute si Bonheur a été suffisamment débile pour foncer avec la moissonneuse de M. Johnson en plein dans la cuve à essence.

Je hoche la tête sans faire de commentaire.

— Le seul crime réel dans cette affaire, continue le shérif, c'est la mort de Bebe Larson. Mais je ne crois pas qu'il y aura un procès pour ça non plus. Trois de nos skins sont encore mineurs, et ils bénéficieront de circonstances atténuantes s'ils plaident coupable. Ils passeront quelque temps dans un centre d'éducation surveillée avant d'être libérés sur parole et de me faire perdre mon temps ici. Les deux autres accepteront des charges mineures pour éviter d'être accusés de meurtre. Si Bonheur survit, et je crois que ce sera le cas, il sera mis à l'ombre pendant un bon moment. Mais puis-je vous poser une question, docteur Stewart ?

Je hoche de nouveau la tête, persuadé qu'il va encore m'interroger sur ce personnage supplémentaire avec lequel les skins m'ont vu me battre à la lueur des flammes, bien que j'aie dit et répété aux enquêteurs qu'il s'agissait de Bonheur qui cherchait à m'étrangler avant de perdre connaissance.

— Et les chiens ? demande-t-il.

Je suis pris totalement au dépourvu. Personne n'a parlé des chiens dans aucun des interrogatoires officiels que j'ai subis ces dernières vingt-quatre heures.

— Des tas de gens ont piétiné la neige pendant la nuit, mais il y restait encore quelques empreintes, poursuit le shérif.

Il pose son Stetson sur un genou et me regarde dans les yeux.

J'ai un haussement d'épaules qui me fait souffrir. Et je pense :

Hommage à toi, ô gouverneur de la Maison divine. Des repas sépulcraux te sont offerts et il terrasse pour toi tes ennemis, en les déposant à tes pieds en présence du scribe et de l'Utchat et de Ptah-Sokar, qui t'a attaché.

Pourquoi un gamin solitaire de neuf ans, dans une ferme isolée de l'Illinois, à la fin des années 50, aurait-il choisi Anubis comme divinité à adorer, poussant la perversion jusqu'à apprendre le langage et les cérémonies du dieu antique ? Peut-être parce que l'unique ami de ce jeune garçon était Wittgenstein, son vieux colley, et que l'enfant aimait voir la tête et les oreilles du dieu chacal. Qui sait ? Ce sont peut-être les dieux qui choisissent leurs adorateurs, et non l'inverse.

La question était de savoir s'il fallait expliquer à Dale qu'il n'avait jamais couru aucun risque de la part des Chiens. Ces gardiens des voies funéraires, tout comme les chacals qui nettoient les tombes des charognes indignes, sont les protecteurs de la zone intermédiaire à la frontière des deux mondes. Comme les phagocytes dans le système sanguin des vivants, ils ne jouent pas seulement le rôle de psychopompes ou de protecteurs des âmes pendant le voyage de transition, mais également celui de charognards chargés de pourchasser et de faire refluer les âmes qui ont traversé la frontière dans le mauvais sens et qui n'ont rien à faire sur la rive est des vivants, quel que soit l'impératif ou le tourment qui les a fait venir là. Mais qui peut dire que Dale n'avait couru aucun risque ? Il s'était, après tout, porté volontaire pour traverser jusqu'à la nécropole de la rive ouest quand il avait essayé de mettre fin à ses jours, et dans ce sens, au moins, il avait fait venir Osiris dans la chambre des Deux Vérités pour la pesée de son cœur.

– Docteur Stewart, vous vous sentez bien ? J'ai eu l'impression, pendant une minute, que vous n'étiez plus tout à fait là.

– Je vais très bien, lui dis-je d'une voix rauque. Un peu fatigué, c'est tout. J'ai très mal au côté.

McKown hoche la tête. Le Stetson à la main, il se remet debout. Il se tourne pour partir, puis se retourne vers moi au dernier moment. Comme dans *Columbo*, je crois, d'après les souvenirs de Dale. Mais au lieu de poser une dernière question insidieusement mortelle, il me donne une information.

– J'ai étudié les dossiers du shérif Stiles pour la période 1960-1965, et j'ai trouvé quelque chose d'intéressant en 1961.

J'attends qu'il continue.

– Il semble que le Dr Staffney, le père de Michelle, le chirurgien, ait appelé Barney Stiles vers la fin du mois de mars de cette année-là pour demander que CJ Congden, son complice Archie Kreck et deux autres voyous de la ville soient arrêtés… pour viol. D'après le rapport laconique de Barney, le Dr Staffney a porté plainte contre ces gamins – mais Congden avait dix-sept ans à l'époque, et ce n'étaient donc plus tout à fait des gamins – pour avoir emmené sa fille faire un tour en voiture et pour l'avoir conduite dans la maison déserte de M. McBride, qui était parti habiter à Chicago. Sa sœur n'avait pas encore emménagé dans la ferme, et la maison était vide depuis quelque temps. Ils ont violé la fille à plusieurs reprises. Vous étiez au courant de cette histoire, docteur Stewart ?

– Non.

Et c'est la vérité.

– Le Dr Staffney a retiré sa plainte le lendemain, continue McKown en secouant la tête. À ma connaissance, ni Barney ni lui n'ont jamais reparlé de cette histoire. Michelle était seulement en cinquième. Le plus probable, à mon avis, c'est que JP Congden, le père de CJ, a menacé ce bon Dr Staffney.

Ni lui ni moi ne disons rien pendant un moment. Puis le shérif McKown murmure :

– J'ai pensé que ça vous intéresserait de savoir.

Il va vers la porte, son Stetson à la main, puis se ravise encore.

– Puisqu'on n'a plus besoin de vous ici, j'imagine que vous allez vouloir repartir dès que vous sortirez de l'hôpital.

– Oui.
– Vous retournez dans le Montana ?
– Oui.

McKown pose son chapeau sur sa tête et incline légèrement le bord vers le bas. Son regard paraît intelligent, mais beaucoup plus froid sous sa coiffure officielle.

– Et s'il n'y a pas de procès ni rien, vous n'avez pas l'intention de revenir par ici, je suppose ?
– Non.
– Très bien, fait le shérif en ajustant de nouveau son chapeau avant de s'en aller. C'est parfait.

Le troisième jour, donc, ils me conduisent dans un fauteuil roulant jusqu'aux portes de l'hôpital – il semble que ce soit le règlement qui veuille ça – et me laissent marcher jusqu'à mon Land Cruiser. La journée est froide mais sans le moindre nuage. Le soleil et le ciel bleu suggèrent déjà le printemps, bien que ce ne soit que la première semaine de janvier. L'adjoint Taylor m'a apporté une grosse canadienne rouge pour sortir, car toutes mes affaires ont brûlé dans la ferme. J'apprécie cette attention en traversant la centaine de mètres qui me séparent de mon 4 X 4. Je me demande fugitivement si c'est aux frais des contribuables, mais je nage dans le vêtement, qui fait au moins deux tailles de trop pour moi, et j'ai comme l'impression qu'il doit s'agir d'un laissé-pour-compte d'un fonctionnaire de la police.

Incapable de résister à la tentation, je reprends la route du Coin plaisant en passant par Old Catton Road pour éviter Elm Haven. Aucun ruban jaune de la police n'interdit l'entrée de l'allée, et je m'y engage.

Cela fait une drôle d'impression de remonter cette allée sans voir de bâtiment au bout. Mais il ne reste plus du Coin plaisant que les fondations en briques et en pierres noircies, un pan de mur de la cuisine complètement calciné, et un impressionnant tas de débris divers dont une partie a comblé le sous-sol. L'incendie n'a rien épargné. Je me demande comment ils ont fait pour retrouver ma clé de contact.

La neige, tout autour des décombres, a été piétinée par d'innombrables véhicules et personnels d'urgence. Loin derrière le poulailler et les autres annexes, j'aperçois le squelette en acier noirci de la vieille moissonneuse. De nombreux véhicules, là aussi, ont creusé des ornières boueuses dans la neige. Et la grosse grange a l'air fragile et vulnérable avec sa porte arrachée.

Je n'ai même pas envie de descendre du 4 X 4.

En repartant dans l'allée, j'ai un léger sursaut en voyant une voiture de shérif qui débouche dans ma direction à la jonction de la route n° 6. Je me mets sur le bas-côté pour la laisser passer et j'abaisse ma vitre quand la voiture s'arrête à ma hauteur et que l'adjoint Presser en descend. Il regarde l'avant de mon Land Cruiser avec l'air professionnel d'un flic qui cherche une occasion de dresser un P.-V.

— Vous nous quittez, docteur Stewart ?
— Oui.
— Je vois que votre ordinateur fonctionne.

Il hoche le menton en direction du ThinkPad ouvert sur le siège passager, affichant le cycle de son économiseur d'écran.

— Je n'ai jamais su plier correctement les cartes routières.

Je déplace le pointeur de l'ordinateur. L'économiseur d'écran disparaît pour faire place à la carte routière Rand McNally des États-Unis. Mon itinéraire jusqu'à Missoula est en surbrillance verte.

Presser laisse entendre un gloussement puis me tend un objet tout en longueur, enveloppé dans de la toile.

— Le shérif McKown m'a dit de vous donner ça, car vous pourriez en avoir besoin.

C'est ma carabine. Sans doute nettoyée et huilée à la perfection, si je le connais bien.

— Non, merci, lui dis-je. Remerciez le shérif de ma part et dites-lui de la garder pour la prochaine vente aux enchères des bonnes œuvres de la police ou je ne sais quoi.

Presser prend un air perplexe, mais me salue en touchant d'un doigt le bord de son Stetson. Il remet le paquet sur le siège arrière de sa voiture et remonte l'allée jusqu'à la cour du Coin plaisant pour faire demi-tour.

Je prends la route de comté n° 6 en direction du sud en passant devant la vieille maison de l'oncle Henry et de la tante Lena. Je grimpe la première côte et je dépasse le cimetière du Calvaire. Une silhouette solitaire se détache au loin sur la neige au milieu des pierres tombales, et il n'y a aucun véhicule garé à côté de la grille noire en fer forgé. La silhouette semble vêtue d'un costume couleur kaki ou olive et porte sur la tête un chapeau militaire à large bord, à l'ancienne. Je ne lui accorde qu'un bref coup d'œil. S'il y a d'autres fantômes ici, ce ne sont pas les miens.

À la jonction de Jubilee College Road, j'envisage d'aller voir Elm Haven une dernière fois, mais je renonce. Elm Haven est devenu un village fantôme dans ce siècle nouveau, et je ne vais pas perdre mon temps à faire ce détour.

Je prends le raccourci en direction de l'autoroute. Un kilomètre plus loin, à l'intersection de la 150-A, je suis bloqué au stop pendant une minute par plusieurs camions qui passent en trombe dans la direction de Peoria.

L'écran de l'ordinateur se met à clignoter.

> **Ça va durer longtemps, tu crois ?**

La route est libre, à présent, mais je prends le temps de taper :

> **Pas tellement, tu verras.**

Je n'ai pas de projet précis pour les semaines ou les mois à venir. J'attendrai le temps qu'il faudra à Dale pour récupérer et retrouver son intégrité. Dans l'intervalle, je ferai mon possible pour... non pas diriger, jamais diriger, mais maintenir pour lui la marche en avant de la vie.

J'imagine que je verrai Anne, Mab et Katie au bout d'un moment après mon retour, et j'espère faire en sorte de faciliter l'évolution des choses dans le sens souhaité par Dale et non en sens contraire. En fait, j'ignore ses intentions exactes.

Dans les prochains jours, j'appellerai Princeton pour parler à certaines personnes, et j'attendrai d'entendre la voix de Clare à l'autre bout de la ligne avant de raccrocher. Il n'a pas manifesté le désir absolu de lui parler, mais je pense qu'il dormira mieux à son retour s'il sait qu'elle est vivante et en bonne santé.

Si le bienfait qui m'a été accordé ces dernières semaines – et c'en est un, délibérément octroyé, exactement comme celui dont, par deux fois, j'ai fait bénéficier Dale, en lui donnant une seconde chance – si ce bienfait, dis-je, se prolonge un mois ou deux, je pense que je reprendrai le roman de Dale là où il l'a interrompu. Ses descriptions de l'été, du soleil et des escapades et amitiés enfantines me paraissent suffisamment authentiques, mais le propos est trop austère et trop artistique. Je pense que j'ajouterai quelques éléments amusants ainsi que les silences et secrets plus sombres que Dale a été trop timoré ou trop hésitant pour affronter. Peut-être prendrai-je plaisir à en faire un roman d'épouvante. Il pourra toujours revenir plus tard sur les changements, s'il insiste pour écrire vraiment de la « littérature » avec un grand L. Mais nous pourrions, lui et moi, imprimer une petite torsion à la réalité, en bon ruban de Möbius qu'elle a toujours été.

Je traverse la 150-A et je prends la bretelle d'accès au KWIK'N'EZ sans regarder en arrière. Le shérif McKown a fait le plein, et même avec ce monstre dévoreur de carburant je peux être à Des Moines ou encore plus loin sans avoir à m'arrêter.

Une fois sur la I-74, c'est tout droit vers l'ouest, et ma voie est toute tracée.

*Impression réalisée sur CAMERON
par BRODARD ET TAUPIN
La Flèche
en octobre 2003*

Dépôt légal : octobre 2003
N° d'impression : 20854
Imprimé en France